Ein Post-it kommt selten allein

Roman
1. Auflage

Mehr Infos unter:
www.moorebooks.de

Vinya Moore

Ein Post-it kommt selten allein

Roman

1. Auflage

Copyright © 2016 by Vinya Moore

Vinya Moore
c/o BJ-Autorenservice
Bianca Jantzen
Gildehauser Weg 140a
48529 Nordhorn

Alle Rechte vorbehalten! Vervielfältigungen, auch auszugsweise, bedürfen der offiziellen Erlaubnis der Autorin!

Covergestaltung: Jay Aveline Quinn
Lektorat: Jennifer Jancke
Korrektorat: www.zeichensetzerin.de
Herstellung und Verlag: BoD – Books on Demand, Norderstedt

ISBN: 978-3-7431-0097-8

Das gesprochene Wort trägt der Wind lautlos hinfort, doch das geschriebene bleibt und verweilt bis zur Unendlichkeit.

Vinya Moore

Kapitel 1

Louise

Schwer atmend rollte Mike sich von mir herunter. Unsere kleinen Stelldichein in seinem Büro waren die willkommene Abwechslung zum stressigen Alltag in der Kanzlei. Rasch strich ich mein Kostüm glatt und versuchte, mit Hilfe der Spiegelung in der Fensterscheibe mein Haar zurechtzuzupfen. Davor erstreckte sich die Aussicht auf die Town River Bay. Der Hafen lag direkt gegenüber von unseren Büroräumen. Seicht wiegten sich die Schiffe in den Wellen und die Sonne spiegelte sich in der Wasseroberfläche. Fast erweckte es den Anschein, als tanzten Millionen kleiner Diamanten darauf.

Lächelnd wandte ich mich ihm zu. Es war befriedigend, während der Arbeitszeit Intimitäten auszutauschen. Als ich ihm einen Kuss auf die Lippen hauchte, zog er mich leidenschaftlich an sich, bis ich kicherte.

»Sei doch vorsichtig! Du ruinierst meine Frisur«, schimpfte ich und schlug ihm spielerisch auf den Arm.

Er gab mir mit den Worten: »Hopphopp, zurück an die Arbeit«, einen Klaps auf den Hintern und scheuchte mich grinsend aus seinem Büro. Bevor ich den Raum verließ, straffte ich die Schultern, ließ ihn und seine zickige Assistentin hocherhobenen Hauptes hinter mir.

Seit einigen Monaten gab es diese festen Termine, die wir offiziell für die Besprechung der offenen Fälle nutzten. Bislang hatten wir Glück gehabt. Niemand war reingeplatzt, hatte uns erwischt oder von unserer Affäre Wind bekommen, obwohl mich manchmal das ungute Bauchgefühl überkam, dass die Kollegen hinter meinem Rücken über mich tuschelten. Selbst wenn, war es mir egal. Ich bekam das, was ich wollte. Also zumindest einen Bruchteil dessen. Bald erhielt ich das Gesamtpaket. All das, wonach ich mich sehnte.

Zielstrebig ging ich am Schreibtisch meiner Sekretärin vorbei und versuchte mir nicht anmerken zu lassen, was ich vor fünf Minuten getrieben hatte. Als ich die Tür schloss, fiel die Anspannung von meinen Schultern. Ich sank erschöpft auf den Schreibtischstuhl, stützte die Arme auf die Oberfläche und legte den Kopf darauf ab. Mein Durchhaltevermögen und die Geduld, die ich aufgebracht hatte, würden sich auszahlen, da war ich mir sicher.

Das Dauergrinsen auf meinen Lippen wollte nicht verschwinden. Ich ließ meine Gedanken kreisen und erfreute mich an der Aussicht, dass es bald nichts mehr gab, was uns trennte. Nachdem ich vor einigen Jahren Einfluss auf unsere gemeinsame Geschichte genommen hatte, waren wir nicht voneinander losgekommen. Wenn ich daran zurückdachte, musste ich lachen.

Kopfschüttelnd öffnete ich den Laptop und wartete, bis er hochgefahren war. Wieder wanderten meine Gedanken zurück in die Vergangenheit.

Ich hatte ihm einen Kundentermin eingestellt und war selbst im Restaurant erschienen. Nach unserem stundenlangen Gespräch, reichlich Wein und einem hervorragenden Essen war er mir verfallen. Unglaublich, dass das inzwischen ein halbes Jahrzehnt zurücklag und wir uns noch nicht auf die Nerven gingen. Es war ein Wunder, dass wir Beruf und Privates unter einen Hut bekamen und unsere Affäre die ganze Zeit über geheim halten konnten. Innerlich klammerte ich mich an sein Versprechen, wusste, dass er Alice verlassen würde. Für mich.

Ich widmete mich meinen Aufgaben und schob den Gedanken an seine Frau beiseite.

***

Nach dem Klientetermin wollte er vorbeikommen. Ich hatte mich in Schale geworfen, mir ein hübsches Negligee übergezogen und mich in die Küche begeben. Die hohen Schuhe hatte ich am Türrahmen platziert, um sie anziehen zu können, sobald er sich ankündigte. So würde ich seinen Hunger nicht nur auf eine Weise stillen. Bei dem Gedanken, wie er mich mit den Augen verschlang, wenn ich mich aufreizend anzog, grinste ich.

Im Wohnzimmer stellte ich rasch Kerzen auf und entzündete sie. Mike war nicht der Romantiker, aber es störte ihn nicht, wenn ich für gemütliche Stimmung sorgte. Ich freute mich, den Abend mit ihm verbringen zu können und hatte uns Risotto gezaubert. An meinen hausfraulichen Qualitäten würde unsere Beziehung nicht scheitern, dachte ich schmunzelnd, als die Klingel ertönte.

Ich trat in den Flur, betätigte den Drücker und die Tür öffnete ich einen Spalt, bevor ich zurück zum Herd ging. Auf dem Weg in die Küche schlüpfte ich in die Heels, setzte meinen Gang klackernd fort. Von hier aus hatte ich den perfekten Blick auf den Eingang und konnte meinen halbnackten Körper vorteilhaft in Szene setzen.

»Hey, Baby«, begrüßte ich Mike, als er eintrat. Ohne Umschweife schritt er auf mich zu und küsste mich ungestüm. Mit beiden Händen umfasste er meinen Hintern und hob mich hoch. Im Eiltempo verfrachtete er mich auf den Esstisch, schob sich gierig zwischen meine Schenkel. Seine Berührungen ließen mich alles um uns herum vergessen, sogar, dass das Abendessen noch auf den Platten köchelte.

Alles was ich wollte, war er.

Das Essen konnte ich wegschmeißen. Dank seines Übergriffs, war der Reis angebrannt und ungenießbar, als ich davon kostete. Resigniert stand ich vor dem Desaster und leerte den Inhalt des Topfes in den Mülleimer. Die Schuhe hatte ich irgendwo im Esszimmer verloren und tapste barfuß über die Fliesen.

Als ich das Gefäß in die Spüle stellte und Wasser einlaufen ließ, trat er hinter mich, legte seine Hände um meine Hüften und zog mich an sich. »Macht nichts, Süße. Ich muss sowieso gehen, aber ich wollte dich trotzdem sehen«, wischte er mein schlechtes Gewissen mit wenigen Worten beiseite.

Wenn die Entscheidung bei mir gelegen hätte, würde ich ihn nicht gehen lassen, doch es lag nicht in meiner Hand. Ich musste mich ein kleines Bisschen gedulden.

»Wann wirst du mit ihr reden?«, murmelte ich und lehnte meinen Kopf an seine Brust. Sanft streichelte er über meinen Bauch.

»Bald, Louise. Das habe ich dir versprochen. Du weißt, dass Alice labil ist, seitdem sie aus der Klinik zurück ist. Ich kann es ihr noch nicht sagen. Aber in ein paar Wochen ist sie sicher so weit«, flüsterte er mir ins Ohr. Als sein Atem über meine Wange strich, breitete sich Gänsehaut über meinen Körper aus.

Ich wandte mich ihm zu und nickte, als er liebevoll mit seinen Händen mein Gesicht umfasste und mich küsste.

»Ich liebe dich. Das weißt du hoffentlich, oder?«, fragte er.

»Ich dich auch.«

Mike ließ mich los. Alles was mir von ihm blieb, war der Anblick seines Rückens, als er zur Tür herausschritt und diese hinter ihm ins Schloss fiel. Bedrückt wandte ich mich ab und ging ins Schlafzimmer um mir diesen Fummel auszuziehen und in etwas Bequemes zu schlüpfen.

Jedes Mal fühlte es sich falsch an. Mein Herz sehnte sich nach jemandem, der mir Beständigkeit bieten konnte. Einem

Mann, der mir Halt gab. Aber ich war jeden Abend einsam, ging alleine schlafen, obwohl wir so etwas wie eine Beziehung hatten. Doch die aktuelle Lebenssituation war unbefriedigend.

Ich dachte daran, wie es sein würde, wenn wir endlich offiziell zusammen sein konnten, eine gemeinsame Wohnung oder vielleicht ein Haus besaßen. Kinder, die im Garten spielten und laut lachten, strahlend grüne Kulleraugen, die mich ansahen und eine kindliche Bitte, etwas Süßes zu bekommen. Das Wort Mommy klang wie Musik in meinen Ohren. Die aufkeimenden Zweifel waren wie weggefegt, wenn ich mir ausmalte, endlich eine Familie zu haben. Schmunzelnd legte ich das Negligee zurück in die Kommode.

Mit Jogginghose und Shirt bekleidet ging ich zurück in die Küche, entschied, das Licht auszumachen und das Kochen für heute gut sein zu lassen. Eine Pizza konnte meinen knurrenden Magen zum Schweigen bringen.

Ich legte einen Film ein und kuschelte mich mit einem Glas Wein auf die Couch.

***

Am nächsten Morgen war Mike extrem distanziert, was mich nicht wunderte. Immerhin trat er jeden Tag einen Zwiespalt an, dem ich mich nicht hätte freiwillig stellen wollen. Seiner Frau den Laufpass geben zu müssen, nachdem sie aus der Psychiatrie entlassen wurde, würde mir auch nicht leichtfallen, weshalb ich ihm keinen Druck machen wollte.

Ich versuchte, meine Bedürfnisse hinten anzustellen und ihm die Zeit einzuräumen, die er brauchte.

Seine Ehefrau hatte seit Jahren starke Depressionen, vielleicht litt sie unter der Situation zu Hause. Ich wusste es nicht und es war auch nicht meine Angelegenheit, mich damit zu befassen. Schnell schob ich den Gedanken beiseite, konzentrierte mich auf die Arbeit und tippte nachdenklich mit dem Finger auf den Schreibtisch. Das Holz gab bei jeder Berührung ein dumpfes Geräusch von sich.

Übermorgen stand mir die wichtigste Verhandlung meiner Laufbahn bevor. Die Geschäftspartner hatten uns gemeinsam für die Verteidigung von Mr. Lodge eingeteilt. Er war ein angesehener Unternehmer und der Kanzlei lag viel daran, dass wir den Fall ohne Wenn und Aber gewannen.

Um den Presserummel machte ich mir keine Sorgen. Viel mehr war unsere Strategie das Problem. Ich brütete über der Akte und ging zum tausendsten Mal Punkt für Punkt durch. Wir hatten alles besprochen, doch irgendwie warnte mich mein Bauchgefühl davor, etwas übersehen zu haben.

Ich massierte mir die Schläfen und hob träge den Kopf. Erst in diesem Moment bemerkte ich, dass es vor den Fenstern stockdüster war. Ich gähnte, lehnte mich im Stuhl zurück und schloss die brennenden Augen. Müdigkeit breitete sich in mir aus, drückte meine Schultern herab. Die Kanzlei war seit Stunden leer und das Ticken der Uhr erinnerte mich daran, wie spät es inzwischen war.

In Gedanken ging ich die Strategie noch einmal durch. Unser Ziel war es, den Mandanten auf Bewährung rauszuhauen, auch wenn der Fall beinahe aussichtslos und die Beweislage gegen Mr. Lodge erdrückend war. Wir hatten uns die letzten Wochen gemeinsam mit den Rechtsanwaltsgehilfinnen die Nächte um die Ohren geschlagen, um nach Präzedenzfällen zu suchen, auf denen wir unsere Verteidigung aufbauen konnten. Wenn wir nichts fanden ... die Folgen wollte ich mir nicht ausmalen.

Als das altbekannte Pochen hinter meiner Stirn einsetzte, kniff ich die Augen angestrengt zusammen. Seit Tagen gab es für mich kein anderes Thema mehr. Alles drehte sich um diesen Fall. Wenn ich ein paar Stunden schlafen wollte, musste ich jetzt gehen. Sichtlich genervt und völlig übermüdet klappte ich die Mappe zu, schob sie von mir und verließ das Büro.

Dunkelheit und Kälte hüllten mich ein, als ich aus dem Gebäude trat. Um mich zu wärmen, schlang ich mir den Mantel um den Körper. Mein Wagen stand mutterseelenallein auf dem Parkplatz und wartete auf mich.

Der Weg zu meinem Apartment war beschwerlich. Die Straßen waren beinahe leer, aber mein Kopf war nicht bei der Sache. Meine Augen brannten und ich hatte Schwierigkeiten, mich zu konzentrieren. Das grelle Licht der Autos auf der Gegenfahrbahn blendete mich und verstärkte die Kopfschmerzen. Wenn ich zu Hause war, würde ich drei Kreuze machen. *Scheiß Verkehr!* Ich hörte ein ohrenbetäubendes Geräusch und stellte erschrocken fest, dass ich zu weit auf der anderen Spur war. Mit letzter Kraft lenkte ich den Wagen zurück auf die richtige Seite.

Hupend rauschte ein anderer Autofahrer an mir vorbei und zeigte mir den Vogel. Hätte er mich nicht gewarnt, wäre ich nicht rechtzeitig ausgewichen. Das Herz schlug mir bis zum Hals und pumpte rasend schnell Adrenalin durch meine Venen. Mein Wohnkomplex lag nur zwei Querstraßen entfernt. Immer wieder klopfte ich mir leicht gegen die Wange, um wachzubleiben und nicht bei einem Autounfall ums Leben zu kommen.

Das Auto parkte ich vor dem Haus, atmete erleichtert aus und legte die Stirn an das Lenkrad. Jetzt musste ich es noch schaffen, nach oben zu kommen, und konnte endlich die Füße hochlegen. Energielos stieg ich aus dem Wagen und schleppte mich die Stufen hoch. Selbst die Tür aufzuschließen war ein Kraftakt.

Müde und ausgelaugt ließ ich mich komplett angekleidet auf die Tagesdecke fallen und glitt in einen unruhigen Schlaf.

***

Die geringe Bettruhe und die arbeitsreichen Nächte der letzten Wochen schlugen mir aufs Gemüt. Ich war mies gelaunt und zu spät aus den Federn geklettert.

Einer der Assistenten hatte gestern Abend den entscheidenden Fall gefunden, der unseren Kopf aus der Schlinge ziehen konnte. Wir hatten bis in die Morgenstunden unsere Verteidigung ausgearbeitet und hofften, dass der Plan aufging.

Meine Konzentration war ein Drahtseilakt. Die zwei mickrigen Stunden Schlaf heute Morgen hatten nicht gereicht, selbst die erhoffte Wirkung des doppelten Espressos blieb aus.

Wir saßen im Verhandlungssaal und warteten auf den Beginn des Prozesses. Die Gerichtsdiener waren damit beschäftigt, die Presse vor der Tür in Schach zu halten. Ich hatte selten einen Fall in unserer Kanzlei erlebt, der eine so große öffentliche Aufmerksamkeit auf sich zog.

Mike flüsterte mit Mr. Lodge und erklärte ihm, was wir an unserer Strategie geändert hatten. Ich war froh, dass er mich gut genug kannte und nicht in das Gespräch einbezog. Nervös knetete ich meine Finger und nutzte eine Technik, die ich in einer Fortbildung gelernt hatte, um mich zu beruhigen. Mein Geist musste für die bevorstehende Verhandlung bereit sein. So klopfte ich verschiedene Stellen an meiner Hand ab. Langsam beruhigte ich mich, schob die schlechte Laune in den Hintergrund und setzte mein Pokerface auf.

Das Eintreten der Richterin wurde angekündigt und ich erhob mich energielos von meinem Stuhl. Sie verlas die Anklageschrift und wir plädierten auf nicht schuldig. Auch wenn ich aktiv an den Vorbereitungen beteiligt gewesen war und mich in die Abläufe eingebracht hatte, war ich während des Prozesses mehr der stille Teilnehmer. Es reichte aus, die Gegenseite einzuschüchtern, indem die Kanzlei ihre zwei besten und angesehensten Anwälte zur Vorladung schickte.

Geschickt trieb Mike die Klägerin in die Enge und verwirrte sie gleichzeitig. Es wirkte, als litte sie bei der Befragung an geistiger Umnachtung. Ihre Antworten passten nicht zu den Fragen und alles, was sie von sich gab, ergab im Kontext keinen Sinn.

Uns spielte das in die Karten und ich war erleichtert, dass wir unsere Hoffnung, die Verhandlung zu gewinnen, nicht nur auf den Präzedenzfall stützen mussten. Sie hatte sich ins eigene Fleisch geschnitten.

Mike ließ sich nicht ein einziges Mal aus der Ruhe bringen. Selbst dann nicht, als die Verteidigung der Gegenseite zehn Mal ‚Einspruch' rief. Unbeirrt beackerte er die Frau mit seinen Fragen. Sogar die Richterin schien beeindruckt von seiner Vorgehensweise.

Egal, was in seinem Umfeld geschah, sobald er den Gerichtssaal betrat, setzte er die Maske des Zorros auf und ergriff unmittelbar für die Schwachen und zu Unrecht Angeklagten Partei. Ich himmelte ihn an und machte daraus kein Geheimnis. Er war mein Held.

Auch wenn wir in der Kanzlei die gleiche Stellung hatten, war es mir bislang nicht gelungen, ebenso gelassen an eine Verhandlung ranzugehen, wie er es tat. Voller Bewunderung beobachtete ich ihn und verleibte mir seine Vorgehensweise ein. Ich versuchte, seit unserer ersten Begegnung meine Verhandlungsart von ihm abzukupfern, um genauso souverän und selbstsicher zu wirken. Doch das war mir bisher nicht geglückt.

Die Geschworenen zogen sich nach den Befragungen und den abschließenden Plädoyers zurück und brauchten geschlagene vier Stunden, um unseren Mandanten für unschuldig zu erklären. Lächelnd kam er auf mich zu und nahm meine Hände in seine.

»Vielen Dank! Ich weiß nicht, wie ich ihnen meine Dankbarkeit zum Ausdruck bringen kann.«

Verwirrt blickte ich zur Seite, als der Verteidiger neben uns stehen blieb und mich böse anfunkelte. »Ich werde Einspruch einlegen und dieses miese Schwein in den Knast bringen«, zischte er.

»Versuch es doch. Dann werde ich dich ein weiteres Mal in Grund und Boden stampfen«, antwortete Mike unbeeindruckt. Schnaubend ging der Staatsanwalt weiter.

»Darf ich Sie zum Essen oder auf einen Drink einladen?«, brachte Mr. Lodge freudestrahlend hervor.

Es war eine schöne Idee, um die anstrengenden Arbeitstage ausklingen zu lassen. Zu dritt verließen wir das Gericht.

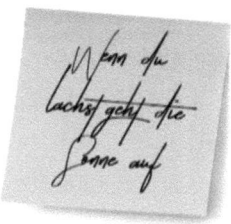

Kapitel 2

Nate

Ich ließ meinen Blick über die aneinandergereihten Boote gleiten. Eines schöner als das andere, lagen sie am Steg und warteten darauf, auf See geleitet zu werden. Dieser Hafen war mein Zweites Zuhause. Wann immer ich her kam, fühlte ich die Verbundenheit zwischen mir und dem endlosen Ozean.

Sally hockte auf den Holzdielen und winselte aufgeregt. Sie wartete geduldig darauf, dass ich sie hochhob und auf Deck absetzte.

Das Wetter war hervorragend und alles sprach dafür, dass unserem Ausflug nichts im Weg stand. Ich sah auf den Korb, den ich gerade in die Kabine brachte. Lilly hatte mir heute Morgen ein Carepaket mit Lebensmitteln und Getränken gepackt und die Leckerlis für meinen Golden Retriever durften nicht fehlen. Ein liebevoll handbeschriebener Zettel drapierte das Ganze. *Was könnte da schiefgehen?*

Schmunzelnd ging ich an Deck und sprang auf die Holzlatten, die den Pier zierten, um Sally endlich hochzuhieven. Mein Dad hatte mir meine treue Begleiterin zu meinem 25. Geburtstag geschenkt. Seitdem waren wir unzertrennlich.

Ich löste die Taue, warf sie an Bord und begab mich zu meiner schwanzwedelnden Hündin, die es nicht erwarten konnte, aufs Meer zu schippern.

Für sie hatte ich am Bug einen Korb montiert, ihn mit Kissen ausgelegt, auf denen sie es sich gemütlich machte und mich ungeduldig anblickte.

»Ja, mein Mädchen, ich beeile mich.« Ihr Jaulen war Antwort genug, ich wusste, dass ich mich ranhalten und endlich ablegen sollte.

Es gab für mich nichts Schöneres, als einen Tag auf meiner Mary Lou zu verbringen. Wenn sich die Segel vom Wind aufblähten und wir über die Wellen glitten, fühlte ich mich frei.

Der letzte Ausflug lag eine Weile zurück. Die Aufträge hielten mich auf Trab und hatten mir in den vergangenen Wochen kaum eine ruhige Minute gegönnt. Sally schien es genauso zu vermissen, nicht auf dem Wasser zu sein wie ich. Lässig hing ihre Zunge aus dem Maul und sie hechelte dem aufkommenden Luftzug entgegen, der mir um die Nase wehte und mir einen wohligen Schauer den Rücken hinabrinnen ließ.

Es gab nichts Schöneres, als dabei zuzusehen, wie er die Tücher erfasste, sie aufblähte und uns gemächlich aus dem Hafen lotste. Heute hatte ich mir frei genommen. Bevor der Winter sich ankündigte, wollte ich die letzten sonnigen Tage nutzen, um mich von der seichten Brise davontragen und die Seele baumeln zu lassen.

***

Die See war ruhig. Ich hatte die Segel eingeholt und wir trieben auf dem Wasser ohne ein Ziel zu haben, ohne zu wissen, wohin es uns verschlagen würde. Wir würden uns bald auf den Weg zurück in den Hafen machen, aber zunächst wollte ich eine Pause einlegen, in mich gehen und mich innerlich auf das vorbereiten, was ich geplant hatte.

Es sollte etwas Besonderes für Lilly werden. Ich wusste, dass sie wie ein Kind vor Weihnachten kaum erwarten konnte, endlich die Geschenke aufzureißen. Wir waren fast fünf Jahre zusammen und in einigen Tagen hatten wir unseren Jahrestag. Es war der perfekte Anlass, um ihr einen Antrag zu machen. Ich streichelte Sallys goldenes Fell und erhob mich.

In der Kabine öffnete ich die Schublade, in der ich vor Monaten den Ring versteckt hatte, holte die Schachtel hervor und gesellte mich auf Deck zu meiner Hündin. Als ich mich neben ihr niederließ, hob sie den Kopf und blinzelte mich schlaftrunken an.

Für mich hatte es seit der Highschool keinen Zweifel gegeben. Lilly war die Frau, die ich irgendwann heiraten würde. Sie war diejenige, mit der ich alt werden wollte, die mich sehen durfte, wenn ich schwach war und keine Kraft mehr hatte, weil mich der Männerschnupfen heimsuchte. Sie war mein Fels in der Brandung.

Der Diamant funkelte im Sonnenlicht. Er war ein Erbstück unserer Familie und ich war dankbar, dass ich ihn an sie weitergeben konnte. Ich hatte alles seit Monaten bis ins kleinste Detail geplant. Und was den Antrag betraf, war ich altmodisch, hatte zuvor ihre Eltern um Erlaubnis gefragt. Bei der Erinnerung an den Gesichtsausdruck ihres Dads schlich sich ein Grinsen auf meine Lippen. Freundschaftlich hatte er mir auf die Schulter geklopft und mir mit den Worten: »Mein Junge, darauf warten wir schon eine ganze Weile«, sein Einverständnis gegeben.

Ich hatte den kompletten Ablauf mehrfach mit allen Beteiligten abgesprochen. Wir würden gemeinsam im *Oliver's on the Cape Fear* Essen gehen. Das Restaurant, in dem wir unser erstes Date gehabt hatten. Nach dem Dessert würde ich sie zu einem Spaziergang entführen und Lillys Eltern hatten sich bereit erklärt, sich um die Vorbereitungen am Strand zu kümmern.

In meiner Vorstellung malte ich mir aus, wie alles aussehen würde. Ein Weg gesäumt von flammenden Fackeln, der uns zu einem Lagerfeuer dirigierte. Betty und John warteten dort auf uns. Ganz romantisch würde ich vor ihr auf die Knie fallen und sie bitten, meine Frau zu werden.

Sally hatte sich dicht an mich gelegt und bettete ihren Kopf in meinen Schoß. Ich hielt das Kästchen mit dem Ring in meinen Fingern, drehte es und bewunderte das prächtige

Lichtspiel, als sich die Sonnenstrahlen auf dem kleinen Stein brachen.

Mit der freien Hand streichelte ich meiner Hündin über das Fell, was ihr ein wohliges Brummen entlockte. »Was denkst du? Wird Lilly Ja sagen?«

Sie schnaufte leise. Wahrscheinlich hatte sie mir nicht zugehört. Lächelnd schüttelte ich den Kopf und kraulte sie weiter. Der goldene Pelz schimmerte in den letzten Lichtstrahlen des Tages.

So verharrten wir noch eine Weile und ich ließ den Blick über das endlose Meer gleiten. Das hier war alles, was ich brauchte, um den Stress der Arbeit loszuwerden, mich entspannen zu können und voller Energie in Southport anzulegen, um mich meinen alltäglichen Aufgaben zu widmen.

Kurz bevor die Sonne die Meeresoberfläche am Horizont küsste, hisste ich die Segel und wir schipperten zurück in den Hafen. Ehe ich ablegte, musste die Schachtel mit dem Ring wieder in der Schublade unter Deck verschwinden, damit Lilly ihn nicht zufällig in die Hände bekam.

Sie hatte eine Spürnase für solche Dinge. Alle Geburtstagsgeschenke fand sie im Voraus. Ihr eine Überraschung bereiten zu können, war beinahe unmöglich und grenzte an ein Wunder.

Der Anlegeplatz kam in Sichtweite. Die Möwen kreisten über uns und gaben kreischende Geräusche von sich. Der salzige Fischgeruch stieg mir in die Nase. Die anderen Schiffe wippten mit den Wellen um die Wette, schwappten von rechts nach links. Ich holte die Tücher ein und warf den Motor an, um die letzten Meter zurückzulegen.

Als ich meine Freundin am Steg warten sah, betete ich innerlich, dass sie dieses Mal nicht mitbekommen würde, was ich geplant hatte und es mir möglich war, sie wenigstens ein einziges Mal aus den Socken zu hauen.

»Hey ihr Zwei«, rief sie mir lächelnd zu, als ich am Pier anlegte und kurzerhand von Deck sprang, um die Taue festzuzurren. Erfreut über meine Rückkehr kam Lilly auf mich zu und ich zog sie fest in meine Arme, bevor ich sie küsste und ihr eine Haarsträhne aus dem gebräunten Gesicht strich. Ihre Haut war butterzart und roch nach Vanille.

»Hey meine Hübsche.« Sie kicherte, als ich meine Finger an ihrem Hals hinabgleiten ließ und sie ein weiteres Mal küsste. Mein Leben hätte kaum perfekter sein können.

Das Einzige, was mich störte, war Sallys penetrantes Bellen. Sie lief hinter uns an Bord hin und her und buhlte um unsere Aufmerksamkeit.

Seufzend verdrehte ich die Augen und entließ meine zukünftige Verlobte aus der Umarmung. Meine Hündin kannte meine genervten Gesten. Sie bellte mit mehr Nachdruck und ich würde sie sofort runterheben müssen, damit sie Lilly ebenfalls begrüßen konnte. Sie kannte mich verdammt gut, vermutlich besser als irgendjemand anderes.

»Na, meine Große«, begrüßte Lilly den Golden Retriever.

»Und mich begrüßt sie nie so, wenn ich von der Arbeit nach Hause komme«, schmollte ich, ging in die Kabine, um die Reste vom Fresspaket einzusammeln und gemeinsam mit meiner Freundin und meiner verräterischen Hündin nach

Hause zu fahren. Ich warf einen letzten Blick in die Schublade, vergewisserte mich, dass der Ring am richtigen Platz lag und verriegelte die Tür von außen.

Hand in Hand gingen wir zum Auto. Auch wenn es nicht mal fünf Minuten bis nach Hause waren, war ich froh, dass sie mit dem Wagen gekommen war.

Während der Autofahrt blickte ich sie verstohlen von der Seite an. Ein leichtes Lächeln umspielte ihre Lippen. Konzentriert sah sie auf die Straße und lenkte das Fahrzeug zwischen den anderen Autos hindurch.

»Du weißt, dass ich es nicht mag, wenn du mich so anstarrst. Das macht mich nervös.« Jetzt warf sie mir einen kurzen Blick zu, grinste und streichelte mit dem Daumen über meinen Handrücken.

»Ich beobachte dich aber gerne. Deine Grübchen sehen süß aus, wenn du lächelst. Oder wenn du ein Buch liest, sich deine Stirn in Falten legt und du ungläubig den Kopf schüttelst. Ich liebe es, wenn dir etwas nicht gefällt und sich deine Nase kräuselt. Du bist so frei und unbeschwert, wenn du denkst, dass man dich nicht beobachtet. Also lass mich!«

Mit jedem Wort, das über meine Lippen kam, verstärkte sich der Druck auf meine Hand und ihr Grinsen wurde breiter. Mich überkam das Gefühl, dass ich ihr zu selten sagte, was ich für sie empfand, obwohl sie der Mensch war, mit dem ich meinen Lebensabend verbringen wollte.

Bald. Bald würde ich es ihr vor all unseren Freunden sagen. Es wären nicht nur Worte, die jederzeit vergehen konnten. Es war ein Versprechen bis zum Tod und darüber hinaus.

Kapitel 3

Louise

Wir feierten mit einem schicken Abendessen. Mr. Lodge hatte keine Kosten und Mühen gescheut, uns in das teuerste und exklusivste Restaurant von Boston einzuladen. Der Empfangsbereich war mit dunklem Marmor ausgelegt. Es war mir unangenehm, mit meinen Schuhen über den Bodenbelag zu laufen. Meine Absätze klackerten bei jedem Schritt laut. Wenn ich etwas tunlichst vermeiden wollte, war es die Blicke fremder Männer auf mich zu ziehen.

Der Restaurantbereich war umwerfend schön. Es gab eine überschaubare Anzahl Sitzplätze und weniger als die Hälfte davon waren besetzt. Eine Servicekraft in elegantem Frack geleitete uns an den Tisch. Ohne uns Speisekarten zu reichen, entfernte er sich. Verwirrt blickte ich Mr. Lodge an, der meine Bedenken mit einer Handbewegung wegwischte.

»Ich habe längst für uns bestellt. Lassen Sie sich heute einfach verwöhnen«, lachte er.

Nobel geht die Welt zu Grunde!, dachte ich mir, als die Kellner die ersten Speisen servierten und wir uns über Kaviar und andere Leckereien hermachten. Mike saß neben mir und streichelte mir heimlich übers Bein.

Neugierig sah ich mich im Raum um. Vergoldeter Stuck zierte die Decke und wurde mit indirekter Beleuchtung in Szene gesetzt.

Zum Essen gab es Champagner, obwohl mir ein köstlicher Rotwein absolut ausgereicht hätte, aber die Dankbarkeit unseres Mandanten schien keine finanziellen Grenzen zu kennen.

Die Blubberbrause stiegt mir recht schnell zu Kopf und ich entschuldigte mich noch vor dem Hauptgang bei den Herren für einen Moment, um auf die Damentoilette zu verschwinden. Ich konzentrierte mich, damit ich beim Gehen nicht von einer auf die andere Seite schwankte. Als ich den Waschraum erreichte, ließ ich mir kaltes Wasser über die Handgelenke laufen und hoffte, meine Gedanken sortieren zu können.

In solchen Augenblicken wünschte ich, dass Mike und ich offen zu unserer Beziehung stehen konnten, aber so lange er mit Alice liiert war, war das nicht möglich. Seufzend blickte ich meinem Spiegelbild entgegen, das traurig wirkte und meine innere Gefühlswelt widerspiegelte.

Es tat mir in der Seele weh, dass wir dieses alberne Versteckspiel spielten. *Wann würde das endlich ein Ende haben?*

Er hielt mich schon mehrere Wochen hin. Seitdem hatte ich das Thema nicht noch einmal angesprochen, weil ich ihm vertraute, darauf hoffte, dass er den Schritt wagte. Als ich mich betrachtete, überkam mich Selbstmitleid.

Vermutlich lag es am Alkohol, dass mich die Situation mit Mike doch härter traf, als ich es anfänglich zugelassen hatte. Er lockerte nicht nur mein Mundwerk …

Anstatt mich zu beruhigen und den Wirrwarr in meinem Kopf zu vertreiben, kochten Emotionen in mir auf, die ich bislang unter Kontrolle hatte. Ich wollte nicht, dass sie den Raum in meinem Herzen einnahmen. Sie ließen mich schwach wirken, mich selbst vergessen, wer ich war oder wer ich vorgab zu sein.

Vor einer Weile hatte ich meine Gefühle gut in mir verpackt. Keiner wollte seine Schwächen offen zur Schau stellen, anderen Angriffsfläche bieten. Meine Bemühungen wurden belohnt und ich war heute stark und selbstbewusst.

Ich straffte die Schultern, schluckte den aufkeimenden Zwiespalt runter und verließ kurz darauf die Toilette, um zurück zu unserem Klienten zu gehen.

Mike und Mr. Lodge waren in ein angeregtes Gespräch vertieft, als ich mich wieder auf meinen Stuhl sinken ließ und versuchte herauszuhören, worüber sie sich austauschten.

Ich klinkte mich für eine Weile aus, beobachtete den Mann, den ich liebte und trank noch mehr von dem köstlichen Champagner, der prickelnd meine Kehle herunter rann. Auch wenn ich mein Limit überschritten hatte, konnte ich nicht aufhören ihn aufzusaugen.

Wie viel Zeit vergangen war, seitdem ich ihn anstarrte und mit den Augen verschlang, wusste ich nicht. Draußen war die Sonne längst untergegangen, doch den Herren schienen die Gesprächsthemen nicht auszugehen. In meinem Inneren machten sich Zweifel über das, was wir hatten und das, was wir niemals haben würden, breit.

Der Alkoholpegel in meinem Blut stieg weiter an. *Wie hätte es bei den Mengen köstlichem Muntermacher auch anders sein können?* Als ich versuchte, mich in das Gespräch einzubringen, kamen mir die Worte nur undeutlich über die Lippen und sie hatten nichts mit der Angelegenheit zu tun, worüber die beiden Männer sich unterhielten.

Mr. Lodge war von meinen verwirrenden Sätzen peinlich berührt, entschuldigte sich und verschwand Richtung Toilette. Zumindest ging ich davon aus, denn mein Blick war alles andere als scharf. Obwohl ich die Augen zusammenkniff, konnte ich nicht mit Sicherheit sagen, ob ich mit meiner Vermutung richtig lag.

Mike rutschte nah an mich heran und sprach leise zu mir. »Warum hast du dich betrunken? Das muss doch nicht sein, oder? Außerdem dachte ich, dass wir das Thema geklärt hätten und du damit einverstanden bist und mir noch ein wenig Zeit gibst, bis Alice sich wieder eingewöhnt hat und ich mit ihr reden kann.«

In meinen Gedanken klang meine Erwiderung verständlicher, als sie mir über die Lippen kam: »Ich liebe dich, Mike. Ich will nicht länger darauf warten, dass du endlich für mich da bist. Ich will mit dir zusammen sein. So ganz offiziell und mit allem drum und dran.«

Obwohl ich versuchte, traurig dreinzublicken, war ich mir sicher, dass der Champagner nicht nur mein

Sprachzentrum beeinflusste, sondern auch deutlich seine Wirkung auf meine Mimik und Gestik ausbreitete.

Erst als er sprach, bemerkte ich, dass der Sponsor des heutigen Abends wieder am Tisch Platz genommen hatte. »Ich wusste nicht, dass sie ein Paar sind«, setzte Mr. Lodge an und blickte uns verständnisvoll an.

In meinem Kopf formte sich die passende Antwort, aber Mike kam mir zuvor: »Nein, wir sind kein Paar. Louise trinkt manchmal gerne einen über den Durst, wenn wir einen Sieg feiern. Nichts, worüber Sie sich Sorgen machen müssten.«

Ich blickte zwischen unserem Klienten, der nun keiner mehr war, es sei denn er würde wieder eines Vergehens bezichtigt werden, und Mike hin und her. Mr. Lodge fiel alles aus dem Gesicht, als er seinen Fauxpas bemerkte und mein Geliebter hob entschuldigend die Hände.

»Aber Mike liebt mich«, warf ich ein, bevor ich nicht mehr zu Wort kam.

»Ssshhh ... du hast reichlich Champagner getrunken«, redete er beruhigend auf mich ein und streichelte mir über den Unterarm.

Auch wenn ich das eine Auge zusammenkneifen musste, um mit dem anderen klarer zu sehen, und er dachte, dass ich es nicht mitbekam, hatte ich bemerkt, dass er mit dem Finger auf seine Hand mit dem Ehering deutete. Vermutlich wollte er damit irgendjemandem den liebenden Ehemann vorgaukeln, der er nicht war. Wenn jeder wüsste, wie lange er Alice mit mir betrog, würde niemand ihn mehr als den Menschen achten, den er nach außen hin ausstrahlte.

Mr. Lodge nickte verstehend. »Vielleicht sollten Sie Ms. Ross nach Hause bringen. Der Kellner wird ein Taxi bestellen und ich werde die Rechnung begleichen. Immerhin habe ich Ihnen meine Freiheit zu verdanken. Natürlich geht mein Dank auch an ihre Kollegin.« Die Lobeshymne über Mikes Leistung und sein Engagement ließen mir die Galle hochkommen. Mr. Lodge entfernte sich von unserem Tisch.

»Komm, wir gehen schon mal raus. Dann kannst du frische Luft schnappen.« Mike erhob sich und half mir, aufzustehen. Schwankend klammerte ich mich an seinem Arm fest.

»Es sind so viele Wochen vergangen, seitdem Alice wieder da ist ...« Der Rest des Satzes war mir, während ich redete, entfallen. Er streichelte mir behutsam über den Rücken. Vor der Tür wehte mir eine kühle Brise um die Nase und ließ mich frösteln.

Mike hielt mich immer noch im Arm. Nach draußen zu gehen war keine gute Idee. Der Sauerstoff verschlimmerte meinen Gemütszustand, anstatt ihn zu verbessern. Es war, als hätte mir jemand einen Hammer von hinten über den Schädel gezogen. Ich fühlte mich betrunkener als zuvor.

Er schob mich in das Taxi und gab dem Fahrer die Adresse. Vermutlich meine, denn ich konnte davon ausgehen, dass ich mal wieder ein lästiges Anhängsel für ihn darstellte, das er schnellstmöglich aus dem Weg räumen musste.

Im Wagen versuchte ich, mich auf einen Punkt zu konzentrieren, damit mein Magen endlich aufhörte, Achterbahn zu fahren. Bis das Auto hielt, gelang es mir, die

Überreste meines Abendessens in mir zu behalten und mich nicht auf die Rückbank zu übergeben.

»Könnten Sie warten und den Taxameter einfach weiterlaufen lassen? Ich werde sie nur nach oben bringen und dann können Sie mich nach Hause fahren.« Der Fahrer nickte zustimmend.

***

Als ich aufwachte, pochte ein stechender Schmerz hinter meiner Stirn und ließ mich zweimal überlegen, ob ich die Augen öffnen wollte. Das kleinste Blinzeln verstärkte die Qualen, die mein Körper durchlitt, um das Zehnfache. Ich drückte mich tiefer in die Kissen und entschloss mich dazu, noch eine Weile liegen zu blieben, in der Hoffnung, dass die Kopfschmerzen nachließen.

Nachdenken würde wohl nicht wehtun. Ich versuchte, mir ins Gedächtnis zu rufen, was geschehen war. Vergleichbar mit einem Sturzregen prasselten die Erinnerungen an den gestrigen Abend auf mich ein.

Verdammt!

Ich hatte mich zum Idioten gemacht. Und mit den Szenen kamen auch die Dinge hoch, die ich gesagt hatte. *Oh Shit!*

Mike war nicht nur sauer, er war außer sich vor Wut. Für mein Fehlverhalten ihm und unserem Klienten gegenüber, gab es keine passenden Worte, um mich angemessen zu entschuldigen.

Es brauchte mehrere Anläufe, bis ich endlich die Uhrzeit auf dem Wecker erkannte und mich erschrocken aufsetzte.

»Verdammte Scheiße!«, fluchte ich laut, was nicht nur dem hämmernden Schmerz galt, sondern auch der Tatsache, dass ich verschlafen hatte und zum regelmäßigen Meeting mit Mike zu spät kommen würde.

So schnell mich mein Körper ließ und meine Beine mich in diesem Zustand trugen, schleppte ich mich ins Badezimmer und erhaschte einen Blick in den Spiegel. Es wäre besser gewesen, mich erst anzublicken, nachdem ich geduscht und die offensichtlichen Rückstände der letzten Nacht von meinem Gesicht gewaschen hatte. Ich sah zerknirscht aus und würde alle Geschütze auffahren müssen, um meine Augenringe mit Make-up zu überdecken.

Heute dauerte alles eine halbe Ewigkeit, weil mein Kreislauf nicht auf der Höhe war und mich für den ausschweifenden Champagnerkonsum während des Essens nicht nur mit Übelkeit bestrafte.

Völlig abgehetzt und außer Atem kam ich eine Stunde zu spät in die Kanzlei. Mike war nicht in seinem Büro anzutreffen und auch in der Kaffeeküche fand ich ihn nicht. Um nicht zu auffällig zu wirken, betrat ich den Raum und holte mir eine Tasse aus dem Schrank.

»Melissa, hat Mike heute unseren Termin vergessen?«, erkundigte ich mich bei seiner rechten Hand, die vergnügt mit den anderen Assistentinnen in der Küche versammelt war. *Wofür zum Teufel hatten wir die ganzen Hühner eingestellt, wenn keine von ihnen an ihrem Arbeitsplatz saß?*

Janine, meine Hilfskraft, sah meinen weniger erfreuten Blick über das Kaffeekränzchen am Morgen, verabschiedete sich mit gesenktem Kopf von den anderen und marschierte schnurstracks an ihren Schreibtisch. So weit würde es noch kommen, dass sie sich zu den Tratschweibern gesellte und sich an ihren Lästereien beteiligte.

Nachdem sie bei mir angefangen hatte, hatte ich ihr andere Dinge eingetrichtert. Sie war niemand, der hinter dem Rücken von jemand anderem redete und ihre Loyalität kannte keine Grenzen. Vor allem nicht, wenn sie mir galt, wofür ich ihr mehr als dankbar war. Jemand, der Integrität und Privatsphäre zu schützen wusste, war mir am liebsten, deshalb war meine Wahl damals unter den vielen Bewerberinnen auch auf sie gefallen. Sie hatte gleich so etwas Ehrliches und Vertrautes an sich, was keine der anderen hatte aufweisen können und bislang hatte mein erster Eindruck von ihr mich nicht enttäuscht.

Melissa hatte meine Frage über Mikes Terminplan geflissentlich ignoriert und tratschte wieder mit den Weibern. Für meinen Geschmack waren sie alle für ihre Positionen zu aufgetakelt. Die Blusen waren zu weit ausgeschnitten und ließen tief blicken. An die zu kurz geratenen Röcke wollte ich nicht denken, die zu allem Übel eine Nummer zu klein gekauft wurden, weil man dachte, dass sie die richtigen Stellen hervorhoben. Amateure. Mehr fiel mir dazu nicht ein.

Ich räusperte mich. »Melissa?«, wiederholte ich mit Nachdruck. Mehr war nicht notwendig. Endlich schenkte sie mir ihre volle Aufmerksamkeit und ein bezauberndes Lächeln, das aufgesetzter nicht hätte sein können.

»Er hat einen Termin mit Alice. Vor heute Nachmittag wird er nicht zurück sein, wenn er überhaupt noch mal reinkommt.« Bei dem letzten Wort hatte sie mir den Rücken zugewandt und gackerte mit den Gänsen wild drauf los.

Ich pumpte mir schnell einen Kaffee in die leere Tasse, die ich mit aller Kraft umklammerte. Weiß standen die Knöchel meiner Finger hervor und Wut bahnte sich ihren Weg durch mein Inneres.

Als ich an dem heißen Becher nippte und zähneknirschend die Kaffeeküche verließ, ging ich in mein Büro. Auch wenn der Zorn über die Tatsache, dass er mir von seinem Termin mit seiner Ehefrau nichts gesagt hatte, weiterhin in mir brodelte, fand ich mit Hilfe der Klopftechnik etwas Ruhe.

»Bitte lass niemanden zu mir und wimmel alle Anrufe ab«, instruierte ich Janine, bevor die Tür hinter mir scheppernd ins Schloss fiel.

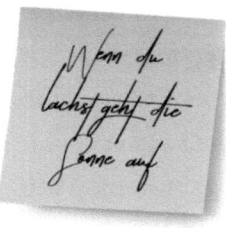

Kapitel 4

Nate

Die letzten beiden Tage waren der blanke Horror gewesen. Ich versuchte, mich vor Lilly zu verstecken, weil ich den Druck, dieses Geheimnis für mich behalten zu müssen, nicht aushielt. Ihre Mutter war am gestrigen Abend vorbeigekommen und hatte ihre Tochter spontan zum Abendessen mitgenommen, was mir eine kleine Verschnaufpause verschaffte. Die Vorbereitungen für unseren Jahrestag liefen auf Hochtouren und es fiel mir schwer, alles vor ihrer Schnüffelnase geheim zu halten. Ich war mir sicher, dass sie in einem vorherigen Leben Privatdetektivin oder FBI Agentin gewesen sein musste. Es gab nichts, was ich vor ihr hatte verheimlichen können.

Entweder wusste sie, dass etwas im Busch war und ließ es sich nicht anmerken oder die Unterstützung ihrer Eltern war bislang die fehlende Quintessenz gewesen, um meine Pläne erfolgreich bis zur Zielgerade zu bringen.

Dass sie in ihrem Blumenladen viel zu tun hatte, spielte mir in die Karten. Es lenkte sie ab, wenn meine Aufmerksamkeit nicht auf unseren Gesprächen ruhte, weil mir noch eine neue Idee für die Überraschung am Strand durch den Kopf ging oder ich stumme Gebete gen Himmel schickte, wenn der Wetterbericht von Regen sprach, der genau dann einsetzen sollte, wenn wir unser Essen beendeten.

Es war schwerer, alles hinter ihrem Rücken zu organisieren, denn ich bekam mehr und mehr den Eindruck, dass sie allmählich misstrauisch wurde und mir die Ausreden nicht mehr abnahm.

Umso dankbarer war ich, dass heute der Tag X war und mir diese Last am Abend von den Schultern fallen würde, wenn ich in ihre Augen blicken konnte, sobald sie den Ring entdeckte. In Gedanken malte ich mir unzählige Szenarien aus, wie sie reagierte, aber keines kam annähernd an die Realität heran, dessen war ich mir sicher.

Meine Aufregung vor ihr zu verbergen, fiel mir schwer. Mit zitternden Händen stand ich hinter ihr und wartete darauf, dass sie sich endlich setzte.

»Schön, dass wir auch nach so viel Jahren immer wieder herkommen«, schwärmte Lilly und blickte mich verliebt an, als ich ihr den Stuhl zurechtrückte und sie Platz nahm.

Morgan, der Besitzer des *Oliver's on the Cape Fear*, hatte die Kerzen aufgestellt, die alles in schummriges Licht hüllten und die Gläser mit Rotwein gefüllt. Darauf bedacht, mir nicht anmerken zu lassen, dass mich die Nervosität von innen auffraß, griff ich nach dem Wein und nahm einen

Schluck. Der Stiel und das Besteck wären für die Dauer des Essens meine Rettungsanker.

»Hast du so einen Durst?« Fragend hob sie eine Augenbraue und deutete auf das Behältnis in meiner Hand.

»Hmm«, war alles, was ich rausbekam. Ich trank wiederholt davon. Die fruchtige Flüssigkeit rann meine Kehle herunter und breitete sich warm in meinem Magen aus.

Unauffällig blickte ich mich um. Bislang war der Himmel klar und die ersten Sterne blitzten auf. John hatte mir versichert, dass er vorsorglich einen Pavillon aufstellen würde, falls es doch noch regnen sollte. Lilly hasste es, wenn ihre Haare nass wurden und ich war sicher, dass sie nicht mit mir spazieren gehen würde, sobald auch nur ein Tropfen herabfiel. Aus viel Make-up und dem ganzen Schnickschnack machte sie sich nichts, aber sobald es um ihre Frisur ging, verstand sie keinen Spaß.

»Schatz, hörst du mir zu?« Fürsorglich legte sie ihre Hand auf meine und streichelte mit dem Daumen über meine Haut.

»Tut mir leid. Was hast du gesagt?« Irritiert sah ich sie an und versuchte, gefasst zu wirken.

»Was ist in den letzten Tagen los mit dir? Auch wenn du denkst, dass ich es nicht bemerke, weiß ich, dass du mir nur mit einem Ohr zuhörst, wenn du mir überhaupt Aufmerksamkeit schenkst. Ist wirklich alles in Ordnung?« Ihr Gesichtsausdruck strahlte Besorgnis aus.

Sie musste aufhören, mich mit ihrem fürsorglichen Blick zu durchbohren. »Ja, mach dir keine Gedanken. Weißt du schon, was du essen möchtest?« Ich hob ihre Hand an meine Lippen und hauchte einen Kuss auf ihre Fingerspitzen. *Komm schon Nate, das kannst du besser!*, mahnte ich mich in Gedanken und lächelte sie an. Ihre Augen bekamen einen liebevollen Glanz und sie nickte. Für den Moment gab sie sich geschlagen und stellte ihre Fragerei ein.

Morgan kam höchstpersönlich zu uns und nahm unsere Essenwünsche entgegen. Den Blick in die Karte hätten wir uns sparen können. Seit unserem ersten Date bestellten wir bei jedem Besuch das Gleiche. Sie nahm den gerösteten Lachs und ich den Krabbenkuchen. Es hatte sich eingebürgert, dass wir nach der Hälfte die Teller tauschten.

Ich versuchte, Lillys Erzählungen über ihren Arbeitstag und die Kunden, die sie im Laden aufgesucht hatten, zu lauschen. Selbst ihrer Schimpftirade über die unangekündigten Preiserhöhungen ihres Lieferanten konnte ich weitestgehend folgen.

Das Essen zog an mir vorbei. Ich hätte nicht mal sagen können, wie es geschmeckt hatte. Der Blick auf die Uhr verriet mir, dass es an der Zeit war, aufzubrechen. Meine Knie waren weich wie Wackelpudding, und ich hoffte, dass Lilly dank der um uns herrschenden Dunkelheit nicht bemerkte, dass ich vor Aufgeregtheit fast platzte.

Zum Glück zeigte sich keine einzige Wolke am Himmel, was es mir leicht machte, sie zu dem romantischen Ausflug zu überreden. Um sie zu wärmen, legte ich meine Jacke um ihre Schultern, bevor ich sie schützend mit dem Arm umschlang und sie sich an meine Brust schmiegte. Sie reicht mir ihre Schuhe, eine Angewohnheit, die wir ebenfalls seit unserem ersten Date pflegten. Flüsternd liefen wir über den Sand, der zwischen meinen Zehen rieb. Es dauerte keine fünf Minuten, bis die Fackeln in Sichtweite kamen und Lilly neugierig den Kopf hob.

»Was ist das da vorne?« Schemenhaft erkannte ich ihren Finger, der auf den beleuchteten Pfad deutete.

Mein Nervenkostüm war bis zum Zerreißen gespannt. Ich versuchte, lässig zu antworten, und hoffte, dass sie das Zittern in meiner Stimme nicht wahrnahm. »Keine Ahnung ... Wollen wir mal nachschauen?«

Sie zog an meiner Hand, wollte in die andere Richtung. »Nein, das ist bestimmt was Privates. Am Ende stören wir, wenn wir dorthin gehen und wie zwei Spanner gucken, was da los ist.«

Oh je! So war das nicht beabsichtigt.

Ich umklammerte ihre Schulter fester und lotste sie den tänzelnden Flammen entgegen. *Wie sollte ich aus der Nummer wieder herauskommen?* Ihr war es schon immer unangenehm, wenn sie irgendwo auffiel oder im Mittelpunkt stand.

»Was machst du denn da?«, fragte sie empört, als sie bemerkte, dass ich auf den beleuchteten Pfad zusteuerte, und versteifte sich in meiner Umarmung.

»Vertrau mir«, flüsterte ich ihr ins Ohr und hielt auf den weißen Pavillon zu.

Sie schaute mich verwirrt von der Seite an. Die Fackeln leuchteten uns flackernd den Weg. *Hätte sie das Pulsieren meines Blutes nicht spüren müssen?* Die Menschen, die strahlend unter der Überdachung warteten, blickten uns entgegen. Lilly blieb stehen und schlug sich erschrocken die Hand vor den Mund.

»Nate … du willst nicht … oder doch?« Bevor ich etwas sagen konnte, flossen Tränen ihre Wangen hinab. Ich war nicht mal bis zu dem Herz aus Rosen, in dessen Mitte ich vor ihr niederknien wollte, gekommen.

Uns trennten etwa fünf Meter von ihren Eltern und ich wollte, dass der Abend perfekt würde. Sie war im Begriff, mir meinen Plan zunichtezumachen.

»Schatz, bitte geh weiter. Lass mich das nicht hier machen.« Ich sah mich um und deutete mit den Händen auf den spärlich beleuchteten Sand. Sie nickte und ging voraus. Ihre Mutter weinte, noch bevor irgendwas geschehen war.

Bei jedem Schritt schlug mein Herz von innen gegen die Brust. Ich hatte die Befürchtung, dass es jeden Moment meine Rippen durchbrach und ins Meer sprang, um sich Abkühlung zu verschaffen.

Ich geleitete Lilly in die Mitte des Pavillons und blieb in dem Rosenherz stehen.

Sie stand zitternd vor mir, als ich mich hinkniete. Sally hockte schwanzwedelnd neben Lillys Mutter. Als diese ihr ein Zeichen gab, kam sie zu mir. Die Idee, dass meine Hündin den Ring an ihrem Halsband tragen sollte, war mir in letzter Sekunde gekommen und ich hatte die Schachtel bei Betty abgegeben, die mir versprochen hatte, sich darum zu kümmern. Ohne ihre Hilfe und die Geduld mit meinen permanenten Änderungen wäre ich vollkommen aufgeschmissen gewesen.

Mein Mund wurde trocken und ich brauchte einen Augenblick. Der Moment war für mich genauso ergreifend, wie für alle Anwesenden. Mit zittrigen Fingern fummelte ich an der Schleife, um den Ring vom Band abzustreifen.

Lilly blickte mich abwartend an. Ihre Augen glänzten von den Freudentränen, die sie bereits vergossen hatte.

Ich räusperte mich und versuchte, die Ruhe zu bewahren, als ich zu sprechen begann. »Lilly … ich weiß nicht, wo ich anfangen soll. An die Rede, die ich mir aufgeschrieben habe, kann ich mich nicht mehr erinnern.« Ein Gehirn wie ein Sieb zu haben, war in so einem Moment wahrlich kein Vorteil. Aufmunternd lächelte sie mich an. »Ich versuche es aus dem Stegreif.« Ich schluckte schwer. Schweiß trat mir auf die Stirn und ich wischte mit dem Ärmel darüber. Jetzt gab es kein Zurück mehr. »Du bist mein Fels in der Brandung, das Alpha zu meinem Omega. Ohne dich wäre ich verloren. Ich liebe dich mehr als alles andere.« Sally bellte laut und ich sah sie an. »Ja, altes Mädchen, dich auch.«

Die Anwesenden lachten und Lillys Mom schnäuzte sich die Nase. Mit zitternden Fingern hielt ich den Ring in ihre Richtung. Ihre Augen weiteten sich bei dem Anblick des Diamanten.

»Oh mein Gott, Nate … Ja, ich will.« Sie grinste mich an und streckte mir willig ihre Hand entgegen.

Das war so typisch. Die Frage konnte ich mir sparen. »Jetzt lass mich doch erstmal meine Rede zu Ende bringen.«

Sie kicherte und schlug sich die andere Hand vor den Mund. Ich verdrehte die Augen und rutschte ein Stück näher an sie heran. Als ich versuchte, ihr den Ring anzustecken, hatte ich Schwierigkeiten, meine Aufregung unter Kontrolle zu halten. Rasend schnell pumpte das Adrenalin durch meine Venen und ich befürchtete, bewusstlos zu werden.

Ungeduldig wackelte sie mit den Fingern, die sie mir anbot. Ich hielt das Schmuckstück fest, steckte es ihr einige Millimeter auf den Ringfinger, bevor ich den Kopf hob und in ihre Augen blickte. »Lilly Nora Adams, willst du meine Frau werden?«

»Ja, natürlich will ich!« Bedächtig schob ich den Diamantring auch das letzte Stück nach oben, erhob mich und küsste sie. Dass ihre Eltern Beifall klatschten, blendete ich aus. Dieser Moment gehörte nur uns beiden.

In unserer Berührung lag Sehnsucht und unendlich viel Liebe ... es war kaum zu glauben, dass ich für einen Menschen diese Art Gefühle empfinden konnte. Ich schwebte auf Wolke sieben. Widerwillig löste ich mich von meiner Verlobten, als Sally sich zwischen uns drängte und um Aufmerksamkeit bettelte. Lilly blickte verliebt auf das Zeichen unserer künftigen Verbundenheit und hielt ihn ihren Eltern entgegen. Sie so glücklich zu sehen, hätte kein Geld der Welt aufwiegen können. Ich wusste, ich hatte die richtige Entscheidung getroffen. Sie würde schon bald Mrs. Lilly Nora Warren sein.

Kapitel 5

Louise

Ich bekam Mike den ganzen Tag nicht zu Gesicht und er meldete sich auch nicht. Keine SMS, nichts. Genervt seufzte ich und lehnte mich in meinem Stuhl zurück. Nachdenklich tippte ich die Fingerspitzen aneinander. Mir war klar, dass ich mich nicht angemessen verhalten hatte, doch das war kein Grund, mich zu ignorieren … oder hatte ich etwas gesagt, an das ich mich nicht mehr erinnern konnte?

Nein, das konnte nicht sein. Kopfschüttelnd widmete ich mich den Unterlagen vor mir, konnte mich aber nicht auf die Worte konzentrieren. Heute wäre ich nicht in der Lage, nur eine der zu beantwortenden E-Mails abzuarbeiten. Mein Kopf schmerzte und ich wollte wissen, weshalb Mike sich vor mir versteckte. Bevor ich das Büro verließ, packte ich meine Sachen in die Handtasche, fuhr den Laptop runter und schaltete das Licht aus. Der Rest der Mitarbeiter war nach Hause gegangen. Wie so oft war ich die Letzte, die die Eichentür zu den Büroräumen hinter sich zuzog.

Vor dem Gebäude wehte mir frischer Wind entgegen. Der Herbst rückte mit jedem Tag näher. Es war nicht kalt genug, um abends eine Jacke tragen zu müssen, aber ich fröstelte leicht. Als ich auf mein Auto zuging, erblickte ich die Silhouette eines Mannes, der an meinem Wagen lehnte. Ich erschrak, als ich sah, wie zerknirscht Mike wirkte und beschleunigte meinen Schritt, um zu ihm zu gelangen.

»Hey«, begrüßte ich ihn schüchtern.

Er steckte die Hände in die Hosentaschen und blickte zu Boden.

»Was ist los?«, brachte ich besorgt hervor und griff nach seinem Unterarm.

»Sie weiß es«, flüsterte er, schaute mich aber nicht an.

Mir rutschte das Herz in die Hose und ich zog bestürzt meine Finger zurück. Er richtete den Blick auf mich. Die dunklen Ringe unter seinen Augen deuteten auf eine schlaflose Nacht hin.

»Woher?«

»Ich weiß es nicht, doch sie hat mich damit konfrontiert, als ich gestern Abend nach Hause kam. Sie hat sich nicht mehr eingekriegt und um ihrer selbst willen habe ich sie einweisen lassen. Du weißt, wie sie ist. Es war nie ein Geheimnis und wir hatten beide befürchtet, dass dieser Tag kommen würde und ich den Schritt gehen müsste«, presste er hervor und verkrampfte mit jedem Wort ein wenig mehr.

Ich wollte ihn in den Arm nehmen, beruhigen und ihm versichern, dass alles gut werden würde, aber seine Miene verfinsterte sich und ich war nicht in der Lage, mich von der Stelle zu rühren.

»Du wusstest, dass der Zeitpunkt kommen würde«, fügte er flüsternd hinzu.

Betroffen schlug ich mir die Hand vor den Mund. Ich wusste genau, was er aussprechen wollte ... »Das kannst du mir nicht antun«, wisperte ich und wandte mich von ihm ab. Meine Tasche, die ich umklammert hatte, fiel mit einem dumpfen Geräusch zu Boden und der Inhalt rollte über den Asphalt. Verzweifelt fuhr ich mir mit der Hand durchs Haar. Mein Atem beschleunigte sich, mein Herz schmerzte und ich griff mir an die Brust. Es fühlte sich an, als könnte es jeden Moment aufhören zu schlagen. Meine Welt brach vor mir zusammen. Ich sah die Scherben, die an mir vorbei flatterten und klirrend zu Boden schepperten. Es trat das ein, wovor ich all die Jahre die Augen verschlossen hatte.

»Du kannst mich nicht verlassen«, wiederholte ich mehrmals. Ich stand immer noch mit dem Rücken zu ihm gewandt. Die Tränen konnte ich nicht länger zurückhalten und schluchzte leise.

Mein Körper bebte mit jedem japsenden Atemzug. Wie eine Süchtige versuchte ich, den Sauerstoff in meine Lungen aufzunehmen. Als mir die Beine wegsackten, schlang Mike von hinten seine Arme um mich.

Zitternd hing ich in seiner Umarmung, dabei ertrug ich seine Berührung nicht. Ich wollte nur hier weg. Mit letzter Kraft befreite ich mich aus seinem Griff, kniete mich auf den Boden und sammelte mein Hab und Gut ein.

Ohne ihn anzusehen, betätigte ich die Verriegelung des Wagens und stieg ein. Ich ließ den Motor aufheulen und fuhr davon. Im Rückspiegel sah ich seine Gestalt im Schein der Parkplatzbeleuchtung stehen. Mit gesenktem Kopf verharrte er an der gleichen Stelle. Ich hielt seinen Anblick nicht aus und richtete meine Aufmerksamkeit auf die Straße.

Der Tränenschleier erschwerte mir die Sicht und ich wischte mir mehrfach das Gesicht trocken. Wie ich den Weg nach Hause unbeschadet hinter mich gebracht hatte, wusste ich nicht. Aber bevor ich mich versah, parkte ich das Auto vor meinem Wohnhaus. Erst jetzt war mein Gehirn dazu in der Lage, zu verarbeiten, was soeben geschehen war. Mike hatte mich verlassen. Er hatte das getan, wovor ich in all den Jahren die größte Angst gehabt hatte. Er würde bei seiner Frau bleiben, weil sie krank war, psychisch krank. Alles was uns verband, hatte er mit einer Handvoll Worte durchtrennt.

Mein Herz schmerzte, als würde jemand ohne Ablass mit einer Messerklinge hineinstechen. Wie viel Zeit vergangen war, seitdem ich den Wagen geparkt hatte, wusste ich nicht. Als ich der Meinung war, laufen zu können, ohne dass die Muskeln versagten, ging ich in meine Wohnung. Der Anrufbeantworter blinkte wild vor sich hin, doch ich ignorierte das penetrante rote Licht. Ich war mir sicher, dass es Mike war oder aber meine Mutter. Meine beste Freundin Matilda würde niemals den Festnetzanschluss benutzen. Sie schrieb mir Nachrichten oder rief mich auf dem Handy an.

Die Tür trat ich mit dem Fuß scheppernd ins Schloss. Es interessierte mich nicht, ob es meine Nachbarn störte oder nicht. Mir war in diesem Moment alles egal. Wie ein Zombie wandelte ich im Dunklen durch die Zimmer.

Im Bad ließ ich heißes Wasser in die Wanne laufen und entledigte mich meiner Klamotten. Fünf Minuten später glitt mein zitternder Körper in die Schaumwolke. Wärme umgab mich, aber sie erzielte nicht die gewünschte Wirkung. Starr verharrte ich in der Badewanne und blickte an die Wand. Ich war wie gelähmt, konnte mich nicht daran erinnern, wann ich mich das letzte Mal so hilflos und einsam gefühlt hatte.

Wie hatte er mir das antun können? Wir hatten viele Jahre eine tiefe Beziehung zueinander aufgebaut. Ich war mir sicher, dass er mich liebte und nicht sie. Meine Gedanken überschlugen sich. Ich hielt den Atem an und tauchte den Kopf unter Wasser. Es hüllte mich komplett ein und erst, als meine Lungen brannten und sich nach Sauerstoff sehnten, setzte ich mich auf und schnappte nach Luft. Mit den Händen wischte ich mir den Schaum aus dem Gesicht und allmählich verschwand der Nebel in meinem Kopf.

Es war ein herber Rückschlag, dass Mike mich für sie verlassen hatte und ich würde ein abschließendes Gespräch mit ihm suchen. Doch es würde irgendwie weitergehen, es musste irgendwie weitergehen. Tief in meinem Inneren hatte ich gewusst, dass dieser Tag kommen würde. Aber mein naives Herz hatte es nicht wahrhaben wollen, wohingegen mein Verstand versuchte, an mich zu appellieren, aber ich war taub. Obwohl es unvermeidbar war, wollte ich es nicht sehen.

Die Angst einsam alt zu werden war zu groß, als dass ich mich hätte aus eigener Kraft von ihm trennen können. Wenn ich an die Scheidung meiner Eltern zurückdachte … ich erinnerte mich, als sei es erst gestern gewesen. Alles hatte ich miterlebt und nichts war in Vergessenheit geraten. Bei dem Gedanken daran fröstelte ich. Niemals wollte ich so enden wie meine Mutter. Wie sie abends auf der Couch vor sich hinvegetiert hatte. Bei ihrem Alkoholkonsum grenzte es schon fast an ein Wunder, wenn sie ansprechbar gewesen war. Noch nie hatte ich einen Menschen gesehen, der einsamer war als sie. Ich schob die schmerzhaften Kindheitserinnerungen beiseite. Den Fokus legte ich auf das Bild an der Wand. Sobald ich es ansah, waren meine Sorgen für einen Augenblick vergessen. Es zeigte das Meer und den Strand, rief in mir das Bedürfnis nach endlosen Weiten und dem tiefen blauen Ozean hervor.

Das Wasser war inzwischen kalt und ließ mich frösteln. Ich stieg aus der Wanne, trocknete mich ab und hüllte mich in den weichen Bademantel. Auf dem Weg zur Couch fischte ich mein Handy aus der Tasche, die im Flur lag, und wählte Matildas Nummer.

»Hey Süße, schön dass du dich meldest«, begrüßte sie mich.

Ihre Stimme zu hören, ließ die erst vertrockneten Tränen in Sturzbächen meine Wangen hinablaufen. Schluchzend saß ich auf dem Sofa und brachte kein Wort heraus.

»Ich bin in zehn Minuten bei dir. Rühr dich nicht von der Stelle!« An mein Ohr drang der Piepton. Sie hatte aufgelegt.

Ich zog die Beine eng an den Körper und umschlang sie mit meinen Armen. Die Wassertropfen perlten von den nassen Haarsträhnen auf die Garnitur, doch ich ignorierte die sich vollsaugenden Kissen. Hin und her wippend verharrte ich, bis sie endlich eintraf. Ich hatte das leise Klicken des Schlosses gehört, aber nicht darauf reagiert. Erst, als sie sich neben mich setzte und das Polster sich unter ihrem Gewicht senkte, blickte ich sie durch den Tränenschleier an.

»Sshhhh ... alles wird wieder gut«, flüsterte meine beste Freundin mir ins Ohr und zog mich an sich. Mein Körper wurde von jedem Schluchzer, der meine Kehle hinaufkroch, geschüttelt. Matilda streichelte mir liebevoll über das feuchte Haar und gab mir genügend Zeit, um mich zu beruhigen.

Die Tränen versiegten und ich war im Stande, Wörter aneinanderzureihen, die Sinn ergaben. »Er hat mich wegen ihr verlassen«, war alles, was ich hervorbrachte, bevor ich sie hilfesuchend anblickte.

»Was ist denn passiert?« Ihre Stimme klang beunruhigt.

»Wir haben gestern einen Fall gewonnen und sind danach mit unserem Mandanten Essen gegangen. Ich habe wohl einen über den Durst getrunken und Mike hat mich nach Hause gebracht.« Ich griff nach einem der Kissen, legte es mir auf den Schoß und öffnete immer wieder den kleinen Reißverschluss. Ritsch, Ratsch. Ritsch, Ratsch.

»Und du hast Dinge gesagt, die du besser nicht hättest sagen sollen?« Sie legte ihren Finger unter mein Kinn und zwang mich, sie anzusehen.

»Ja, das ist gut möglich«, antwortete ich zerknirscht. »Heute war er nicht im Büro. Als ich Feierabend gemacht habe, wartete er am Wagen auf mich. Und dann hat er mit ein paar Worten alles zerstört.« Tränen stiegen in mir auf und kullerten lautlos meine Wangen hinab. »Er hat gesagt, dass er sie einweisen lassen musste, weil sie ausgeflippt ist. Sie weiß das mit uns.«

»Alice weiß es?« Fragend hob sie eine Augenbraue.

Ob er die Wahrheit gesagt hatte, wusste ich nicht und zuckte nur mit den Schultern.

»Es tut mir so leid, Louise«, wisperte sie und ließ sich gegen das Polster sinken.

»Mir auch«, flüsterte ich und lehnte mich an sie. Sie war für mich die große Schwester, die ich nie hatte.

»Weißt du, wie es weitergehen soll?«, murmelte sie.

Ich schüttelte den Kopf. Darüber hatte ich mir noch keine Gedanken gemacht. »Keine Ahnung, was ich machen soll«, gestand ich krächzend.

Sie drehte sich so, dass ich sie ansehen konnte, und holte tief Luft, bevor sie antwortete: »Ich hoffe, dass du mir das nicht übel nimmst, aber ich habe befürchtet, dass genau das geschehen wird. Louise, ich wollte nie, dass er dir weh tut und ich habe immer gebetet, dass es anders kommt … ganz ehrlich, ich habe keinen blassen Schimmer, was ich dir raten soll. Vielleicht nimmst du dir erstmal ein paar Tage frei?«

Ich schüttelte den Kopf. Keinesfalls würde ich weglaufen. »Nein. Ich werde mich der Situation stellen, komme was wolle.«

Woher ich die Energie nahm, wusste ich nicht, doch ich setzte mich aufrecht hin, straffte die Schultern. »Ich will wissen, warum jetzt und warum nicht schon vorher. Verdammt noch mal, ich will eine Erklärung von ihm.«

Sie blieb eine Weile bei mir. Schweigend saßen wir nebeneinander. Ihre Anwesenheit spendete mir Mut und Kraft. Ich würde ihm ins Gesicht schauen können und auf alle meine Fragen eine Antwort von ihm erhalten. Das war er mir verdammt noch mal schuldig.

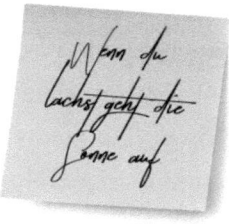

Kapitel 6

Nate

Lilly und ich schwebten im siebten Himmel. Es war alles frisch, aber sie zeigte jedem voller Stolz den Ring, den ich ihr angesteckt hatte. Ihre Eltern hatten noch mit uns gefeiert und ich hatte den Anblick meiner Verlobten genossen. Sie war so wunderschön, wenn sie lächelte. Es gab keinen Ort, an dem ich in diesem Moment lieber gewesen wäre und ich konnte mir keine andere Frau an meiner Seite vorstellen.

Sie kam mich in meiner Mittagspause besuchen und brachte mir etwas zum Essen. Ich war dankbar, dass sie sich fürsorglich um mich kümmerte. Wenn sie nicht wäre, würde ich nichts zu mir nehmen, bis ich Feierabend machte und nach Hause kam. Lilly hatte mir Sandwiches gemacht. Hungrig griff ich nach der Schnitte und mein Magen quittierte den Anblick mit einem Rumoren. Ich deutete auf die Sitzbank vor dem noch unbewohnten Gebäude, in dem ich eine Küche montierte.

Grinsend nahm sie neben mir Platz. »Du hast nicht gefrühstückt, oder?«, stellte sie fest, als sie das knurrende Geräusch aus meiner Bauchgegend hörte.

Entschuldigend zuckte ich mit den Schultern und biss in das köstliche duftende Brot. »Du kennst mich. Wenn ich viel zu tun habe, vergesse ich es manchmal.« Ich zwinkerte ihr zu und ließ ein *hhmmmm* verlauten.

»Können wir über die Hochzeit sprechen?«, hakte sie nach und starrte verlegen auf den Boden. Eine Geste, die sie an den Tag legte, wenn ihr etwas unangenehm war.

»Natürlich. Was hast du auf dem Herzen?«

Sie pulte eine Gurkenscheibe zwischen dem Käse und der Salami hervor und steckte sie sich in den Mund. »Ich glaube, dass wir uns nicht leisten können, was ich gerne haben möchte.« Sie hob den Kopf und blickte mich traurig an.

»Wie meinst du das?«, entgegnete ich ruhig und hoffte, dass sie nicht so lange herumdruckste. Ich wusste, dass wir nicht in Geld schwammen, doch ich hatte keine Ahnung, was genau ihr für unseren besonderen Tag vorschwebte.

»Das Kleid, was ich haben will, ist zu teuer und auch die Gästeliste … wir müssen sie kürzen. Einhundertfünfzig sind zu viel. Wir sollten versuchen, unter einhundert zu bleiben. Ich weiß, dass du mir alles ermöglichen möchtest, aber Nate, unsere Ersparnisse reichen dafür nicht aus. Es kommt nicht in Frage, dass wir uns in Unkosten stürzen, nur weil ich gern eine Prinzessinnenhochzeit haben möchte.«

Ich wusste, dass sie sich das immer gewünscht hatte, doch mir war nicht bewusst, wie sehr sie es wollte. Die Traurigkeit in ihrem Blick ließ mich schlucken. Ich konnte nicht zulassen, dass ihre Vorstellung wie eine Seifenblase zerplatzte. Ich legte mein Essen beiseite, griff nach ihren Händen.

»Schatz, du kriegst alles, was du möchtest. Mach dir wegen des Geldes keine Sorgen. Das kriege ich irgendwie hin. Ich finde einen Weg, damit du all die Dinge bekommst, die du dir wünschst. In Ordnung?«

Sie sah mich an und ihre Augen bekamen einen glasigen Schein. Eine Träne kullerte ihre Wange hinab.

»Du musst das nicht tun, Nate. Wir können auch kleiner feiern …«

Ich ließ sie nicht ausreden, legte meinen Finger auf ihre Lippen und brachte sie zum Schweigen. Aufmunternd lächelte ich sie an. »Du bekommst deine Traumhochzeit, versprochen.«

Dankbar schlang Lilly ihre Arme um meinen Hals und zog mich an sich. »Tausend Dank! Ich weiß nicht, was ich sagen soll!« Dann sprang sie auf, rannte nach drinnen und holte ihre Handtasche. Sie fischte das kleine Notizbuch daraus hervor und schrieb alles auf, was ihr durch den Kopf ging.

Grinsend linste ich über ihre Schulter und las die einzelnen Punkte mit, die sie notierte. Von Minute zu Minute wurde die Auflistung länger und mir schwirrte der Schädel. Um mich abzulenken, nahm ich mir das Sandwich und aß schweigend weiter.

Irgendwie würde ich es schaffen müssen, dass Lilly auf nichts an ihrem großen Tag verzichten musste. Ich hatte keine Ahnung, was ich tun sollte oder wie ich an das Geld kam, aber es würde eine Lösung geben, dessen war ich mir sicher.

In Gedanken ging ich alle Optionen durch. Ich könnte eine Hypothek auf die Werkstatt aufnehmen ... wobei das der letzte Ausweg sein sollte. Vielleicht wäre ein Darlehen bei der Bank möglich. *Was konnte eine Hochzeit schon kosten? Zehn oder fünfzehntausend Dollar?*

Ich hatte keinerlei Vergleichswerte ... *woher auch?*

Als ich sie aus dem Augenwinkel beobachtete, wusste ich, dass ich mein Versprechen halten musste.

***

Ohne Lillys Wissen hatte ich einen Termin bei meinem Bankberater vereinbart.

»Hey Frank. Danke dass du so kurzfristig Zeit für mich hast«, begrüßte ich ihn, als er auf mich zukam.

»Nate, schön dich zu sehen. Komm doch mit in mein Büro«, bat er und deutete auf die geöffnete Tür.

Ich ging voraus und nahm auf einem der Stühle vor dem breiten Schreibtisch Platz. Meine Hände faltete ich im Schoß, damit er nicht sehen konnte, wie nervös ich war. Das Wippen meines Beines würde ich kaum verstecken können. Er setzte sich auf den großen Schreibtischstuhl und räusperte sich.

»Kann ich dir was zum Trinken anbieten?«, fragte er höflich, aber ich lehnte mit einem Kopfschütteln ab. »Okay. Ich nehme an, du möchtest direkt zum Punkt kommen?« Er öffnete eine Akte, die vor ihm auf der Holzoberfläche lag.

»Ja, bitte. Ich hab ja schon am Telefon gesagt, dass ich ein Darlehen brauche.«

Anstatt mich anzusehen, ging er jedes einzelne Dokument durch, nickte zwischendrin und kräuselte die Nase. Das war vermutlich kein gutes Zeichen.

Nach einer gefühlten Ewigkeit klappte er die Unterlagen zu und blickte mich an. Mit dem Finger tippte er sich nachdenklich gegen das Kinn.

»Was?«, erkundigte ich mich ungeduldig.

»Ich weiß nicht, wie ich es dir sagen soll …«, druckste er und blickte auf die zugeklappte Mappe vor sich.

»Jetzt rück schon mit der Sprache raus!«, forderte ich.

Frank und ich waren zusammen aufgewachsen und hatten als Kinder im Softball-Team gespielt. Wir kannten uns seit über zwanzig Jahren und waren miteinander befreundet. Es gab nichts, worüber wir nicht hätten reden können.

Meine Anspannung stieg ins unermessliche und mein Bein wippte wild auf und ab. Ich hatte Schwierigkeiten, meine Finger ruhig zu halten und verwob sie fest ineinander. Ungeduldig rutschte ich auf dem Stuhl bis zur Kante, damit mir kein Wort entging, wenn er doch endlich mit der Sprache rausrückte.

»Ich kann dir kein Geld geben«, platzte es aus ihm heraus.

Bei seinen Worten ließ ich mich fassungslos gegen die Lehne sinken. Seufzend strich ich mir mit der Hand durchs Haar. *Hatte er wirklich gesagt, dass er mir kein Darlehen geben konnte?*

Verwirrt blickte ich ihn an. »Warum?« Je länger ich hier saß, umso größer erschien mir der Raum und umso winziger sank ich auf dem Stuhl zusammen.

Nachdenklich rieb er sich den Bart. »Willst du die Wahrheit wissen?« Ich nickte. »Du hast keine Rücklagen, keine Sicherheiten und dein Geschäft ... na ja, wie soll ich es sagen? Dein Gewinn reicht gerade aus, um eure Unkosten abzudecken.« Er öffnete noch einmal die Dokumente und blätterte durch den Papierstapel. »Es tut mir leid, Nate. Aber da kann ich nichts machen.«

»Alles klar, danke«, antwortete ich geistesabwesend, erhob mich und verließ sein Büro, ohne mich zu verabschieden.

Ziellos lief ich durch Southport. Mir schwirrte der Kopf und seine Worte hallten in meinen Ohren wieder. Er würde mir das Geld nicht geben und ich hatte nicht genug Ersparnisse, um Lilly ihre Traumhochzeit zu ermöglichen. Ich war ein verdammter Versager.

Als ich mich umsah, erkannte ich mein Boot. Ich stand auf dem Steg davor und beobachtete, wie die Fender bei seichtem Wellengang gegen das Holz dotzten. Mit der Hand strich ich über die Lackierung. Dunkelblau mit weißen Streifen. Die Lieblingsfarben meiner Mutter. Nachdem sie gestorben war, hatte ich das Boot auf ihren Namen getauft. Die Erinnerung an sie war zu schmerzhaft. Ich packte sie gedanklich zurück in den Karton und verfrachtete ihn tief in mein Inneres.

Wenn ich schon mal hier war, könnte ich auch rausfahren. Für heute hatte ich keine Aufträge mehr, die nicht bis morgen warten konnten. Es würde mir helfen, den Kopf frei zu bekommen und mir eine andere Lösung zu überlegen.

Lilly ihre Traumhochzeit nicht zu ermöglichen, war keine Option. Ich lockerte das Tau und warf es auf Deck. Es musste eine andere Möglichkeit geben, um an das Geld zu gelangen. Während ich nachdachte, kletterte ich auf das Boot, ging ans Steuer und ließ den Motor an. Die Luftströmung war nicht stark genug, um uns aus dem Hafen zu treiben.

Ich brauchte das leichte Schaukeln, frischen Wind um die Nase und Ruhe, um mich zu sammeln. Der Luftzug nahm Fahrt auf, je mehr ich mich von der Bucht entfernte und sofort stellte sich das Gefühl von Heimat ein. Das Meer war mein Zuhause.

Die kreischenden Möwen ließ ich hinter mir, war dankbar für die willkommene Ruhe. Leicht schaukelnd lenkte ich Mary Lou auf den Ozean. Ich hatte mein Herz vor Jahren an das tiefe Blau verloren, das sich vor meinen Augen erstreckte und den inneren Sturm besänftigte. Rasch sank die Außentemperatur, dabei war es nicht allzu spät. Ich ließ meinen Blick über das Wasser gleiten und bemerkte am Horizont dunkle Wolken, die sich beängstigend schnell am Himmel auftürmten.

Mir würde genügend Zeit bleiben, um zurück nach Southport zu kommen. Eine Weile brauchte ich noch, um die Aspekte abzuwägen und mich selbst in meiner Entscheidung zu festigen. Ich würde ihre Eltern fragen und im gleichen Atemzug darum bitten, meiner Verlobten nichts zu sagen. Lilly sollte sich keine Sorgen um das Geld machen müssen.

Als zukünftiger Ehemann war das meine Aufgabe. Mein einziges Ziel war es, meine Frau glücklich zu machen.

Kapitel 7

Louise

Nachts hatte ich kaum geschlafen. Mein Gesicht sah schrecklich aus. Die Tränensäcke waren aufgequollen und ich hatte dunkle Augenringe. Aber ich gab mein Bestes. Ein wenig mehr Make-up würde die Auswirkungen der Tränen mindern. Wenn jemand fragte, würde ich sagen, es sei eine allergische Reaktion.

Ich warf einen letzten Blick in den Spiegel und war einigermaßen zufrieden mit dem Ergebnis. Seufzend ging ich ins Schlafzimmer und riss die Türen des Kleiderschrankes auf. Schließlich entschied ich mich für ein Kostüm. Dunkelblauer Rock und Blazer, dazu eine beigefarbene Bluse. Die passenden Pumps standen im Flur. Ich warf einen Blick in meine Handtasche, vergewisserte mich, dass ich alles hatte, und verließ die Wohnung.

Es war frisch, aber nicht kühl. Meine Jacke brauchte ich nicht, legte sie mir über den Arm und ging zum Wagen.

Bevor ich einstieg, atmete ich noch einmal tief durch. Ich würde es schaffen, ihm gegenüberzutreten und mir nicht anmerken zu lassen, wie ich mich innerlich fühlte und das er mein Leben bis auf die Grundmauern erschüttert hatte.

Heute hätten wir einen unserer ‚Termine'. Ich würde ihn nutzen und Mike mit den Fragen konfrontieren, die mich wachgehalten hatten.

Ich stieg in das Auto und fuhr los. Der Weg auf die Arbeit war beschwerlich, die Stadt war voll von kleinen Baustellen, die den Verkehr aufhielten. Genervt tippte ich auf das Lenkrad und wippte mit dem Bein. Je näher ich der Palmer Street kam, desto unruhiger wurde ich. Mein Herz schlug rasend schnell in meiner Brust und zog sich schmerzhaft zusammen.

Mit zittrigen Fingern wählte ich auf dem Display in der Mittelkonsole Matildas Nummer und hoffte, dass sie sofort abhob. Es waren nur zwei Querstraßen, bis ich auf den Parkplatz der Kanzlei einbog. Das Klingeln beschallte das Wageninnere.

»Du gehst nicht arbeiten?«, fragte sie, ohne mich zu begrüßen.

»Doch, aber ich brauche Mut«, gestand ich. Meine Hände begannen zu schwitzen und ich umklammerte das Lenkrad fester.

»Du schaffst das. Frag ihn alles, was du noch wissen möchtest. Bleib ruhig. Mach vorher die Atemübungen, die du bei mir im Schwangerschaftskurs gelernt hast.« Ihr Lachen dröhnte durch den Innenraum. Ich grinste und die

Anspannung fiel von mir ab. Meine Finger taten allmählich weh und ich lockerte meinen Griff um das Leder.

»Danke.« Ich lenkte den Wagen auf den Schotter und parkte vor dem Schild mit der Aufschrift *Louise Ross*.

»Ruf mich an, wenn was ist. Okay?«

»Das mache ich. Bis später, Matilda.«

»Du schaffst das!«, waren ihre letzten Worte und sie legte auf.

Ein letztes Mal atmete ich tief durch und stellte den Motor ab. Ich straffte die Schultern, griff nach meiner Tasche und stieg aus. Der Platz neben meinem Auto war leer. In dem Beutel suchte ich nach meinem Handy und blickte auf die Uhr. Es war noch früh. Er würde sicherlich bald kommen. So verblieben mir einige Minuten, um mich zu sammeln.

Zielstrebig betrat ich die Lobby, mied es, die anwesenden Kollegen anzusehen, und lief Richtung Büro. Keiner sollte bemerken, wie unwohl ich mich fühlte. Meine Absätze klackerten auf dem Marmor und ich hatte den Eindruck, dass jeder mich ansah und ich im Mittelpunkt stand. Mit gesenktem Kopf eilte ich weiter und war froh, als ich mich endlich den Büros näherte. Von weitem erblickte ich meine Assistentin, die an ihrem Platz saß. Bevor ich ins Vorzimmer ging, holte ich tief Luft und setzte ein Pokerface auf.

»Guten Morgen Janine, welche Nachrichten hast du heute für mich?«, platzte es aus mir heraus, als ich den Raum betrat. Mit der einen Hand krallte ich mich am Henkel meiner Handtasche fest und mit der anderen griff ich nach den Post-its, die sie mir hinhielt, als ich ihren Schreibtisch passierte. Ich wollte ihr nicht ins Gesicht schauen und hielt den Blick starr auf den Boden gerichtet. Ihre Spürnase war nicht zu unterschätzen. Sie würde mir ansehen, wenn etwas nicht in Ordnung war. Die Affäre mit Mike vor ihr zu verheimlichen, war ein Drahtseilakt gewesen, den ich bislang gut gemeistert hatte.

»Mr. Robertson hat schon dreimal angerufen und wollte, dass ich ihm den Termin mit dir bestätige. Geht es dir gut?«, rief sie mir hinterher, doch ich hatte die Tür ins Schloss fallen lassen. Erleichtert atmete ich aus und ließ mich auf meinem Bürostuhl nieder.

Ich fuhr den Laptop hoch und arbeitete alle offenen E-Mails nacheinander ab. Die aufgeschriebenen Rückrufe der Klienten erledigte ich und war dankbar für die Ablenkung. Wenn ich über die Arbeit redete, musste ich mir keine Gedanken um andere Dinge machen und war voll und ganz in meinem Element.

***

Das Erinnerungstool meines Kalenders blinkte auf. In zehn Minuten hatte ich den Termin mit Mike. Die Mittagszeit war vollkommen an mir vorüber geflogen. Ich hatte nichts gegessen und bis auf den Kaffeenachschub, den Janine mir regelmäßig brachte, nichts zu mir genommen. Jedes Mal, wenn sie hereingeschneit war, hatte ich mir Papiere vors Gesicht gehalten und so getan, als wäre ich beschäftigt.

Mein Magen knurrte, doch so lange ich nichts aß, gab es wenigstens nichts, was ich hätte ausspucken können, wenn mir die Galle hochstieg. Ich leerte die Tasse in einem Zug, suchte die Unterlagen wahllos zusammen und erhob mich. Als mir die Knie zitterten, schwankte ich leicht. Die Kante des Schreibtisches bot mir Halt und ich lehnte mich kurz an.

Meine Beine gehorchten mir wieder und ich machte mich auf den Weg in sein Büro. Wenn ich das Gespräch mit Mike hinter mir hatte, würde ich Feierabend machen, mir eine Pizza oder etwas vom Chinesen bestellen und mich volllaufen lassen.

Janine sagte keinen Ton, als ich an ihr vorbeiging und hob auch nicht den Kopf. Schnurstracks marschierte ich in Melissas Vorzimmer. Die Tür stand offen und ich ging an seiner Sekretärin vorbei. Ihren Protest ignorierte ich geflissentlich und ließ mich nicht von dem Vorhaben abhalten.

Ich betrat den Raum und schloss hinter mir die Tür. Mein Puls raste und mich überkam das Gefühl, jeden Moment ohnmächtig zu werden. Ich fasste mir ans Herz, nur um sicher zu gehen, dass es in der Brust blieb und nicht den Korb aus Knochen durchbrach. Den Blick starr auf die Fensterfront gerichtet, konzentrierte ich mich auf die wunderschöne Aussicht, fokussierte eines der Schiffe, das in die Town River Bay segelte. Meine Knie schlotterten und ich lehnte mich mit dem Rücken gegen den Rahmen. Mit den Fingern umklammerte ich hilfesuchend den Türgriff und die Unterlagen segelten zu Boden.

Mike kam auf mich zu, doch ich hob abwehrend die Hände und signalisierte ihm, dass er mir fernbleiben sollte. Ich wollte nicht, dass er mich berührte oder mir zu nahe kam. Das könnte ich nicht ertragen. Deshalb sah ich nur zu, als er sich hinkniete und die Papiere aufsammelte.

Ich versuchte, meinen Herzschlag zu beruhigen, und atmete in tiefen Zügen ein und aus. Er blieb vor mir stehen und hielt mir die Mappe entgegen. Widerwillig löste ich meine Finger von der Klinke und ergriff sie. Nach Halt suchend presste ich sie mir gegen den Oberkörper. Mike wandte sich von mir ab und setzte sich auf die Couch. Ich wollte reden, ihn die Dinge fragen, die mich bewegten, aber als ich den Mund öffnete, kam nichts hervor. Verzweifelt fuhr ich mir mit der Hand durchs Haar und sammelte meine Gedanken.

Erinnerungen schlichen sich ein, ließen mich schwer schlucken. Normalerweise wäre ich in diesem Moment für etwas anderes hergekommen. Die Tränen blinzelte ich weg, straffte die Schultern und ließ mich mit Abstand neben ihm nieder.

Meine Konzentration lenkte ich auf das Wesentliche und schob den stechenden Schmerz in meiner Brust beiseite.

»Ich möchte etwas wissen … und verlange, dass du mir ehrlich antwortest.« Entschlossen hob ich den Kopf und schaute ihn eindringlich an.

Mike sah schrecklich aus. Er hatte dunkle Augenringe und wirkte, als hätte er seit Tagen nicht geschlafen. Ich unterdrückte den Wunsch, ihm das zerzauste Haar aus der Stirn zu streichen und konzentrierte mich auf den Grund meines Besuchs. Die Worte lagen mir auf der Zunge, doch es fiel mir schwer, sie auszusprechen. Nur diese eine Frage. Mehr wollte ich nicht.

»Warum? Du hattest mir versprochen, dass du sie für mich verlassen würdest.« Gefasst blickte ich ihn an und kaute auf der Unterlippe. Er griff nach meiner Hand, aber ich entzog sie seiner Reichweite.

»Ich wünschte, es wäre anders«, flüsterte er, leckte sich über die Lippen und starrte Löcher in den Boden. Es dauerte eine gefühlte Ewigkeit, bis er mich ansah. »Sie ist schwanger und hat versucht, sich das Leben zu nehmen«, wisperte er und Tränen rannen seine Wangen hinab. »Ich will das hier nicht mehr.« Mit dem Finger deutete er zwischen uns hin und her. »Ich will meine Ehe mit Alice retten. Du musst mich gehen lassen.« Er erhob sich und ging zum Fenster. Die Hände hatte er in den Hosentaschen vergraben und den Blick starr nach draußen gerichtet. Ein Nebelhorn war zu hören, aber das Geräusch drang nur gedämpft an mein Ohr. Ich wollte die Hand nach ihm ausstrecken, ihn bitten, mich nicht fortzuschicken. Er schüttelte den Kopf und ließ die Schultern hängen. Es würde nichts bringen, selbst wenn ich ihn anflehte.

Ohne etwas zu erwidern, lief ich fluchtartig aus dem Zimmer. Ich eilte in mein Büro, ließ die Unterlagen achtlos auf den Schreibtisch fallen und griff nach meiner Tasche. Keine dreißig Sekunden später rauschte ich erneut an Janine vorbei und verließ die Kanzlei. Kopfschüttelnd rannte ich, so gut es mit den Schuhen ging, zum Ausgang. Vor der Eichentür blieb ich stehen und lehnte mich dagegen. Das konnte nicht passiert sein. Nein … Mike hatte mich nicht verlassen. Ich unterdrückte die Trauer nicht länger und ließ die Tränen laufen. Es war mir egal, wer mich sah. Sollten sie mich doch dafür verurteilen, dass ich ihn liebte. Sie zerrissen sich längst das Maul über mich.

Als ich aufsah, entdeckte ich Augenpaare, die mich anstarrten, Menschen, die hinter vorgehaltener Hand tuschelten.

»Was guckt ihr denn so?«, keifte ich, rappelte mich auf und ging Richtung Auto, hantierte mit dem Schlüssel, traf das Schloss aber nicht, weil meine Hand zitterte. Nach einem weiteren Versuch klappte es endlich und ich öffnete die Wagentür. Ich umklammerte das Lenkrad und schrie mir die Wut von der Seele. Dass man mich noch immer ansah, blendete ich aus.

Er hatte mich all die Jahre angelogen, mir immer wieder beteuert, dass er im Gästezimmer schlief. Tränen rannen meine Wangen hinab und tropften auf meinen Rock, der sich allmählich vollsog.

Ich ertrug den Anblick des Gebäudes, in dem die Kanzlei war, nicht mehr, ließ den Motor an und fuhr zu Matilda. Den Weg hätte ich auch im Dunkeln hinter mich bringen können und musste mich nicht auf den Straßenverkehr konzentrieren. Seine Worte hallten, wie ein todbringendes Mantra, in meinen Ohren wieder. Alice war schwanger …

Gestern hatte er mir den Boden unter den Füßen weggezogen, heute riss er meine Welt aus den Fugen. Alles, was ich wollte, war für immer verloren. Ich würde niemals die Chance bekommen, mit ihm die Familie zu gründen, die ich mir gewünscht hatte.

Ich parkte den Wagen vor dem Einfamilienhaus. Meine beste Freundin kam auf die Veranda und hielt Mathew. Als ich den kleinen Mann erblickte, trocknete ich meine Wangen, schluckte schwer und stieg mit zittrigen Knien aus.

Traurig blickte sie mich an und zog mich in eine Umarmung. Sie verstand meinen Kummer auch ohne Worte. Mathew tätschelte mir mit seinem Patschhändchen den Kopf und ich grinste. Er war ein wahrer Schatz. Als ich ihn ansah, lächelte er und streckte seine Ärmchen nach mir aus. Bei seinem Anblick war das Leid wie weggeblasen, sein Lächeln vertrieb die Dunkelheit in meinem Inneren. Ich hob ihn auf meinen Arm und ließ mich von meiner besten Freundin ins Haus geleiten.

Sie schloss die Tür hinter mir und ging den Flur entlang. An den Wänden hingen verschiedene Bilderrahmen und zeigten Matilda, Matti und ihren Mann in den verschiedensten Situationen. Sie waren eine Familie.

»Kaffee, Tee oder was Hochprozentiges?«, fragte sie, während ich ihr in die Küche folgte.

Verwirrt blickte ich ihr hinterher und war dankbar, dass sie mich mit ihrer Frage von meinen Gedanken ablenkte. »Einen Kaffee mit Schuss und dann was Hochprozentiges«, antwortete ich und versuchte die Finger von dem kleinen Burschen aus meinen Haaren zu lösen. Ich setzte ihn in seinen Hochstuhl und gab ihm die Schnabeltasse. Durstig nuckelte er daran, trank den Inhalt komplett aus und gluckste laut.

Matilda hantierte an der Maschine, die kurz darauf die Bohnen mahlte. Der Geruch von Kaffee breitete sich im Raum aus, entfaltete seine beruhigende Wirkung auf mich.

Aus dem Eisfach holte sie eine Flasche Baileys und wedelte lächelnd damit herum.

»Für mich bitte einen großen Schuss«, sagte ich und streichelte Mathew liebevoll über den Kopf.

»Kommt sofort.«

Mit zwei Tassen bewaffnet trat sie an den Tisch und schob mir eine davon zu. Der kleine Mann griff gierig danach, aber ich war schneller und er zog schmollend die Mundwinkel nach unten. Matilda reichte ihm einen Keks, den er freudestrahlend entgegennahm und sich in den Mund steckte. Kind müsste man sein ... unbeschwert und sorgenlos.

»Erzählst du mir, was passiert ist?«, erkundigte sie sich und nippte an ihrem Becher.

Ich redete und ließ kein Detail der kurzen Begegnung in Mikes Büro aus. Noch während ich sprach, füllte sie mehr von dem cremigen Likör in unsere Tassen. Ich trank meinen Kaffee in einem Zug leer und sie tat es mir gleich. Die warme Flüssigkeit legte sich schwer in meinen Magen und der Alkohol bahnte sich seinen Weg in meine Blutbahn.

»Ich weiß nicht, was ich sagen soll«, begann Matilda, erhob sich und brühte neuen Kaffee. Sie gab mir meinen Pott zurück und ich schüttete einen großzügigen Schluck des süßen Fusels hinein.

Als sie sich wieder setzte, nahm sie meine Hand zwischen ihre. »Es tut mir so leid. Ich habe mir wirklich gewünscht, dass es anders kommt.«

Wir saßen eine Weile beisammen und aus dem Likör wurde Brandy. Dass ich nichts gegessen hatte, bemerkte ich schnell. Mein Alkoholpegel stieg rapide an und irgendwann hing ich, wie ein kleines Häufchen Elend auf der Couch.

Matilda hielt mich im Arm und ich ließ meiner Trauer freien Lauf. Adam, ihr Mann, kam nach Hause und verzog sich mit Mathew ins obere Stockwerk. Ich war dankbar dafür, dass er mir keine unangenehmen Fragen stellte, und meine beste Freundin mich nicht zum Reden zwang. Sie war für mich da. Mein Halt, wenn die See um mich tobte und versuchte, mich mit Haut und Haaren in den Strudel zu ziehen, der an meinen Füßen zerrte.

Als sie sich verabschiedete und nach oben ging, war es schon lang finster draußen. Keine Ahnung, wie spät es war, aber es spielte auch keine Rolle. In der Mitte der Treppe blickte sie noch einmal zu mir herab. Wenn ich es richtig erkannte, wirkte sie traurig, fast mitleidig.

Es war dunkel im Raum und meine wirren Gedanken hielten mich vom Schlafen ab. Ich dachte, dass ich mein Gehirn arbeiten hören konnte, aber das musste ein Trugschluss meines körperlichen Zustandes sein.

Ohne die unzähligen Bilder, die eine glückliche Familie zeigten, an der Wand sehen zu können, reichte das Wissen über ihr Vorhandensein aus, um mich unwohl zu fühlen. Ich drehte mich auf die andere Seite. Obwohl ich in einer Umgebung voller Liebe war, fühlte ich nichts. Ich war leer und energielos, lag hier und wartete darauf, dass ein Wunder geschah.

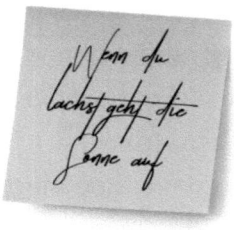

Kapitel 8

Nate

Der Himmel wurde von grellen Blitzen erhellt. Bedrohlich ließen sie die dunkelgrauen Wolken wie Rauchschwaden wirken, die unaufhörlich auf mich zuhielten und drohten, mich mit ihren giftigen Gasen zu ersticken. Bei dem lauten Donnergrollen zuckte ich erschrocken zusammen. Es war allerhöchste Zeit, mich auf den Weg zurückzumachen. Ich wendete meine Mary Lou und versuchte, dem Gewitter zu entkommen, aber ich war nicht konzentriert genug und mir glitt das Tau aus den Fingern. Wenn ich es nicht zu greifen bekam, konnte ich das Segel nicht in Stellung setzen.

Shit!

Der Regen peitschte mir ins Gesicht und vernebelte mir die Sicht. *Wie hatte ich nicht bemerken können, dass das Unwetter so schnell aufgezogen und unaufhaltsam auf mich zugerollt war?*

Ich beeilte mich und probierte, das Tuch einzuholen, damit ich den Motor anschmeißen konnte. Der Verklicker gab ratternde Geräusche von sich und drehte sich in alle Himmelsrichtungen. *Kein gutes Zeichen!*

Das Deck war überflutet, starke Böen zogen auf und blähten das Segel auf. Ich hatte nicht genug Kraft, um mich gegen das Reißen des Windes aufzulehnen, verlor den Halt. Auf der nassen Holzoberfläche rutschten meine Sohlen ab und ich fiel. Glücklicherweise bekam ich die Reling zu greifen und stürzte nicht zu Boden.

Das Tosen des Meeres wurde lauter und der Donner ließ mir das Blut in den Adern gefrieren. Meine Klamotten waren von Wasser durchtränkt und hingen schwer an mir herab.

Das Boot senkte sich zur Seite. Ich hoffte, dass es nicht abdriftete. Dann würde ich es nicht mehr retten können.

Wie gebannt starrte ich auf den Bug und beobachtete, wie der Abstand zwischen Deck und Meeresoberfläche immer geringer wurde, bevor sich das Schiff ruckartig hob und weiter in den Fluten schaukelte. Mein Herzschlag hatte für den Bruchteil einer Sekunde ausgesetzt.

Ich rappelte mich auf und versuchte, bis zum Tau zu kriechen, aber die Wellen schlugen hart gegen den Rumpf und ließen die Mary Lou gefährlich schwanken.

Alle wichtigen Vorsichtsmaßnahmen, die mein Dad mich in all den Jahren gelehrt hatte, ratterten als Liste durch mein Hirn.

Seine Stimme hallte in meinen Ohren: »Sieh dir den Wetterbericht an, bevor du rausfährst.«

»Wenn ein Gewitter aufzieht, hol die Segel ein und mach dich auf den Weg Richtung Hafen.«

Meine Gedanken überschlugen sich. Niemals zuvor hatte ich alle Regeln außer Acht gelassen. Mit der Hand wischte ich mir die Tropfen aus dem Gesicht. Es schüttete wie aus Eimern und die Wolkendecke machte nicht den Eindruck, als würde sie in den nächsten Sekunden auseinanderbrechen und die Sonne zum Vorschein bringen. Ich schickte ein Stoßgebet gen Himmel.

Niemand wusste, dass ich rausgefahren war. Niemand war auf der Suche nach mir ...

In meinem Kopf bildeten sich die schlimmsten Vorahnungen, was geschehen konnte. *Nate, reiß dich zusammen!*, mahnte ich mich und atmete tief durch. Mut durchflutete meinen Körper, trieb mich an.

Meine Konzentration kehrte zurück und ich rappelte mich auf, um endlich die Segel einzuholen. Das Schwanken blendete ich aus und umklammerte mit beiden Händen das Geländer. Egal, wie lange es dauern würde, ich musste den Strick zu greifen bekommen.

Der Wind pfiff mir um die Ohren. Es hörte sich an, als würde er lauthals über mich lachen, weil ich mich nicht rechtzeitig in Sicherheit gebracht hatte. Ich bekam die Trosse zu greifen und wickelte mir das Ende intuitiv mehrfach um das Handgelenk. Der Sturm zerrte hart an den Segeln, aber ich gab nicht auf. Endlich hatte ich einen Hoffnungsschimmer. Ich hielt mich an dem Tau fest und kam meinem Ziel näher. Mit einem Ruck zog ich daran. Es bewegte sich nicht. Scheinbar hatte sich der Block verhakt. Ich versuchte es erneut. Und noch ein drittes Mal, bis es sich endlich aufziehen ließ. Das Tuch bewegte sich in meine Richtung. Der Mast schwankte bedrohlich.

Die aufkeimende Angst schluckte ich runter. Das Segel war so weit eingezogen, dass ich es befestigen konnte. Die Verschlüsse hielten nicht auf Anhieb, meine Finger zitterten zu stark und ich brauchte mehrere Versuche, bis sie einrasteten. Kälte kroch in meine Glieder und meine Klamotten fühlten sich tonnenschwer an.

Ich schleppte mich am Baum entlang und befestigte auch die letzte Versiegelung. Mir tat jeder Muskel weh. Es fiel mir schwer, mich länger auf den Beinen zu halten.

Lilly schlich sich in meine Gedanken.

Ich musste hier heil rauskommen. Ihr Bild vor Augen zu haben, gab mir neue Kraft. Das Gewitter würde mich nicht kleinkriegen. »Ich werde heute nicht sterben! Hast du mich gehört?«, brüllte ich gegen den tosenden Wind an, der meine Stimme mit sich forttrug. Keine Ahnung, wen ich da anschrie, doch es tat gut, es laut auszusprechen.

Ich blickte in den erleuchteten Himmel. Es war ein Wunder, dass ich bei dem Seegang noch immer stand, dachte ich. In diesem Moment löste sich eines der Drahtseile der Reling, hielt unaufhaltsam auf mich zu und traf mich am Hinterkopf. Taumelnd stieß ich gegen den Mast, der mir Halt bot, aber der Dunkelheit, die nach mir griff, konnte er keinen Einhalt gebieten.

Lillys Lächeln blitzte vor meinem inneren Auge auf, aber ihr Licht war nicht hell genug, um die Finsternis in den Hintergrund zu drängen, die sich über mich legte und die Schmerzen an meinem Kopf zu vertreiben.

***

Wellen schwappten gegen den Rumpf und wiegten das Boot in gleichmäßigen Rhythmus auf der Wasseroberfläche. Sonnenstrahlen kitzelten meine Nase. Erschrocken setzte ich mich auf. *Verdammt, wo war ich?*

Schmerz durchzuckte meinen Körper und fand das Ende seiner Laufbahn hinter meiner Stirn. Mit der Hand suchte ich Halt und tastete über den feuchten Holzboden. Ich war noch auf dem Segelboot. Die Erinnerungen an die letzte Nacht prasselten auf mich ein. Angst kroch mir durch die Glieder. Das Gewitter … es hatte mich überrascht. Ich blickte mich um und sah nur das blau schimmernde Meer vor mir. Nichts anderes um mich herum. Der Sturm musste mich von Southport weggetrieben haben.

Als sich mein Herzschlag beruhigt hatte, stand ich auf und hangelte mich am Mast in die Senkrechte. Ich sah nach oben und erblickte den Schaden, den der reißende Wind hinterlassen hatte. Das Vorsegel war zerrissen. Es würde mir in diesem Zustand nicht dienlich sein.

Das Großsegel hatte ich rechtzeitig retten können. Aber es reichte nicht aus, um mich in den Hafen zu bringen. Wenn genügend Benzin im Tank war, konnte der Motor zumindest nachhelfen.

Hoffnung keimte in mir auf.

So schnell ich konnte, ging ich unter Deck und überprüfte die Anzeige. Niederschmetternd stellte ich fest, dass er weniger als zu einem Drittel gefüllt war. Ich hatte keine

Ahnung, wie weit mich der Sturm von Southport weggetrieben hatte. Wenn ich herausfand, wo ich war, würde die Küstenwache mich an Land bringen können. Doch nur, wenn das Funkgerät intakt war. Es hing an der Wand und ich schaltete es ein. Ich hörte nur Rauschen und drehte an dem Knöpfchen, bis ich eine Funkfrequenz erreichte.

»Hallo? Ist da jemand?«, fragte ich in das Mikrofon. Ungeduldig wartete ich auf eine Antwort, aber sie blieb aus. *Shit!*

Ich stellte das Rädchen noch einmal weiter. Mit der anderen Hand stütze ich mich an der Wand ab, lehnte meinen Kopf dagegen und hielt das Sprechgerät vor meinen Mund. Ich schloss die Augen und sah mich hier bitterlich verhungern und verdursten. Mehrfach wiederholte ich meine Frage, bis ich ein Klicken hörte. Erschrocken zuckte ich zusammen.

»Hallo? Hier ist die Küstenwache. Mit wem spreche ich?«

Ein Stein fiel mir vom Herzen und ich atmete erleichtert aus. »Hier ist die Mary Lou 5089. Mein Name ist Nate Warren. Ich habe keine Ahnung, wo ich mich befinde.« Durch die geöffnete Kajüten Tür blickte ich nach draußen. Der Himmel strahlte in seinem schönsten Blau.

»Mr. Warren, wir haben Sie schon gesucht. Geht es Ihnen gut? Sind Sie verletzt?«

Bei seiner Frage meldete sich der stechende Schmerz in meinem Kopf. Ich blickte an mir herab und konnte bis auf die aufgerissene Hose keine weiteren Verletzungen ausmachen. »Mir geht es gut.«

»Wissen Sie, wo Sie sich ungefähr befinden? In welche Richtung sind Sie aus dem Hafen geschippert?«

Ich überlegte kurz. »Südöstlich, denke ich. Mein Benzin wird nicht reichen, um zurück zur Bucht zu kommen.«

Einen Moment herrschte Stille. »Wir werden Sie holen. Ich schicke einen Hubschrauber, der ihre Position ausmacht. Haben Sie einen Kompass, der Ihnen hilft, nach Southport zu finden?«

Ich blickte auf meine Armbanduhr. Sie war stehengeblieben, aber die Uhrzeit war wohl egal und sie wäre mir trotzdem von Nutzen. Wenn ich den Stundenzeiger auf die Sonne ausrichtete und mir eine Linie zwischen der Zwölf und dem Zeiger dachte ... dann wüsste ich zumindest, in welcher Richtung Süden lag. »Ähm ... ja, ich denke schon.«

»Dann fahren Sie so weit, wie ihr Tank reicht. Versichern Sie sich vorher, dass ihr Boot kein Leck hat. Bleiben Sie auf Frequenz, damit ich Sie erreichen kann. Mr. Warren, wir beeilen uns.«

»Das mache ich. Vielen Dank.« Die Leitung klickte und es wurde still im Raum. Ich atmete einmal tief durch. Sie würden mich finden, dessen war ich mir sicher. Hoffentlich hatte das Schiff keine größeren Beschädigungen erlitten, bis auf das gerissene Tuch. Es war austauschbar. Aber wenn der Rumpf schadenhaft war ... ich dachte darüber nach und kam zu dem Schluss, dass die Mary Lou längst gekentert wäre, sollte irgendetwas zu Schaden gekommen sein.

Ich stieg die Stufen nach oben und ging auf Deck an der Reling entlang. An der einen Seite war der Draht geteilt und baumelte gegen den Lack. Nach einer ersten Begutachtung konnte ich nichts sehen und war überzeugt, dass nichts beschädigt worden war.

Ich kletterte in die Kajüte und schaltete den Motor ein. Ein klägliches Stottern war alles, was der Anlasser von sich gab.

»Bitte spring an«, flüsterte ich und versuchte es noch drei weitere Male, bevor die Antriebsmaschine endlich das ersehnte Geräusch von sich gab. Ruckelnd sprang sie an. Ich ging an Deck, öffnete das Großsegel und zog es mit letzter Energie hoch. Schwer atmend blickte ich nach oben und versuchte auszumachen, ob es in Position war und ich es festmachen konnte.

Der Wind blähte es auf und ich begab mich hinter das Steuer.

Das endloswirkende Meer ließ mich mein Zeitgefühl verlieren. Ich war mir sicher, dass ich noch nicht lange unterwegs war, aber es kam mir vor, als seien Stunden vergangen.

In der Ferne kam Land in Sicht und ich atmete erleichtert aus. Bald wäre ich zu Hause. Ich hatte Hunger und Durst. *Warum war ich ohne Vorbereitung an den Steg gegangen und mit dem Boot raus gesegelt?*

Ich wusste es nicht …

Der Motor und das Plätschern der Wellen war die einzige Geräuschquelle weit und breit. Das Funkgerät rauschte und eine Stimme riss mich aus meinen Gedanken. Ich befestigte das Ruder und ging unter Deck.

»Mr. Warren, sind Sie da?«, ertönte die Frage aus dem Lautsprecher.

Ich nahm das Mikrofon aus der Halterung und betätigte den Knopf, bevor ich antworte. »Ja. Ich bin hier.«

»Die Küstenwache wird sofort bei Ihnen sein«, informierte er mich.

»Ich sehe bereits den Hafen. Wie lange ist es her, seitdem wir gesprochen haben?«, fragte ich verwirrt und kratzte mich am Kopf. Mir war übel und ich hatte das Gefühl, gleich das Bewusstsein zu verlieren. Alles um mich herum drehte sich und ich griff mit der freien Hand nach der Kante der Arbeitsplatte, um mich daran festzuklammern.

»Vielleicht fünfzehn Minuten. Wieso?«

»Ach nur so«, flüsterte ich und schloss die Augen, um die Dunkelheit zu vertreiben.

»Die Kollegen müssten jeden Moment bei Ihnen sein.«

»Danke«, presste ich hervor und ließ das Mikrofon fallen. Es baumelte an der Schnur auf und ab. Ich schaltete den Motor aus.

Mit viel Mühe hangelte ich mich am Geländer neben der Treppe wieder an die Oberfläche. Gleich würde jemand kommen und mich retten. Ich musste nur warten.

Der Schmerz hinter der Stirn war unerträglich. Als ich das Geräusch eines Motorbootes vernahm, ließ ich mich auf die Holzdielen sinken und schloss die Lider. Das helle Sonnenlicht brannte auf der Netzhaut und verursachte höllische Qualen. Ich zitterte und fror schmerzlich. Mit letzter Kraft schlang ich meine Arme um den Oberkörper, aber konnte die Kälte nicht fernhalten.

Etwas dotzte gegen den Rumpf. Ich war nicht in der Lage, mich zu rühren oder den Kopf zu heben. Bewegungsunfähig blieb ich liegen und wartete.

»Mr. Warren, wir werden Ihnen helfen. Bleiben Sie ruhig.«

Jemand fasste mich an und hob mich hoch. Mein ganzer Körper schmerzte. Die Qualen lähmten mich. Meine Augen ließen sich nicht öffnen und so verharrte ich auf dem weichen Untergrund, bis man mich abtransportierte. Die Trage wurde angehoben und ein Kratzen ertönte. Das Geräusch hallte in meinen Ohren und verstärkte den pochenden Schmerz hinter der Stirn.

»Mary Lou«, wisperte ich. Weil ich fror, schlugen meine Zähne klappernd aufeinander.

»Wie bitte, Mr. Warren?«

Ich blinzelte und erblickte den Sanitäter, der mit seinem Ohr nah an meinem Mund war. »Mary Lou«, flüsterte ich erneut und deutete, so gut es ging, mit dem Finger auf die Aufschrift an meinem Boot.

»Keine Sorge. Jemand von der Küstenwache bringt ihr Segelboot zurück in den Hafen.«

Ich nickte und schloss wieder die Augen. Die Dunkelheit übermannte mich und ich war dankbar, dass sie mich mit in ihre unergründlichen Tiefen riss und den Schmerz vergessen ließ.

Kapitel 9

Louise

Jemand rüttelte mich wach. Verschlafen drehte ich mich um. Matilda saß vor der Couch auf dem Teppich und hielt mir lächelnd eine Tasse Kaffee entgegen.

Das ruckartige Aufsetzen quittierte mein Körper mit stechenden Kopfschmerzen. Mit schmerzverzerrtem Gesicht nahm ich den dampfenden Becher an mich. Gierig legte ich die kalten Finger darum und sog die Wärme in mich auf.

»Habe ich so viel getrunken?« Durch zusammengekniffene Augen blinzelte ich sie an.

Sie grinste nur, öffnete die Faust und gab den Blick auf zwei Aspirin frei, die in ihrer Handinnenfläche herum kullerten. Ich lächelte und ließ mir noch eine Flasche Wasser reichen. Die Tabletten verschwanden in meinem Mund und ich spülte sie herunter.

»Danach sollte es dir besser gehen«, sagte sie aufmunternd und setzte sich neben mich auf das Sofa.

Ich nippte an der Tasse und genoss die Wärme, die das Getränk wie ein Netz in meinem Inneren ausbreitete, als es meine Kehle herunterrann. Gedankenverloren sah ich auf meine Finger, die sie fest umklammerten. Ein unwohles Gefühl breitete sich in meiner Magengegend aus. Ohne es gesehen zu haben, wusste ich, dass sich ihr Blick in mich bohrte. Ich hob den Kopf. Meine beste Freundin starrte mich eindringlich an und verkniff sich ein Grinsen.

»Was?« Ich blickte an mir herab, konnte aber keinen Grund für ihr Schmunzeln entdecken.

»Vielleicht solltest du dich im Bad frisch machen, bevor du fährst.« Kichernd hielt sie sich die Hand vor den Mund.

»Wieso?« Ich wischte mir unterhalb des Auges entlang und erkannte sofort, was sie meinte. Meine Schminke war verschmiert. »Sehe ich aus wie ein Panda auf Drogen?«

Sie kugelte sich vor Lachen und hielt sich den Bauch. *Blöde Kuh!*

Ich kicherte mit und nahm mir ihren Rat zu Herzen, vor dem Gehen einen Blick in den Spiegel zu werfen. Wir brauchten einige Minuten, bis wir uns beruhigt hatten und sie nicht länger mit ausgestrecktem Finger auf mich zeigte und gackerte.

»Weißt du, wie es weitergehen soll?«, fragte sie vorsichtig und lehnte ihren Kopf auf meinen aufgestellten Beinen an.

Nervös kaute ich auf der Unterlippe, wusste nicht, wie ich ihr meine Entscheidung mitteilen sollte, und versteckte mich noch einen Moment hinter meiner Tasse. Gestern Abend konnte ich nicht einschlafen und mit jeder Minute, die meine Gedanken klarer geworden waren, wurde ein Wunsch in mir größer. Ich hatte eine Wahl getroffen und würde mich davon nicht abbringen lassen.

»Ich habe in der Kanzlei angerufen und sie informiert, dass du krank bist.« Ihre Augen suchten meinen Blick.

Verwirrt sah ich sie über den Rand des Bechers hinweg an. »Oh, danke.« Ich lächelte und war ihr dankbar, dass sie sich darum gekümmert hatte.

»Ich habe ihnen gesagt, dass du einen Magendarmvirus hast und ein paar Tage ausfällst«, fügte sie hinzu und setzte sich auf.

»Du bist ein Schatz.« Ich rang mir ein Lächeln ab und war davon überzeugt, dass sie die Unehrlichkeit darin erkannte, doch sie kommentierte es nicht, sondern griff nach meiner Hand und drückte sie aufmunternd.

In meinen Gedanken formten sich die Worte, die mir nicht über die Lippen kommen wollten. Ich hätte nichts lieber getan, als mich ihr anzuvertrauen, aber es ging nicht. Ihr zu sagen: »Ich werde Boston verlassen«, war schwer und als ich den Mund öffnete, kam kein Ton heraus.

Auch wenn sie meine beste Freundin war, würde sie meine Entscheidung nicht nachvollziehen können und mich für kindisch erklären, weil ich weglief. Doch es war mir egal. Ich wollte ein Kapitel beenden und ein Neues anfangen.

»Ich werde jetzt gehen«, presste ich hervor. Die Stille war erdrückend und die Stimmung löste Zweifel in mir aus, die ich nicht verspüren wollte.

»Ruf mich an, wenn du was brauchst.« Sie rückte ein Stück beiseite, damit ich mich aus der Decke schälen und aufstehen konnte. Verwirrt strich ich mir durchs Haar und suchte meine Handtasche. Sie lag neben dem Sofa auf dem Boden. Ich griff danach, zog meine Bluse glatt und schlüpfte im Flur in meine Schuhe.

Matilda stand neben mir, drückte mich fest und ließ mich erst gehen, nachdem sie sich davon überzeugt hatte, dass ich fahren konnte.

»Ja, Mutti. Mir geht es gut. Mach dir keine Sorgen.« Ich gab ihr einen Kuss auf die Wange und winkte ihr vom Wagen aus zu. Sie wartete geduldig, bis ich eingestiegen war und den Motor angelassen hatte.

Der Verkehr war erträglich und ich kam rasch durch die Stadt. In Gedanken plante ich bereits alles. Der Ablauf stand fest. Ich würde keine Zeit vergeuden.

Das Auto parkte ich im Halteverbot vor dem Wohnhaus. Ich brauchte nicht lange und so schnell würde mich niemand abschleppen lassen. Die Treppenstufen nahm ich im Doppelschritt und schloss mit zittrigen Fingern die Wohnungstür auf. Der vertraute Duft von zu Hause schlug mir entgegen. Tränen kündigten sich an, aber ich schluckte den Kloß in meinem Hals runter und ging ins Schlafzimmer. Auf dem Schrank lagen die Koffer, die ich für meine Geschäftsreisen nutzte. Ich hob sie herunter, entriegelte die Verschlüsse und legte sie geöffnet auf die Matratze.

Der Kleiderschrank stand direkt gegenüber. Ich schob die große Schwebetür beiseite und warf alles, was ich benötigte, in die Behälter. Sie füllten sich nach und nach mit Jeanshosen, Shirts, Unterwäsche und meinen Kostümen. Ich angelte mir einen Kleidersack, öffnete den Reißverschluss ein Stück und warf alle Schuhpaare hinein, bis er voll war. So war es einfacher, sie zu transportieren. Umzugskartons hatte ich keine und sie würden im Kofferraum nur unnötigen Platz wegnehmen, den ich besser nutzen konnte.

Die ersten zwei Gepäckstücke waren bis oben hin gefüllt. Im Flur stellte ich sie aufgereiht ab. Im Bad suchte ich alles zusammen, was in den nächsten Tagen unabdingbar war. Cremes, Shampoo und auch der Conditioner durfte nicht fehlen. Ich fühlte mich wie eine Straftäterin auf der Flucht. In den Kosmetikbeutel packte ich alles an Make-up, was rund um das Waschbecken verteilt war.

Völlig außer Puste hatte ich die Koffer vollgepackt und noch einen zweiten Kleidersack mit Schuhen gefüllt. *Warum hatte ich so viele davon?*

Ich musste mich umziehen. Der Rock war kaum dafür geeignet, die Massen an Gepäck nach unten zu bringen und mein Auto zu beladen. Ich hatte eine Jeans und ein Longsleeve, sowie frische Unterwäsche auf die Seite gelegt. Sie wären für mein Vorhaben die bessere Wahl.

Ich duschte rasch und fühlte mich danach fitter. Die Überreste des verschmierten Make-ups entfernte ich mit einem Kosmetiktuch und konnte mich guten Gewissens auf die Reise machen. So wie ich jetzt aussah, würde niemand mehr denken können, dass ich eine Drogensüchtige auf der Suche nach dem nächsten Schuss war.

Im Schlafzimmer zog ich die frischen Klamotten an und ging noch mal ins Bad, um mir ein Haargummi zu holen. Wie ein Mahnmal lag das Kostüm vom Vortag auf dem Wäschekorb. Gedankenverloren strich ich mit den Fingern über den Stoff. Das Gespräch mit Mike und die schmerzenden Worte schlichen sich in meine Gedanken, doch ich schob sie beiseite. Das Outfit würde immer mit den Erinnerungen an unser letztes Zusammentreffen behaftet sein, deshalb entschied ich, es in den Müll zu werfen.

Vor dem Spiegel kämmte ich mir die Haare, ließ auch die Bürste in der Tasche mit den Utensilien aus dem Badezimmer verschwinden und band mir einen Zopf. Im Schlafzimmer ging ich alles durch und blickte in jede Schublade, um sicher zu sein, dass ich nichts Wichtiges übersehen hatte.

Am Schreibtisch im Wohnzimmer nahm ich mir Block und Stift. Es waren noch ein paar Dinge zu erledigen, damit ich diese Stadt und mein Leben endgültig hinter mir lassen konnte. Ich verfasste einen Brief an unseren Verwalter, damit er sich um den Verkauf meiner Wohnung kümmern konnte, gefolgt von einem Schreiben an die Kanzlei, in dem ich ihnen meine Kündigung mitteilte. Es fühlte sich gut an, die Worte auf Papier zu lesen. Meine Entscheidung war die Richtige, dessen war ich mir sicher und würde mir von Niemandem etwas anderes einreden lassen. Mein Blick flog über die Zeilen. Ich nickte zufrieden und faltete den Zettel.

Die zwei Niederschriften verstaute ich in Umschlägen und klebte jeweils eine Briefmarke darauf. An der Ecke stand ein Briefkasten und ich würde sie einwerfen, bevor ich losfuhr.

Der Kopfschmerz von heute Morgen meldete sich zu Wort und ließ mich ins Badezimmer taumeln. *Scheiß Alkohol!*

Im Arzneischrank fand ich ein Fläschchen Aspirin und nahm zwei davon. Mein Spiegelbild wirkte blass und ausgelaugt. Ich hatte schlecht geschlafen und fühlte mich leer. Der Drang, endlich dem erdrückenden Großstadtgetümmel zu entkommen, wurde übermächtig und verschaffte mir neuen Antrieb.

»Warum besitze ich nur so viel Kram?«, murmelte ich und hob den ersten Koffer an. Er war schwerer, als er aussah. Mit viel Mühe hievte ich ihn erst die Stufen hinab und dann in den Innenraum, schob ihn bis zum Ende der umgeklappten Rückbank. So hatte ich mehr Platz. Nach und nach brachte ich auch die anderen Gepäckstücke nach unten und verstaute alles. Es war, als wäre ich wieder zwölf und spielte Tetris.

Zufrieden mit dem Ergebnis klatschte ich in die Hände und klappte mit Schwung den Kofferraumdeckel zu. Mrs. Johnson trat aus der Tür und lächelte mich an.

»Verreisen Sie, Kindchen?«, fragte sie und kam näher. Neugierig versuchte sie, einen Blick in den Innenraum meines Wagens zu erhaschen.

Geschickt stellte ich mich vor sie. »Ja. Ich gönne mir etwas Urlaub, Mrs. Johnson. Wie geht es Ihren Enkelkindern?«, lenkte ich vom Thema ab.

»Denen geht es gut. Sie tanzen mir auf der Nase herum, so wie immer.« Und schon hatte die alte Dame vergessen, dass sie an meinen Plänen interessiert war.

»Ich muss los, Schätzchen. Wir sehen uns«, verabschiedete sie sich, streichelte liebevoll über meinen Unterarm und lief gemächlich die Straße entlang. Ich blickte ihr einen Moment nach.

Alles war eingeladen und ich ging ein letztes Mal zurück nach oben. Einsamkeit schlug mir entgegen, als ich über die Schwelle schritt. Es war nicht länger mein zu Hause. Ein beklemmendes Gefühl machte sich in mir breit, als ich durch die Zimmer lief und in Erinnerungen schwelgte. In Gedanken versunken streifte ich mit den Fingern über Möbelstücke, die mir einst etwas bedeuteten. Zu viel erinnerte mich hier an Mike. An unsere gemeinsame Zeit. Die unzähligen Stunden, die wir gelacht und die wir zusammen in meinem Bett verbracht hatten.

Ich wollte diese beschämende Empfindung, dass er mich all die Jahre belogen und hintergangen hatte, nicht länger fühlen. So behandelt zu werden, hatte ich nicht verdient. *Oder war ich ein schlechter Mensch und das hier war Karma?* Ich schüttelte den Kopf.

Als ich mir sicher war, dass ich alles eingepackt hatte, was ich brauchte und nichts zurückließ, woran ich hing, verließ ich die Wohnung. Die Tür fiel hinter mir ins Schloss und ich atmete erleichtert aus. Jede Stufe lockerte den Griff der Eisenfaust, die um mein Herz lag.

Unten angekommen blickte ich mich im Hausflur um. Die Marmorverzierungen an der Wand hatten mich schon beeindruckt, als ich zur Besichtigung hergekommen war. So war es auch jetzt noch. Bedächtig strich ich mit den Fingern über die Fliesen. Das war mein Abschied. Den Schlüssel zum Apartment warf ich in den Briefkasten. Ich würde ihn nicht mehr brauchen. Der Verwalter hatte für jedes Schloss im Haus einen Zweitschlüssel.

Vor dem Gebäude blickte ich mich ein letztes Mal um. Ich würde meine Wohnung vermissen, aber ich ertrug es nicht länger, hier zu sein. Diese Stadt ... sie hatte mir nur Unglück gebracht und ich hatte meine Zeit verschwendet.

An der Ecke warf ich die Umschläge in den Briefkasten, stieg in mein Auto und fuhr, ohne mich umzublicken, davon.

***

Ich hatte den Highway Richtung Philadelphia genommen und war bereits mehrere Stunden unterwegs, ohne eine Pause zu machen. Je mehr Distanz ich zwischen mich und Boston brachte, desto unbeschwerter fühlte ich mich.

Vor einigen Meilen hatte ich ein Schild mit Werbung für ein Motel ganz in der Nähe gesehen. Hier würde ich die Nacht verbringen und am nächsten Morgen weiterfahren. Meine Augen schmerzten und mein Magen knurrte so laut, dass ich ihn nicht länger überhören konnte.

Vielleicht sollte ich mir endlich Gedanken machen, wohin ich wollte. Das blinkende Reklameschild kam in Sichtweite und ich bog kurz darauf auf den übersichtlichen Abstellplatz. Ich parkte den Wagen und stellte den Motor ab.

Das Etablissement erweckte nicht den Anschein, als sei es gemütlich, doch für eine Nacht würde es den Zweck erfüllen. Meine Handtasche nahm ich mit und umklammerte sie mit beiden Händen, als ich ausstieg. Die Umgebung wirkte alles andere als sicher.

Der Schotter knirschte unter meinen Schuhen, als ich auf die Tür zuschritt, die der Eingang sein musste. Ich war mir nicht sicher, ob ich richtig war, aber weit und breit konnte ich keine andere Option entdecken. Über dem Zugang hing eine Glocke, die meine Ankunft mit einem Bimmeln ankündigte.

Der Gestank von Zigarettenqualm und muffiger Luft schlug mir entgegen und ließ mich kurz innehalten. Gallenflüssigkeit kroch mir die Kehle hoch. Es war widerlich. Wenn die Zimmer auch so rochen … das wollte ich mir nicht ausmalen.

Die Frau hinter dem Stehtisch blickte mich herablassend an und stieß den Qualm ihrer Zigarette zwischen den Lippen hervor. Sie hatte Lockenwickler im Haar und einen Kittel um, der an die Kochschürze meiner Granny erinnerte. Der Raum wirkte heruntergekommen. Die Tapete löste sich an den Ecken von der Wand und hing in Fetzen herab. Hoffentlich waren die Übernachtungsmöglichkeiten nicht genauso verwahrlost.

»Sie wünschen?«, begrüßte sie mich abfällig und zog wieder an der Kippe.

Ich unterdrückte einen Hustenanfall und ging näher an sie heran. »Haben Sie noch etwas frei?«

»Fünfundsechzig Dollar. Nur Barzahlung, keine Kreditkarten.«

Ich kramte in meiner Tasche nach dem Portemonnaie, suchte den Betrag zusammen und gab ihr die Scheine.

Sie beäugte mich misstrauisch, nahm das Geld entgegen und zählte nach. Dann wandte sie sich dem Schlüsselbrett zu, griff nach einem der unterschiedlichen Anhänger und reichte ihn mir. Die Zigarette hing in ihrem Mundwinkel und war bis zum Filter heruntergebrannt. Sie drückte sie in den überfüllten Aschenbecher, der auf dem Tisch stand.

Mit zwei Fingern nahm ich ihn an mich. Zum Glück hatte ich immer Desinfektionsmittel griffbereit. Sie schnalzte abfällig mit der Zunge, als sie bemerkte, dass ich mich sträubte, den Schlüssel in die Hand zu nehmen.

»Zimmer fünf. Direkt auf der anderen Seite vom Parkplatz«, keifte sie und verschwand im Hinterzimmer.

Mit dem Ellenbogen öffnete ich die Eingangstür. Eine Geste, die ich mir angeeignet hatte, wenn ich etwas partout nicht anfassen wollte. Ich ging zum Auto und holte die Tasche mit den wichtigsten Utensilien.

Die Zimmernummer fand ich auf Anhieb. Als ich die Tür aufschloss, war ich dankbar, dass mir nur der muffige Geruch in die Nase stieg und es scheinbar kein Raucherzimmer war. Ich riss die Fenster auf und lüftete anständig. Aus meiner Handtasche kramte ich das Desinfektionsspray und säuberte zunächst den Klodeckel und die Brille sowie alle Türgriffe und den Badewannenboden.

Zufrieden sah ich mich um. Es war ganz passabel, doch mehr als eine Nacht wollte ich nicht bleiben. Das Bett wirkte auf den ersten Blick in Ordnung, aber die Jogginghose und ein langes Shirt waren unabdingbar. Keine Ahnung, wann die Laken das letzte Mal gewechselt wurden oder wie viele Personen auf der Matratze genächtigt hatten. Für die Kanzlei hatte ich nur in gehobenen Hotels eingecheckt und Geld war in diesem Moment nie ein Thema gewesen. Hätte es in der

Nähe eine andere Schlafmöglichkeit gegeben, wäre ich sicherlich nicht hier abgestiegen.

Ich suchte die Sachen aus meiner Tasche und erblickte das Telefonbuch auf der Kommode. Der Hunger trieb mich an, durch die Seiten zu blättern und nach einer Pizzeria zu suchen. Bei der Vorstellung knurrte mein Magen.

Mir war nach Pilzen und Ranch-Dressing, garniert mit Speckwürfeln. *Herrlich!* Bei dem Gedanken lief mir das Wasser im Mund zusammen. Die ansässige Anzahl an Lieferservices war überschaubar. Ich entschied mich für eine Anzeige, die einen einigermaßen seriösen Eindruck erweckte. Das Handy in der Hand, wählte ich die Nummer.

»Buonasera. Willkommen bei Tolino's. Was kann ich für Sie tun?«, begrüßte eine sympathische Männerstimme mich auf der anderen Seite der Leitung.

»Ich würde gerne etwas zum Liefern ordern.« Mit dem Finger tippte ich auf die Seite im Buch und wartete, bis er mich aufforderte, meine Bestellung zu nennen.

»Schießen Sie los.«

»Ich hätte gerne eine große Pizza mit Pilzen, Speckwürfeln und Ranch-Dressing«, orderte ich meinen Wunsch.

»Wohin dürfen wir Ihr Essen bringen?«, hakte er nach.

»Ins Motel On the Rocks, Zimmer fünf«, antwortete ich verlegen. Ich lief durch den Raum und suchte alles zusammen, um duschen zu gehen. Den ganzen Tag im Auto zu sitzen, war unangenehm und ich war total ausgelaugt. Ich ging ins Bad.

»Alles klar. Es dauert circa zwanzig Minuten.«

»Super, vielen Dank.« Ich legte das Handy auf den Waschtisch und zog mich aus. Das warme Wasser prasselte auf meine Haut und ich kreiste die Schultern, um ein wenig Entspannung zu verspüren. Langsam lockerten sich meine Muskeln. Ich genoss den heißen Strahl und blieb länger darunter stehen, als sonst.

Als ich den Hahn abstellte und mich abtrocknete, war der Spiegel komplett angelaufen. Ich entriegelte das Fenster im Bad und atmete die frische Luft ein. Ein Klopfen riss mich aus meiner Starre. *Hatte ich so lange geduscht?*

Ich wickelte mir das Handtuch um den Körper, griff im Vorbeigehen nach meinem Portemonnaie und öffnete die Tür. Der Duft der Pizza stieg mir in die Nase und mein Magen knurrte.

»Die ist für Sie?«, fragte die freundliche Fahrerin und hielt mir den dampfenden Karton entgegen.

Ich nickte rasch. »Wie viel bekommen Sie?«

»12,75 Dollar.«

Ich reichte ihr fünfzehn Dollar und nahm im Gegenzug mein Abendessen entgegen. Sie bedankte sich lächelnd und ging zurück zu ihrem Wagen. Schnell schloss ich die Tür, stellte die warme Verpackung auf der Kommode ab und schlüpfte in meine Schlafsachen.

Ich konnte mich nicht erinnern, dass ich jemals einen solchen Hunger verspürt hatte, und verschlang meine Mahlzeit im Eiltempo. Gesättigt und gefühlt zwei Kilo schwerer, suchte ich in der Handtasche nach meinem Laptop. Jetzt war ich bereit, mich mit der Thematik zu befassen, wohin meine Reise mich führen würde.

Auf dem Schränkchen fand ich das Passwort für das W-Lan. Im Internet öffnete ich diverse Immobilienseiten und die Seite für mein Online-Banking. Bevor ich mich nach einer Bleibe umschauen konnte, würde ich nachsehen müssen, wie viel Geld auf meinem Sparkonto war.

Was wollte ich? Wo wollte ich das neue Kapitel meines Lebens beginnen?

Jetzt bot sich mir die Möglichkeit, komplett bei Null anzufangen und alles anders zu machen als zuvor. Ich hatte seit meiner Jugend von einem Haus am Strand geträumt. *Welche Städte kamen hierfür in Frage?* Ich überflog die Immobilieninserate und verfeinerte den Filter, um ausschließlich Strandhäuser zur Auswahl zu haben. Es gab unzählige Angebote und ich ging mühsam eine Anbieterseite nach der anderen durch.

»Was sind das denn für Preise? Ich bin doch nicht Krösus«, murmelte ich vor mich hin und kaute auf der Unterlippe, während ich mich dem nächsten Haus widmete. Die Anzeigen wurden nicht besser und ich gab die Hoffnung auf, etwas Passendes für mich zu finden.

Müde gähnte ich und wollte die Suche für heute beenden, als mir ein kleines Bild ins Auge fiel. Das Anwesen hatte einen mintfarbenen Anstrich und die Geländer der Veranda waren in einem Cremeton gehalten.

»Southport«, flüsterte ich und klickte auf den Link. Ich konnte meine Begeisterung über den Fund kaum zurückhalten und las mir die Einzelheiten laut vor: »Freistehendes Cottage, neunzig Quadratmeter, zwei Stockwerke, eigener Zugang zum Strand.« Mit jedem Punkt, den ich nannte, hakte ich gedanklich meine Liste ab, was ich mir schon immer gewünscht hatte.

Ich scrollte mich durch die Fotos und verliebte mich sofort. *Dieses Haus war ein Traum. Es war mein Traum.*

»Es ist perfekt«, wisperte ich und ließ mich auf die Matratze sinken.

Es war wunderschön. Die Räume waren mit alten Holzdielen ausgelegt und die Wände im Wohnzimmer mit Blumentapete tapeziert. Auch wenn das nicht meinen Vorstellungen entsprach, gefiel es mir auf Anhieb. *Es würde mein Neues Zuhause werden.*

Ich blickte auf die Uhr. Es war kurz vor zehn. Viel zu spät, um jetzt noch irgendwo anzurufen, aber der Drang in mir, dem Verkäufer meine Kaufabsicht zu erklären, war zu groß. Da mein Handyakku nach dem Telefonat mit der Pizzeria den Geist aufgegeben hatte, nutzte ich den Telefonanschluss im Zimmer. Mit zwei Fingern nahm ich den vergilbten Hörer in die Hand, hielt ihn ein Stück vom Ohr weg und wählte die eins. Es klingelte.

»Ja?«, krächzte die überaus charmante Dame vom Empfang ins Telefon.

Genervt rollte ich mit den Augen. »Könnten Sie mich mit der Auskunft verbinden?«, fragte ich höflich und kaute nervös auf der Unterlippe.

»Das kostet aber extra«, informierte sie mich in pampigem Tonfall.

»Das ist in Ordnung. Würden Sie mich bitte weiterleiten?«, wiederholte ich meine Bitte.

Ich bekam keine Antwort und vernahm nur das Klicken in der Leitung.

»Zu wem darf ich Sie durchstellen?«, meldete sich die Telefonistin der Vermittlung.

Ich blickte kurz auf die Kontaktangaben in der Anzeige, um sicher zu sein, dass ich mich mit dem richtigen Anschluss verbinden ließ. »McArthur in Southport, North Carolina, bitte.«

»Einen Moment.«

Das Freizeichen war zu hören. Mit jedem Klingeln stieg meine Nervosität ins Unermessliche.

»Ja, hallo?«, ertönte eine Frauenstimme.

»Guten Abend. Es tut mir leid, dass ich Sie so spät störe. Mein Name ist Louise Ross. Ich habe die Anzeige für das Haus in Southport gesehen und würde es gerne kaufen.«

»Nun mal langsam, Miss. Sie wollen es ohne Besichtigung erwerben?«, fragte sie skeptisch.

»Ja.« In Gedanken malte ich mir aus, wie ich es einrichtete. Hier das Sofa, da ein paar Bilder an die Wand. Nicht zu vergessen ein großes Regal für meine Bücher. Grinsend saß ich hier und dachte tatsächlich über meine Zukunft nach.

»Wann können Sie hier sein, Schätzchen?«

Ich überlegte kurz, wie lange ich brauchte, wenn ich mich früh auf den Weg machte. Ein paar Stunden würde ich schlafen müssen. »Ich denke gegen drei Uhr mittags? Wäre Ihnen das recht?«

»Das passt perfekt.«

Ich grinste bis über beide Ohren, notierte mir die Adresse und bedankte mich mehrmals, bevor ich auflegte. Freudestrahlend ließ ich mich in die Kissen sinken. Meine Trauer war mit einem Mal verflogen und wurde von der Vorfreude auf den morgigen Tag übertüncht. Mit einem Lächeln auf den Lippen übermannte mich die Müdigkeit.

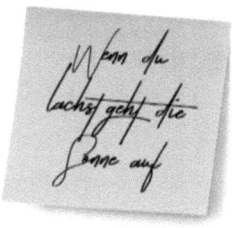

Kapitel 10

Nate

Schmerz durchflutete meinen Körper, aber die Wucht, mit der er durch meine Glieder peitschte, war nicht mehr so stark. Ich öffnete die Augen.

Irritiert sah ich mich um und wollte mich am Kopf kratzen, doch die Schläuche an meinem Unterarm hielten mich davon ab. Links von mir waren Maschinen aufgereiht, die leise piepten, den Herzschlag und andere Körperfunktionen überwachten. Vor mir stand ein großgewachsener Mann, der mich freundlich anlächelte. Auf der rechten Seite erblickte ich Lilly. *Was machte sie hier?*

»Oh Schatz, du bist wach.« Sie hob meine rechte Hand an ihren Mund und hauchte einen Kuss auf den Handrücken.

»Wo …« krächzte ich, konnte den Satz aber nicht beenden. Mein Hals war trocken und ich deutete auf den Becher, der auf dem kleinen Tisch am Fenster stand. Sie schenkte mir Wasser ein und reichte mir das Gefäß. Mit zittrigen Fingern nahm ich es an mich und trank gierig die kühle Flüssigkeit.

Beide starrten mich an und warteten darauf, dass ich fertig war. Bevor sie wieder meine Hand ergriff und liebevoll mit ihrem Daumen Kreise darauf malte, hatte sie mir das Behältnis abgenommen und es zurückgestellt.

»Was ist passiert? Und wie viele Tage bin ich schon hier?« Ohne, dass einer von ihnen etwas erwiderte, kannte ich die Antwort. Der Sturm. »Ist mein Boot wieder im Hafen?« Ich setzte mich rasch auf, was mein Körper mit stechenden Schmerzen quittierte. Stöhnend ließ ich mich zurück ins Kissen sinken.

»Mister Warren ...«, begann der Arzt und hielt ein Klemmbrett vor sich. Er blätterte durch die Seiten und blickte mich an. »Sie sind vorgestern in das Unwetter geraten und haben sich eine Verletzung am Kopf zugezogen. Es ist ein Wunder, dass sie überhaupt bei Bewusstsein waren. Durch die Verletzung am Hinterkopf haben sie reichlich Blut verloren.«

Lillys Griff um meine Hand wurde fester. Irritiert starrte ich sie an.

»Aber ... wo ist Mary Lou?«, fragte ich entsetzt. Es war mir doch egal, ob ich verletzt war oder nicht. So schlimm konnten meine Blessuren nicht sein. Ansonsten wäre ich wohl nicht wach und könnte aufrecht sitzen.

»Die Küstenwache hat sie in den Hafen gebracht. Beruhige dich bitte.« Es war ihre Stimme, die mich aufblicken ließ. Ich sah sie an und wieder stellte sich mir die Frage, was sie hier machte. »Ich bin so froh, dass dir nichts geschehen ist, Nate. Ich war krank vor Sorge, als du nicht nach Hause gekommen bist und ich zum Anlegeplatz gefahren bin, um dich zu suchen, aber Mary Lou war weg … dann kam die Sturmwarnung und du warst nirgends zu finden.« Sie weinte und legte ihre feuchte Wange auf meine Hand, die sie noch immer fest umklammerte. Das hier war nicht richtig.

»Lilly, ich verstehe nicht … Warum bist du hier?«

Verweint sah sie mich an und ließ mich endlich los. »Was?«

»Warum du hier bist?«, wiederholte ich meine Frage und wartete auf ihre Antwort.

»Wieso sollte ich … Nate, du verwirrst mich. Wie könnte ich nicht hier sein? Du bist mein Verlobter«, stammelte sie und wischte sich das Gesicht trocken.

»Kann mir mal jemand sagen, was hier los ist?«, hakte ich unsicher nach und blickte den Arzt hilfesuchend an.

»Nate. Beruhig dich bitte. Alles wird gut. In ein paar Tagen darfst du wieder nach Hause. Dann kümmere ich mich um dich.«

»Wieso solltest du das tun? Und seit wann bin ich mit dir verlobt? Du wolltest nie mit mir zusammen sein. Ich kann mich noch gut an deinen letzten Korb in der Highschool erinnern. Denkst du, dass ich das hier witzig finde?« Meine Stimme wurde mit jedem Satz krächzender und der Doktor reichte mir erneut ein Glas Wasser. Mein Herzschlag beschleunigte sich und das Gerät zu meiner Linken piepte in schnellerem Rhythmus.

Lilly griff nach meiner Hand, aber ich entzog sie ihr. »Nate, bitte«, flehte sie und sah mich verzweifelt an. Stumm saß sie vor mir, hielt sich die Hände vor das Gesicht und weinte.

»Ich will alleine sein, bitte geh«, presste ich schroff hervor.

Der Arzt blickte zwischen uns hin und her, bevor er sich an mich wandte, und fragte: »Mr. Warren, Sie können sich nicht daran erinnern, dass Sie mit Ms. Adams verlobt sind?«

»Nein.« Ich verschränkte die Arme vor der Brust und kam mir vor, wie ein kleines Kind.

»Erinnerst du dich auch nicht, dass wir seit fünf Jahren zusammen sind?«

Mir klappte die Kinnlade runter. »Du willst mich doch verarschen. Wo sind die Kameras? Das kann doch alles nur ein schlechter Scherz sein«, keifte ich. Lilly hatte mir während der Schulzeit mehr als einmal das Herz gebrochen.

»Doktor, was ist mit ihm los?«, schluchzte sie und wandte sich dem Mann mit dem weißen Kittel zu.

»Ich kann es Ihnen nicht sicher sagen, doch ich vermute, dass er nach dem Schlag auf den Hinterkopf an Amnesie leidet«, erklärte er ruhig.

Lillys Schluchzen wurde lauter und sie weinte wie ein Schlosshund. Es tat mir leid, dass ich sie verletzt hatte, aber ich fühlte mich vollkommen hilflos.

»Bitte lasst mich alleine«, wiederholte ich meine Aufforderung und wartete, bis sie das Zimmer verließen.

Lilly blieb im Rahmen stehen und sah mich traurig an. Tränen rannen ihre Wangen hinab und landeten in kleinen

Tropfen auf dem Fußboden. Weil ich ihren Anblick nicht länger ertrug, drehte ich mich weg und schaute aus dem Fenster. Ich konzentrierte mich auf die Wolken, verlor mich in ihrem Anblick. Ziellos flogen sie an mir vorbei. Als sie die Tür endlich hinter sich schloss und nur das leise Piepen der Geräte mich daran erinnerte, wo ich war, atmete ich erleichtert aus.

Ich ließ mich nach hinten sinken und sah den Wolken dabei zu, wie sie an mir vorbeizogen und sich auf eine niemals endende Reise begaben.

Lillys Worte bekam ich nicht aus dem Sinn. Sie hatte mich als ihren Verlobten betitelt. Es konnte nicht möglich sein, dass ich mich an so etwas Wunderbares und Wundervolles nicht erinnerte. Die Vorstellung verlobt zu sein, ließ mich frösteln. Fassungslos schnaufte ich und drückte mich tiefer in das Kissen. Die Decke zog ich bis zum Kinn. Mit einem Mal fühlte ich mich einsam. Niemand war hier gewesen außer ihr. *War an ihrer Behauptung vielleicht doch etwas dran?*

Egal, wie fest der Schlag auf den Kopf gewesen war, ich hatte doch nicht vergessen können, dass sie und ich ... *Was hatte sie gesagt?* Fünf Jahre zusammen waren und kurz vor der Hochzeit standen.

Ich schüttelte den Kopf und rieb mir mit der Hand durchs Gesicht. Das konnte alles nicht wahr sein.

Der Himmel färbte sich rötlich. Bald würde es dunkel werden. Ich verharrte in meiner Starre, bis ein Klopfen mich aus meinen Gedanken riss.

»Herein«, rief ich und wartete, wer mich besuchte.

Der Doktor von heute Mittag trat ein, gefolgt von einer Krankenschwester, die ein Tablett mit duftendem Essen auf der am Bett angebrachten Halterung abstellte. Als sie den Deckel hob und ich einen Blick auf die Mahlzeit werfen konnte, knurrte mein Magen.

»Können wir reden?«, fragte der Arzt und setzte sich auf den Stuhl, auf dem Lilly vor wenigen Stunden gesessen hatte.

»Ja, natürlich. Ich habe einige Fragen.« Ich wollte nicht unhöflich sein und schob das Servierbrett auf die Seite, um mich mit dem Doc zu unterhalten.

»Sie können ruhig essen. In der Zeit kann ich reden«, bot er an.

Wortlos nickte ich, zog den provisorischen Tisch wieder heran und aß den ersten Happen. Für Krankenhausfraß war es wirklich lecker und ich schlang es förmlich herunter.

»Wie ich Ihnen schon sagte, haben Sie sich am Kopf verletzt. Wir würden morgen noch ein paar Untersuchungen machen, um sicher zu sein, dass der Aufprall keine bleibenden Schäden hinterlassen wird und ich würde der Amnesie gerne auf den Grund gehen. Danach kann ich Ihnen mehr zu Ihrem Krankheitsbild sagen.«

Auch wenn der Doc nur ein paar wenige Sätze gesagt hatte, war ich mit dem Abendessen fertig. Ich wischte mir mit der Serviette den Mund ab und überlegte, was ich ihm sagen wollte.

»Ist Lilly noch da oder ist sie inzwischen gegangen?«, erkundigte ich mich vorsichtig. Ich war nicht bereit, mich ihr ein weiteres Mal zu stellen, vor allem nicht, wenn ich mich nicht an unsere Beziehung oder Verlobung erinnerte.

»Ich habe sie nach Hause geschickt und ihr gesagt, dass sie morgen wiederkommen soll. Hoffentlich war das in Ihrem Interesse?« Er griff nach der Akte, die am Ende des Bettes befestigt war und setzte sich die Brille auf die Nase, die bislang um seinen Hals gehangen hatte. Konzentriert schrieb er etwas auf den obersten Zettel.

»Ja, natürlich. Die Situation ... das mit Lilly ... es hat mich überfordert. Denken Sie, dass das«, ich zeigte auf meinen Kopf, »wieder weggehen wird oder kann es auch sein, dass ich mich nie erinnern werde?« Zu sagen, dass ich keine Angst vor der Antwort hatte, wäre gelogen gewesen. Nervös knetete ich meine Finger und kaute gleichzeitig auf der Unterlippe, bis sie blutete und ich den metallischen Geschmack wahrnahm.

Er nahm die Lesehilfe ab und knabberte nachdenklich auf dem Bügel. Diese Geste machte mich nervös. Ich kannte Gespräche dieser Art. Er überlegte, wie er mir die Wahrheit am schonendsten beibringen sollte.

»Ich möchte Ihnen keine Hoffnung machen. Es wäre möglich, dass Sie sich nach ein paar Tagen an alles erinnern, oder die Erinnerungen nach und nach wiederkommen. Es könnte ebenso sein, dass sie niemals eintreten werden. Sie sollten mit beidem rechnen. Genaueres kann ich Ihnen aber morgen sagen, wenn wir mehr wissen.«

Ich nickte und schluckte schwer. Starr blickte ich geradeaus und verwob meine Finger im Schoß miteinander.

Was war ... wenn Lilly die Wahrheit gesagt hatte, sie wirklich meine Verlobte war und es mir für immer entfallen war?

»Mr. Warren, meist sind die Begleiterscheinungen einer solch starken Verletzung nur partiell und halten einige Tage oder auch Wochen an. Machen Sie sich nicht so viele Sorgen, das ist in Ihrem momentanen Zustand nicht von Vorteil.«

Ich nickte wieder, bekam aber kein Wort über die Lippen. Der Kloß in meinem Hals wurde immer größer und drohte mir die Luftröhre abzuschnüren. Die Folgen und was sie für mein Leben bedeuteten, wollte ich mir gar nicht ausmalen ...

Ich schloss die Augen und hörte, wie der Doc das Zimmer verließ. Draußen war die Dämmerung fortgeschritten und ich hieß die Dunkelheit mit offenen Armen willkommen. Sie war mein Anker, die Ablenkung, die mich vergessen ließ, was mir in den letzten Tagen zugestoßen war.

Stumm blickte ich aus dem Fenster und beobachtete, wie ein Stern nach dem anderen seinen Platz am Himmelszelt einnahm und hell strahlte. Die Schmerzmittel, die über die Kanüle in meinem Handgelenk in meine Blutbahn flossen, forderten ihren Tribut. Mir fielen die Augen zu und ich sank in einen tiefen, verwirrenden Schlaf, der mich gefangen hielt.

Kapitel 11

Louise

Die Sonnenstrahlen kitzelten mich an der Nase und ich öffnete blinzelnd die Lider. *Wie spät war es?* Stöhnend drehte ich mich Richtung Nachttisch. Ich schob den Wecker zu mir und blickte auf das rot leuchtende Ziffernblatt. Das konnte unmöglich sein. Müde rieb ich mir die Augen und starrte auf die Anzeige.

Ich hatte verschlafen!

Im Eiltempo rollte ich mich aus dem Bett und verfing mich in dem Laken. Schmerzhaft landete ich auf den Knien und rieb mir über das Bein.

»Scheiße. Elender Mist!«, fluchte ich und versuchte, mich aus dem Stoff zu befreien, der sich wie eine Schlingpflanze um meine Beine gewickelt hatte. Ich eilte ins Bad, um meine Sachen einzupacken, und warf alles in die Tasche. Schimpfend rannte ich, wie von der Tarantel gestochen, durch den Raum und sammelte alles ein, was mir gehörte.

Ich schlüpfte in die Jeans und das Shirt vom Vortag und stopfte den Zettel mit der Adresse des Cottages in meine Hosentasche. Im Eilschritt ließ ich das ungemütliche Zimmer hinter mir.

Am Wagen holte ich tief Luft und räumte meine Sachen auf den Beifahrersitz. Bevor ich die Autotür schließen und mich auf den Weg zur Anmeldung machen konnte, riss die unfreundliche Besitzerin die Glastür ruckartig auf und brauste in meine Richtung. Erschrocken verharrte ich an Ort und Stelle. Wie eine Furie hielt sie auf mich zu. Der Qualm ihrer Kippe bildete eine Rauchwolke, die sie komplett einhüllte.

»Wollten Sie einfach abhauen, ohne Ihre Telefonrechnung zu begleichen? Schön die Zeche prellen und sich aus dem Staub machen?«, zeterte sie, als sie mich erreicht hatte.

Ich? Abhauen? »Nein, natürlich nicht. Ich wollte nur vorher meine Sachen in den Wagen packen und dann wäre ich zu Ihnen gekommen«, verteidigte ich mich.

Ihre Augen funkelten wütend. Es musste eine Täuschung sein, denn sie konnten keine Funken sprühen oder doch? Verwirrt schüttelte ich den Kopf.

»Ich muss wirklich los. Was bekommen Sie von mir?«, fragte ich hastig und öffnete mein Portemonnaie.

»Fünfundzwanzig Dollar.« Abwartend hielt sie die Hand in meine Richtung und tippte ungeduldig mit dem Fuß auf den Boden. Ohne die Zigarette aus dem Mund zu nehmen, sog sie an dem Filter und paffte mir den stinkenden Qualm entgegen.

»Ist das Ihr Ernst? Ich habe vielleicht fünf Minuten telefoniert. Der Preis ist nicht gerechtfertigt«, meckerte ich.

»Ich kann gerne die Polizei rufen und denen erzählen, dass Sie abhauen wollten, ohne Ihre Telefonrechnung zu begleichen. Wenn Ihnen das lieber ist, dann können Sie es gerne auf die harte Tour haben.« Ein schelmisches Grinsen umspielte ihren Mund und sie wandte sich zum Gehen ab.

Dieses verdammte Miststück!

Genervt seufzte ich und verdrehte die Augen. »Nein, warten Sie.« Die Frau blieb stehen und drehte sich mir zu.

Ich gab ihr die Scheine, die sie zufrieden entgegennahm. Sie musterte mich von oben bis unten, schnaubte abfällig und ging zurück an ihren Stehtisch.

Zornig lief ich um den Wagen, öffnete die Fahrertür und ließ mich stöhnend auf den Sitz sinken. Ich legte den Kopf auf das Lenkrad und atmete einen Moment durch. Wenn ich wütend Auto fuhr, konnte ich mich nicht konzentrieren. Ich zog den Zettel aus meiner Tasche und den Routenplan aus dem Handschuhfach. Auf ein Navigationsgerät hatte ich beim Autokauf keinen Wert gelegt und würde mich auf meine Fähigkeit Karten lesen zu können, verlassen müssen.

Ich hielt mir vor Augen, wohin ich musste und was ich dort tun würde. Ein Lächeln stahl sich auf mein Gesicht. Heute war der Anfang eines neuen Kapitels. Meines neuen Lebens.

***

Ich fuhr seit einigen Stunden und war sicher, dass ich es nicht mehr pünktlich zur Besichtigung schaffte. An der nächsten Tankstelle fuhr ich ab und holte mein Handy aus der Tasche. Ich wollte Mrs. McArthur anrufen und sie bitten, sich zu einer späteren Uhrzeit mit mir zu treffen.

Hoffentlich überlegte sie sich das mit dem Verkauf nicht anders. Mehrfach versuchte ich, das Mobilfunkgerät einzuschalten, aber der Bildschirm blieb schwarz. Ich hatte vergessen, den Akku aufzuladen.

Scheiße!

Ich konnte nicht mal im Internet nach der Nummer schauen, weil ich für den Laptop Wi-Fi bräuchte. »Verdammt ... Verdammt ... Verdammt!«, murmelte ich und schlug mit der Faust gegen das Lenkrad.

Meine Tankanzeige flehte mich an, Benzin aufzufüllen. Hastig stieg ich aus dem Auto und ging an die nächste Zapfsäule. Vorher kontrollierte ich meine Geldbörse. Diese Tankstelle am Arsch der Welt wirkte nicht unbedingt, als könnte ich hier mit Kreditkarte zahlen. Mein Bargeld würde reichen, um bis nach Southport zu kommen. *Warum zum Teufel hatte ich mich für die Landstraße entschieden, anstatt den Highway zu nehmen?*

Heute war nicht mein Tag und wenn er so weiterging, wie er angefangen hatte, war ich am späten Nachmittag nicht die stolze Besitzerin eines mintfarbenen Cottages.

Der Sprit gluckerte beim Einlaufen in den leeren Tank, die Anzeige stieg unaufhaltsam in die Höhe und ich hielt die Zapfsäule an, als ich mein komplettes Bargeld in den Wagen gefüllt hatte. An der Säule hing ein Behälter, der für Papiertücher gedacht war. Leider war er leer und ich musste meine Finger an der Jeans abwischen.

In dem kleinen Laden gab es Süßigkeiten, Getränke und ein paar Snacks. Mein Geld würde nicht reichen, um mir etwas zum Essen zu kaufen. Zielstrebig hielt ich auf die Kasse zu und blendete all die Leckereien aus. Mein Magen knurrte und zog sich schmerzhaft zusammen. Gestern Abend hatte ich das letzte Mal gegessen und fühlte mich schwach auf den Beinen.

Der Mann hinter der Kasse starrte mich eindringlich an. Sein Blick löste Gänsehaut aus, gefolgt von einem Schauer, der mir den Rücken hinunter rann.

»Die drei bitte«, sagte ich dem Kassierer, als dieser nicht fragte und mich unverfroren musterte.

»Fünfundfünfzig Dollar«, antwortete er und tippte etwas ins System.

Ich reichte ihm die Scheine. Bis auf ein wenig Kleingeld war mein Portemonnaie leer. Ohne die Aufmerksamkeit von mir abzuwenden, kassierte er ab. Sein Verhalten löste meinen Fluchtreflex aus und ich wollte hier nur noch raus.

»Ich brauche keine Quittung«, presste ich hervor und wandte mich zum Gehen ab. Im Augenwinkel entdeckte ich ein Münztelefon. Ich hob meine Geldbörse und schüttelte sie. Ein Klimpern war zu hören. Zufrieden ging ich zu dem Apparat aus alten Zeiten und war dankbar, dass noch nicht alle Menschen auf die neumodischen Technologien umgestiegen waren. Mit zwei Fingern hob ich den Hörer aus der Halterung und kramte mein Kleingeld zusammen.

»Der ist nur für Ortsgespräche.«

Die Stimme war plötzlich ganz nah. Ich traute mich nicht, mich umzudrehen. In Zeitlupe hängte ich den Hörer zurück und wandte mich nach links, um zum Ausgang zu eilen, doch eine Hand griff nach meinem Arm und hielt mich fest.

Ich wollte nicht, dass er mich anfasste. Galle kroch meine Kehle hinauf, aber ich schluckte sie herunter. Panik gesellte sich hinzu. Ein Emotionscocktail, der wie eine tickende Zeitbombe auf das Ablaufen der Uhr wartete. Der ekelerregende Geruch, den er ausströmte, machte die Situation nicht angenehmer. Ich atmete flach, versuchte, den beißenden Schweißgestank zu ignorieren. Nur schwer hob und senkte sich meine Brust. Als ich mich zu ihm umdrehte, zitterten mir die Knie. Ich hoffte, dass er mich losließ, aber sein Griff verstärkte sich. Er grinste mich an und entblößte gelbe Zähne. Angewidert verzog ich das Gesicht.

»Alles klar. Ich werde nicht telefonieren. Danke«, presste ich hervor.

Auch jetzt ließ er mich nicht gehen. Ich atmete tief durch und wappnete mich. Wenn ich mich verteidigen musste, wäre das die leichteste Übung. Ich hatte in Boston mehrfach Kurse besucht, war bislang jedoch nie in eine Situation gekommen, in der ich das Gelernte hätte anwenden müssen.

»Du bist ganz alleine hier, Süße«, hauchte er und strich mir eine Haarsträhne hinters Ohr.

Ich unterdrückte meinen Würgereflex, der sich genau in dem Moment zu Wort meldete. Für eine Sekunde schloss ich die Augen und trat instinktiv zu.

Der Griff um meinen Arm lockerte sich. Als ich die Lider öffnete, stand er nicht länger vor mir. Er krümmte sich fluchend auf dem dreckigen Boden dieser ekligen Absteige. Zum Glück besaß ich Anstand, sonst hätte ich ihm vermutlich ins Gesicht gespuckt.

»Du Arschloch fasst mich nie wieder an!«, zischte ich, griff im Vorbeigehen nach einem Schokoriegel und verließ den Laden. Mein Herz schlug mir bis zum Hals. Adrenalin pumpte in Höchstgeschwindigkeit durch meine Adern. Mit zitternden Fingern versuchte ich, das Schloss der Autotür zu treffen, aber der Schlüssel rutschte mehrmals ab und landete auf dem Boden. Ich blickte auf und versicherte mich, dass er mir nicht gefolgt war, bückte mich und hob ihn wieder auf. Nach mehrfachen Versuchen war das leise Klicken zu hören.

Ich riss die Tür auf, ließ mich auf den Sitz fallen und warf sie zu, bevor ich sie verriegelte. Erleichtert atmete ich aus und starrte weiterhin auf den Eingang des Ladens, als ich den Riegel öffnete und hineinbiss. Mein Puls beruhigte sich allmählich und meine Gedanken klärten sich. Ich wollte mir nicht ausmalen, was mir hätte passieren können, wenn …

Schnell lenkte ich meine Konzentration auf etwas anderes. Das hier war zu viel für mich. Ich fischte aus der Handtasche die Desinfektionstücher und wischte mehrmals über die Stelle im Gesicht, an der er meine Haut berührt hatte. Ich hatte Angst, dass Shirt nach oben zu Rollen. Sein Griff musste Spuren hinterlassen haben. Umso ruhiger mein Atem ging, umso mehr schmerzte mein Arm. Ich war sicher, dass ich einen blauen Fleck als Andenken davontragen würde.

Ich startete den Wagen und rauschte mit Vollgas vom Parkplatz.

***

Die Begegnung mit dem Tankstelleninhaber ließ mich nicht mehr los. Ich dachte immer wieder darüber nach, was passiert und wie dankbar ich für die Entscheidung, einen Selbstverteidigungskurs besucht zu haben, war. Die Ereignisse der letzten beiden Tage überschatteten das traurige Gefühl, welches Mike in mir ausgelöst hatte. Nachdenklich legte ich die restliche Strecke zurück.

Die Abfahrt Richtung Southport hätte ich beinahe verpasst, konnte aber noch rechtzeitig abbiegen und war kurz danach am Ortseingang.

Dieses Städtchen zog mich sofort in seinen Bann. Ich passierte das *Willkommen in Southport – North Carolina* Schild. Die Straße wurde von alten Gebäuden gesäumt, ein Holzhaus schöner als das andere. In verschiedenen Farben führten sie ins Stadtinnere. An einem der Zäune lehnte ein pinkes Fahrrad mit Korb vorne dran. Das Mädchen hüpfte in mit Kreide aufgezeichneten Kästchen über den Boden. Himmel und Hölle. Ich erinnerte mich, als sei es gestern gewesen, dass ich mit Matilda das Gleiche gespielt hatte. Deutlicher konnte das Leben es mir nicht sagen. Meine Reise hatte ein Ende.

Ich fuhr an den Bordstein, um die Karte rauszuholen und die Adresse zu suchen. Ein Stück würde ich noch fahren müssen, immerhin lag das Haus am Strand. Mit dem Finger zeichnete ich die kleinen Straßen nach, bis ich die E Moore Street fand. Sie lag direkt am Meer. Mein Herz schlug Purzelbäume, bis ich die Anzeige der Uhr sah. Es war kurz vor fünf. *Mist!*

Ich warf einen letzten Blick auf die Wegbeschreibung, faltete sie zusammen und fädelte mich in den Verkehr ein. Der Ort war überschaubar und ich benötigte nicht mal fünf Minuten bis zum Cottage.

Vor dem Haus parkte kein Wagen und ich sah niemanden, der auf mich wartete. Ich fuhr die Auffahrt entlang und hielt vor dem Häuschen. Sein Anblick war schöner als die Fotos. Bilder konnten das Besondere nicht einfangen. Die weißen Fensterläden bildeten den perfekten Kontrast zum Rest des Gebäudes. Auf dem Vorbau stand eine Schaukel. Sie eignete sich wunderbar, um den Tag ausklingen zu lassen und dabei ein Buch zu lesen. Ich träumte bereits davon, wie ich dort ruhte und über das Leben sinnierte.

Ich stieg aus und umrundete einmal das Gebäude. Die Veranda säumte das komplette Anwesen. Als ich die Treppen zur Tür hoch ging, strich ich bedächtig mit den Fingern über das Holz. Die Farbe splitterte an einigen Stellen und verlieh ihm noch mehr Charme. Die Holzdielen knarzten unter meinen Schuhen. Ich schlich an das Fenster zu meiner Rechten und spähte ins Innere.

Auf den ersten Blick war niemand zu sehen. Mrs. McArthur hatte bestimmt gedacht, dass ich nicht mehr kommen würde, und war gegangen. Ich hatte keine Adresse von ihr und überlegte, was ich tun konnte.

Vorhin war ich an einem Geschäft vorbeigefahren, das konnte eine Möglichkeit sein mehr zu erfahren. Wenn ich mich beeilte und Glück hatte, war es vielleicht noch geöffnet und ich konnte fragen, wo sie wohnte. Rasch ging ich zurück zum Auto und machte mich auf den Weg.

Ich parkte den Wagen vor dem kleinen Supermarkt und stieg aus. Das Schaufenster war von innen beleuchtet und gab den Anblick auf die unterschiedlichsten Produkte frei. Für eine übersichtliche Stadt, wie Southport, war die Auswahl doch recht üppig.

Ich straffte die Schultern und schritt auf die Tür zu. Hoffentlich konnte man mir hier helfen. Ich musste dieses Haus haben, komme was wolle. Die Glocke bimmelte, als ich den Laden betrat. Eine ältere Frau hinter der Kasse blickte auf und lächelte mich an.

»Kann ich behilflich sein?« Sie umrundete ihren Tresen und kam auf mich zu.

»Ich suche die Familie McArthur. Wissen Sie vielleicht, wo sie wohnen?«, fragte ich ungeduldig.

»Wieso wollen Sie wissen, wo Emma wohnt?«, erkundigte sie sich neugierig und beäugte mich mit vor der Brust verschränkten Armen.

»Wir waren am Haus in der E Moore Street verabredet, aber ich habe mich verspätet und sie war nicht mehr da. Können Sie mir helfen?« Ich setzte einen Hundeblick auf, hoffte, dass sie Mitleid mit mir bekam und mir endlich verriet, wo ich die Eigentümerin fand.

»Sie sind die junge Frau, die das Cottage kaufen will?« Mehr als ein nervöses Nicken brachte ich nicht hervor und wartete auf die erlösenden Worte. »Kommen Sie, ich schreibe Ihnen die Adresse auf.«

Mir fiel ein Stein vom Herzen. Erleichtert atmete ich aus und das erste Mal an diesem Tag freute ich mich wie ein Kind an Weihnachten. Ich folgte der älteren Dame an die Kasse. Sie zückte ein Blatt Papier und einen Kugelschreiber, um mir feinsäuberlich die Adresse von Emma McArthur zu notieren. Sie erklärte mir kurz und knapp, wohin ich musste. Es war nur einige Straßen entfernt und wenn ich mich nicht vor Aufregung verfuhr, wäre ich in fünf Minuten dort.

»Tausend Dank!« Vor lauter Freude umarmte ich sie herzlich und verließ grinsend den Laden.

So schnell es erlaubt war, legte ich die Strecke zurück und stand vor der mir genannten Adresse. Am Briefkasten prangte ein Schild mit der Aufschrift Familie McArthur. Offenbar war ich richtig.

Auf der Fahrt hierher hatte ich mir ein paar Worte zurechtgelegt. Nervös stieg ich die Stufen zur Veranda hinauf und wiederholte flüsternd meine Ansprache. Bevor ich die Chance hatte, den großen Türklopfer zu berühren, öffnete sich die Haustür.

Eine ältere Dame stand mir gegenüber und lächelte mich an. »Kann ich Ihnen helfen?«, fragte sie freundlich.

»Ähm ... ja ... ich bin Louise Ross. Wir hatten gestern Abend telefoniert und ich bin spät dran, weil ich verschlafen habe ... wegen des Hauses in der E Moore Street«, stammelte ich mehr schlecht als recht und griff mir verzweifelt an die Stirn.

Sie legte mir beruhigend eine Hand auf den Unterarm und grinste mich aufmunternd an.

»Kindchen, ich dachte schon, Sie würden gar nicht mehr kommen. Ist alles in Ordnung bei Ihnen?«, erkundigte sie sich und öffnete die Tür ein Stück weiter, damit ich eintreten konnte. Es war mir hochgradig peinlich, dass ich mich verspätet hatte und vermutlich total mitgenommen aussah.

»Mrs. McArthur, es tut mir unendlich leid. Ich habe vergessen, mein Telefon aufzuladen, und heute Morgen habe ich verschlafen. Auf der Fahrt hierher konnte ich Sie nicht anrufen, um Bescheid zu geben, dass ich mich verspäte.« Ich überschlug mich fast beim Reden und sie ließ mich mit einer Handbewegung innehalten.

»Kein Problem. Kommen Sie erstmal mit rein. Ich mache uns einen Kaffee und dann fahren wir zum Haus. Einverstanden?«

»Das klingt super«, antwortete ich schmunzelnd und folgte ihr. Der Flur wurde von fahlem Licht erhellt und ich sah mich um. Angestrengt konzentrierte ich mich, erkannte dennoch nichts Genaues auf den Bildern an der Wand. Ich sollte meine Neugier zurückhalten. Das hier war nicht mein Haus. Nach ihr betrat ich die Küche.

In der Mitte stand ein kleiner Tisch mit vier Sitzgelegenheiten. Die Anrichte war in die Jahre gekommen, hatte aber ihren ganz eigenen Charme, und ließ den kompletten Raum freundlich und behaglich wirken. Ich fühlte mich auf Anhieb wohl und war dankbar, als Mrs. McArthur mir einen Stuhl anbot. Die Fahrt hierher hatte mich mehr geschlaucht, als ich gedacht hatte. Das koffeinhaltige Getränk würde die Müdigkeit vertreiben.

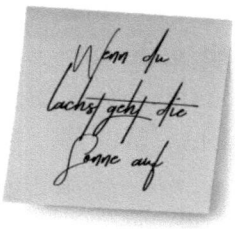

Kapitel 12

Nate

Der Doc versprach mir, dass die Untersuchungen nicht den kompletten Tag dauern würden, und ich bat ihn, Lilly wegzuschicken, falls sie vorbeikam. Ich hatte mich gestern in ihrer Gegenwart unwohl gefühlt. Die ganze Zeit versuchte ich, mir nicht den Kopf darüber zu zerbrechen, was wäre, wenn ich mich nicht mehr an unsere Beziehung erinnern würde. Bei dem Gedanken seufzte ich resigniert.

Die Blutabnahme hatte ich hinter mich gebracht und auch meine Urinprobe war im Labor. Sie würden noch einen Ultraschall und einen Scan meines Gehirns machen. Ich war in meinem Zimmer und wartete darauf, für die nächste Analyse abgeholt zu werden. Im Bad stellte ich mich an das Waschbecken und ließ kaltes Wasser über meine Handgelenke laufen. Das kühle Nass beruhigte mich ein wenig.

Mir fehlte das Meer. Die Weite … die Unendlichkeit. Man hatte mich in diesen Raum gesperrt und mir nicht gesagt, wann ich nach Hause gehen durfte.

Seufzend hob ich den Kopf und erschrak bei meinem Anblick. Meine Augen waren rot unterlaufen und ich hatte dunkle Tränensäcke. Letzte Nacht hatte ich verdammt schlecht geschlafen. Albträume ließen mich immer wieder hochschrecken und erst, wenn ich bemerkte, wo ich war, empfand ich ein Gefühl von Sicherheit. Mein Herz sehnte sich nach dem Ozean, aber mein Verstand ließ Panik in mir aufsteigen, sobald ich daran dachte, mit Mary Lou raus zu segeln.

Ich stellte den Wasserhahn ab und trocknete meine Hände. Mit den Fingern fuhr ich mir über die blasse Haut. Mein Gesicht wirkte müde und irgendwie beängstigend. Die Mullbinde, die meine Wunde bedeckte und meine Haare abstehen ließ, trug ihren Teil dazu bei, dass ich mich kaum wiedererkannte. Der Verband um meinen Kopf war überdimensional und ähnelte einem Turban. Ich kam mir vor wie ein Idiot.

Jemand klopfte leise und trat kurz darauf ins Zimmer. Ich blickte aus dem Bad und sah die Pflegerin.

»Sind Sie so weit?«, fragte sie und wartete darauf, dass ich zu ihr kam.

»Ja«, antwortete ich knapp und folgte ihr, als sie sich zum Gehen abwandte. Den Krankenhauskittel hielt ich mit beiden Händen am Rücken zusammen. Dass man mir diesen Fetzen überhaupt angezogen hatte, war eine Zumutung. Mein Hintern blitzte hervor, wenn ich nicht aufpasste. Keine

Ahnung warum ich keine Unterwäsche hatte. Aber außer Lilly war niemand zu Besuch gekommen, der mir frische Sachen hätte bringen können.

Schlurfend lief ich ihr wie ein Dackel hinterher. Mich mit dem Rollstuhl durch das Krankenhaus transportieren zu lassen, hatte ich heute Morgen nach langer Diskussion mit dem Arzt und der Pflegerin abschmettern können. Bei jeder Bewegung schmerzten meine Muskeln, aber erinnerten mich daran, dass ich bis auf die Amnesie gesund war. Die Anstrengung, das Segelboot über Wasser zu halten, hatte sich in meinen Gliedern festgekrallt und schien nicht loslassen zu wollen.

Mich überkam der Verdacht, dass alle auf den Fluren mich anstarrten. Ich fühlte mich wie ein Stück Fleisch auf dem Präsentierteller und verkrampfte meine Finger, die den Stofffetzen zusammenhielten. Stillschweigend bestiegen wir den Aufzug, der uns in das gewünschte Stockwerk beförderte. Sie öffnete eine Tür und ließ mich zuerst den Raum betreten.

»Legen Sie sich hin. Die Kollegin kommt gleich.« Ich wartete, bis sie rausgegangen war, und setzte mich mit meinem spärlich bekleideten Hintern auf die Auflage. Keine Ahnung, wie lange ich verharrte, bis besagte Krankenschwester endlich hereinkam.

»Sie dürfen sich hinlegen. Dann können wir gleich beginnen.« Freundlich lächelte sie mich an und blieb dicht neben der Liege stehen, bis ich mich flach daraufgelegt hatte. Sie prüfte ein letztes Mal meine Position, bevor sie die Unterlage auf Knopfdruck in das CT gleiten ließ.

»Bitte bleiben Sie ganz ruhig. Es ist wichtig, dass Sie sich nicht bewegen.«

Ihre Worte klangen, als wäre sie kilometerweit entfernt und hallte wie ein Echo in der engen Röhre.

Irgendwo in diesem Elektronikmonstrum waren Lautsprecher eingelassen, die knackten. Ich zuckte erschrocken zusammen.

»Sind Sie bereit, Mr. Warren?«

»Ja«, presste ich hervor und atmete tief durch, um mich zu entspannen.

»Alles klar. Dann bleiben Sie genauso und warten bitte, bis ich Ihnen sage, dass wir fertig sind. Schließen Sie am besten die Augen.«

Ich legte die Hände flach an den Körper und versuchte, meine innere Unruhe unter Kontrolle zu bekommen. Meine Gedanken schweiften wieder zurück zu Lilly. Der Ausdruck in ihrem Gesicht hatte sich in meine Erinnerung gebrannt.

Ich dachte an unsere Schulzeit und wie sehr ich in sie verliebt gewesen war. Es hatte nie ein anderes Mädchen für mich gegeben. Als das Surren um mich herum einsetzte, schloss ich die Augen und rief mir ihr Bild ins Gedächtnis. Ihre Haare wehten im Wind und sie strahlte bis über beide Ohren, als sie auf mich zulief. Mein Herz hatte Purzelbäume geschlagen. Sie zu sehen hatte ausgereicht, um meinen Puls zum Rasen zu bringen. Aber für sie war ich immer nur der Bruder, den sie nie hatte … ihr bester Freund …

Lilly hatte meine Empfindungen nicht erwidert. Ich erinnerte mich genau an den Tag, als ich ihr meine Gefühle zu Füßen legte und sie sich entschuldigte und mir sagte, dass sie nicht das Gleiche für mich empfand. Damals hatte sie mir das Herz gebrochen.

Noch heute schmerzte mich die Erinnerung an die Szene. Monatelang war ich sie wieder und wieder durchgegangen. Unsere Freundschaft hatte ich bis ins kleinste Detail analysiert und nie verstanden, warum sie nicht in mich verliebt war. Aber unsere Beziehung zueinander war danach anders. Die dunkle Wolke schwebte tagtäglich über uns und ließ mich in ihrer Nähe nicht mehr der Nate sein, der ich eigentlich war. Einige Wochen später hatte ich die Entscheidung getroffen, getrennte Wege zu gehen. Ich ertrug ihren Anblick nicht länger. Schon gar nicht, als sie mit Jordan aus dem Football-Team zusammen kam.

Meine Finger zitterten. Mich mit der Vergangenheit auseinanderzusetzen war schwer und ich fühlte mich nicht dazu in der Lage. Ich schob den Gedanken beiseite.

Das Geräusch verstummte abrupt und das Knacken in den Lautsprechern war zu hören. »Mr. Warren, wir sind fertig. Die Schwester wird sie gleich rausholen. Warten Sie nur noch einen Moment.«

Ich ließ die Augen geschlossen. Die Enge in dem Gerät war kaum auszuhalten. Vielleicht lag es aber auch an dem Emotionschaos, das in mir tobte und freigelassen werden wollte. Ungeduldig tippte ich mit den Fingern gegen meine Oberschenkel und verharrte in meiner Position.

Die Zeit, bis die Pflegerin endlich kam, fühlte sich wie eine halbe Ewigkeit an. Ruckelnd setzte die Liege sich in Bewegung. Ich öffnete die Lider erst, als es um mich herum heller wurde und ich sicher war, dass ich nicht länger in der Röhre steckte.

»Alles in Ordnung?«, erkundigte sie sich lächelnd.

Ich nickte stumm.

»Ich werde Sie auf Ihr Zimmer bringen. Der Arzt kommt später vorbei, falls wir noch mehr Tests machen müssen.« Sie steuerte auf die Tür zu und wartete im Rahmen, bis ich ihr folgte.

Mit den Fingern umklammerte ich den Stoff an meinem Rücken und hoffte, dass niemand einen Blick auf meinen nackten Hintern warf. Wir liefen schweigend nebeneinander her.

»Danke«, sagte ich zu ihr, als sie meine Zimmertür öffnete und wir den Raum betraten. Ich ging an ihr vorbei und war froh, dass ich mich unter der Decke verstecken konnte.

»Ach, Mr. Warren?« Sie wandte sich mir zu und blieb im Türrahmen stehen. Abwartend, was jetzt kommen würde, blickte ich sie an. »Draußen wartet ein Oliver auf Sie. Soll ich ihn rein schicken?«

»Ja, bitte.« Ich lächelte sie dankbar an. Sie ging und schloss die Tür leise hinter sich.

Ich setzte mich aufs Bett und versuchte, zu vergessen, dass ich mit dem blanken Hintern auf dem Laken saß. Daran würde ich mich nicht gewöhnen können. Vielleicht würde er mir … doch als er hereinkam und ich ihn erblickte, wurde meine Vorfreude getrübt. Er hatte keine Reisetasche mit Klamotten für mich dabei. Geknickt ließ ich den Kopf hängen.

Als er neben mir Platz nahm, senkte sich die Matratze. »Was machst du nur für Sachen?«, fragte er und starrte auf seine Hände. Auch ohne das er es aussprach, war mir klar, dass er das mit Lilly wusste.

»Sie war bei dir?«

»Ja. Sie hat gesagt, dass du dich nicht an sie erinnerst. Stimmt das?«, hakte er nach.

Lillys trauriges Gesicht schlich sich in meine Erinnerung. Ich konnte ihn nicht ansehen. Starr blickte ich auf meine Finger, die ich miteinander verwob.

»Was ist passiert? Die Küstenwache wusste nur, dass du in das Unwetter geraten bist, und dass es ein Wunder war, dass du überlebt hast.«

»Ich erinnere mich nur noch an den Sturm und wie viel Kraft es mich gekostet hat, Mary Lou über Wasser zu halten.« Ich hob den Kopf und blickte ihn an. »Danach ist nichts, bis ich hier aufgewacht bin.«

»Und davor?« Olli erhob sich von der Matratze und tigerte durch den Raum.

»Auch nicht. Ich weiß nicht mal, dass ich mit Lilly zusammen bin. Nein, sogar verlobt. Stimmt das?« Hilfesuchend sah ich ihn an und hoffte, dass er etwas Licht ins Dunkel bringen würde.

»Ja. Du hast erst vor ein paar Tagen um ihre Hand angehalten. Frank hat mich angerufen, um sich zu erkundigen, wie es dir geht. Er hat da einen Termin erwähnt.« Ich wurde hellhörig. »Du warst wohl bei ihm, weil du ein Darlehen haben wolltest, um die Hochzeit zu finanzieren. Doch er musste dir eine Absage erteilen. Bist du deshalb rausgefahren?«

Unaufhörlich zerbrach ich mir das Hirn, kam aber auf kein Ergebnis. Ich massierte mir die Schläfen. Dieses Gespräch ... ich hatte keinerlei Erinnerung daran. »Ich habe keine Ahnung«, gestand ich und rieb mir mit der Hand über das Gesicht.

»Hat der Arzt schon gesagt, was du hast? Ob der Gedächtnisverlust von Dauer ist oder irgendwas?« Unruhig hob er alle im Raum vorhandenen Utensilien hoch und stellte sie wieder ab. Seine Aufregung machte mich nervös.

Resigniert schüttelte ich den Kopf. »Ich warte selbst auf die Testergebnisse. Sie haben ein CT gemacht. Ein Ultraschall steht heute auch noch an. Du kannst dir nicht vorstellen, wie schwierig es ist ... Warum kann ich mich nicht erinnern?«

»Lilly hat gesagt, dass du eine schwere Kopfverletzung hast. Vielleicht hängt es damit zusammen und ist schon bald vorbei?« Er zuckte mit den Schultern. Seine Worte spendeten mir nur bedingt Trost und die Stimme der Angst, dass der Zustand dauerhaft sein würde, konnte er nicht zum Schweigen bringen. Verzweifelt knete ich meine Finger. *Was würde sich ändern? Wie würde mein künftiges Leben aussehen?* Erschrocken setzte ich mich auf. *Was war, wenn sie bei mir wohnte?* Ich schüttelte den Kopf und lenkte meine Konzentration auf meinen besten Freund.

»Geht es ihr gut?«, erkundigte ich mich. Es tat mir leid, dass ich sie gestern verletzt hatte, aber was hätte ich denn tun sollen?

»Sie wird erstmal bei ihren Eltern bleiben, bis es dir besser geht. Wenn du das Krankenhaus verlassen darfst, wird sie dich abholen und mit dir nach Hause fahren. Vorausgesetzt, du möchtest das?«

Ich hatte keine Antwort auf seine Frage. Die Situation überfordere mich. Als ob ich nicht genug mit der Verletzung zu kämpfen hätte. Ich stand auf und ging zum Fenster. Draußen schien die Sonne und ich wünschte mir, nicht hier zu sein. Dieses verdammte Zimmer erdrückte mich.

»Nate, es wird schon alles wieder gut werden.« Oliver trat hinter mich und legte mir freundschaftlich eine Hand auf die Schulter.

Ich blieb noch einen Moment stehen, bevor ich mich ihm zuwandte. Grinsend saß er auf dem Bett und blickte mich an.

»Was?«

»Ich habe gerade deinen … na ja, dein …« Er prustete los und ich verstand nicht, warum er lachte. Verwirrt blickte ich ihn an. Dann deutete er auf meinen Kittel. Jetzt fiel der Groschen.

»Du hast meinen Arsch gesehen?«, fragte ich und stimmte in sein Lachen mit ein.

Nachdem wir uns beruhigt hatten, setzte ich mich neben ihn.

»Ich hole dir zu Hause ein paar Klamotten«, schlug er vor.

»Das ist eine hervorragende Idee.«

Es klopfte. Der Doc stand in der Tür. »Soll ich später wieder kommen?«, erkundigte er sich vorsichtig.

»Nein … nein, kommen Sie ruhig rein. Ich wollte gerade gehen.« Oliver stand auf und ging Richtung Tür. Er und der

Arzt schüttelten sich die Hände. Bevor mein bester Freund den Raum verließ, blickte er sich noch mal zu mir um. »Du solltest vielleicht sitzen bleiben, nicht, dass du dir die Nieren unterkühlst oder so«, lachte er und verließ den Raum.

Der Doc schmunzelte und nahm mir gegenüber auf dem Stuhl Platz. Sein Gesichtsausdruck wurde ernst. »Ich habe Ihre Testergebnisse.« Er hielt eine Akte in die Höhe.

»Und?«, bohrte ich ungeduldig nach. Am liebsten hätte ich ihm die Unterlagen aus den Händen gerissen und selbst nachgesehen.

»Ihr CT ist ohne Befund. Es ist klar, dass Sie durch die Verletzung am Hinterkopf eine starke Gehirnerschütterung erlitten haben. Amnesie kann in solchen Fällen durchaus auftreten. Ich kann jedoch nicht sagen, ob sie von bleibender Dauer ist oder die Erinnerungen in einigen Tagen zurückkehren werden.«

Stumm saß ich auf dem Krankenbett und starrte den Mediziner, der alles sachlich erklärt hatte, an. Ich hatte seine Worte verstanden, doch mein Hirn war in dem Moment nicht in der Lage, diese auch zu verarbeiten.

»Mr. Warren?« Er schnippte vor meinem Gesicht.

Erschrocken zuckte ich zusammen.

»Machen Sie sich keine Sorgen. Vielleicht kommen die Erinnerungen ganz von alleine wieder. Manchmal hilft es, wenn man sich Fotos anschaut, an gemeinsame Erlebnisse erinnert wird oder sich in seiner gewohnten Umgebung aufhält.«

Bei seinen letzten Worten wurde der Drang, endlich aufs Meer zu kommen, übermächtig. Ich musste hier raus. Nervös verkrampfte ich die Finger ineinander. Mein Puls beschleunigte sich. Mir wurde heiß und meine Knie zitterten, obwohl ich saß.

Der Arzt nahm neben mir auf der Matratze Platz. »Mr. Warren, bitte beruhigen Sie sich.« Er legte seine Hände auf meine, doch die beschwichtigende Wirkung setzte nicht ein. Neben dem Bett hing eine kleine Fernbedingung und er drückte einen der Knöpfe. Kurze Zeit später kam eine Krankenschwester herein. Die Instruktionen, die er ihr gab, verstand ich nicht. Ihre Sprache klang wie Kauderwelsch.

Schweiß tropfte von meiner Stirn. Ich wollte die Finger voneinander lösen, aber meine Muskeln gehorchten mir nicht. Alle Geräusche wurden gedämpft und waren nicht lauter als ein Flüstern. Verängstigt blickte ich zwischen den anwesenden Personen hin und her.

Jemand berührte mich am Arm, legte eine Schlinge darum und band mir das Blut ab. Eine Spritze wurde aufgezogen und in meiner Ader versenkt. Das beruhigende Gefühl setzte Sekunden später ein, durchflutete mich und ließ die Verkrampfung endlich erschlaffen. Sanft wurde ich auf die Matratze gedrückt und zugedeckt.

Die Dunkelheit überrannte mich und riss mich mit sich in die Tiefe.

Kapitel 13

Louise

Mrs. McArthur war ein wahrer Schatz. Sie versorgte mich nicht nur mit wärmendem Kaffee, sondern auch mit Gebäck und Kuchen. Der Hunger meldete sich lautstark, als sie die Leckereien vor mir auf dem Tisch platzierte. Der Schokoriegel hatte nicht ausgereicht, um meinen Appetit zu stillen. Sie hatte Käsekuchen und mit Schokolade bestrichene Plätzchen, die mich an Weihnachten erinnerten. Der vertraute Geruch von Vanille und Zimt stieg mir in die Nase. Köstlich.

Ich wusste nicht, wie ich mit so viel Freundlichkeit umgehen sollte. Mein schlechtes Gewissen, das ich nicht pünktlich gewesen war, ließ nicht nach und wurde noch schlimmer, je netter sie zu mir war.

»So Schätzchen, wollen wir uns auf den Weg zum Haus machen? Es wird bald dunkel und ich würde gerne das letzte Tageslicht nutzen.«

»Gute Idee.« Ich erhob mich und hängte mir meine Tasche über die Schulter. Aufregung stieg in mir auf. Nervös wischte ich mir die schwitzigen Finger an der Hose ab. Gleich konnte es tatsächlich passieren, dass ich mein erstes Haus kaufte. Ich versicherte mich, dass Emma schon im Flur war und mich nicht sah, bevor ich in die Luft hüpfte und leise in die Hände klatschte. Ich atmete tief durch, konnte aber das Grinsen auf meinen Lippen nicht verbergen, als ich zu ihr ging.

»Kann ich bei Ihnen mitfahren?«, bat Emma, während sie sich ihren Wollumhang überwarf.

»Oh … ähm … ich glaube, dass ich nicht genug Platz im Wagen habe«, stotterte ich unbeholfen und trat auf die Veranda.

»Kein Problem. Es gibt eine Abkürzung und wenn ich laufe, bin ich ein paar Minuten nach Ihnen dort.«

Jetzt kam ich mir wie der letzte Idiot vor. Ich hatte sie nicht nur unnötig warten und mich von ihr durchfüttern lassen, ich war auch noch unhöflich und sie würde zu Fuß gehen müssen.

»Geben Sie mir einen Moment, Emma. Ich räume rasch den Beifahrersitz frei.« Ich flitzte zum Wagen und öffnete die Tür. Wie eine Verrückte stopfte ich alles in die Leerräume zwischen den Koffern. Mrs. McArthur trat an meine Seite und blickte an mir vorbei in den Innenraum.

»Sie haben wirklich vor, das Cottage zu kaufen, oder?«, fragte sie neugierig. Als ich sie mit hochgezogener Augenbraue anblickte, deutete sie mit der Hand auf den Inhalt der Rückbank.

»Ja«, antwortete ich zerknirscht. Alles, was geschehen war, hatte ich die letzten Stunden erfolgreich verdrängt. Ich lehnte mich mit dem Unterarm am Türrahmen ab und legte den Kopf darauf. Die Erinnerungen an die Geschehnisse kehrten zurück und ließen sich nicht länger in den Hintergrund drängen. In einer Nacht und Nebel Aktion hatte ich alles hinter mir gelassen, wofür ich viele Jahre hart schuften musste. Jetzt war dieser Abschnitt vorbei und ich stand vor etwas, das ich nicht abschätzen und kein Risiko kalkulieren konnte. Das war neu für mich und ich würde mich daran gewöhnen müssen. Ich seufzte, stieß mich ab und blickte zu Boden.

»Wollen Sie mir anvertrauen, wovor Sie weglaufen?« Liebevoll streichelte Mrs. McArthur mir mit den Fingern über den Rücken.

Tränen kündigten sich an und ich versuchte, sie wegzublinzeln. Ich atmete tief ein, bevor ich mich ihr zuwandte. »Seien Sie mir nicht böse, Emma, aber ich möchte nicht darüber reden. Zu einem anderen Zeitpunkt werde ich es Ihnen sicherlich erzählen … nur im Augenblick geht es nicht.«

Sie nickte verständnisvoll und ich trat beiseite, damit sie einsteigen konnte. Schnell umrundete ich den Wagen, ließ mich auf den Sitz sinken und fuhr los. Bis auf die Wegbeschreibung, die sie mir gab, schwiegen wir die kurze Fahrt.

Als ich vor dem Haus parkte, kam Leben in die ältere Dame. Sie hüpfte förmlich aus dem Auto und lief im Eilschritt die Treppen zur Veranda hinauf. Ich hatte Mühe, ihr zu folgen und beeilte mich. Ich hörte den Ozean hinter dem Haus rauschen, das Wasser trug den salzigen Geruch des Meeres bis zu mir. Ich atmete schwer und stützte mich auf den Knien ab. Emma schüttelte lächelnd den Kopf. *Macht sie sich etwa über meine nicht vorhandene Ausdauer lustig?*

»Ms. Ross. Ich hoffe, dass es das ist, was Sie suchen«, sagte sie lächelnd, steckte den Schlüssel ins Schloss und öffnete die Tür. Emma trat einen Schritt zur Seite und ließ mich vorausgehen.

Als ich den Flur betrat, knarzten die Dielen unter meinen Schuhen. Sprachlos sah ich mich um, versuchte, alle Eindrücke in mich aufzusaugen. Es roch muffig, aber das würde ich mit Lüften wegbekommen. Auf beiden Seiten waren Holzrahmen eingelassen, die den Blick auf die Küche und den Wohnraum freigaben. Ich entschied mich, zuerst das Wohnzimmer zu begutachten. An der Wand stand ein gemütliches Sofa in blauweiß und dahinter waren große Bilderrahmen mit Ölmalereien angebracht. Die Schränke, die gegenüber der Couch montiert waren, hatten einen ähnlichen Farbton und harmonierten mit der blumenbemusterten Tapete.

Ich kam aus dem Staunen nicht mehr raus. Am anderen Ende des Raumes befand sich ein großes Panoramafenster mit Balkontür und ich hatte direkte Sicht auf das Meer. Sofort hatte ich eine Vorstellung, wie mein morgendliches Ritual aussehen würde, an das ich mich durchaus gewöhnen könnte. Frühstücken auf der Veranda und danach die Kalorien mit einem Spaziergang am Strand wieder abtrainieren.

»Gefällt es Ihnen?«, fragte Emma vorsichtig und kam einige Schritte näher. Strahlend stand sie neben mir.

»Es ist viel schöner, als ich dachte«, gestand ich und ging zur Glasfront. Der Ausblick war unbeschreiblich. Bevor ich meine Worte bedacht hatte, kamen sie mir über die Lippen: »Ich kaufe es!«

»Aber ... Sie haben noch gar nicht den Rest besichtigt«, warf sie ein und musterte mich kritisch. Ich wusste, dass Emma Recht hatte, aber darüber sah ich hinweg.

»Das ist egal. Ich möchte es haben«, wiederholte ich meine Kaufabsicht.

Sie starrte mich erstaunt an und nickte lächelnd. »Dieses Funkeln habe ich schon mal gesehen«, stellte sie fest und deutete mit dem Finger auf meine Augen. »Als meine Enkeltochter hier eingezogen ist, hat sie genauso gestrahlt, wie Sie es tun. Ich würde es Ihnen gerne verkaufen. Wenn Sie möchten, können Sie die Möbel behalten.«

Mrs. McArthur wirkte plötzlich bedrückt. Als sie ihre Enkelin erwähnte, hatte sich ihr Gesichtsausdruck verändert. Ich war neugierig, aber ich würde nicht fragen.

»Ich komme morgen vorbei, dann können wir die Einzelheiten klären. Hier ist der Schlüssel.« Sie reichte mir den Bund. »Jetzt räumen Sie erstmal Ihr Auto aus und richten sich ein. Den Papierkram machen wir, wenn ich wiederkomme.«

Ich nickte. Den Vertrauensvorschuss würde ich keinesfalls verspielen. Emma wandte sich zum Gehen ab. Ich wollte nichts lieber tun, als meine Sachen reinzubringen und mein neues Heim mit meinen Habseligkeiten zu vervollständigen. Freudig drehte ich mich im Kreis und erblickte die alte Lady. Sie war bereits über die Schwelle geschritten und ließ den Kopf hängen.

»Emma?«, rief ich ihr nach.

Sie blieb stehen und drehte sich zu mir um. Die Traurigkeit, die sie ausstrahlte, war zum Greifen nah. »Ich weiß nicht, wie ich Ihnen danken soll.« Ohne darüber nachzudenken, lief ich auf sie zu und zog sie in eine Umarmung. Dank ihr hatte ich ein Zuhause. Es gab keine Worte, die meine Verbundenheit in diesem Moment hätten beschreiben können. Als ich sie losließ, zwang sie sich zu einem Lächeln und ging.

Mein Herz wurde schwer. Sie schien mit dem Haus Erinnerungen zu verbinden, die sie traurig stimmten. Ich lehnte mich in den Türrahmen und starrte ihr hinterher. Sie schaute zu Boden und hatte den Kragen des Mantels hochgestellt. Ich blickte ihr nach, bis sie mit der Dunkelheit eins wurde.

Als ich sie nicht mehr sah, kam die Vorfreude auf mein neues Heim zurück. In Gedanken machte ich eine Liste und legte die Reihenfolge fest, in der ich die Punkte abarbeiten würde.

Trotz der Verpflegung von Mrs. McArthur hatte ich noch immer Hunger, aber ging davon aus, dass der kleine Supermarkt bereits geschlossen war und ich mir auf anderem Wege etwas zum Essen beschaffen musste. Southport hatte nur etwas über dreitausend Einwohner. Es gab keinen Grund, ein Geschäft bis spät abends für sie geöffnet zu lassen. Wenn ich meinen Akku vom Telefon aufgeladen hatte, würde ich mir im Internet eine Pizzeria oder einen Chinesen mit Lieferservice raussuchen.

Aber zunächst würde ich mir die Zimmer im oberen Stock anschauen. Ich war mir sicher, dass ich mit einem Honigkuchenpferd um die Wette grinste. Wer von uns beiden den Contest gewann, konnte ich nicht mit einhundertprozentiger Überzeugung sagen. Mein Herz sprudelte über vor Freude und wies die Trauer in die Schranken. Ich malte mir aus, wie Kinder durch den Flur flitzten und ich ihnen schreiend hinterherlief, weil sie mir die Kekse in der Küche geklaut hatten. Lächelnd schüttelte ich den Kopf. Daran zu denken, war viel zu früh. Meine Wunden mussten erst heilen, dann konnte ich mich der Männerwelt präsentieren. Strahlend wandte ich mich Richtung Treppe.

Das Geländer war mehrfach lackiert worden und ließ darauf schließen, dass es einige Berührungen hinter sich hatte. Bedächtig strich ich darüber und ging nach oben. Das Holz jeder zweiten Stufe knackte.

Gegenüber dem Treppenabsatz befand sich im Erker eine kleine Sitzecke. Ich kniete mich auf die Polster und blickte nach draußen. Das Geräusch der auf den Sand prallenden Wellen drang durch das geschlossene Fenster an mein Ohr. Ich drückte meine Nase gegen die Scheibe. Viel konnte ich nicht sehen, aber das hier würde mit Abstand mein liebster Platz zum Lesen werden. Mit einem Buch in der Hand, einem leckeren Kaffee dazu nicht nur das geschriebene Wort genießen zu können, wäre sicherlich unbeschreiblich.

Ich drehte mich um und begutachtete den Flur. An den Wänden hingen Bilderrahmen, deren Fotos entfernt worden waren. Leere Hüllen, ohne Inhalt. Ich ging an ihnen vorbei und strich mit den Fingern über das alte Holz.

In diesem Haus steckte so viel Zeit, so viele Erlebnisse der vergangenen Jahrzehnte. Meine Neugier war angestachelt und ich beschloss, die Geheimnisse meines neuen Heims zu lüften.

Ich betrat das Badezimmer. Die Fliesen waren blau und weiß, ähnlich der Einrichtung im Wohnzimmer. Es gab eine große Badewanne, eine separate Dusche und zwei Waschbecken. In der einen Ecke stand ein kleines Regal, welches mit Handtüchern bestückt war.

Mrs. McArthur hatte gesagt, dass ich die komplette Ausstattung behalten konnte, somit bräuchte ich mir weder neue Handtücher noch andere Einrichtungsgegenstände zu kaufen. Ich trat an das Fach heran, zog eines der Badetücher heraus und roch daran. Sie waren frisch gewaschen und verströmten einen Duft, der blühenden Rosen im Frühjahr glich. Ohne es zusammenzufalten, legte ich es zurück und blickte mich weiter um. Die zwei Fenster wurden von cremefarbenen Jalousien verdeckt. Selbst dieser zweckmäßige Raum war stilvoll eingerichtet.

Neugierig ging ich zurück in den Flur und betrat das nächste Zimmer. Die Tapete war bezaubernd. Mintgrün, mit rosa Blüten. Der Rahmen des Bettes war aus dunkelbraunem Holz und hatte einen Himmel aus Chiffon. Um den muffigen Geruch zu vertreiben, schob ich eines der Fenster hoch. Der Luftzug ließ den Stoff sanft wehen. Es gab eine Tür, die in ein Ankleidezimmer führte. Es wirkte, als wäre der Besitzer nur im Urlaub oder auf einem Kurztrip. Mich überkam nicht der Eindruck, als stünde es ewig leer. Ich würde Emma danach fragen.

Rücklings ließ ich mich auf die Matratze fallen und kicherte wie ein Kind, das den halben Süßigkeitenvorrat der Eltern stibitzt hatte. Ein lang gehegter Traum wurde wahr. Für zwei Personen war dieses Cottage das perfekte Heim. Vielleicht sogar mit Nachwuchs. Im Erdgeschoss gab es neben dem Wohn- und Küchenbereich ein drittes Zimmer. Das stand zumindest in der Anzeige. Wenn ich runterging, würde ich es genauer inspizieren.

Mein Herz schmerzte bei der Vorstellung, dass mir dieses Glück bislang nicht vergönnt war. Mike schlich sich in meine Gedanken. Ich hatte alles, was ich mit ihm ihn Verbindung brachte, erfolgreich heruntergeschluckt, seitdem ich Boston wie von der Tarantel gestochen verlassen hatte.

Für Trauer war jetzt keine Zeit. Entschlossen schob ich sie beiseite. Mein Hab und Gut wollte seinen Platz im Haus finden.

Draußen war es stockduster und ich hoffte an der Haustür einen Lichtschalter für die Außenbeleuchtung zu finden. Als ich ihn ertastete und es anschaltete, konnte ich mich endlich an die Arbeit machen und das Auto ausladen.

Schnaufend stellte ich die Koffer ab und stöhnte bei dem Gedanken, meine Besitztümer sortieren zu müssen. Vieles hatte ich zurückgelassen und nur wenige meiner Bücher hatten Platz gefunden. Ich beschloss, am nächsten Morgen eine Bestandsaufnahme der vorhandenen Utensilien zu machen, um nichts doppelt zu besorgen. Alles, was nicht unbedingt ausgetauscht oder neu gekauft werden musste, würde seinen Dienst so lange tun, bis es kaputt ging. Wenn ich so darüber nachdachte, musste ich meinen Bücherbestand auffüllen und meine liebsten Werke besorgen.

Meine Ersparnisse waren trotz des Hauskaufes gut gefüllt, aber ich würde sie nicht sinnlos aus dem Fenster werfen. Als Kind hatten meine Eltern mich gelehrt, sparsam zu sein und Geld auf die Seite zu legen, wenn eine größere Anschaffung anstand. Das hatte ich über die Jahre beibehalten.

Das Gepäck mit den Klamotten brachte ich nach oben. Ich hatte vergessen, Kleiderbügel einzupacken, der erste Punkt auf meiner Liste. Im begehbaren Kleiderschrank hingen eine Handvoll und ich nutzte sie für meine Blusen. Wenn ich kein Bügeleisen und Bügelbrett im Haus fand, würde ich das auch besorgen müssen.

Es war schnell klar, dass ich nicht erst am nächsten Morgen alles notieren konnte. Ich stieg die Stufen nach unten und holte einen Notizblick samt Kugelschreiber aus meiner Handtasche. Mein Mobiltelefon fiel mir ins Auge. Ich kramte es aus dem Fach und griff nach dem Ladegerät. Suchend blickte ich mich um und entdeckte eine Steckdose neben der Tür. Es würde reichen, wenn ich es dort ablegte, denn es gab nur eine Person, die mich anrufen würde. Matilda.

Sie war bestimmt krank vor Sorge, weil ich mich nicht gemeldet hatte, aber ich war noch nicht so weit, ihr zu sagen, dass ich Boston verlassen hatte.

Ich schüttelte den Kopf, steckte das Ladekabel ein und widmete mich meinen Koffern. Zwei mussten nach oben, die anderen würde ich hier unten auspacken und schauen, wo ich was platzieren konnte.

Voller Tatendrang hatte ich meine Habseligkeiten im Cottage verteilt. Zufrieden stellte ich das letzte Buch ins Regal und platzierte meine Kuscheldecke auf der Couch. Als hätte ich es vor Monaten vorhergesehen, passte sie perfekt zur Einrichtung. Im Flur zog ich mein Handy vom Ladegerät. Der Batteriebalken war inzwischen bei einhundert Prozent.

Erschöpft ließ ich mich auf das Sofa sinken und sog den Duft von Heimat in mich auf. Die Decke legte ich mir über die Beine und bangte dem Moment entgegen, wenn mein Mobiltelefon angeschaltet war.

Mit zittrigen Fingern drückte ich den Knopf und wartete, bis das Display aufleuchtete. Das Telefon vibrierte einige Sekunden, zeigte unzählige verpasste Anrufe und Nachrichten an.

Meine beste Freundin hatte nicht nur angerufen, sie hatte mir geschlagene fünf Mal auf die Mailbox gesprochen und einige Texte geschickt. Mikes Nummer blinkte ebenfalls auf. Ich löschte ihn aus der Rückrufliste und ging Matildas SMS durch. Sie machte sich Sorgen, dessen war ich mir sicher, aber ich konnte nicht mit ihr reden. Ich kannte ihre Antwort und wollte sie nicht hören. Sie würde nicht verstehen, dass ich einen solchen Schritt gewagt hatte.

Ich öffnete den Internetbrowser und suchte nach einem chinesischen Lieferservice. Weil ich mich nicht für ein

Gericht entscheiden konnte, orderte ich eine ganze Auswahl und bezahlte gleich online über die Kreditkarte. So würde ich zur Not morgen davon essen können. Danach schaltete ich das Telefon wieder aus und ging auf die hintere Veranda.

Das Rauschen der peitschenden Wellen ließ mich ruhiger werden. Eine Meeresbrise umspielte meine Nase und zerrte leicht an meinen Haaren. Es war schön, hier zu sein.

Die Kurzschlussreaktion, Boston zu verlassen, war die Richtige gewesen. Auch wenn ich noch keine Ahnung hatte, welchem Job ich hier nachgehen wollte, würde ich in Southport von vorne anfangen. Ich verharrte und genoss die Aussicht auf die rauschenden Wellen, bis es an der Tür klingelte.

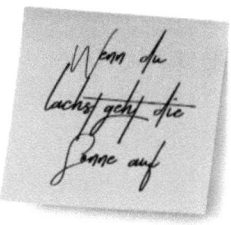

Kapitel 14

Nate

Blinzelnd öffnete ich die Augen. Der Raum wurde von einer Nachttischlampe beleuchtet und das gleichmäßige Piepsen eines Geräts war zu hören. *Wo war ich?*

Nur langsam schlichen sich die Ereignisse zurück in meine Gedanken. Ich befand mich noch im Krankenhaus.

»Du bist wach«, ertönte eine Stimme neben mir. Ich drehte mich zur Seite. Anstelle des Stuhls hatte jemand einen Sessel dort platziert. Oliver rekelte sich darauf und lächelte mich an.

»Was ist passiert?«, fragte ich und rieb mir verschlafen die Augen.

»Du hattest eine Panikattacke. Die Schwester hat dir ein Beruhigungsmittel gegeben, damit du schläfst.« Er setzte sich auf und stützte die Arme auf den Knien ab.

»Der Doc … er hat gesagt …«, stammelte ich, aber mein bester Freund ließ mich innehalten.

»Du hast auf einer Karte in deinem Portemonnaie Lilly und mich als Angehörige und Kontaktpersonen angegeben. Er hat mich angerufen und gebeten, herzukommen. Wir bekommen das wieder hin«, versicherte er mir.

Ich nickte und sank zurück in die Kissen.

»Du solltest ein bisschen schlafen. Wenn es dir morgen besser geht, darfst du nach Hause. Dafür musst du ausgeruht sein und die Panikattacke sollte sich nicht wiederholen.« Er rutschte im Sessel zurück und legte den Kopf in den Nacken. Seine Haltung konnte keinesfalls bequem sein und an Schlaf war gar nicht zu denken.

»Du kannst ruhig gehen und musst nicht hier übernachten«, brachte ich hervor und rollte mich in seine Richtung.

»Schon in Ordnung. Das hier ist gemütlicher, als es aussieht. Ich bleibe. Und jetzt mach die Augen zu.« Als ich das Grinsen auf seinem Gesicht sah, gab ich seufzend nach, nickte und wandte ihm den Rücken zu. Er schaltete die künstliche Beleuchtung aus.

Der Mond schien durch das Fenster und hüllte den Raum in fahles Licht. Das Piepsen der Geräte und sein gleichmäßiges Atmen waren die einzigen Geräuschquellen. Ihn hier zu haben war ungewohnt und doch war ich froh darüber.

Noch nie in meinem Leben hatte ich mich so hilflos gefühlt wie in diesem Moment. Ich zermarterte mir den Kopf darüber, was von den letzten Jahren in meiner Erinnerung fehlte, aber da gab es nichts. Mir fiel ein, wo ich wohnte, und dass ich mich mit meiner Schreinerei selbstständig gemacht hatte. Meine Geldsorgen waren mir ebenfalls im Gedächtnis geblieben. Nur dass es so schlimm war, wie Oliver heute Mittag erzählt hatte, war mir nicht bewusst gewesen.

Eine ganze Weile lag ich im Bett und starrte auf den Fleck auf dem Boden, der wanderte, bis die Dunkelheit von der Sonne abgelöst wurde und die ersten Strahlen durch das Fenster fielen. Staub tanzte im Sonnenlicht. Dankbar über die Ablenkung sah ich den schimmernden Klecksen dabei zu. Die Tür ging auf und eine der Schwestern trat ein. Sie schlich leise durch das Zimmer, bis ich mich bemerkbar machte.

»Ich wollte Sie nicht aufwecken, Mr. Warren«, entschuldigte sie sich und drehte verlegen die Fußspitze über das Linoleum.

»Schon gut, ich war vorher wach«, wehrte ich ab und setzte mich auf. Auch wenn ich die halbe Nacht nicht geschlafen hatte, fühlte ich mich besser. Der Muskelkater hatte nachgelassen und meine Glieder schmerzten nicht bei jeder einzelnen Bewegung.

»Ich sollte Ihren Freund wecken, wenn wir Kaffee gemacht haben. Er kam gestern Abend sehr spät her und wollte, dass ich ihm Bescheid gebe«, erklärte sie ihr Erscheinen und verharrte abwartend in der Mitte des Raumes.

»Ich mache das schon«, bot ich an und zwinkerte ihr zu. Verlegen lächelte sie und schlich wieder zur Tür heraus.

Müde drehte ich mich zum Fenster und starrte nach draußen. Die Sonne kitzelte mich an der Nase, bis ich niesen musste. Mit angehaltenem Atem wandte ich mich Oliver zu, doch der schlief wie ein Baby auf dem unbequemen Sessel.

Meine Gedanken wanderten zu dem Tag zurück, als ich ihn kennenlernte. Im Kindergarten war er auf mich zu gerannt, hatte mich an der Hand gepackt und beschlossen, dass wir Freunde waren. Tja, das hatte er jetzt davon ... »Hey, Schlafmütze! Aufwachen!«, sagte ich laut und streckte meinen Fuß unter der Decke hervor, um ihn zu treten. Erschrocken zuckte er zusammen.

»Was? Wer?«, stammelte Olli und rieb sich die Augen.

Ich lachte. »Du alter Schwerenöter.«

Verwirrt blickte er mich an und setzte sich auf. Mit der Hand strich er sich durch das zerzauste Haar. »Wovon redest du?«

»Die Schwester hat mir gesagt, dass sie dich wecken sollte, wenn der Kaffee im Schwesternzimmer durchgelaufen ist.« Ich beugte mich nach vorne und zwinkerte ihm zu.

»Hast du Zuckungen?« Fragend hob er die Augenbraue in die Höhe.

»Jetzt sag mir nicht, dass du es nicht auf eine der Pflegerinnen abgesehen hast ... Ich weiß, dass du auf kranke Rollenspiele stehst. Der Patient und die Krankenschwester? Oder bist du der Arzt?«

»Du bist doch ein Spinner!« Mit der Faust boxte er mir gegen den Oberschenkel und grinste.

»Hah! Ich wusste es!«, rief ich aus und zeigte mit erhobenem Finger auf ihn. Wir kannten uns so lange ... er konnte mir nichts vormachen. Das Glänzen in seinen Augen hatte ihn verraten. »Geh schon die Schwestern aufreißen!«, forderte ich ihn auf.

Lachend erhob er sich und klemmte sich das Kissen vom Sessel unter den Arm. Ich wusste bereits, was er vorhatte und hielt abwehrend die Decke hoch. An der Seite schielte ich vorbei und behielt ihn im Auge. Vor der Tür blieb er abrupt stehen, drehte sich rasend schnell in meine Richtung und erinnerte mich dabei an Matrix. Er warf die Daunen nach mir, doch sie prallten an meiner Schutzmauer ab und fielen zu Boden. Grinsend verließ er den Raum.

Jetzt erst bemerkte ich die Tasche, die auf einem Stuhl auf der anderen Seite des Raumes stand. Mein bester Freund musste sie mitgebracht haben. Hoffentlich waren darin Klamotten für mich, dann würde ich diesen Scheißkittel endlich ausziehen können.

Vorsichtig rutschte ich zum Matratzenrand. Schwindelgefühl erfüllte mich. Nach Halt suchend klammerte ich mich an das Bettgestell, bis ich in der Lage war, mich aufzurichten. Ich schrieb den Schwindel der Kopfverletzung zu, ging schlurfend zu dem Sitzplatz und zog den Reißverschluss auf. Es waren Boxershorts, Shirts und zwei Jogginghosen darin. Der Wunsch, eine heiße Dusche zu nehmen und in die frischen Sachen zu schlüpfen, keimte in mir auf. Man hatte mir aber nicht gesagt, ob es mir erlaubt war, mich zu waschen oder worauf ich wegen des Verbandes achten musste.

Die Tür wurde geöffnet und ich zuckte zusammen. Rasch drehte ich mich um und hielt den Stofffetzen am Rücken zu. Die Schwester betrat den Raum und stellte das Tablett mit meinem Frühstück auf der Vorrichtung am Bett ab. Bevor sie das Zimmer verlassen konnte, räusperte ich mich.

»Können Sie mir sagen, ob ich duschen darf?«, fragte ich vorsichtig und blickte verlegen zu Boden. Es war eine komische Frage und ich kam mir vor wie ein Blödmann. Vielleicht hatte der Doc etwas erwähnt und ich hatte es nicht mitbekommen.

»Natürlich dürfen Sie«, lachte sie und hielt sich die Hand vor den Mund. »Aber bitte achten Sie darauf, dass der Verband und die Haare trocken bleiben. Ansonsten spricht nichts dagegen. Ich kann einen der Pfleger bitten, Ihnen behilflich zu sein, wenn Sie sich noch nicht sicher auf den Beinen fühlen?«

Um Gottes willen! Mich sauber zu machen und aufzupassen, dass mein Turban nicht nass wurde, bekäme ich auch alleine hin. »Das ist nicht nötig, danke«, wehrte ich ab und hoffte, dass sie schnell den Raum verließ. Erleichtert atmete ich aus, als sich die Tür hinter ihr schloss. Das Grinsen auf ihrem Gesicht war nicht zu übersehen gewesen.

Ich zog die frischen Klamotten aus der Tasche, ging ins Bad und konnte es kaum erwarten, den Kittel abzulegen. Achtlos ließ ich ihn auf den Fliesenboden fallen. Den Hahn drehte ich auf und wartete, bis die richtige Temperatur erreicht war.

Langsam betrat ich den Duschbereich. Mir schwirrte der Kopf und ich hielt mich an der Wandhalterung fest, um nicht das Gleichgewicht zu verlieren. Die Brause stellte ich nach unten, um den Verband nicht zu durchnässen.

Warmes Wasser prasselte auf meine Haut. Das Hämmern hinter der Stirn verschwand schlagartig. Ich ließ den Dampf um mich herum aufsteigen und blieb eine Weile unter dem

Wasserstrahl stehen. Er massierte meinen Nacken und ich konnte mich entspannen. All die Anstrengungen, die Muskelschmerzen und die verwirrten Gedanken waren wie weggeblasen.

»Nate, wie lange brauchst du da drin? Der Doc will mit dir reden!« Oliver hämmerte wie ein Gorilla von außen gegen die Tür.

Seufzend drehte ich den Hahn ab und die letzten Tropfen fielen auf die Fliesen. »Moment!«, rief ich laut und trocknete mich ab. Ich schlüpfte in die Sachen und fühlte mich gleich wohler. Eine Boxershorts anzuhaben war ein tolles Gefühl.

Seufzend schloss ich auf und betrat den Raum. Zwei Augenpaare blickten mich abwartend an. »Die Schwester hat gesagt … also dass ich …«, stammelte ich unbeholfen.

»Schon gut«, wehrte der Arzt ab.

Ich ging auf die beiden zu und setzte mich auf die Bettkante. Oliver nahm neben mir Platz.

»Mr. Warren, alle Untersuchungen von gestern sind ohne Befund. Es hat sich nichts Neues ergeben, was uns einen Anhaltspunkt liefern könnte, weshalb Sie sich nicht erinnern.«

Ich wartete, aber er fügte seiner Aussage nichts hinzu.

»Wann darf er nach Hause?«, fragte Olli und durchbrach die Stille.

Ich blickte ihn dankbar an.

»Er kann heute gehen, wenn er verspricht, alle zwei Tage vorbei zu kommen, damit wir uns die Wunde am Kopf anschauen und den Verband neu anlegen können. Die

Schwester kommt gleich, um die Bandage abzunehmen.« Der Mediziner lächelte mich aufmunternd an.

Ich durfte also endlich hier raus. Die Enge in dem Zimmer nahm mir die Luft zum Atmen, aber die Angst, was mich vor den Toren erwartete, war größer. Freude über meine Entlassung sollte vermutlich anders aussehen. Ich zwang mich, ihn anzulächeln.

»Ich mache Ihre Papiere fertig und Sie können sie in fünfzehn Minuten am Tresen vor dem Schwesternzimmer abholen. Dann dürfen Sie gehen.« Er streckte mir seine Hand entgegen, die ich stumm ergriff. Mir fehlten die Worte.

»Danke, Doc«, mischte mein bester Freund sich ein und verabschiedete sich ebenfalls.

»Ich hole mir noch einen Kaffee.« Wie aufs Stichwort betrat die Pflegerin den Raum. Olli ging und ich setzte mich auf den Stuhl, den sie mir zurechtgerückt hatte. Wortlos ließ ich die Prozedur über mich ergehen. Sie reinigte die Wunde mit Jod und es brannte höllisch. Ich ballte die Hände zu Fäusten, um nicht vor Schmerz zu schreien.

Mit einem dampfenden Becher betrat mein bester Freund im richtigen Augenblick das Zimmer. Die Schwester verschwand und lächelte ihn an. Das Zwinkern war mir nicht entgangen. Ungläubig schüttelte ich den Kopf, verdrehte die Augen und setzte mich wieder auf die Matratze. Erst in diesem Moment fiel mir ein, dass ich keine Ahnung hatte, wohin ich gehen sollte. Zu Lilly wollte ich nicht … ich konnte nicht. Es würde sie nur unnötig verletzen und wenn ich das vermeiden konnte, würde ich es tun. Ich sah auf und schaute Oliver an. Er erkannte meinen Zwiespalt und kam zu mir.

»Du kannst erstmal bei mir wohnen. Wenn du möchtest, lade ich Lilly ein und wir können zu dritt reden?«, schlug er vor und nippte an seinem Kaffee.

»Danke«, flüsterte ich und versank in Gedanken. Ich durfte nach Hause, hatte aber keine Ahnung, ob ich mich in meinem Heim wohl fühlen konnte, wenn sie ... auch da war.

»Ich gehe kurz raus und rufe sie an.« Er wedelte mit dem Handy und war bereits an der Tür.

»Kannst du ihr was ausrichten?«, fragte ich unsicher und knete nervös meine Finger.

»Schieß los«, forderte er mich auf und kam zurück in den Raum.

»Der Arzt hat gesagt ... also ...« *Wie machte man so was?* Ich wusste nicht, wie man sich selbst dazu verhalf, verschüttete Erinnerungen zu wecken. Olli war geduldig und gab mir die Zeit, um meine Gedanken zu sortieren. »Sag ihr bitte, dass sie Fotoalben mitbringen soll. Der Doc hat angemerkt, dass es eine Möglichkeit sein könnte, meiner Amnesie auf die Sprünge zu helfen.«

Oliver nickte und verließ das Zimmer.

Ich blieb noch einen Moment sitzen und versuchte, mich zu sammeln, bis er zurückkam. Das war alles ein ganz schönes Durcheinander und die Dinge zu ordnen würde nicht von heute auf Morgen gehen. Wenn ich das Gebäude verließ, war ich mehr oder weniger obdachlos. Wie sich das anhörte. Jemand wie ich, der im Besitz eines wunderschönen Hauses war, wusste nicht, wohin er gehen sollte.

Die Tür ging auf und er lächelte mich an. »Sie kommt heute Nachmittag vorbei. Dann könnt ihr reden und euch die Bilder anschauen.« Er ging zum Stuhl und räumte die Tasche ein. In meiner Euphorie über frische Wäsche hatte ich wahllos die Dinge daraus hervorgezogen, die ich anziehen wollte und alles andere liegen lassen.

»Ich wollte sie nicht verletzen. Hoffentlich weiß sie das«, redete ich mehr mit mir selbst, als mit ihm.

Er wandte sich mir zu und setzte sich auf die Lehne. Die Arme stützte er auf den Knien ab und blickte mich durchdringend an.

»Ich weiß nicht, wie es für dich sein muss, mit Geschehnissen konfrontiert zu werden, an die du dich nicht mehr erinnern kannst. Doch ich habe mit Lilly gesprochen. Sie war zwar traurig, aber sie ist tapfer. Ich bin für dich da und sie ebenfalls. Du musst das nicht alleine durchstehen.«

»Ich weiß das zu schätzen, danke.« Noch immer knetete ich nervös meine Finger und knackte mit den Knöcheln. Auch wenn der bohrende Blick meines künftigen Mitbewohners längst die ersten Hautschichten durchdrungen hatte, versuchte ich, ihn zu ignorieren.

»Nate, du bist seit fünfundzwanzig Jahren mein Freund. Wie könnte ich dich im Stich lassen? Man bedenke, wie oft du mich aus der Scheiße geholt hast.«

Ich schmunzelte. Er war nicht nur ein Schwerenöter. Schon als Teenager hatte er nur Schwachsinn im Kopf gehabt. Sich in brisante Situationen zu manövrieren war seine Spezialität.

»Erinnerst du dich an den Abend im Pub? Das ist zehn Jahre her oder?« Grinsend erhob er sich und widmete sich den mitgebrachten Klamotten.

»Es sind Zwölf«, warf ich ein und stand auf. Ich ging zum Fenster und blickte hinaus. Der Druck auf meine Brust hatte nachgelassen und mich beschlich nicht länger das Gefühl, dass ich mich schlecht fühlen musste, weil ich mich nicht erinnerte.

»Wie du den Typen mundtot gelabert hast? Und er hat die ganze Zeit mit seiner blutenden Nase vor dir gestanden.« Hinter mir raschelte es, als Oliver den Reißverschluss zuzog. »Bist du fertig?«, fragte er und trat mit der Tasche neben mich.

»Ja, ich denke schon.« Ich blickte an mir herab. »Es sei denn, du hast mir eine Jeans mitgebracht?«

Lachend schüttelte er den Kopf, klopfte mir freundschaftlich auf die Schulter und ging zur Tür. Als ich nicht reagierte, drehte er sich um.

»Kommst du?« Auffordernd funkelte er mich an. »Ich werde noch krank von der Atmosphäre hier«, klagte er, bevor er in den Flur trat.

Grinsend folgte ich ihm. Typisch mein bester Freund.

Er hielt auf den Empfang zu. *Was ein Typ!* Scheinbar hatte er mit jeder einzelnen Pflegerin geflirtet. Die Schwester hinter dem Tresen empfing ihn freudestrahlend.

»Hey Oliver«, flüsterte sie und beugte sich nach vorne, um ihm einen Blick in ihren Ausschnitt zu gestatten. Einige Frauen benahmen sich in seiner Gegenwart wirklich peinlich. *Das war kaum zu glauben!*

Stumm trat ich an seine Seite und wartete darauf, von ihr bemerkt zu werden.

»Tracey, Süße. Der Doc hat gesagt, dass die Papiere fertig sind, damit mein Kumpel hier auschecken kann.« Mit dem Finger deutete er auf mich und grinste sie frech an.

Augenrollend verharrte ich neben ihm und beobachtete die Schwester. Ich wünschte mir, dass sich der Boden vor mir auftat und ich vor lauter Fremdschämen darin versinken konnte.

Die Pflegerin war ihm vollkommen verfallen. Sie blätterte in den Unterlagen auf dem Tisch vor ihr und hielt nach einer gefühlten Ewigkeit einen Brief hoch, auf dem mein Name stand. Ich streckte ihr eine Hand entgegen, um den Umschlag an mich zu nehmen.

»Notierst du mir deine Nummer?«, raunte Oliver und funkelte sie an.

Ich nahm die Papiere an mich und ging zum Aufzug. Sein Verhalten war mir unangenehm und ich wollte nicht mit ansehen, wenn sie anfing zu sabbern.

Frech grinste er bis über beide Ohren, kam auf mich zu und wedelte mit einem Zettel zwischen den Fingern. Darauf waren Ziffern notiert und dahinter hatte sie ein Herz aufgemalt.

Als sich die Fahrstuhltüren öffneten, trat ich seufzend ein. »Mit dir kann man wirklich nirgends hingehen«, beklagte ich mich, drückte die Taste mit der Beschriftung *Erdgeschoss* und der Lift rauschte nach unten.

Kapitel 15

Louise

Als das Zwitschern der Vögel mich weckte, öffnete ich mit einem Lächeln auf den Lippen die Augen. Die Sonne schien herein, malte helle Flecken auf die Tapete und der blaue Himmel versprach schönes, warmes Herbstwetter.

Grinsend lag ich im Bett und zog die Decke bis zum Kinn. Die bodentiefe Verglasung ließ mich bis aufs Meer hinaus schauen. Es gab nichts, was mit diesem atemberaubenden Ausblick vergleichbar wäre. In Gedanken versunken beobachtete ich das Spiel der Wellen. Wie sie sich aufbäumten und mit Kraft gegen den Sand prallten. Sehnsucht stieg in mir auf und ich beschloss, wenn ich mit allen Erledigungen fertig war, würde ich mir die Zeit nehmen und an den Strand gehen.

Ich freute mich darauf, die Besorgungen zu erledigen und mich mit Emma zu treffen, um den Hauskauf abzuschließen. Voller Tatendrang hüpfte ich aus dem Bett und ging ins Bad.

Der Anblick meines Spiegelbildes erschreckte mich und ich kicherte. Die Haare standen wild in alle Richtungen ab und meine Schminke war verschmiert, aber ich wirkte glücklich und nicht so zerknirscht, wie die letzten Wochen. Trotzdem sollte ich mir angewöhnen, das Make-up abends zu entfernen. Die Anspannung, die der Job als Rechtsanwältin mit sich gebracht hatte, war in dem Moment von meinen Schultern geglitten, als ich die Kündigung in den Briefkasten warf.

Rasch duschte ich und machte mich fertig. Die Klamotten hatte ich am Vortag in den Schrank geräumt. Ich entschied mich für eine Jeans und ein Sweatshirt, um keinesfalls zu frieren, falls es draußen frisch war.

Im Flur standen ein paar Sneakers. Ich schlüpfte hinein und steckte die Liste ein, damit ich nichts vergaß. Heute würde ich den Wagen brauchen, um nicht alles nach Hause schleppen zu müssen. In den kommenden Tagen wollte ich mich im Ort umsehen und versuchen, die Besorgungen zu Fuß zu erledigen.

Die Rückbank war noch umgeklappt. Da ich ein Schränkchen für den Flur anschaffen wollte, ließ ich sie in dem Zustand und überlegte, was ich zuerst machen wollte. *Ich brauchte unbedingt einige Lebensmittel!*

Im Internet hätte ich mir die Karte von Southport anschauen sollen, um mich halbwegs orientieren zu können. Planlos fuhr ich durch das kleine Städtchen und hatte Schwierigkeiten, mich zurechtzufinden. Ich erinnerte mich an den Weg zu dem Lebensmittelgeschäft. Die nette Dame dort könnte mir sicherlich weiterhelfen und mir vielleicht einen Tipp für einen Antiquitätenhändler geben. Zu dieser Uhrzeit waren die Parkplätze vor dem Geschäft noch frei, sodass ich den Wagen davor abstellen konnte.

Eilig stieg ich aus, verriegelte das Auto und betrat den Supermarkt. Erleichtert atmete ich auf, als ich die freundliche Frau vom Vortag hinter der Kasse entdeckte.

»Haben Sie Emma gestern nicht angetroffen?«, fragte sie irritiert.

»Oh, doch, doch. Wir haben alles regeln können. Ich benötige allerdings noch einmal ihre Hilfe.«

Sie nickte zustimmend und blieb abwartend am Tresen stehen, bis ich bei ihr war. Mit den Fingern tippte sie auf die Oberfläche. Eine Angewohnheit, die ich auch von mir kannte, wenn ich ungeduldig war.

»Wie kann ich behilflich sein?« Als sie mich anlächelte, sah ich die Neugier in ihren Augen aufblitzen.

»Ich suche nach einem Antiquitätenhändler und benötige ein paar Haushaltswaren. Lebensmittel bekomme ich bei Ihnen. Dafür würde ich später noch mal wiederkommen, vorausgesetzt, ich verfahre mich nicht wieder.«

Sie kicherte. »Wie kann man sich denn hier nicht zurechtfinden? Alle wichtigen Geschäfte finden Sie direkt auf der Hauptstraße, wenn Sie Richtung Ortsausgang fahren. Und Earl, der Besitzer hat seinen Laden in der Fodale Avenue. Sie müssen nur an der Feuerwehr rechts abbiegen. Das Ladenschild ist nicht zu übersehen.« Auf der Ablage vor der Kasse war eine Stadtkarte und sie zeigte mir ungefähr, wohin ich musste.

»Das sollte ich ohne Probleme hinbekommen.« Ich wandte mich zum Gehen. »Danke und bis später«, verabschiedete ich mich und winkte ihr zu.

Ich ging zurück zum Auto und fuhr los. Den Weg, den sie mir beschrieben hatte, fand ich ohne Schwierigkeiten. Erleichtert atmete ich auf und lenkte den Wagen durch die Straßen. Eine Kleinstadt war doch gewöhnungsbedürftiger, als ich angenommen hatte.

Sie behielt Recht. Das Schild war nicht zu übersehen. Die Schnörkelschrift hatte inzwischen einen Used-Look und der Wind wiegte es sanft.

Ich hielt vor der Tür. Selbst durch die geschlossenen Fenster war das Quietschen der metallischen Plakette zu hören. Mit einem Lächeln auf den Lippen stieg ich aus.

Meine Ankunft wurde von einer Glocke angekündigt, die den ganzen Raum beschallte. Der vertraute Geruch von Holz und Politur stieg mir in die Nase. Ich verband damit eine Kindheitserinnerung an unsere Haushälterin. Wenn sie die Möbel polierte, klaute ich ihr immer den Lappen. Grinsend betrat ich den Verkaufsraum.

Earl, so hatte sie ihn genannt, wuselte durch den Laden und zeigte einem Kunden verschiedene Sekretäre. Dafür, dass Southport eine überschaubare Einwohneranzahl hatte, verfügte das Geschäft über eine beeindruckende Auswahl an Schränken, Beistelltischen, Stühlen und vielen anderen Dingen.

Neugierig blickte ich mich im Raum um und meine Aufmerksamkeit blieb an einem Schränkchen hängen. Zielstrebig hielt ich auf das schöne Stück zu und passierte einige Möbel, denen ich mich danach widmen würde. Ich ließ die Finger über das Holz gleiten und öffnete vorsichtig die Schubladen. Es wäre perfekt für den Platz neben der Eingangstür.

Jemand trat an mich heran und begutachtete das Schmuckstück vor mir.

»Sie sind Earl?«, fragte ich neugierig und sah ihn von der Seite an.

»Woher wissen Sie das denn, junge Frau?« Schmunzelnd schaute er mich an. Er war kleiner, als ich und wirkte, als sei er um die sechzig, vielleicht auch fünfundsechzig.

»Wenn ich wüsste, ob ich mit dem Namen richtig liege, könnte ich Ihnen verraten, wer mich hierher gelotst hat«, antwortete ich keck und zwinkerte ihm zu.

»Sie meinen bestimmt Rita aus dem Supermarkt? Sie schickt immer die Touristen her, wenn sie nach einem guten Antiquitätenhändler gefragt wird.«

Seine Aussage ließ mich auflachen. Offenbar kannte hier jeder jeden. Es erinnerte mich an die Serie Gilmore Girls. Das kleine Städtchen Stars Hollow … jeder wußte, was im Leben des anderen vor sich ging. Irgendwie gefiel mir die Vorstellung, bald dazuzugehören.

»Ich bin keine Urlauberin. Gestern habe ich das Haus in der E Moore Street gekauft«, korrigierte ich ihn höflich.

»Das Cottage von Emma?« Nachdenklich wandte er sich von mir ab.

Er hatte einen ähnlich traurigen Blick, wie sie ihn hatte, als sie gegangen war. Mich beschlich das ungute Gefühl, dass nicht nur sie unerträgliche Erinnerungen mit diesem

Anwesen verband. Ich wollte nicht nachbohren und lenkte das Thema zurück auf das Möbelstück.

»Was kostet es denn?«, erkundigte ich mich völlig emotionslos.

»Wie bitte?« Fragend blickte er mich an.

»Das Schränkchen. Wie viel Sie dafür haben möchten?« Mit dem Finger deutete ich auf die Truhe vor uns.

»Zweihundert Dollar.« Er wandte sich von mir ab und ließ den Blick durch den Raum schweifen. Von einem Moment auf den anderen veränderte sich sein Verhalten. Meine Anwesenheit war ihm unangenehm.

»Ich würde es gerne mitnehmen«, antwortete ich rasch und hoffte, dass die bedrückende Stimmung schnell wieder vergehen würde.

Er lächelte mich an. »Ich mache Ihnen die Rechnung fertig.«

Als er nach vorne ging, hörte ich ihn erleichtert ausatmen. Ich fühlte mich unbehaglich und wusste nicht so recht, wie ich mit der Situation umgehen sollte. Wenn sich alle weiterhin so komisch verhielten, würde ich nicht drum herum kommen, Mrs. McArthur zu fragen.

Seufzend begutachtete ich die anderen Kostbarkeiten, die mir zuvor ins Auge gefallen waren. Meine Shoppinglaune war verflogen, seine Reaktion bedrückte mich. Ich kaute nervös auf der Unterlippe, überlegte, ob ich etwas sagen sollte, doch ich entschied mich dagegen. Es stand mir nicht zu, mich in Dinge einzumischen, die mich nichts angingen.

Schließlich lief ich auf Earl zu, der die Quittung in der Hand hielt und auf mich wartete. Wortlos reichte ich ihm eine Kreditkarte. Das Gerät piepte und spuckte einen Beleg aus, den ich unterschrieb.

»Mein Enkel bringt Ihnen den Schrank sofort nach draußen«, verabschiedete er sich von mir und marschierte schnurstracks Richtung Hinterzimmer. Verwirrt blieb ich zurück und sah ihm nach. Zögernd verließ ich den Laden und wartete geduldig darauf, dass mir jemand das erworbene Möbelstück zum Auto brachte.

Ein junger Mann kam lächelnd auf mich zu und trug die Kommode.

»Die ist sicherlich für Sie?«, fragte er und blieb vor mir stehen. Nickend öffnete ich den Kofferraum und sah ihm dabei zu, wie er die Antiquität einlud.

»Vielen Dank.« Ich schlug den Deckel zu und wandte mich ab.

»Nehmen Sie es meinem Grandpa nicht übel, dass er so reagiert hat.« Verwirrt über seine Worte verharrte ich und sah ihn an. »Es war nicht zu überhören, was Sie zu ihm gesagt haben. Der Schmerz über Marias Tod … er sitzt noch tief.«

Unbeholfen ließ ich den Schlüssel durch meine Finger gleiten und blickte betroffen zu Boden.

»Sie konnten es nicht ahnen. Emma redet nicht darüber. Ich bin froh, dass jemand das Haus gekauft hat, der es genauso lieben und pflegen wird, wie Maria es getan hat.«

»Woher wissen Sie … also, dass ich so bin?«, hakte ich neugierig nach. Immerhin kannte er mich erst zwei Minuten.

»Ich habe ihre Begeisterung gesehen, als Sie durch den Laden gelaufen sind. Sie freuen sich darauf, dem Cottage ihre eigene Note zu geben. Außerdem wirken Sie sympathisch. Ich hoffe, dass ich mit meiner Vermutung richtig liege.« Er lächelte mich aufmunternd an, winkte zum Abschied und ging zurück ins Geschäft.

Zweimal in kurzer Zeit hatte man mich sprachlos stehenlassen. Kopfschüttelnd öffnete ich die Fahrertür und stieg ein. Auch wenn mir nicht länger nach Shoppen war, würde ich meine Liste abarbeiten. Ich zog sie aus der Hosentasche und las die einzelnen Punkte. Das Meiste bekam ich in dem Haushaltswarenladen, den Rita erwähnt hatte und bevor ich zum Haus fuhr, würde ich bei ihr Halt machen, um die Vorräte aufzufüllen.

Dann hatte ich alles erledigt, was wichtig war. Vor dem Besuch bei Emma, um die letzten Einzelheiten zu klären, graute es mir jedoch. Die Aussage des jungen Mannes machte mich nachdenklich und traurig. Kein Wunder, dass sowohl sie, als auch Earl so reagiert hatten. *Wer hätte es ihnen verübeln können?*

***

Drei Stunden später war ich endlich mit allem fertig. Mit dem voll beladenen Auto fuhr ich die Auffahrt entlang und parkte es vor dem Haus. Ich erblickte Emma, die auf der Schaukel auf der vorderen Veranda saß und auf mich wartete.

Als ich ausstieg, rief ich ihr zu: »Sagen Sie nicht, dass ich wieder zu spät dran bin?«

Sie erhob sich und die Sitzfläche schwankte hin und her. Lächelnd blieb sie am Treppenabsatz stehen.

»Nein, nein. Ich dachte nur, dass Sie vielleicht einiges zu tun haben und ich Ihnen mit irgendetwas zur Hand gehen könnte.« Schulterzuckend blickte sie mich an.

Ich hatte ein schlechtes Gewissen, dass diese ältere Lady mir ihre Hilfe anbot. Schnell öffnete ich den Kofferraum und nahm alle Tüten auf den Arm, die ich tragen konnte.

»Sie könnten mir die Tür aufmachen«, schlug ich grinsend vor.

Sie nickte und eilte zum Eingang. Keinesfalls würde ich sie irgendetwas von meinen Einkäufen schleppen lassen. Außerdem glaubte ich zu spüren, dass sie hier war, weil sie ins Haus wollte und sich nicht traute, mich danach zu fragen.

Es kostete mich viel Kraft, voll beladen die Stufen nach oben zu steigen. Die Einkaufsbeutel waren schwerer, als ich gedacht hatte und ich schleppte mich die Treppe hoch, anstatt zu gehen. Erleichtert atmete ich aus, als ich in der Küche alles auf dem Tisch abstellen konnte.

Sie verharrte an der Schwelle und krallte sich am Türgriff fest. Das freundliche Lächeln wirkte aufgesetzt. Der Schmerz, den sie empfand, war ihr anzusehen. Er vereinnahmte die Atmosphäre und war deutlich spürbar.

»Emma?«, fragte ich ruhig und wartete, bis sie mich ansah. »Sie sind hier jederzeit willkommen. Das wollte ich Ihnen sagen.«

Dankbar lächelte sie mich an und wischte sich eine Träne aus dem Augenwinkel.

Mein Angebot war ernst gemeint. Wann immer sie herkommen wollte, stand ihr meine Tür offen. Ich ging zurück zum Auto und lud den Rest der Besorgungen aus. Die Kommode würde ich holen, wenn Emma nicht mehr da war. Ich wollte ihr nicht das Gefühl geben, das Andenken an ihre Enkelin beiseitezuschieben.

In der Küche setzte sie sich an den Tisch, während ich alles in den Schränken verstaute. Nachdem ich fertig war, kochte ich uns Kaffee. Sie hatte die ganze Zeit geschwiegen und ich wollte die Stille nicht durchbrechen. Wenn ich verstohlen zu ihr blickte, wirkte sie in sich gekehrt, innerlich aufgewühlt. Nachdenklich sah sie aus dem Fenster.

Ich stellte eine Tasse und Milch vor ihr auf die Holzoberfläche. »Danke.«

»Gern geschehen«, antwortete ich lächelnd. Die Traurigkeit in ihren Augen hatte abgenommen und sie schien ruhiger zu sein.

Ich nahm ihr gegenüber Platz, griff nach meinem Becher und gab ein wenig Sahne hinein.

»Hätten Sie etwas dagegen, wenn wir zusammen backen?« Ihre Frage verwirrte mich und doch sah ich, wie viel es ihr bedeuten würde, dass ich zustimmte. Zögernd nickte ich. Emma erhob sich, ging zur Anrichte und holte aus den Schränken alles heraus, was wir benötigten. Sie kannte sich im Haus deutlich besser aus als ich.

Auch wenn ich keinen blassen Schimmer hatte, wie ich auf sie und die Situation reagieren sollte, trat ich neben sie und nahm die Schüssel an mich, die sie mir zuschob.

»Wie kann ich behilflich sein?«, bot ich meine Unterstützung an.

Lächelnd betrachtete sie mich.

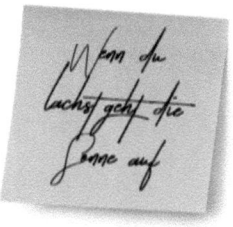

Kapitel 16

Nate

Als es klingelte, ging Oliver zur Tür, um Lilly reinzulassen. Mir schlug das Herz bis zum Hals und meine Handinnenflächen schwitzen. Bei dem Gedanken daran, sie wiederzusehen, wurde ich nervös und schluckte den Kloß in meinem Hals herunter. Keinesfalls wollte ich, dass sich die Situation aus dem Krankenhaus wiederholte. Hoffentlich würden die Fotos und das Gespräch meinem Gedächtnis auf die Sprünge helfen.

Unruhig stand ich auf, nur um mich gleich wieder hinzusetzen. Ich fixierte eine Porzellanfigur, die in einem der Regale stand. Es war eine Ballerina, die seine Mutter ihm geschenkt hatte. Meine Einwände, sie zu entsorgen, wehrte er seit Jahren ab. Auch wenn er es nie zugeben würde, steckte in ihm ein Softie.

Als sie den Raum betrat, erhob ich mich rasch vom Sofa. Verlegen griff ich mir mit der Hand in den Nacken, fühlte mich in meine Teenagerzeit zurückversetzt. Unsicher, wie ein pubertierender Schuljunge stand ich da.

»Hey Nate«, sagte sie leise und kam auf mich zu.

Ich wusste nicht, wie ich sie begrüßen sollte. Lilly umarmte mich und schien sich ebenso befangen zu fühlen wie ich. Sie lächelte unbeholfen und stellte den Tragebeutel auf den Boden. Als sie sich den Zopf löste und die Haare danach wieder zusammenband, bemerkte ich das Zittern ihrer Finger. Nervös sah ich an ihr vorbei und wartete darauf, dass mein bester Freund durch die Tür schritt.

Anstatt zu uns zu kommen, hörte ich ihn in der Küche werkeln. Schweigend saßen wir uns gegenüber. Die Stimmung war erdrückend. Ich öffnete den Mund, hatte aber keine Ahnung, was ich sagen sollte und schloss ihn wieder, ohne etwas von mir zu geben.

Als er mit drei Tassen in der Hand den Raum betrat, war ich erleichtert. Gleich hatte ich etwas, woran ich mich festhalten konnte.

»Lilly, du hast doch Fotos mitgebracht, oder?«, durchbrach mein bester Freund die ungemütliche Atmosphäre.

»Oh ... äh ... ja, natürlich«, stammelte sie, stellte ihren Becher auf den Couchtisch und griff nach der Tasche, die sie beim Reinkommen fest umklammert hatte.

Mit zitternden Fingern reichte sie mir die Alben. Ich öffnete eines davon und blickte in zwei strahlende Gesichter. Auf dem ersten Bild waren wir zusammen abgelichtet. Irritiert blätterte ich um, aber keiner der Schnappschüsse kam mir bekannt vor.

Zögernd hob ich den Kopf und betrachtete die beiden. Während Olli mich aufmunternd anlächelte, durchbohrte Lilly mich mit ihren Blicken. Die Situation schnürte mir die Luft ab und ich spürte den Druck, der sich auf mich legte. Hilfesuchend sah ich meinen Kumpel an.

Er rückte ein Stück näher und schaute mir über die Schulter. »Hier waren wir auf der Kirmes.« Mit dem Finger deutete er auf eines der Fotos, auf dem eine Gruppe abgebildet war. In der Mitte stand ich mit Lilly und umarmte sie. Frank war auch dabei, Kelly und Thomas schnitten Grimassen, und wir anderen lachten. »Du hast nach drei Runden Autoscooter gekotzt. Ich glaube, dass es die Kombination mit dem Alkohol war, die deinen Mageninhalt nach außen kehrte.«

»Oder hier …« Lilly setzte sich neben mich und zeigte auf eines der anderen Bilder. Zu sehen war ich mit Mary Lou und meiner Hündin. Als sich unsere Arme berührten, spürte ich Unbehagen in mir aufsteigen. Ich wollte ihr nicht so nahe sein.

»Wie geht es Sally?«, fragte ich und blickte Lilly abwartend an.

Sie antwortete, ohne mich anzusehen. »Ihr geht es gut. Sie ist bei uns zu Hause. Soll ich sie morgen herbringen?« Sie hielt den Kopf gesenkt und den Blick auf das Album in meiner Hand gerichtet.

»Ich kann sie auch abholen«, bot ich an. »Also … wenn das für dich in Ordnung ist. Ich weiß ja, wo du … oder besser, wo wir wohnen.« Mein bester Freund hatte mir gesagt, dass sich meine Adresse nach dem Auszug bei meinen Eltern nicht geändert hatte. Ich bewohnte das kleine Haus in der S Lord Street, das unmittelbar am Hafen lag.

Lilly hatte nicht geantwortet und starrte weiterhin wie gebannt auf die Bilder. Hinter meinem Rücken stupste Olli ihr gegen den Arm.

»Was?«, fragte sie verwirrt und sah mich an. Sie war noch genauso hübsch wie in der Highschool, als ich mich in sie verliebt hatte. *Sollte ich nicht mehr denken, wenn ich sie ansah? Irgendein Gefühl von Verbundenheit fühlen?*

Sie schien sich in meinem Blick zu verlieren. Traurigkeit blitzte in ihren Augen auf. »Du kannst sie gerne holen, wann immer du willst.« Sanft streiften ihre Finger meine Hand. Bis auf den Reflex, sie wegziehen zu wollen, verspürte ich nichts. Kein Herzklopfen. Keine Schmetterlinge im Bauch. Ich war einfach leer.

Eine Träne kullerte ihre Wange hinab und tropfte auf die Momentaufnahme von uns beiden.

»Ich muss gehen«, rief Lilly wie aus dem Nichts, erhob sich und rannte beinahe zur Tür heraus. Oliver stand auf und ging ihr nach.

Ich strich mit dem Finger über die feuchte Stelle und blätterte weiter in dem Album. Nichts davon kam mir bekannt vor. Das erste Buch hatte ich durchgeblättert und nahm das zweite aus der Tasche. Auch bei diesen Bildern erinnerte ich mich nicht daran, wann sie entstanden waren.

»Es tut mir so leid«, entschuldigte ich mich, als Olli ins Wohnzimmer zurückkam.

»Schon gut. Du kannst nichts dafür. Für sie ist es nur schwer, weil sie all die Erinnerungen an eure gemeinsame

Vergangenheit hat, du aber nicht. Gib ihr und auch dir ein wenig Zeit. Ich bin mir sicher, dass dein Gedächtnis sich erholen wird.« Seufzend ließ er sich neben mir auf das Sofa sinken und nahm den Sammelband entgegen. Er blätterte durch die Seiten und lächelte beim Anblick der Fotos.

»Du erinnerst dich an gar nichts davon?« Er hielt das Buch hoch und sah mich fragend an.

Resigniert schüttelte ich den Kopf. Er legte es auf den Couchtisch, beugte sich nach vorne und stützte die Arme auf den Knien ab. Nachdenklich rieb er sich die Stirn.

»Vielleicht machen wir morgen weiter? Wir schauen uns alles noch mal gemeinsam an und ich erzähle dir, wann welche Aufnahme gemacht wurde?«

»Das klingt nach einem guten Plan.«

***

Oliver hatte mir angeboten, mich zu Lilly zu begleiten. Ich war dankbar, nicht alleine gehen zu müssen. In ihrer Nähe wusste ich nicht, wie ich mich zu verhalten hatte, ohne sie zu verletzen. Ich fühlte mich schuldig, weil sie leiden musste, doch ich konnte nichts dafür. Die ganze Nacht hatte ich wachgelegen und mir den Kopf über die Bilder und sie zerbrochen, aber es half nichts.

Es war noch früh am Morgen und wir liefen einen Umweg zur Bäckerei. Ich hatte gestern Abend nichts mehr essen können. Mir war, nach der Begegnung mit Lilly der Appetit vergangen. Vor der *Baked with Love* blieben wir stehen. Durch die Fensterfront erhaschte ich einen Blick auf den regen Betrieb, der im Inneren herrschte.

»Kannst du ohne mich reingehen?«, bat ich vorsichtig und steckte die Hände in die Hosentasche. Ich hatte mich selten so unbeholfen und fehl am Platz gefühlt.

Einen Moment zögerte er, betrachtete mich von der Seite, nickte aber. »Was willst du haben?«

»Einen Kaffee und ein Stückchen ... Such einfach was aus.«

Er betrat den Laden und die Bedienung hinter der Kasse grinste ihn an. Möglicherweise eine weitere seiner Liebschaften. Es würde mich nicht wundern, wenn ich mit meiner Vermutung richtig lag. Sie beugte sich zu weit über den Tresen und bot ihm genauso viel Einblick in ihre Bluse wie die Schwester im Krankenhaus.

Schmunzelnd wandte ich mich ab und schaute mich neugierig um. Ich liebte diese Stadt. Ich hatte nie an einem anderen Ort gelebt und konnte mir nicht vorstellen, jemals woanders zu wohnen. Ich kannte beinahe jeden Einwohner und wusste, dass man sich untereinander half. Southport war wie eine Großfamilie.

Frank kam von der anderen Straßenseite zu mir herüber und grinste mich an. »Hey Kumpel! Wie geht's dir? Ich habe von dem Sturm gehört. Du hast mir echt einen Schrecken eingejagt. Ich bin froh, dass du wohlauf bist.«

»Schon besser«, antwortete ich knapp. Er schien sich in meiner Gegenwart nicht wohl zu fühlen. Ich erinnerte mich daran, was Olli über ihn und unser letztes Zusammentreffen gesagt hatte.

»Frank … ich bin nicht wütend oder so«, setzte ich an, doch er ließ mich nicht zu Wort kommen.

»Nate, was geschehen ist, tut mir unheimlich leid. Ich hatte dir nicht vor den Kopf stoßen wollen … aber mir blieb keine Wahl. Hoffentlich nimmst du mir das nicht übel?« Verlegen starrte er zu Boden und kaute auf der Unterlippe.

Mit dem Ellenbogen stupste ich ihm gegen den Arm. »Schon gut. Ich bin nicht böse auf dich. Du kannst nichts dafür, dass ich danach rausgefahren bin. Das war allein meine Entscheidung … denke ich zumindest.«

Bei meinen Worten blickte er auf und hob fragend eine Augenbraue. »Wie meinst du das?«

»Mein Gedächtnis macht mir Probleme. Hat Olli das nicht erwähnt?«

»Oh, doch … natürlich. Er hatte so was gesagt. Weißt du denn schon … also ob du …«, stammelte er, beendete seine Frage aber nicht.

Mein Kopfschütteln musste Antwort genug sein. Ich hatte keine Lust, mich darüber zu unterhalten und mir die Vorfreude auf Sally trüben zu lassen.

Die Türglocke hinter mir bimmelte und mein bester Freund trat mit einem Tray und zwei Tüten in der Hand neben mich.

»Kelly hat erwähnt, dass Harry seinen Laden schließen wird«, informierte er uns. Ich war froh, dass er ein anderes Thema anschnitt, auch wenn er nicht wissen konnte, worüber Frank und ich gesprochen hatten.

»Was? Die Baked with Love macht zu?«, fragte ich irritiert. Sie war eine Institution und wir kamen seit Jahren her. Außerdem konnte man in den anderen Cafés weder Kuchen essen noch den Kaffee genießen. Ich nahm mir einen der Cups aus dem Tray und ließ mir die Tüte mit meinem Gebäck reichen. Er nickte und biss in sein belegtes Croissant.

»Aber warum?«, hakte Frank nach.

»Er wird wohl nach Florida zu seinen Kindern ziehen. Vorher will er alles verkaufen und sich zur Ruhe setzen.« Schulterzuckend trank er aus seinem Becher.

»Und was machen wir dann? Es gibt hier sonst keine gute Bäckerei.« Den letzten Satz hatte ich hinter vorgehaltener Hand von mir gegeben. Man wusste nie, wer mithörte und die Informationen weitertratschte. Stille Post war unter den Alteingesessenen eine beliebte Freizeitbeschäftigung.

»Hat mich gefreut, dich zu sehen, Nate. Ich muss jetzt arbeiten«, verabschiedete Frank sich und verschwand auf die andere Straßenseite.

Olli setzte sich in Bewegung und wir machten uns auf den Weg, um meine Hündin abzuholen. Schweigend liefen wir nebeneinander her, bis das Haus in Sichtweite kam. Nervös knüllte ich die Tüte zusammen. Den Inhalt hatte ich längst verschlungen. Hilfesuchend blickte ich meinen besten Freund an.

»Es gibt keinen Grund, aufgeregt zu sein. Sie freut sich sicherlich, dass wir vorbeikommen.« Beruhigend legte er mir eine Hand auf die Schulter.

»Dein Wort in Gottes Ohr«, murmelte ich und stieg die Stufen nach oben.

Aufgewühlt stand ich vor der Tür und betätigte mit zittrigen Fingern die Klingel. Mein Herz schlug bis zum

Hals. Eine Eigenheit, die ich nach dem Unfall entwickelt hatte und die mich heimsuchte, wann immer ich mich unter Druck gesetzt fühlte.

Das Bellen meines Golden Retrievers war zu hören und die Nervosität war wie weggeblasen. Grinsend wartete ich darauf, dass Lilly aufmachte.

»Ihr seid zu früh«, rief sie von drinnen und fluchte.

Der Türgriff wurde gedreht und Sally steckte die Nase durch den kleinen Schlitz.

»Jetzt drängel nicht so!«, schimpfte sie, doch ich kannte meine Wegbegleiterin besser. Sie würde alles tun, um durch den Spalt zu passen.

Jaulend stand sie vor dem Ausgang und kam nicht weiter. Ich blickte Lilly an, die lächelte und die Tür komplett öffnete. Die Hündin sprang freudig an mir hoch und bellte. Ich kniete mich neben sie und streichelte ihr liebevoll über den Kopf. Das goldene Fell schimmerte im Sonnenlicht und erinnerte mich an Karamell. Ich hasste es, wenn sie mir über das Gesicht leckte, aber ich freute mich so sehr sie zu sehen, dass es mir egal war, ob sie ihre Bakterien verteilte oder nicht.

»Warst du auch brav?«, fragte ich sie. Brummend ließ Sally sich von mir kraulen.

»Gebt mir fünf Minuten, dann bin ich fertig. Bis dahin habt ihr euch bestimmt ausreichend begrüßt.« Lilly verschwand nach oben. Verwirrt blickte ich ihr hinterher. Sie hatte lediglich ein Handtuch um den Körper gewickelt und einen Turban auf dem Kopf.

»Ich lass euch zwei Hübschen alleine.« Grinsend quetschte Oliver sich an uns vorbei.

Keine Ahnung, wie lange wir unser Wiedersehen feierten, aber irgendwann wurde es mir auf den Holzdielen zu unbequem und ich erhob mich. Als ich reingehen wollte, knackten meine Knie laut.

Ich schloss hinter mir die Tür und verharrte einen Moment. Hier zu sein war komisch, immerhin war es mein Zuhause, aber im Moment war ich nur ein Gast. Sally trabte zufrieden ins Wohnzimmer und ließ sich neben Olli auf dem Sofa nieder. Das Gefühl von Zuhause hüllte mich ein und ich fühlte mich schlagartig besser. Nicht zu wissen, wohin ich gehörte oder wo mein Platz war … nun hatte ich eine Antwort darauf. Das hier war mein Heim.

Wie sollte ich das mit Lilly hinbekommen? In Gedanken versunken ging ich an dem großen Regal mit den Büchern vorbei und glitt mit den Fingern über die Einbände. Auch wenn ich selbst nicht viel las, bedeuteten sie mir eine Menge. Einige von ihnen waren seit Jahrzehnten in Familienbesitz.

Lilly betrat den Raum und räusperte sich. Erschrocken drehte ich mich ihr zu. Lächelnd lehnte sie gegen den Türrahmen und beobachtete mich. Starr bohrte sich ihr Blick in mich und ich fühlte mich unbehaglich. Sie bemerkte meinen Unmut, stieß sich von der Holzumrandung ab und kam einen Schritt näher.

»Ich muss jetzt zur Arbeit. Sehen wir uns später?«, fragte sie vorsichtig und sichtlich verlegen.

Ich nickte.

»Du musst mit Sally rausgehen. Das habe ich nicht mehr geschafft«, informierte sie mich und zog die Jacke über.

»Das mache ich gerne«, entgegnete ich und lächelte zurück. Es war schwer, in ihrer Nähe zu sein. Oliver hatte mir gestern erzählt, wie sehr sie nach dem Besuch bei uns geweint hatte. Ich wollte sie nicht verletzen, aber ich wusste nicht, wie ich es hätte besser machen können.

Das Grinsen um ihre Lippen war verschwunden, als sie zur Tür hinausging. Nachdenklich starrte ich ihr nach.

»Willst du hierbleiben, bis Lilly wiederkommt?« Ollis Stimme riss mich aus meinen Überlegungen. Er stand neben mir und blickte mich fragend an. Als Antwort zuckte ich mit den Schultern.

»Ich mache mich auf den Weg zu meinem Apartment und arbeite ein wenig.«

»Dann mach das mal. Ich habe ja einen Schlüssel. Aber Sally und ich werden erstmal spazieren gehen, denke ich.«

Mein bester Freund klopfte mir freundschaftlich auf den Rücken »Alles klar. Komm einfach, wenn du willst. Und deine Hündin darfst du natürlich mitbringen.«

Mit hochgezogenen Augenbrauen sah ich ihn an. Er hasste es, wenn ich sie mitbrachte. Jedes Mal heulte er wegen den Hundehaaren.

Mein Retriever und ich spazierten durch Southport. Die frische Luft tat gut. Ich genoss die kühle Brise, die mir um die Nase wehte und den Nebel aus meinen Gedanken vertrieb.

Tausend Dinge geisterten mir durch den Kopf, aber ich fand keine Antworten darauf. Geduld war nie eine meiner Stärken und das würde sich in naher Zukunft nicht ändern.

Sally trabte mit raushängender Zunge an meiner Seite und hielt an jeder Ecke, um ihr Revier zu markieren. Ich hatte keine Lust, zurück zum Haus zu gehen. Obwohl ich mich dort wohl gefühlt hatte, wollte ich nicht allein sein. Zumindest nicht, so lange Lilly noch dort wohnte. Das war einer der Punkte, über die ich mir den Schädel zerbrach. In Gedanken versunken lief ich hinter der Hündin her.

Sie führte mich an den Steg, an dem die Mary Lou sich in den Wellen wiegte. Ich sah mein Boot, aber ich war wie gelähmt, als ich den Fuß auf den ersten Holzbalken am Pier setzte. Es war mir nicht möglich, die Kontrolle über meine Muskeln zu gewinnen.

Panik peitschte durch jede Faser meines Körpers. Ich gierte nach Sauerstoff und verharrte, wie angewurzelt an der Stelle. Sally stand vor dem Segelboot, wedelte aufgeregt mit dem Schwanz und bellte mich an.

Ich konnte nicht anders, als ein paar Schritte zurückzugehen und die Distanz zwischen dem Meer und mir zu vergrößern. Schwer atmend ließ ich mich auf den Beton sinken und versuchte, meinen Puls zu beruhigen.

Es dauerte eine halbe Ewigkeit, bis mein Herzschlag sich normalisierte und ich ohne Schmerzen atmen konnte. Ich umklammerte meine Beine und blieb auf dem Beton sitzen.

Wie gebannt starrte ich auf die Mary Lou, wollte sie anfassen und mich versichern, dass sie keinen Schaden davongetragen hatte, aber ich rührte mich nicht von der

Stelle. Meine Hündin nahm irgendwann an meiner Seite Platz und bettete ihren Kopf in meinem Schoß. Ich verharrte einige Minuten ... vielleicht waren es auch Stunden. Ich hatte jegliches Zeitgefühl verloren.

Jemand legte mir seine Hand auf die Schulter und setzte sich auf den Boden. Apathisch blickte ich zur Seite. Lilly saß neben mir. Ihre Miene wirkte besorgt. Sanft streichelte sie mir über den Rücken. Die Wärme ihrer Finger übermannte die Kälte in meinem Inneren und ließ mich erschaudern.

»Ist alles in Ordnung?«, murmelte sie und biss sich auf die Unterlippe.

Ich nickte.

»Was hältst du davon, wenn wir gehen?«, schlug sie vor und griff wie selbstverständlich nach meiner Hand. Irritiert zog ich sie zurück, was Lilly zusammenzucken ließ.

»Tut mir leid«, flüsterte ich, rappelte mich auf und ging weg. Sie verharrte am Steg. Ihr Blick bohrte sich mir in den Rücken. Aber ich konnte das nicht. Auch wenn sich ihre Berührungen gut angefühlt hatten, war ich nicht in der Lage, sie zu erwidern.

Zielstrebig lief ich weiter und hielt nicht ein einziges Mal an. Ohne mich umsehen zu müssen, wusste ich, dass meine Hündin mir folgte. Autos hupten, als ich, ohne mich zu vorab zu vergewissern, dass ich heil auf der anderen Seite ankommen würde, über die Straße eilte.

Atemlos blieb ich vor Olivers Haus stehen und holte den Schlüssel aus der Hosentasche. Klirrend fiel er zu Boden. Ich schloss für einen Moment die Augen und versuchte, mich zu konzentrieren, bevor ich mich bückte und den Bund aufhob.

Rasch entriegelte ich die Tür und betrat den Hausflur. Die Last auf meinen Schultern war mit jedem Meter erträglicher geworden, den ich mich vom Pier und damit auch von Lilly entfernt hatte. Der Druck auf meinen Lungen hatte ebenfalls abgenommen. Sobald die große Eingangstür hinter mir ins Schloss fiel, konnte ich erleichtert aufatmen.

Kapitel 17

Louise

Der heutige Tag begann so wie jeder andere. Die Sonne kitzelte mich an der Nase und das Meer rauschte im Hintergrund. Ausgiebig streckte ich die müden Glieder und kuschelte mich für ein paar Minuten in die Kissen.

Fast eine Woche war vergangen, seitdem ich in Southport, meinem neuen Zuhause angekommen war. Seitdem ich hier war, hatte ich einen gleichbleibenden Tagesrhythmus. Ich stand auf, machte mich fertig und wuselte durch das Haus. Inzwischen gab es nichts mehr zu tun. Reichlich Obst war nötig gewesen, um Marmelade für die nächsten fünfzig Jahre einzukochen. Gebacken hatte ich auch. Mehrfach. Als Dank hatte Emma einen Korb mit verschiedenen Muffins von mir bekommen. *Wohin hätte ich auch mit den unzähligen Backwaren gesollt?* Wenn ich sie alle aß, würde ich irgendwann nicht mehr laufen können.

Mir fiel die Decke auf den Kopf. Es war allerhöchste Zeit für eine andere Beschäftigung.

Nach einem neuen Job hatte ich mich noch nicht umgesehen, weil ich nicht sicher war, ob ich weiterhin als Rechtsanwältin fungieren wollte. Vielleicht würde ich etwas anderes ausprobieren … Es stand fest, dass ich einen Beruf brauchte, der mich forderte und den ganzen Tag auf Trab hielt. Mir einen Grund gab, jeden Morgen aufstehen zu wollen.

Wenn sich nicht bald etwas an meiner Situation änderte, würde ich verrückt werden. Die Erinnerungen an Mike konnte ich nur fernhalten, wenn ich mich beschäftigte. Seufzend blickte ich aus dem Fenster und genoss die Aussicht. Daran würde ich mich nie sattsehen können.

Letztendlich schälte ich mich aus dem Bett und freute mich auf meine To-do-Liste. Ich liebte es, mir Notizen zu machen. Ausgeschlafen schlurfte ich ins Bad, lächelte mein Spiegelbild an und nahm eine ausgiebige Dusche. Das heiße Wasser lockerte meine Muskeln und vertrieb die Dämonen der Vergangenheit.

Als ich die Treppe hinab stieg, hüllte mich der Geruch von Gebäck ein. Ich betrat die Küche, band mir eine Schürze um und machte mich voller Tatendrang an die Arbeit.

Seit Emmas unangekündigtem Auftauchen und der gemeinsamen Backstunde war kein Tag vergangen, an dem ich nicht im Internet nach neuen Rezepten gesucht und sie ausprobiert hatte. Auf dem Tisch stapelten sich die fertigen Muffins, aber ich konnte und wollte nicht aufhören, für Nachschub zu sorgen.

Nie hätte ich es für möglich gehalten, dass ich mich an Hausarbeit erfreuen konnte und sie befriedigend war. Aber es machte mir Spaß. Ich drehte die Musik auf, ließ meine Hüften zum Rhythmus kreisen und tanzte wie eine Verrückte durch den Raum. Lauthals sang ich mit, schwebte über den Boden und verteilte dabei versehentlich überall ein wenig Mehl.

Selten hatte mir etwas so viel Freude bereitet. Ich konnte kreativ sein und entdeckte damit eine Seite an mir, die ich vorher nicht kannte und ehrlich gesagt nie geglaubt hatte, dass sie existierte.

***

Nachmittags besuchte ich Emma. Auch wenn ich unangekündigt bei ihr auftauchte, freute sie sich jedes Mal. Ohne es beabsichtigt zu haben, war sie wie eine Granny für mich geworden. Meine Oma war schon seit Jahren tot und ich hatte längst vergessen, wie es war, eine zu haben. Von jemandem bemuttert und betüdelt zu werden.

Sie übernahm diese Rolle verdammt gut.

»Hast du wieder gebacken?«, fragte sie, als ich die Stufen nach oben ging und den Korb hinter dem Rücken versteckt hielt.

»Woher weißt du das?«

Als ich näher kam, stand sie schulterzuckend an der Tür und trat einen Schritt beiseite. Wir waren ein gut eingespieltes Team. Sie kochte den Kaffee für uns und ich deckte den Tisch.

Emma hatte mir die Erlaubnis gegeben, mich bei ihr ganz wie Zuhause zu fühlen. Ich holte die Teller aus dem Schrank, dazu die Gabeln aus dem Besteckkasten und platzierte sie auf dem Küchentisch.

Mit zwei Tassen bewaffnet setzte sie sich zu mir. »Kindchen, kann es sein, dass dir die Decke auf den Kopf fällt?« Sie grinste und tätschelte meine Hand.

»Bin ich so leicht zu durchschauen?« Ich trank einen Schluck von meinem Kaffee und musste unwillkürlich lächeln.

»Du kommst jeden Tag hierher und hast immer eine andere Sorte Muffins dabei. Nicht, dass ich etwas gegen dein überaus köstliches Gebäck hätte, aber ...« Sie schien nach der richtigen Formulierung zu suchen. »Du brauchst eine andere Beschäftigung als zu backen.«

Ohne, dass ich vorher darüber nachgedacht hatte, kamen mir die Worte über die Lippen. »Es beruhigt und entspannt mich. Was ist, wenn ich eine Konditorei eröffne? So, wie Karen's Café in One Tree Hill. Ihr wurde sogar ein Lied gewidmet«, sinnierte ich und blickte verträumt auf meine Finger. Vor meinem inneren Auge spielte sich alles ab und mein Kopf begann die Planung.

»Wo liegt denn dieses One Tree Hill?«, erkundigte Emma sich neugierig und rührte ihr Getränk.

Ich schmunzelte, weil sie so goldig war. »Das ist eine Serie. Und es gibt eine Frau, die heißt Karen und sie hat ein Café«, erklärte ich.

Sie überlegte und ein Lächeln huschte über ihre Lippen. »Ein Eckladen steht zur Vermietung. Der würde sich für ein gemütliches Bistro eignen. Und jetzt, wo Harry die Baked with Love schließt, wäre das vielleicht eine gute Idee.«

Mit jedem Wort, das sie von sich gab, wurde mein Grinsen breiter. Ich hatte schneller eine neue Beschäftigung gefunden, als ich selbst angenommen hatte.

In den nächsten Stunden schmiedeten wir Pläne und Emma schrieb mir die Nummer vom Eigentümer des Ladens auf, damit ich ihn wegen der Immobilie anrufen konnte. Ich hatte mich in die Vorstellung, ein kleines Café mit selbstgemachten Kuchen und Muffins zu eröffnen, verliebt. In Gedanken malte ich mir aus, wie das Geschäft aussah und welche Einrichtung ich haben wollte.

Als ich mich verabschiedete, war es bereits finster draußen. Um nicht im Dunklen durch die Gegend zu tappen, hatte ich mir eine Taschenlampe zugelegt, die wenigstens einen Teil des Weges erhellte. Er war irgendwie beängstigend, auch wenn Emma gesagt hatte, dass ich mir in dem verschlafenen Städtchen keine Sorgen machen musste.

Es dauerte keine zehn Minuten und mein Cottage kam in Sichtweite. Jedes Mal entlockte es mir ein Lächeln. Ich würde mich niemals an dem hübschen Häuschen sattsehen können.

Die Holzstufen knarzten unter meinem Gewicht. Eine Eigenschaft, die das Gebäude zu etwas Besonderem machte. Es war, als wollte es mir mit jedem Geräusch ein wenig mehr seiner Geschichte zuflüstern. Ich schloss die Tür auf und mir stieg sofort der Duft von Zuhause in die Nase. Es war eine Kombination aus den frischen Rosen, die ich von den Büschen abgeschnitten hatte, gemischt mit dem Aroma von Gebäck.

Meine Reise hatte endlich ein Ende.

***

Seltsamerweise gab es für heute keine To-do Liste. Etwas unbeholfen und irritiert, stieg ich die Stufen nach unten und vermied es, einen Blick in die Küche zu werfen. Gestern war ich zu faul gewesen, um die Unordnung zu beseitigen. Als ich mich auf die Couch plumpsen ließ, seufzte ich wohlig und griff nach dem Handy, das mich vom Beistelltisch verurteilte. Seit ich das chinesische Essen bestellt hatte, hatte ich es nicht mehr angerührt. Mir stand bislang nicht der Sinn danach, mit jemand anderem als Emma zu reden.

Ich würde den Vermieter des Ladens kontaktieren, um einen Besichtigungstermin auszumachen. Gestern hatte ich nicht anrufen wollen, weil es schon so spät war, als ich nach Hause kam. Wenn ich eine Entscheidung traf, dann schlief ich eine Nacht darüber, um sicher zu sein, dass sie mich auch am nächsten Morgen mit genauso viel Euphorie erfüllte.

Emma hatte angeboten, mich zu begleiten und ein gutes Wort für mich einzulegen, wenn ich mich für die Räumlichkeiten entschied. Ihre Wortwahl war zu witzig gewesen: *Der alte Kauz ist manchmal etwas griesgrämig, aber ich weiß ihn zu händeln.*

Grinsend wählte ich die Ziffern. Direkt nach dem ersten Klingeln hob jemand ab.

»Ja, hallo?«, drang die Stimme eines Mannes an mein Ohr.

»Guten Morgen. Spreche ich mit Steven?«, erkundigte ich mich höflich.

»Ja. Wer ist denn da?«, hakte er nach, schrie förmlich in die Muschel. Ich hielt das Telefon ein Stück von mir weg.

»Mein Name ist Louise Ross. Emma hat mir Ihre Nummer gegeben. Es geht um das Geschäft.« Betretenes Schweigen schlug mir entgegen. Nervös kaute ich auf der Unterlippe und hoffte, dass er irgendwas sagen würde. Ein Gruscheln war zu hören, doch ich traute mich nicht, als Erste die Stille zu durchbrechen.

»Und Sie wollen es sich ansehen?«, fragte er neugierig.

Ich grinste. »Ja, das würde ich gerne. Ich habe eine Idee für ein Café, mit selbstgemachten Muffins und frisch gebackenen Kuchen«, erklärte ich knapp.

»Können Sie in dreißig Minuten dort sein??«

Mein Grinsen wurde breiter. »Natürlich. Die Adresse habe ich schon.«

»Gut, Ms. Ross. Dann sehen wir uns ja gleich«, verabschiedete Steven sich und legte auf.

Wie ein Honigkuchenpferd strahlte ich mit der Sonne um die Wette. Ich drückte das Telefon an meine Brust und konnte meine Freude nicht in Worte fassen. Das war fantastisch gelaufen und wenn es so weiterging, würde ich heute Abend einen Mietvertrag unterschreiben und mit meinen Ersparnissen einen Ort schaffen, an dem man sich eine Auszeit vom Alltag nehmen konnte. *Lou's Café* blitzte vor meinem inneren Auge auf. In großen, schnörkeligen Buchstaben, auf einem alten Eisenschild. *Das wäre perfekt!*

Den Anruf bei Steven konnte ich getrost abhaken. Jetzt stand mir aber ein anderes Telefonat bevor. Ich hatte weder mit Matilda telefoniert, noch ihre E-Mails oder Nachrichten lesen wollen. Heute würde ich meine beste Freundin anrufen. Ich war ihr eine Erklärung schuldig.

In den Kontakten suchte ich ihre Nummer und drückte die grüne Taste. Nervös hielt ich mir das Handy ans Ohr und biss mir auf die Unterlippe, als sie nach dem zweiten Freizeichen abnahm.

»Wo zum Teufel bist du? Kannst du dir vorstellen, wie viele Gedanken ich mir gemacht habe? Ich bin krank vor Sorge! Seit Tagen erreiche ich dich nicht und auch sonst niemand weiß, wo du bist! Mein Gehirn hat sich ausgemalt, was dir alles zugestoßen ist. Geht es dir gut? Hat dich jemand entführt? Sag doch was!«, plapperte sie ungehalten drauflos.

Ich hatte damit gerechnet, dass ihre Tirade nicht kurz werden würde, aber dass sie nicht mal beim Punkt Luft holte, überraschte mich. »Beruhige dich bitte. Mir geht's gut«, besänftigte ich sie.

Matilda schnaubte in den Hörer. »Wo bist du?«

Ich wusste, dass sie sich mit den Fingern den Nasenrücken massierte, weil ihre Kopfschmerzen sich meldeten, sobald sie gestresst war und sprach in ruhigem Ton weiter: »In Southport. Ich wollte dir keinen Ärger bereiten und dich auch nicht im Dunkeln über meinen Aufenthaltsort lassen, aber ich konnte nicht früher anrufen.«

Sie schwieg eine Weile und ich wartete geduldig auf ihre Antwort.

»Du bist dir sicher, dass ich mir keine Sorgen machen muss?«, erkundigte sie sich in gemäßigtem Tonfall.

»Ja. Ich habe es in Boston nicht mehr ausgehalten und musste einfach weg. Alle meine Sachen, die mir wichtig waren, habe ich in mein Auto gepackt und bin losgefahren.« Mit dem Finger spielte ich am Reißverschluss des Kissenbezugs, um mich abzulenken.

»Und was ist mit deinem Job und der Wohnung?«, hakte sie nach.

»Meine Stelle in der Kanzlei habe ich gekündigt und dem Hausverwalter habe ich einen Brief geschickt, damit er sich um den Verkauf des Apartments kümmert.«

»Du kommst nicht zurück?«, fragte sie hysterisch.

»Wenn ich dir spontan eine Antwort geben soll, dann nein. Im Augenblick kann ich nicht sehen, dass ich noch mal zurückkehren werde.«

Am anderen Ende schlug mir eiserne Stille entgegen. Ich schluckte schwer und wusste nicht, was ich sagen sollte.

»Mike hat mich angerufen«, presste sie hervor. Mein Herzschlag setzte für einige Sekunden aus.

»Was? Wieso? Was … wollte er denn?«, stammelte ich unbeholfen. Ich konnte nicht länger stillsitzen und erhob mich. Wie ein Tier in Gefangenschaft tigerte ich durch das Wohnzimmer, raufte mir die Haare und wartete auf ihre Antwort.

»Er wollte wissen, wie es dir geht und ob ich wüsste, wo du bist«, entgegnete sie ruhig.

»Und was hast du zu ihm gesagt?«, hakte ich panisch nach. Ich wollte nicht, dass er wusste, wo ich war. Und auch nicht, dass er mir hinterherspionierte. Immerhin hatte er mich vor die Tür gesetzt und nicht andersherum.

»Dass ich es nicht weiß und mir genauso viele Sorgen mache, wie er. Aber er hat mich gebeten, mich bei ihm zu melden, sobald ich was von dir höre.«

Ich ließ den Finger über die Leisten des Rahmens gleiten und nickte dabei. Sein Verhalten machte mich unglaublich wütend und ich schnaubte. *Was erlaubte er sich überhaupt …?*

»Bist du noch dran?«

»Ja, tut mir leid.« Ich wandte mich vom Meer ab und ging zurück zum Sofa. Seufzend ließ ich mich darauf sinken und rieb mir die Schläfen. »Das überfordert mich. Keine Ahnung … ich möchte nicht, dass du ihm sagst, wo ich bin, und bitte melde dich auch nicht bei ihm.«

»Aber … er macht sich Sorgen!«, setzte sie an.

Ich ließ meine beste Freundin nicht ausreden. Dass sie ihn in Schutz nahm, war eine bodenlose Frechheit. Von ihr, die mich so lange kannte und die mich all die Jahre begleitet hatte, erwartete ich mehr Rückhalt. Und nicht, dass sie sich auf seine Seite stellte.

Mein Temperament ging mit mir durch. »Hast du vergessen, was er mir angetan hat? Und wie sehr er mich verletzt hat? Erinnerst du dich daran, dass ich, wie ein Häufchen Elend, auf eurer Couch gesessen und bitterlich geweint habe? Ich möchte nicht, dass du ihm Bescheid gibst! Und basta!« Die letzten Worte hatte ich geschrien.

Wütend fummelte ich an dem Reißverschluss des Kissens, bis ich den Stopper aus den Zähnen gerissen hatte und ihn in den Händen hielt. Zornig schnippte ich ihn durch den Raum und warf das blöde Polster gleich hinterher.

»Du brauchst mich nicht anzuschreien! Das habe ich wohl kaum verdient, oder? Ich habe nicht gesagt, dass ich ihn sofort anrufen und ihm erzählen werde, wo du dich aufhältst. Eigentlich dachte ich, dass es dich interessieren würde, dass er sich Sorgen macht«, maulte sie mich an.

»Dann sind wir ja fertig!«, zischte ich und legte auf. Sie machte mich unheimlich zornig ... nein ... Die Tatsache, dass Mike sich erdreistete, sich mit meiner besten Freundin in Verbindung zu setzen, ließ Wut in mir hochkochen.

Schnaubend lief ich durch die Küche, nahm eine Schüssel in die Hand, nur um sie im nächsten Moment wieder scheppernd auf die Anrichte zu pfeffern.

Das war doch kaum zu glauben!

Ich fühlte mich hintergangen, auch wenn sie am wenigsten dafür konnte. Fluchend ging ich nach oben. Wenn ich pünktlich sein wollte, würde ich mich frischmachen müssen, bevor ich loslief.

Mit jedem Meter, den ich mich vom Haus und dem Handy entfernte, ebbte der Gefühlstornado in mir ab. Die frische Brise tat den Rest und half mir, einen klaren Kopf zu bekommen. Wenn ich das mit dem Café durchziehen wollte, würde ich mich zusammenreißen und erwachsen verhalten müssen. Mein Zorn war vollkommen fehl am Platz.

Das Anwesen kam in Sichtweite. Es befand sich auf der Hauptstraße. Die Vorfreude über den Besichtigungstermin vertrieb auch den letzten Nachhall der Wut. Jemand stand vor dem Gebäude und schaute sich suchend um. Auf der anderen Straßenseite entdeckte ich Emma. Lächelnd kam sie auf mich zu.

»Du wusstest, dass ich hier bin?«, fragte ich.

Sie zuckte nur mit den Schultern und hakte sich bei mir unter. Das Getratsche in der Kleinstadt war gewöhnungsbedürftig. Neuerungen verbreiteten sich hier schneller als jedes Lauffeuer.

Der Mann vor dem Geschäft musste Steven sein. Mürrisch blickte er in unsere Richtung. Hoffentlich war er nicht so unfreundlich, wie er wirkte. Nervös rieb ich mir die Hände an meiner Hose trocken und betete, dass er meine Aufregung nicht bemerkte. Wenn das hier ... funktionieren sollte, hatte ich meinen Neuanfang mit allem drum und dran.

»Steven, jetzt lächel doch mal!«, forderte Emma ihn auf und kniff ihm in den Arm.

Grinsend sah er sie an und zog sie in eine innige Umarmung. »Du alte Hexe!«

»Du erdrückst mich«, meckerte sie und schob ihn von sich.

Schmunzelnd stand ich daneben und beobachtete die Szene. Die beiden wirkten wie alte Freunde, die sehr vertraut miteinander waren. Vielleicht würde ich mit Matilda auch so sein, wenn wir im gleichen Alter waren. Die Enttäuschung über den Ausgang des Telefonats schluckte ich runter.

»Wollen wir?«, fragte Emma und zog mich hinter sich her. Der Vermieter ging voraus und schloss für uns auf. Über der Tür war eine kleine Glocke befestigt, die leise bimmelte, als wir eintraten.

Neugierig blickte ich mich um. Am Ende des Raumes befand sich eine weitläufige Theke. Ihr fehlte etwas Feinschliff, aber dann wäre der Rohdiamant perfekt. In einer Ecke standen Sitzpolster, die man mit etwas Liebe und einem guten Aufbereiter herrichten konnte.

»Da ist eine Küche und dort drüben sind die Toiletten«, informierte er mich und deutete mit dem Finger in die jeweilige Richtung.

»Darf ich?«, erkundigte ich mich vorsichtig und ging auf die Schwingtür, seitlich des Tresens, zu.

»Klar.« Schulterzuckend blieb er stehen, bewegte sich nicht von der Stelle.

Die Küche war verdammt dreckig, aber es gab genügend Arbeitsfläche und auch einen großen Backofen. Der Laden könnte für meine Idee nicht besser geeignet sein.

Ich hörte die beiden draußen flüstern. Emma meckerte mit ihm, weil er sich so mürrisch verhielt und er beschimpfte sie liebevoll als alten Drachen. Grinsend ging ich zurück zu ihnen.

»Ich nehme es!«, rief ich aus. Zwei Augenpaare richteten sich auf mich.

»Ich wusste es«, flüsterte sie und klatschte in die Hände.

»Dann mache ich wohl die Verträge fertig?« Mit hochgezogener Augenbraue blickte Steven mich fragend an.

Ich nickte, wie ein Duracell Häschen auf Drogen. *Lou's Café …*

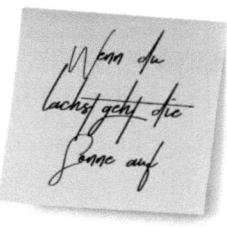

Kapitel 18

Nate

Ich verschanzte mich zusammen mit Sally seit mehreren Tagen in Ollis Wohnung. Jeder Versuch seinerseits, mich dazu zu bewegen vor die Tür zu gehen, scheiterte kläglich. Lediglich für die Besuche im Krankenhaus wagte ich mich aus dem Haus.

Der Doc stellte mir bei jedem Besuch die gleichen öden Fragen, erkundigte sich nach meinen Fortschritten und wechselte das Pflaster. Es war nicht ein einziger Tag vergangen, an dem ich ihm freudig hätte berichten können, dass sich etwas verändert hatte. Der Gedächtnisverlust hielt an, obwohl mein bester Freund Abend für Abend mit mir die Fotoalben anschaute und mir die Geschichte zu den Bildern schilderte.

Nach dem Zusammentreffen mit Lilly am Steg … ich wollte nicht daran denken. Jedes Mal, wenn sich der Moment in meine Gedanken schlich, umklammerte die nackte Panik mein Herz und drückte es schmerzvoll zusammen. Seitdem war sie nicht noch einmal vorbeigekommen, hielt sich von mir fern, doch ich wusste, dass sie Oliver regelmäßig anrief. Sie hatte ihm von meinem Zusammenbruch erzählt. Bisher konnte ich mich nicht dazu überwinden, mit ihr zu reden.

Das viele Rumsitzen und vor der Glotze abhängen, machte mich träge. Mir fiel die Decke auf den Kopf. Ich wollte wieder arbeiten und zurück in meine gewohnte Umgebung. Mich mit Dingen beschäftigen, die mir Spaß machten und meine trüben Gedanken vertrieben. Seufzend schlich ich durch den Flur und hielt vor der Tür zum Arbeitszimmer inne. Bevor ich klopfte, atmete ich tief durch.

»Komm rein. Ich habe dich schon vom Wohnzimmer aus gehört«, ertönte Olivers Stimme, als ich mich bemerkbar machen wollte. Erschrocken zuckte ich zusammen und ging in den Raum.

»Was ist los?« Ohne sich mir zuzuwenden, tippte er weiter auf der Tastatur. Ich wusste nicht, wie ich ihm sagen sollte, dass ich die Arbeit in der Schreinerei wieder aufnehmen wollte. Der Doc hatte mir die Freigabe gegeben.

»Ich muss noch was fertig machen, also?« Er drehte sich in meine Richtung und lächelte mich freundlich an, doch in seinen Augen sah ich einen Funken Ungeduld. Ich setzte mich auf das kleine Sofa und knetete nervös meine Finger.

»Ist alles in Ordnung?« Seine Miene nahm einen besorgten Zug an.

»Oh ... ja ... es ist so ...«, stammelte ich. Olli legte die Stirn in Falten und wartete auf eine Antwort. »Der Arzt hat mir die Erlaubnis gegeben, meiner Arbeit nachzugehen. Er meinte, dass es gut wäre, wenn ich in meine tägliche Routine zurückfinde und Normalität einkehrt. Vielleicht würde sich alles etwas entspannen und ich kann mich doch erinnern. Außerdem möchte ich wieder in mein Haus.« Erleichtert, dass ich es ihm gesagt hatte, atmete ich aus.

»Zurück zu Lilly?«, fragte er skeptisch.

Kopfschüttelnd verneinte ich seine Frage. »Ich würde gern allein dort wohnen. Zumindest für die nächste Zeit. Ich möchte nach Hause.« Traurig senkte ich den Blick. Auch wenn er alles dafür getan hatte, dass ich mich wohl fühlte, war es nicht das Gleiche. Er hatte sich in Bezug auf Sallys Haarverlust zurückgehalten, doch es störte ihn dennoch. Hier zu sein war nicht mit dem Gefühl von einem Heim gleichzusetzen.

Mein Kumpel schwieg und starrte mich eindringlich an.

»Ich will nicht, dass du denkst, ich sei undankbar. Du weißt, dass ich froh bin, dass du mich hier hast wohnen lassen, aber ich möchte wieder ein normales Leben führen. Es ist ungewohnt, herum zu sitzen und nichts zu tun. Mir fällt die Decke auf den Kopf«, fügte ich rasch hinzu und knetete meine Finger, bis sie schmerzten.

Er nickte stumm, rieb sich mit der Hand über das Kinn. »Und du möchtest bestimmt, dass ich mit ihr rede?«

»Ich kann nicht mit ihr sprechen ... das weißt du. Die Panikattacke am Hafen ...« Mir versagte die Stimme. Ich erschauderte, bei dem Gedanken daran. Es war lächerlich, ich liebte das Meer und konnte im Moment nicht einmal den Anblick genießen, obwohl das vielleicht die Beständigkeit und Routine war, die ich brauchte ... Enttäuscht schüttelte ich den Kopf.

»Na schön, ich rufe sie an. Wann möchtest du in dein Haus?« Er zückte bereits sein Handy.

»Morgen«, antwortete ich.

»Ich kümmere mich drum.« Als er sich wieder dem Bildschirm zuwandte, erhob ich mich und lief zur Tür.

»Nate?«, platzte er heraus, wartete, bis ich mich zu ihm umdrehte. »Du bist dir sicher, dass du das willst?«

Ich nickte.

Kurz darauf verließ ich das Arbeitszimmer und ging zurück auf die Couch, wo Sally schlummerte. Seufzend ließ ich mich neben sie sinken und streichelte ihr durch das goldbraune Fell.

***

Lilly reagierte gefasster auf die Nachricht, als ich es erwartet hatte. Mein bester Freund erzählte mir von dem Gespräch. Sie hatte geweint, aber letztendlich gab sie nach und stimmte meiner Bitte zu.

Ich stand vor der Haustür und freute mich, endlich in meine eigenen vier Wände zurückzukehren. Es war der erste Schritt zu mehr täglicher Routine. Heute Mittag würde ich in die Schreinerei laufen und mich umsehen. Der Arzt hatte gesagt, dass ich alles machen dürfe, was keine körperliche Anstrengung erforderte. Rechnungen mussten geschrieben und Angebote zusammengestellt werden. Das bekam ich ohne weiteres hin.

Sally saß jaulend auf der Fußmatte und wartete darauf, dass ich endlich die Haustür aufschloss. Lächelnd öffnete ich die Tür. Geborgenheit und das Gefühl von Heimat überkamen mich.

Meine Hündin machte es sich auf dem Sofa bequem und legte den Kopf auf die Pfoten. Erleichtert ging ich nach oben und räumte im Schlafzimmer meine Klamotten in den Schank. Bis auf ein paar Teile waren Lillys Kleidungsstücke verschwunden. Ich hoffte, dass sie nicht zu verletzt war, aber ich wusste nicht, wie ich mit ihr und der Situation umgehen sollte.

Die Schubladen der Kommode waren alle halb geöffnet und ließen vermuten, dass sie zuvor mit ihrem Hab und Gut gefüllt gewesen waren. In meinem Kopf lief ein Film ab und zeigte mir Bilder, die ich nicht sehen wollte. Lilly, wie sie ihre Sachen achtlos in eine Reisetasche warf und dabei Tränen von den Wangen wischte.

Es brach mir das Herz, wenn ich mir vorstellte, wie sehr sie litt. Doch die Gespräche mit Olli hatten nicht geholfen. Ich erinnerte mich nicht und wenn wir über sie sprachen, fühlte ich nichts. Nicht mal die Schmetterlinge, an die ich mich aus meiner Jugendzeit zurückerinnerte.

Seufzend ging ich ins Bad und stellte die Dusche an. Endlich durfte ich mir wieder die Haare waschen. Ich genoss das heiße Wasser, ließ es länger als sonst auf meine Haut prasseln. Es war ein gutes Gefühl, endlich wieder hier zu sein.

Seitdem ich den Unfall hatte, überkam mich vermehrt der Eindruck, dass ich nicht mehr ich war. Ich hatte beinahe das

Gefühl verloren, wie es war, Nate zu sein. Aber das hier ließ Hoffnung in mir aufkeimen, dass alles gut werden würde.

Ich trocknete mich ab, suchte mir frische Sachen zum Anziehen und ging ins Erdgeschoss. Sally lag noch auf der Couch, hatte den Kopf auf einem der Kissen gebettet und schnarchte leise.

»Komm großes Mädchen, wir müssen los«, forderte ich sie auf. Verschlafen blickte sie mich an, machte aber keine Anstalten, sich zu erheben und mit mir das Haus zu verlassen. Es gab einen Satz, der sie zur Eile antrieb. »Komm, wir gehen arbeiten!«

Schwanzwedelnd sprang sie vom Sofa und war schneller bei mir, als ich gucken konnte. Jaulend trieb sie mich an, mich zu beeilen und mit ihr in die Schreinerei zu laufen. Sally war nun mal ein Arbeitshund.

In der Werkstatt zu sein, ließ die Gewissheit aufkommen, dass bald schon Normalität in meinem Leben einkehrte. Der Geruch von gebeiztem Holz stieg mir in die Nase und hüllte mich ein. Das war mein Reich, ich konnte kreativ sein und mich austoben. Freudig zog ich die Jacke aus, legte sie im Büro ab und klappte den Laptop auf, um ihn hochzufahren.

Bevor ich mich an den Schreibtisch setzte, ging ich zurück in den Arbeitsbereich. In den letzten Tagen hatte ich den Duft und die Arbeit schmerzlich vermisst. Seit meinem Highschoolabschluss hatte ich täglich an den Werken gearbeitet oder kundenspezifische Wünsche angefertigt.

Bedächtig strich ich mit den Fingern über das Holz. Mrs. Hardman hatte diesen nierenförmigen Esstisch in Auftrag gegeben. Total fünfziger Jahre, aber ich mochte den Stil und die Ideenfreiheit, die sie mir bei der Fertigstellung gelassen hatte.

Meine Hündin hatte im Büro ihren Platz bezogen und schnaufte leise. *Hund müsste man sein!* Lächelnd setzte ich mich an den Schreibtisch und öffnete das E-Mail Postfach. Die Anzahl der eingegangenen Nachrichten war überschaubar. Es war anzunehmen, dass sich längst herumgesprochen hatte, was geschehen war und meine Kunden sich deshalb zurückhielten.

Die Zeit flog an mir vorbei. Ich ließ mich nicht aus der Ruhe bringen, ging nacheinander alle wichtigen Erledigungen durch, schrieb die Antworten, führte einige Telefonate und setzte drei Angebote auf. Mrs. Hardman davon zu überzeugen, dass ich arbeitsfähig war und ihren Küchentisch kommende Woche liefern würde, war eine Glanzleistung und brachte mich ins Schwitzen. Sie hatte jeden meiner Einwände abgeschmettert, aber ich versicherte ihr, dass es mir gut ging und ich in der Lage war zu arbeiten.

Der Blick auf die Uhr an der Wand ließ mich aufschrecken. Es war bereits sechs Uhr. Bald würde es dunkel werden und ich hatte mir noch keine Gedanken darüber gemacht, was ich zu Abend essen wollte.

Sally schlief friedlich in ihrem Körbchen. Sanft streichelte ich ihr über den Kopf. Als sie mich mit ihren großen braunen Augen anblickte, ging mir das Herz auf. Sie war meine stete Begleiterin und hatte mich all die Jahre nie im Stich gelassen. Es war komisch, doch ich konnte sie als meine beste

Freundin bezeichnen, und war froh, dass ich sie an meiner Seite hatte.

Sie sah mich an, als würde sie fragen wollen, wann wir endlich nach Hause gingen. Als ich nickte, erhob sie sich, um sich ausgiebig zu strecken, und wartete ungeduldig auf mich. Ich löschte das Licht und trat in die Werkstatt. Ein letztes Mal sog ich den Duft des Holzes in mich auf und zog mir die Jacke über. Lächelnd blickte ich mich um. Der heutige Tag ließ mich Hoffnung schöpfen.

Kapitel 19

Louise

Die Vorbereitungen für die Eröffnung liefen auf Hochtouren. Ich hatte Möbel und Geräte bestellt. Eine professionelle Knetmaschine war von Vorteil, wenn ich täglich backen wollte.

Der Kaffeeautomat würde in den nächsten Tagen geliefert werden. Jetzt fehlte mir nur noch ein Schreiner, der die Frontseite der Theke so herrichtete, wie ich es mir vorstellte. Ich hatte an Holzlatten gedacht, die die hässliche Oberfläche verdeckten. In die Verkleidung wollte ich meine liebsten Buchzitate schnitzen oder einbrennen lassen. Bisher wusste ich nicht, was davon besser wäre, doch das sollte der Tischler mir verraten.

Emma hatte mir wieder eine Adresse gegeben, an die ich mich wenden konnte. Es gab nichts, was diese Frau nicht wusste.

Schmunzelnd schloss ich die Ladentür ab und machte mich auf den Weg zur Werkstatt. Ich hatte versucht, jemanden telefonisch zu erreichen, aber bislang hat niemand zurückgerufen. Auf dem Nachhauseweg wollte ich dort vorbei schauen. Vielleicht hatte ich Glück und traf jemanden an.

Es dämmerte bereits, eine frische Meeresbrise wehte in meine Richtung und zerzauste mein Haar. Von dem Café aus konnte ich bis zum Wasser blicken. Es war wunderschön, wenn die Sonne unterging, die wabernde Oberfläche in orangenes Licht hüllte und die Wellen wie ein Ozean aus funkelnden Diamanten glitzerten.

Ich legte den Schal enger um meine Schultern und lief die Straße entlang. Seitdem ich hier war, hatte sich meine Kondition verbessert. Fast alles war zu Fuß erreichbar und ich nutzte den Wagen nur, wenn ich in die nächst größere Stadt fahren musste, um die dort ansässigen Händler aufzusuchen.

In Boston wäre es nicht denkbar gewesen, zu Fuß irgendwohin zu laufen. Ich hatte immer das Auto oder die firmeneigene Limousine in Anspruch nehmen müssen.

Ich schob den Gedanken beiseite. Jedes Mal, wenn ich an die Kanzlei dachte, trieb es mir einen Schauer über den Rücken, der nicht angenehm war. Ich wollte dieses Kapitel endlich abschließen.

Die Einwohner hatten mich in Southport willkommen geheißen und mir die Möglichkeit geboten, meinen eigenen Laden zu eröffnen. *Was wollte ich mehr?*

Als die Werkstatt in Sichtweite kam, bemerkte ich, dass die Fenster von innen beleuchtet waren, und atmete erleichtert auf. Rasch näherte ich mich dem Gebäude.

In dem Moment, als ich die Tür öffnen wollte, kam jemand heraus und wir rannten ineinander. Schwankend machte ich ein paar Schritte nach hinten und hatte Mühe, das Gleichgewicht zu halten. Mein Gegenüber packte mich an den Schultern, um zu verhindern, dass ich zu Boden ging. Ein Jaulen erklang, aber ich konnte nicht ausmachen, woher das Geräusch kam.

Verunsichert sah ich auf. Vor mir stand ein Mann, Anfang oder Mitte dreißig und blickte mich ebenso verwirrt an wie ich ihn.

»Entschuldigung«, stammelte ich und knetete verlegen meine Finger. Ein Hund schaute an ihm vorbei und wedelte mit dem Schwanz. Er oder sie stupste mir mit der Nase gegen das Bein.

Ich streckte die Hand nach dem Tier aus und wollte ihn hinter den Ohren kraulen, als die Stimme des Fremden ertönte und ich sie ruckartig zurückzog.

»Sie beißt«, ließ er mich wissen.

Irritiert blickte ich zwischen ihm und dem Tier hin und her. Der Retriever setzte sich auf die Hinterpfoten und sah mich abwartend an. Ich traute mich nicht, meine Finger auszustrecken und sie zu streicheln. Der Mann lachte. Ich hob den Kopf und verstand nicht, was so lustig war. Mit hochgezogener Augenbraue musterte ich ihn.

»Sally ist wohl die freundlichste Hündin, die Sie in Southport finden. Sie kann nicht mal einer Fliege etwas zu

Leide tun.« Frech grinste er mich an und erst jetzt realisierte ich, was er eben gesagt hatte. Seine Aussage zuvor war nur ein Scherz.

Ich lächelte unbeholfen und ging in die Hocke, um den süßen Schatz zu kraulen. Schwanzwedelnd erhob sie sich und kam auf mich zu. Liebevoll strich ich über ihr goldenes Fell.

Als Kind hatte ich mir sehnlichst einen Hund gewünscht, aber wegen der Allergie meines Vaters durften wir keinen halten. Sally schmiegte sich an meine Hand und genoss die zarten Berührungen.

»Wollten Sie zu mir?« Der Ton seiner klangvollen Stimme ließ mich aufblicken.

»Wenn Sie Nate Warren sind?«, fragte ich und erhob mich. Die Hündin stupste mich mit der Nase an und ich streichelte ihr über den Kopf, während ich mein Gegenüber aufmerksamer betrachtete.

»Ja, der bin ich. Und Sie sind?«, hakte er nach.

»Entschuldigung. Ich wollte nicht so unhöflich sein. Louise Ross. Ich habe den Laden an der Ecke gemietet und werde dort ein kleines Café eröffnen«, entgegnete ich ruhig. Dieser Mann machte mich nervös. Seine Ausstrahlung … ich konnte sie nicht in Worte fassen. Ich streckte ihm eine Hand entgegen.

»Ah … davon habe ich bereits gehört.« Grinsend sah er mich an und erwiderte meinen Händedruck. Unsere Blicke trafen sich und Gänsehaut überzog meinen Körper. Ich brauchte einen Moment, bis ich mich wieder gefasst hatte.

»Ja, Neuigkeiten verbreiten sich hier schneller als jedes Lauffeuer.« Etwas zu rasch zog ich mich zurück.

»Was führt Sie zu mir? Wir könnten reingehen, es ist doch recht frisch geworden«, schlug er vor und öffnete die Tür ein Stück, damit ich eintreten konnte.

Als er das Licht einschaltete, erblickte ich eine Werkbank, einige Arbeitsgeräte und einen Tisch. Der Duft von Wald stieg mir in die Nase. Es roch nach den unterschiedlichsten Holzsorten. In Gedanken ging ich durch, was ich als Kind bei den Pfadfindern gelernt hatte, doch nur wenig von dem Wissen war hängen geblieben. Neugierig ging ich weiter in den Raum. Überall lag Schmirgelpapier herum, was mich zum Schmunzeln brachte. *Gab es dafür nicht Maschinen?* Altmodisch, aber überaus sympathisch.

»Kann ich Ihnen was zum Trinken anbieten?« Nate war in ein Zimmer verschwunden, aus dem klappernde Geräusche zu mir herüberdrangen.

»Nein, danke!«, rief ich laut, in der Hoffnung, dass er mich bei dem Lärm, den er verursachte, auch hörte. Gespannt lief ich durch die Halle, beäugte Gerätschaften, deren Nutzung ich nicht kannte und blieb vor dem Tisch stehen. Bedächtig fuhr ich mit den Fingern darüber. Sally trottete die ganze Zeit neben mir her.

»Den werde ich die Tage fertigstellen und dann ausliefern«, ertönte seine Stimme dicht hinter mir. Als er an mir vorbeilief und meinen Arm streifte, stellten sich die kleinen Härchen in meinem Nacken auf. Fröstelnd rieb ich mir über den Schal.

»Aber Sie sind bestimmt nicht hier, um sich den Tisch für Mrs. Hardman anzusehen, oder?« Er blieb gegenüber von mir stehen und strich mit der Hand über die Oberfläche des Auftrags.

»Ähm, nein … es geht um mein Café. Ich wollte mich erkundigen, ob es möglich wäre, dass Sie einen speziellen Wunsch für mich anfertigen?« Fragend blickte ich ihn an. Sein Gesichtsausdruck hatte sich verändert, doch er starrte weiterhin auf die Holzfläche vor sich.

Ich räusperte mich. »Ist alles in Ordnung?«, fragte ich vorsichtig.

»Oh ja … natürlich.« Verlegen griff er sich in den Nacken. »Um welche Art Kundenwunsch handelt es sich denn?«

»Ich hätte gerne eine Holzverkleidung, aus breiten Latten, für den Tresen. Vielleicht aus arktischer Eiche oder in Richtung Landhaus Lerche?« Er nickte und tippte sich nachdenklich gegen das Kinn. »Etwas aus ostafrikanischer Wenge könnte ich mir auch vorstellen, aber dann wäre das mit den Zitaten vermutlich hinfällig«, fügte ich rasch hinzu.

Bei meinen letzten Worten wurde Nate hellhörig. »Zitaten?«

»Ich wollte einige meiner Lieblingszitate aus Büchern in das Holz brennen oder gravieren lassen. Je nachdem, welche Möglichkeit besser umsetzbar ist«, erklärte ich in knappen Worten mein Anliegen.

Während er mich eindringlich musterte, stieg Unbehagen in mir auf. Er löste ein kribbelndes Gefühl tief in meinem Inneren aus. Ich wusste nicht, was es war oder woher es kam, doch es war da, brachte mich aus dem Konzept.

Sally trat an meine Seite und stupste mit ihrer feuchten Nase gegen meine Handinnenfläche. Wie ferngesteuert streichelte ich ihr goldenes Fell. Sein Blick schien mich zu durchbohren, als ob er versuchte, bis auf meine Seele zu schauen und all meine dunklen Geheimnisse zu ergründen.

»Die Idee finde ich hervorragend und ich würde die Zitate gerne in das Holz brennen. Dafür wird mir schon etwas einfallen.« Seine Mimik hatte sich in einem Sekundenbruchteil von nachdenklich zu freudig gewandelt.

»Wann ist die Eröffnung?« Er ging an mir vorbei Richtung Büro. Mit einem Kalender in der Hand kam er zurück.

»Ende nächster Woche«, antwortete ich leise. Ich hatte Bedenken und hegte die Befürchtung, dass er absagen würde, weil alles zeitnah fertig werden musste. Nervös knetete ich meine Finger. Sally quittierte meine Handlung mit einem Schnaufen und lenkte meine Aufmerksamkeit auf sich. Lächelnd sah ich zu ihr. Sie saß neben mir, als wäre sie meine ständige Begleiterin. Faszinierender Hund.

Nate blätterte noch immer in den Unterlagen und rieb sich zwischenzeitlich nachdenklich am Kinn. »Das bekomme ich hin.« Grinsend suchte er meinen Blick.

»Ehrlich?« Ich konnte mein Glück kaum fassen. Die Theke war das letzte fehlende Puzzleteil, um Lou's Café perfekt zu machen. Als er zustimmend nickte, klatschte ich vor Begeisterung in die Hände.

»Sind Sie morgen im Laden? Dann würde ich vorbeikommen und alles ausmessen. Wenn Sie bis dahin die Zitate rausschreiben würden, wäre das super. Ich könnte direkt loslegen und wäre vor der Eröffnung mit den Arbeiten fertig.«

»Ja, ich bin den ganzen Tag dort und ich werde mich noch heute Abend an die Notizen machen.« Ich strahlte freudig. »Vielen Dank, Nate!« Schmunzelnd blickte ich ihn an.

»Gern geschehen.«

Als ich mich zum Gehen abwandte, blieb die Hündin auf ihrem Platz sitzen und sah mir nach. Ich winkte ihr zu und verschwand aus der Tür.

Glücklich lief ich nach Hause, freute mich, dass alles für die geplante Neueröffnung wie am Schnürchen gelaufen war. Hoffentlich nahm die anhaltende Glückssträhne nicht rascher ab, als mir lieb war.

***

Vor lauter Aufregung hatte ich kaum Ruhe gefunden. Ich ließ mich tiefer in die Kissen sinken, drehte mich Richtung Fenster und zog die Bettdecke bis zur Nase. Die Sonne schien und versprach einen warmen Herbsttag. Lächelnd betrachtete ich das Farbspiel der Blätter, die sich im Wind wiegten und rieb mir verschlafen die Augen. Nachdem ich alle Zitate leserlich notiert hatte, war ich mitten in der Nacht ins Bett gekrochen. Doch der wohlverdiente Schlaf war ausgeblieben.

Stattdessen geisterten meine Gedanken um Nate und sein zerstreutes Verhalten. Seitdem ich hier war, interessierte ich mich für die Belange mir völlig fremder Menschen. Mein eigenes Verhalten war mir suspekt. Ich veränderte mich und war nicht sicher, ob es zum Guten oder zum Schlechten für mich war. In Boston hatte ich mich nicht dafür interessiert, ob meine rechte Hand ihre Periode hatte und sich vor Schmerzen an ihrem Schreibtisch krümmte.

Doch erst die Begegnung mit Emma, ihr trauriger Blick, nachdem sie mir das Haus verkauft hatte, und von dannen gezogen war, hatte mich verändert. Und danach der liebe Earl im Antiquitätengeschäft. Der dritte im Bunde war Nate Warren.

Sein Lächeln hatte mich verzaubert, eine Seite an mir berührt, die ich schon lange für taub geglaubt hatte. Ich versuchte, mich an Emmas Worte zu erinnern, aber die Euphorie an dem Tag hatte alles Umliegende deutlich übertönt. Angestrengt zerbrach ich mir den Kopf darüber, was sie mir über den ansässigen Schreiner erzählt hatte. Sie hatte etwas von einem Unfall gesagt. Mehr aber auch nicht.

Southport schien eine ganze Reihe schmerzvoller Geheimnisse zu hüten. Ob ich bereit war, mich auf die Reise zu begeben und sie herauszufinden, wusste ich noch nicht.

Total übermüdet schleppte ich mich ins Badezimmer, ging in Gedanken meinen Tagesablauf durch, während das heiße Wasser auf meine Haut tropfte und mir ein wenig Entspannung verschaffte.

Der Lieferant der Industriekaffeemaschine hatte sich für heute angekündigt und am Nachmittag kam der Bohnenlieferant. Dank des Cafés war es mir möglich, meine Vorliebe für das koffeinhaltige Getränk mit dem Beruflichen zu verbinden. Dass ich eine Schwäche für Kaffee hatte, konnte nur ein Blinder nicht bemerken und im Backen hatte ich meine heimliche Leidenschaft entdeckt.

Alle nötigen Bestellungen waren platziert und die ellenlange Liste Punkt für Punkt abgearbeitet. Es fehlten nur die Theke und das Sofa. Übermorgen würde ich den hiesigen Buchladen aufsuchen, um meinen privaten Fundus aufzustocken und einige meiner liebsten Werke für den Laden zu besorgen.

Lou's Café sollte ein Rückzugsort werden, ein Treffpunkt für Jung und Alt. Für ein paar ruhige Stunden allein.

Ich liebte mein Leben in dieser kleinen Stadt und hätte kaum glücklicher sein können. Mit einem Grinsen auf dem Gesicht stieg ich aus der Dusche und machte mich für den bevorstehenden Tag fertig.

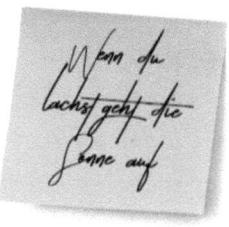

Kapitel 20

Nate

Der Auftrag von Louise kam mir gelegen. Ich brauchte Beschäftigung und meine Gestaltungskraft wurde angeheizt. Es war keiner dieser 08/15 Kundenaufträge und ich freute mich auf die Herausforderung.

Außerdem kam ich der Bitte des Arztes nach, keiner körperlichen Anstrengung nachzugehen. Jede Holzstrebe konnte einzeln vorbereitet und danach angebracht werden. Ich war gespannt auf die Zitate, die meine Kundin mir liefern würde. Literatur war nicht mein Fall, doch die Aufgabenstellung war interessant und spornte mich an, endlich wieder einen geregelten Tagesrhythmus zu bekommen.

Sally wartete an der Tür auf mich. Dass sie mit Louise so vertraut gewesen war, hatte mich im ersten Augenblick irritiert. Sie war nicht der Hund, der zutraulich auf jemanden zuging und Streicheleinheiten einforderte. Aber irgendetwas musste die junge Café-Besitzerin an sich gehabt haben, das meine Hündin magisch anzog. Lächelnd schüttelte ich den Kopf, hörte ein Jaulen und dann ein Wimmern. Es war, als ob sie spürte, wohin wir gleich gingen.

»Ich komme sofort!«, rief ich ihr zu.

Ein letztes Mal überprüfte ich meine Sachen. Ich hatte das Maßband, den Notizblock und einen Stift. Den Musterkatalog würde ich aus der Werkstatt mitnehmen.

»Perfekt«, flüsterte ich, hängte mir die Tasche über die Schulter und verließ das Büro. Im Vorbeigehen schnappte ich mir die Muster von der Werkbank und öffnete Sally die Tür. Wie der Blitz flitzte sie nach draußen und lief, ohne auf mich zu warten, los. Dieser Hund verblüffte mich immer wieder.

Die Sonne schien und für einen Herbsttag war es recht warm. Der Laden war nicht weiter als ein paar Fußminuten entfernt und ich konnte getrost die Jacke auslassen.

Das Gebäude kam in Sichtweite. Meine Hände begannen zu schwitzen und ich wurde nervös. Das hier war nichts anderes als ein Geschäftstermin. Warum mein Körper so reagierte, wusste ich nicht. Vermutlich lag es am Wetterumschwung oder an den Nachwirkungen des Unfalls. Ich redete mir ein, dass mein Kreislauf nicht auf der Höhe war, weil ich die letzten Tage faul rumgelungert hatte.

Als ich vor der Fensterfront stand, winselte Sally und drängte darauf, hineinzugehen. Ich blickte durch die Scheibe und erblickte Louise. Sie lachte und unterhielt sich mit einem Mann.

Seit dem Unglück hatte ich diese Unbeschwertheit, die ihr Wesen umgab, nicht mehr gefühlt. Doch wenn ich sie sah, stieg das Gefühl in mir auf. Es war, als würde sie mich damit anstecken. Grinsend erklomm ich die Stufen und der Duft von gemahlenem Kaffee drang mir in die Nase. Ihr Lachen war zu hören und mein Herz schlug einen Salto. Das Aroma, das den Raum erfüllte, war köstlich. Die Zusammensetzung aus Röstgeruch und frischem Gebäck ließ mir das Wasser im Mund zusammenlaufen.

Ich versuchte, meine Aufregung zu verstecken, aber ich wusste, dass ich ein miserabler Schauspieler war.

Neugierig blickte ich mich im Verkaufsbereich um. Überall standen Tische, die nicht zusammenpassten und doch das Gesamtbild abrundeten. In einer Ecke war ein großes Bücherregal angebracht. Ich konnte einige Buchrücken ausmachen, aber es war reichlich Platz vorhanden, der sicherlich noch befüllt wurde.

Louise lachte wieder und nippte an einer Tasse. Erst in diesem Augenblick bemerkte ich all die aufgereihten Gefäße, die auf der Theke platziert waren. Der verlockende Duft musste von ihnen ausgehen.

Unauffällig wischte ich mir die Hand an der Jeans ab, um mich bei dem fremden Mann angemessen vorzustellen. Ich räusperte mich und trat näher.

»Hey Nate. Schön, dass Sie da sind.« Gestern war mir nicht aufgefallen, wie atemberaubend ihr Lächeln war. Es wirkte freundlich, herzerwärmend und ließ ihre Augen strahlen. »Oh, entschuldigen Sie. Das hier ist Harold, mein

Kaffeelieferant«, fügte sie hinzu, als sie meinen Blick bemerkte.

Ich streckte ihm die Hand entgegen und er ergriff sie. »Nate Warren.«

»Freut mich. Ich nehme an, Sie sind der Schreiner?«, fragte er neugierig.

Hatte sie ihm etwa von mir erzählt? Dass er wusste, wer ich war, irritierte mich. Verwirrt blickte ich ihn an und bekam kein Wort über die Lippen. Grinsend zeigte er auf den Katalog. Ich folgte seinem Finger und verstand, dass er eins und eins zusammengezählt hatte. »Oh ... äh ja, der bin ich.« Verlegen steckte ich die freie Hand in die Hosentasche.

»Wo haben Sie denn Sally gelassen?«, hakte Louise nach und sah sich suchend um. Der Retriever hatte sich frech auf einen der Sessel gehockt und beobachtete uns. Meine Auftraggeberin erblickte sie und strahlte bis über beide Ohren. Sie ging auf die Hündin zu und streichelte sie liebevoll an der gleichen Stelle, an der ich sie immer kraulte. Wortlos betrachtete ich die Szene und bemerkte, wie vertraut Louise mit ihr war.

»Mr. Warren?«

Irritiert sah ich Harold an. »Wie bitte?«, fragte ich.

»Ob Sie auch von den Kaffeesorten kosten möchten?« Er hielt einen der Becher in die Höhe.

Koffein klang super. »Sehr gerne«, antwortete ich rasch und legte meine Unterlagen auf der Theke ab. Ich zog mir einen der Barhocker heran und nahm Platz. Louise war noch immer mit Sally beschäftigt und schien keine Eile zu verspüren, wieder zu uns zu stoßen. Harold platzierte einige der kleinen Tassen vor mir und befüllte sie mit der schwarzen Flüssigkeit.

Er erzählte mir etwas über die Herkunft der unterschiedlichen Sorten. Ich verstand nicht viel von Kaffeebohnen oder wie heiß sie in gemahlener Form aufgebrüht werden mussten, aber ich wusste, ob er mir schmeckte oder nicht. Nacheinander kostete ich sie alle durch und musste mich für drei von ihnen entscheiden.

Mit dem Finger schob ich die Becher ein Stück nach vorne, die mir am besten geschmeckt hatten.

»Haben Sie sich heimlich abgesprochen?« Harold schaute mich belustigt an und schüttelte lachend den Kopf.

»Wieso?«, fragte ich und überlegte, ob ich etwas falsch gemacht haben könnte.

»Weil Sie beide dieselben Sorten ausgewählt haben.«

Als Louise sich einen der Hocker schnappte und neben mich setzte, stieg Hitze in mir auf. Schweiß bildete sich auf der Stirn. Unauffällig wischte ich mir mit dem Ärmel darüber.

»Redet ihr etwa über mich?« Schmunzelnd blickte sie zwischen uns hin und her. Unsere Arme berührten sich und die kleinen Härchen in meinem Nacken stellten sich auf.

»Mr. Warren hat die gleichen Bohnen ausgesucht, wie Sie Ms. Ross«, erklärte Harold.

»Aber ich muss einen aussuchen, ich weiß.« Theatralisch rollte sie die Augen und lachte.

»So sieht es aus. Also, können Sie sich schon entscheiden?« Der Bohnenlieferant wackelte mit den Augenbrauen und blickte sie gespannt an.

Louise trommelte aufgeregt mit den Fingern auf die Oberfläche der Theke. Ihre Nervosität ging auf mich über und ich wippte ungeduldig mit dem Bein.

»Nate, welcher hat Ihnen am besten geschmeckt?« Sie wandte sich mir zu und grinste mich an.

»Mir?« Meine Stimme klang hysterisch und definitiv zu hoch. Ich räusperte mich und hoffte, dass ich den Anflug von aufkommender Unsicherheit heruntergeschluckt hatte. »Ich kann doch nicht die Entscheidung für Sie treffen.« Erleichtert atmete ich aus, als sie sich wieder den Bechern zuwandte und diese über die Theke schob.

»Wenn Sie entscheiden, muss ich mich nicht vor meinen Kunden rechtfertigen, wenn er nicht schmeckt«, warf Louise ein und probierte eines der Getränke.

»Der ist doch kalt«, wandte Harold ein, aber sie tat seine entsetzte Aussage mit einer Handbewegung ab.

»So mag ich ihn am liebsten.« Sie nippte noch an den anderen Tassen, die zur Auswahl standen. »Also, Nate? Was sagen Sie?«

»Bitte halten Sie mich da raus!«, wehrte ich ab und widmete mich meinen Unterlagen. Beschäftigt blätterte ich in dem Musterkatalog. Keinesfalls wollte ich die Entscheidung treffen und am Ende dafür verantwortlich sein, dass sie auf den Bohnen sitzen blieb, weil niemand den Kaffee mochte.

»Harold, den hier nehme ich!«, rief Louise aus und klatschte freudig in die Hände.

Aus dem Augenwinkel sah ich, welchen der Becher sie ihm zuschob und freute mich mit ihr. Meiner Meinung nach war dieser die richtige Wahl.

»Sind Sie sicher?«, hakte der Händler nach.

»Ja. Es besteht kein Zweifel.« Jetzt wandte sie sich an mich. »Wollen wir loslegen?«

Voller Tatendrang sprang sie von ihrem Stuhl. Ihre Energie war ansteckend, ging auf mich über. Ich erhob mich, fischte das Maßband aus meiner Tasche und legte den Notizblock samt Stift bereit.

»Was genau stellen Sie sich vor?« Louise schob die Barhocker auf die Seite, damit ich freie Sicht auf die Theke hatte. Gemeinsam platzierten wir uns einige Schritte entfernt und starrten auf die Oberfläche. Nachdenklich tippte sie sich gegen das Kinn, näherte sich dem Tresen und fuhr mit der Hand über die Beschichtung.

»Hier hätte ich gerne die Holzlatten, über die wir gestern gesprochen habe. Wie breit sind sie ungefähr?«

»Das können Sie entscheiden. Ich habe den Katalog dabei. Wir schauen gleich zusammen, welches Holz Ihnen zusagt und entscheiden dann, welches Maß am ehesten passt«, schlug ich vor.

»Das klingt super.« Strahlend lächelte sie mich an.

Verlegen griff ich mir in den Nacken. »Dann messe ich schon mal aus und Sie können sich die Muster ansehen. Das Verzeichnis liegt dort.« Ich deutete auf den Wälzer.

Neugierig blätterte sie darin und ließ die Finger über die Struktur der Vorlagen gleiten, bevor sie ihn anhob und sich auf den Sessel neben Sally setzte. Wie selbstverständlich verschwand eine Hand in dem goldenen Fell meiner Hündin, die sich nicht aus der Ruhe bringen ließ und weiterschlief.

Schmunzelnd schüttelte ich den Kopf und versuchte, mich auf meine Arbeit zu konzentrieren. Genau deshalb war ich hier und nicht, um ihr dabei zuzuschauen, wie sie meinen Retriever streichelte.

Louise war in die Auswahl vertieft und bekam nicht mal mit, dass Harold zusammengepackt hatte und gegangen war. Seine Verabschiedung richtete er nur an mich, belächelte ihre Konzentration und bat mich, ihr auszurichten, wann er die Bestellung vorbeibringen würde.

Ich maß alle notwendigen Bereiche ab und notierte es in dem Block. Lediglich ihre Ah's und Oh's hatten mich abgelenkt. Die Liste wurde länger. Es war mehr Arbeit, als ich gestern angenommen hatte. Aber ich freute mich darauf.

»So, ich habe alles, was ich brauche«, durchbrach ich die Stille.

»So schnell?«, fragte sie und blickte auf. Der Katalog lag noch auf ihrem Schoß und mit der freien Hand kraulte sie Sally hinter den Ohren.

»Ich schätze, dass ich ungefähr dreißig Minuten gebraucht habe.« Den Zollstock nutzte ich, um mich daran festzuklammern. Ihr verlegenes Lächeln raubte mir den Atem.

»Die Muster sind so schön«, lenkte sie ab und strich mit der Hand über die oberste Seite. Dass sie kein Holz berührte, sondern den Umschlag des Katalogs, bemerkte sie offensichtlich nicht.

Ich verkniff mir das Lachen und gesellte mich zu ihr. »Haben Sie sich entschieden?«

»Keine Ahnung. Was denken Sie?« Interessiert wandte Louise sich mir zu und wartete auf meine Antwort.

»Die arktische Eiche als auch die Landhaus Lerche würden gut hier reinpassen. Die Farbe an den Wänden bleibt so?« Ich sah mich um und malte mir in Gedanken aus, wie das Holz an der Theke wirken würde, wenn alles so bliebe, wie es jetzt war.

»Ja. Die habe ich extra so streichen lassen«, antwortete sie und folgte meinem Blick. »Und Sie denken wirklich, dass Beides passen würde?«

Nachdenklich tippte ich mir mit dem Finger gegen das Kinn und malte mir aus, wie ich sie montierte. Bejahend nickte ich.

»Dann hätte ich gerne die arktische Eiche. Das gefiele mir noch besser als die Lerche.« Zufrieden über die Auswahl schmunzelte Louise und reichte mir den Katalog.

»Gut, ich werde Anfang kommender Woche fertig sein. Die Eröffnung ist an welchem Datum?«, hakte ich nach und wollte es mir notieren. Seit dem Unfall hatte ich Angst, dass ich selbst die kleinsten Informationen vergaß und gestern hatte sie mir nur einen groben Termin genannt. Deshalb schrieb ich mir alles Mögliche auf irgendwelche Klebezettel und befestigte sie an Stellen, die mir mehrfach am Tag ins Auge fielen. Olli war die neu angeeignete Angewohnheit bereits aufgefallen und konnte sich seine Witze über ein wandelndes Sieb nicht verkneifen.

Als Lilly nach Hause gekommen war, um ihre restlichen Sachen zu holen, hatte sie mich gefragt, was das zu bedeuten hatte. Ich konnte es ihr nicht erklären, wollte sie nicht wieder wegen meiner Gedächtnisstörung vor den Kopf stoßen.

»Nate?« Als Louise mit der Hand vor meinem Gesicht winkte, zuckte ich erschrocken zusammen.

»Tut mir leid«, entschuldigte ich mich und rieb mir mit der Hand durchs Gesicht.

»Ist alles in Ordnung bei Ihnen? Sie wirken so abwesend.« Besorgt berührte sie meinen Unterarm. Die warmen Finger strichen sanft über meine Haut und hinterließen ein Kribbeln, als sie sie zurückzog. Verwundert starrte ich die Stelle an, die sie eben hauchzart angefasst hatte und streifte mit den Fingern darüber.

»Ja, danke … ich denke, dass wir dann alles haben?« Ich erhob mich abrupt und der Katalog fiel zu Boden.

Louise bückte sich danach und reichte ihn mir. »Um Ihre Frage zu beantworten, die Eröffnung ist nächste Woche Freitag. Falls Sie vorbeischauen wollen, sind Sie herzlich eingeladen.«

»Hmm«, brummte ich und wandte mich Richtung Theke. Ich sammelte meine Sachen zusammen, stopfte sie achtlos in die Tasche und wollte nur noch verschwinden. Vor wenigen Augenblicken hatte ich mich wie der letzte Idiot benommen und mich vor ihr zum Affen gemacht.

Mehrfach blickte ich mich um, hatte das Gefühl, dass mir etwas entfallen war. Selbst wenn, würde ich es mitnehmen, sobald ich die Latten zur Montage herbrachte. Als ich zum Ausgang ging, fiel es mir endlich ein. »Bevor ich es vergesse. Harold hat gesagt, dass er den Kaffee übermorgen liefern wird, und haben Sie die Zitate für mich?«, fragte ich und blieb in der Tür stehen. Sally lag noch auf dem Sessel und machte keine Anstalten, das Café mit mir zu verlassen.

»Oh ja, natürlich. Wo habe ich heute nur meinen Kopf?« Sie umrundete die Theke und griff nach ihrer Handtasche. Ich beobachtete, wie sie konzentriert den Inhalt inspizierte und strahlend einen Zettel daraus hervorzog.

»Ich bin mir sicher, dass es zu viele sind, aber vielleicht entscheiden Sie, welche auf das Holz passen. Es sollte im Gesamtbild nicht zu überladen wirken.«

»Das bekomme ich hin, Ma'am.« Ich hob meinen imaginären Hut und sie grinste. Sie kam auf mich zu und reichte mir das Blatt.

Jetzt erhob sich meine Hündin endlich und gesellte sich zu uns. Kopfschüttelnd blickte ich den Retriever an. Louise kraulte sie ein letztes Mal hinter dem Ohr, bevor ich den Zugang weiter öffnete und sie nach draußen trabte.

Mein Blick wanderte auf das Papier in meiner Hand. Beide Seiten waren fein säuberlich beschrieben. Ich las die Zitate im Einzelnen durch und war der gleichen Meinung wie sie. Es waren zu viele.

Das eigentliche Wesen des Ehrgeizes ist nur der Schatten eines Traumes.
(Hamlet – William Shakespeare)

Ist Liebe ein zartes Ding? Sie ist zu rau, zu wild, zu tobend und sie sticht wie Dorn.
(Romeo und Julia – William Shakespeare)

Manchmal musst du, um das Licht zu finden, durch die finsterste Dunkelheit.
(Für immer der Deine – Nicholas Sparks)

Freundschaft ist sicherlich der beste Balsam für die Wunden einer enttäuschten Liebe.
(Jane Austen)

Liebe ist Geduld.
(Erich Segal)

Wenn du nicht weißt, wo du hinwillst, ist es egal, welchen Weg du einschlägst.
(Alice im Wunderland)

Ich würde mein Bestes geben, nicht eines der Schmuckstücke streichen zu müssen. Louise hatte eine wunderschöne Handschrift. Ich war beeindruckt, dass sie sich so viel Mühe gemacht hatte, mir ihre liebsten Worte auf Papier zu bringen.

In Gedanken versunken strich ich über die Zeilen.

»Kennen Sie die Serie?«, fragte sie neugierig.

»Welche?« Ich hatte keinen blassen Schimmer, wovon sie sprach und mich beschlich das ungute Gefühl, dass ich ihr schon wieder nicht richtig zugehört hatte.

»Na, One Tree Hill. Dort gab es ein Café und der letzte Spruch hing an der Wand. Er hat mich inspiriert.«

Somebody told me, that this is the place where everything's better and everything's safe.
(One Tree Hill)

Ich las die untersten Zeilen der Seite und blickte zu ihr auf. Wenn ich mich so umsah, hatte ich keinen Zweifel daran, dass dies hier für die Bewohner von Southport ein ganz besonderer Treffpunkt werden würde. Er passte perfekt. Wenn sie das umsetzte, was sie sich vorstellte und die Liebe reinsteckte, die ich ihn ihr vermutete, würde sie einen solchen Ort schaffen.

»Nein, die Serie kenne ich nicht. Ich bin nicht so der Fernsehgucker«, gestand ich und strich mir scheu mit der Hand durchs Haar.

»Und was machen Sie dann in Ihrer Freizeit?«, hakte sie nach.

»Segeln«, presste ich hervor. Alleine beim Gedanken daran kroch die Angst meine Kehle hinauf und ich schluckte schwer. Meine Handflächen waren feucht und Schweiß trat mir auf die Stirn, obwohl die frische Brise vor der Tür mir Abkühlung hätte spenden müssen.

»Sie sollten sich überlegen, ihr vielleicht eine Chance zu geben«, warf sie nonchalant ein und wandte sich von mir ab. Sally saß auf dem Bordstein und winselte.

»Wem soll ich eine Chance geben?«, fragte ich irritiert.

»Der Serie.« Louise lächelte und wuselte hinter der Theke.

»Ach so. Ja … ich werde mal danach googeln. Wir sehen uns dann nächste Woche«, verabschiedete ich mich.

»Sie sind echt ein interessanter Mann …« Ihre Worte waren nicht mehr als ein Flüstern. Fragend blickte ich zu ihr herüber, doch sie war in ihre Arbeit versunken, schenkte mir keinerlei Beachtung mehr. Kopfschüttelnd verließ ich Lou's Café und hörte noch das leise Klingeln der Türglocke.

In der Werkstatt setzte ich mich mit meinem Lieferanten in Verbindung und orderte das gewünschte Holz. Für den Spruch aus der Serie war kein Platz mehr auf der Verkleidung, aber ich hatte mir auf dem Weg etwas überlegt. Das würde eine tolle Überraschung werden und ich war davon überzeugt, dass ich meine Kundin damit glücklich machte.

Lächelnd holte ich eines der Post-its aus der Schublade und notierte mir den Eröffnungstermin, bevor ich ihn vor lauter Hektik und Aufregung vergaß. Ich klebte es an den Bildschirm meines Laptops und strich mit dem Finger darüber.

Louise. Sie war nicht nur faszinierend … ihr ganzes Wesen strahlte etwas Besonderes aus. Das Gefühl, das sie auf meiner Haut hinterlassen hatte … unbeschreiblich.

Ich grinste breit und fuhr den Rechner hoch. Immerhin würde ich mir noch die Werkzeuge besorgen müssen, um die Zitate aufs Holz zu bringen.

Dieses Projekt würde die mit Abstand beste Arbeit werden, die ich jemals abgeliefert hatte.

Kapitel 21

Louise

Die Woche war an mir vorbeigeflogen. Ich war verblüfft, dass heute Mittwoch war und ich in zwei Tagen den Laden eröffnen würde. Alles war vorbereitet und der Schreiner kam in Begleitung eines anderen Mannes ins Café. Sie trugen die Holzlatten herein.

»Louise, könnten Sie bitte in die Küche gehen, bis wir fertig sind?«, fragte er völlig außer Puste und hielt im Türrahmen inne.

»Wieso?«, hakte ich nach und zog misstrauisch eine Augenbraue in die Höhe.

»Ich möchte, dass Sie sich das Kunstwerk als Gesamtbild ansehen und nicht vorher schummeln«, entgegnete er und grinste mich an. Ich blickte neugierig an ihm vorbei und erhaschte einen Blick auf seine Begleitung. Der Mann war groß gewachsen, hatte blondes Haar und wirkte ... welches Wort traf es am Besten? *Wie der typische Sunnyboy*, dachte ich.

Fehlten nur Sonnenbrille und Shorts. Dann würde er zu der Vorstellung in meinem Kopf passen.

Ich kicherte und nickte.

»Gehst du jetzt weiter oder bist du angewachsen?«, quengelte der Fremde.

»Sie ist doch gleich weg, warte eine Sekunde«, motzte Nate und verharrte auf der Schwelle.

Schnellen Schrittes ging ich in den hinteren Bereich. Hier konnte ich mich beschäftigen, bis die Männer mit den Arbeiten fertig waren. Die Küche musste noch gereinigt werden. Eine Aufgabe, die ich seit Tagen vor mir herschob. *Wer putzte schon gerne?*

***

Wenn ich zu tun hatte, verging die Zeit wie im Flug. Mit dem Ärmel wischte ich mir den Schweiß von der Stirn und ließ zufrieden meinen Blick über die glänzende Edelstahloberfläche gleiten. Mit dem Handtuch putzte ich einen Staubfussel weg und zuckte erschrocken zusammen, als im Nebenraum das laute Geräusch einer Bohrmaschine zu hören war.

Warum zum Teufel machten die beiden einen solchen Krach und wofür bohrten sie Löcher?

Der Ton hallte dröhnend von den Wänden wieder und ich wandte mich mit zugehaltenen Ohren Richtung Verkaufsraum. Als ich die Tür öffnen wollte, kam ich nicht weiter, schwankte einige Schritte zurück und stieß gegen die Anrichte. Langsam näherte ich mich dem Bullauge in der

Schwingtür und versuchte, einen Blick in den Raum zu erhaschen. Doch direkt davor war eine Leiter platziert und so, wie es aussah, stand jemand darauf.

»Nate! Warum bohren Sie?«, rief ich laut, aber das ohrenbetäubende Geräusch übertönte mich.

»Hallo! Mr. Warren! Hören Sie mich?« Vielleicht war es naiv von mir gewesen, zwei völlig fremde Männer in meinem Café alleine zu lassen. Schnell verscheuchte ich den Gedanken wieder. Ich vertraute Emma und ihrer Menschenkenntnis.

Nicht zu wissen, was da draußen vor sich ging, machte mich nervös, aber ich versuchte, mich zu beruhigen. Die beiden wussten hoffentlich, was sie taten.

Ungeduldig tigerte ich durch die Küche. Wischte hier und da noch mal drüber, bis ich mich auf die Anrichte setzte und gebannt darauf wartete, dass man mich frei ließ. Ich wollte mir endlich ansehen, was sie gemacht hatten.

Keine Ahnung, wie lange ich ausharrte, doch irgendwann schwang die Tür auf und Nate steckte den Kopf herein.

»Warten Sie schon lange?«, fragte er und grinste unverschämt.

»Nein. Ach Quatsch. Ich bin erst vor wenigen Augenblicken fertig geworden«, tat ich seine Frage mit einer Handbewegung ab und sprang von der Arbeitsfläche. Ich versuchte, mir meine Aufregung nicht anmerken zu lassen, und erkundigte mich nach der Geräuschkulisse. »Sie haben gebohrt?«

Er nickte nur und verschwand wieder hinaus.

»Ganz toll«, fluchte ich, rollte mit den Augen und folgte ihm. Das Handtuch warf ich achtlos zurück auf die Anrichte.

Vorsichtig trat ich nach vorne und sah mich um, konnte aber keine Veränderung im Raum erkennen. Verwirrt kratzte ich mich am Kopf und umrundete den Tresen, um mir das Meisterwerk anzuschauen.

Der Anblick der Holzverkleidung raubte mir den Atem. Erstaunt schlug ich mir die Hand vor den Mund, hockte mich davor und streifte bedächtig mit den Fingern über die Zitate. Es war wunderschön.

»Entspricht es Ihren Erwartungen?« Nate ging neben mir in die Knie und blickte starr auf meine Hand, die über das Holz glitt.

»Es ist perfekt«, hauchte ich und wischte mir eine Träne aus dem Augenwinkel. So viele wundervolle Worte.

»Schön, wenn es Ihnen gefällt«, antwortete er sanft und sah mich an.

Kleine Fältchen umspielten seine Augen, ließen ihn älter wirken, als er war. Im tiefen Blau seiner Iriden hätte ich ertrinken können. Weit wie das Meer strahlten sie und zogen mich in einen endlosen Strudel. Sie wollten mir von den Dingen erzählen, die sie gesehen hatten, mich mit auf eine unendliche Reise nehmen und für immer gefangen halten.

Als sich seine Hand meinem Gesicht näherte, war ich nicht fähig, mich einen Zentimeter zu bewegen. Zart strich er mir eine Haarsträhne aus der Stirn und lächelte mich an.

»Nate, brauchst du mich noch?«, fragte der Fremde, den ich vollkommen vergessen hatte.

Seine Stimme holte mich zurück ins Hier und Jetzt. Erschrocken erhob ich mich, ging mit gesenktem Kopf hinter den Tresen und gab mich beschäftigt.

»Nein, du Nervensäge. Geh schon!«, forderte Nate ihn lachend auf.

»Machen Sie es gut, Ms. Ross«, verabschiedete er sich freundlich von mir. Die Türglocke bimmelte und ich atmete erleichtert aus, als er gegangen war. Ich hob den Blick und sah Nate, der grinsend auf der anderen Seite stand und mich anblickte.

»Was?« Ich konnte mir ein Schmunzeln nicht verkneifen.

»Sie haben vorhin in der Küche panisch geschrien«, sagte er ruhig.

Schlagartig begannen meine Wangen zu glühen. »Ich?« Meine Stimme klang höher, als beabsichtigt. Unauffällig räusperte ich mich. »Das kann gar nicht sein. Sie haben sich sicherlich verhört.« Verlegen starrte ich auf die Arbeitsfläche und schob die Tassen von einer Seite zur anderen.

»Louise?«

Ich hielt den Kopf weiterhin gesenkt. Es war mir zu peinlich, dass er mich gehört, aber wie einen Volltrottel in der Küche hatte stehen lassen.

»Bitte schauen Sie mich an«, bat er in leisem Tonfall und brachte mich dazu, ihn widerstrebend anzusehen. »Sie haben meine Überraschung noch gar nicht gesehen.«

Fragend legte ich die Stirn in Falten.

»Kommen Sie her.« Er bot mir seine Hand an. Zögernd ergriff ich sie und die Wärme seiner Finger ging auf mich über, kribbelte unter meiner Haut. Gelassen führte er mich um die Arbeitsfläche herum und zog mich neben sich.

Sanft umfasste er mein Gesicht mit seinen Fingern. »Schau«, flüsterte er und drehte meinen Kopf Richtung Küchentür. Mein Gehirn brauchte einen Moment, um zu verstehen, was ich vor mir sah. Mir klappte die Kinnlade herunter, doch es kam kein Ton hervor.

Über dem Rahmen hing ein Holzausschnitt mit dem Zitat aus One Tree Hill. Er hatte ihn genauso zugeschnitten, wie die Platte aus Karen's Café, die in der Verfilmung an der gleichen Stelle platziert gewesen war wie diese hier. Ich schlug mir beide Hände vor den Mund und konnte meine Begeisterung nicht verbergen.

Meine Beherrschung war dahin und ich ließ den Tränen freien Lauf. Es gab keinen Grund, meine Freude länger zurückzuhalten. Glücklich und dankbar fiel ich ihm um den Hals. Für die Überraschung gab es keine Worte, die meinen Dank hätten annähernd beschreiben können.

Sanft legte er seine Arme um mich und genoss den Moment ebenso sehr wie ich. Wir standen einfach so da und klammerten uns aneinander. Auf der einen Seite war es komisch, ihn so nah bei mir zu wissen und auf der anderen … war es schön.

Verlegen löste ich mich von ihm.

»Tut mir leid«, flüsterte ich und steckte die Hände in die Hosentaschen.

»Es gibt nichts, wofür du dich entschuldigen musst«, sagte er lächelnd und wandte sich von mir ab. »Ich werde mal meine Sachen zusammenpacken. In der Werkstatt wartet noch Arbeit auf mich.«

Ich biss mir auf die Unterlippe, nickte zustimmend und beäugte meine wunderschöne Theke ein letztes Mal. Schneller als gedacht hatte er das Werkzeug verstaut und war zur Tür raus, ohne sich von mir zu verabschieden. Schüchtern lächelte er mich von der andern Straßenseite aus an. Gedankenverloren blickte ich ihm nach, bis er verschwunden war.

Nate war irgendwie faszinierend und doch beängstigend. *Was war mit dieser Stadt nur los?* Jeder hing seinen eigenen Gedanken nach und trug ein schweres Päckchen auf den Schultern.

***

Ich öffnete die Augen, doch bevor ich richtig wach war, arbeitete mein Kopf und ging den heutigen Tagesablauf durch. Morgen war es so weit. Ein Lächeln stahl sich auf mein Gesicht. Ich konnte noch immer nicht glauben, dass ich in weniger als vierundzwanzig Stunden stolze Besitzerin von Lou's Café war.

Bis auf Emma gab es hier niemanden, mit dem ich meine Freude über die Geschehnisse teilen konnte. Mit Matilda hatte ich nach unserem Streit nicht mehr gesprochen. Die Eröffnung kostete mich alles an Energie und wenn ich abends etwas Freizeit hatte, wollte ich nicht mit ihr über meine Entscheidungen diskutieren. Auch wenn mich der

Gedanke an sie traurig machte, wollte ich mir davon die gute Laune nicht verderben lassen.

Ich schälte mich aus der Decke und stellte mich vor das Fenster. Es war kaum eine Wolke am Himmel, aber das Meer wirkte unruhig und spiegelte mein inneres Empfinden wieder.

Fröstelnd schlang ich die Arme um den Oberkörper und rieb mir über die Haut. Das Geräusch von klirrendem Geschirr ließ mich zusammenzucken. Lächelnd verweilte ich noch einen Moment, bevor ich nach unten ging.

Jeden Morgen backten Emma und ich Muffins und Kuchen. Ich war erstaunt, dass sie mir all ihre Familienrezepte anvertraute und überrascht, wie lecker die Ergebnisse schmeckten.

Wenn wir zusammen waren und sie mich durch die Küche scheuchte, wirkte sie so unbeschwert. Aber sobald es Zeit war, sich zu verabschieden, bekamen ihre Augen diesen traurigen Glanz. Ich hatte ihr einen Zweitschlüssel anfertigen lassen, damit sie mein Versprechen, jederzeit herkommen zu können, auch ernst nahm.

Leise schlich ich die Treppe nach unten und hoffte, dass sie mich nicht hörte. Im Türrahmen blieb ich stehen und beobachtete sie. Wie von der Tarantel gestochen fegte sie durch den kleinen Raum. Mich störte es nicht, sie um mich zu haben, ganz im Gegenteil. Ich war dankbar, dass sie Leben in mein Heim brachte. Wenn ich in ihrem Alter war, wollte ich genauso agil und aufgeweckt sein.

»Du kannst dich bei den knarrenden Stufen nicht anschleichen.« Mahnend hob sie den Finger und blickte mich an.

Ich ließ mich seufzend auf den Stuhl sinken und zuckte mit den Schultern. Ein Versuch war es wert gewesen.

»Komm, ich habe dir Kaffee gemacht. Hast du gut geschlafen?«, fragte sie und stellte die dampfende Tasse vor mir auf den Tisch.

»Danke.« Ich legte meine Hände um das wärmende Keramikgefäß und zog den Duft in mich ein. »Na ja ... Mein Kopf arbeitet vierundzwanzig Stunden am Tag. Langsam wird es anstrengend«, beschwerte ich mich und nippte an dem Wachmacher. Emma hatte einen Schuss Sahne hinzugegeben, so, wie ich ihn mochte.

»Das geht vorbei, Kindchen. Sobald du eröffnet hast, wird dir eine große Last von den Schultern fallen.« Sie hatte sich wieder der Anrichte gewidmet und knetete den Teig. Es war bemerkenswert, was sie vor acht Uhr morgens schaffte.

Kopfschüttelnd saß ich am Tisch und beobachtete den Wirbelwind dabei, wie er durch meine Küche fegte.

***

Unzählige Stunden schuftete ich mir den Buckel krumm. Der Laden musste blitzen und blinken. Mehrfach hatte ich die Ablagefläche für die Maschine und die Tassen gewischt, damit alles fertig war, wenn sie endlich eintraf. Der Hersteller hatte mir einen anderen Termin gegeben, nachdem er nicht hatte liefern können.

Jemand klopfte an der Tür und ich sah auf. Ein Mann stand davor und grinste mich an. Ich ließ meinen Blick zu seinen Füßen wandern und entdeckte ein übergroßes Paket, das mehr schlecht, als recht zusammengeklebt war. Freudig klatschte ich in die Hände. Das musste der neu erstandene Kaffeevollautomat sein.

Als er sah, wie sehr ich mich freute, wurde sein Grinsen breiter. Ich eilte zum Eingang und öffnete ihm. Das Riesenpäckchen hievte er auf seine Arme und trug es hinter den Tresen. Ohne es wissen zu können, stellte er die Maschine an der richtigen Stelle ab und löste den Karton.

Vor mir entblößte sich die wohl schickste Kaffeemaschine aller Zeiten. Mein Herz schlug Purzelbäume. Wenn ich heute Nachmittag noch im Buchladen die Werke abholte, die Ronald für mich bestellt hatte, war mein Café perfekt.

»Wollen wir Sie testen?«, fragte der Lieferant mit italienischem Akzent und deutete auf das Gerät.

Ich nickte und trat neben ihn. Die Kaffeebohnen waren vor einigen Tagen geliefert worden und warteten darauf, endlich zum Einsatz zu kommen. Er zeigte mir, wie ich das Gerät befüllte und welche Knöpfe ich drücken musste, um das gewünschte Getränk zu erhalten.

Der Geruch von frisch gemahlenen Bohnen verteilte sich im Raum. Gierig sog ich ihn ein. Gleich würde ich den ersten Espresso aus meiner Industriemaschine trinken und währenddessen in meinem eigenen Café stehen.

Stolz blickte ich mich um. Die unterschiedlichen Tische, die bunt zusammengewürfelt waren, ergaben in der Gesamtbetrachtung eine gemütliche Kulisse, um entspannt einen Kaffee zu genießen, ein paar Seiten in einem guten Buch zu lesen und es sich mit Kuchen oder Muffins gutgehen zu lassen. Ich konnte das Glücksgefühl in meiner Brust nicht in Worte fassen. Das alles hatte ich aus eigener Kraft geschaffen.

***

Nervös tippte ich mit den Fingern auf die Arbeitsplatte des Tresens, bis Emma beruhigend ihre Hand auf meine legte und mich eindringlich anblickte.

»Tut mir leid«, flüsterte ich und sah mich um. Alles war hergerichtet. Das Banner hing am Fenster, doch bislang war noch niemand hergekommen. Einige Passanten waren an der Fensterfront vorbeigelaufen, nur um einen Blick hineinzuwerfen, aber nicht, um den Laden zu betreten. Wenn nicht bald die ersten Gäste kamen, würde ich verrückt werden.

Emma wuselte um mich herum, zupfte hier an einem Deckchen oder rückte die Körbe mit den Muffins auf den Tischen zurecht. Auch wenn sie es verstecken wollte, wusste ich, dass sie ebenso nervös war wie ich.

Im Augenwinkel erblickte ich jemanden, der auf Lou's Café zulief, doch einfach daran vorbeiging.

»Vielleicht ist das Schild nicht auffällig genug?«, fragte ich und ging zur Scheibe. Es war nicht zu übersehen und hing genau über der Eingangstür. Ich verschränkte die Arme vor der Brust und schüttelte den Kopf. »Vielleicht kann man es nicht lesen«, vermutete ich und trat selbst auf die Straße.

Mir war klar, dass ich mich wie eine Irre aufführte, aber ich wusste mir nicht zu helfen und hatte keinen Kompensator für meine innere Unruhe.

Das Banner flatterte im Wind und war mehr als gut lesbar. Die Buchstaben sprangen einem förmlich ins Auge. Ich seufzte resigniert und ging zurück in den Laden. Emma stand grinsend hinter der Arbeitsplatte.

»Was?«, fragte ich und kannte die Antwort längst.

»Setz dich hin und halt die Füße still, bevor du vor lauter Aufregung einen Herzinfarkt bekommst. Vielleicht habe ich noch eine Valium in der Tasche, soll ich sie dir holen?«, scherzte sie und kicherte.

»Haha, sehr witzig.« Frech streckte ich ihr die Zunge heraus und bezog wieder Stellung. Ich würde nicht aufgeben, auch wenn heute kein Gast hereinkam. Irgendwann mussten die Einwohner mein Café akzeptieren. Spätestens, wenn die *Baked with Love* ihre Pforten schloss.

Ich ging zum Bücherregal und sortierte die Einbände ein. Wenn ich eines liebte, dann war es das geschriebene Wort. Meine Mutter hatte mir schon als Kind Geschichten vorgelesen und mir, noch bevor ich die erste Klasse besuchte, selbst das Lesen beigebracht. In Erinnerungen schwelgend zog ich eines der Werke heraus und schlug es auf. Shakespeare. Einer meiner liebsten Schriftsteller.

Sein Schreibstil war mitreißend, tiefgründig und hatte etwas Meisterhaftes. Zu Hause hatte ich meinen privaten Bestand wieder aufgefüllt und keines seiner Stücke fehlte.

Als die Türglocke ertönte, zuckte ich erschrocken zusammen.

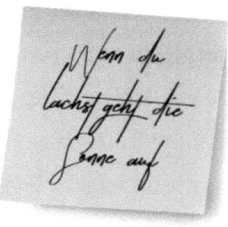

Kapitel 22

Nate

Niemals im Leben hätte ich mir entgehen lassen, bei der Eröffnung dabei zu sein und ihr zur Seite zu stehen. Wenn man nicht hier geboren war, war es beinahe eine Unmöglichkeit, in Southport Fuß zu fassen. Ich wollte Louise unterstützen und den anderen zeigen, dass es gut war, wenn Außenstehende sich trauten, ihre Ideen und Träume mit einzubringen. Oliver hatte versprochen, nach der Arbeit vorbeizuschauen und ihr ebenfalls das Gefühl zu geben, dass sie hier willkommen war.

Schon von Weitem erblickte ich ihre zierliche Gestalt. Ich hatte ihren Namen rufen wollen, als sie vor dem Fenster stand, den Kopf von der einen auf die andere Seite drehte und das Schild begutachtete, doch ich war feige und hielt den Mund. Stattdessen lief ich gemächlich auf das Café zu und flüsterte mir die Worte vor, die ich zu ihr sagen wollte.

Wie gebannt blieb ich vor der Scheibe stehen und konnte meinen Blick nicht von ihr abwenden. Seit dem Moment, als sie mir um den Hals gefallen war, hatte ich immerzu an sie denken müssen. Ihr Wesen hatte eine Ausstrahlung, die ich mit simplen Aussagen nicht hätte beschreiben können. Alles an ihr funkelte diamantengleich. Wenn sie aufsah und Freude in ihren Augen aufblitzte, konnte ich nicht anders, als zu lächeln.

Sallys Bellen riss mich aus meinen Gedanken und mir wurde schlagartig klar, dass ich Louise wie ein Spanner beobachtete. Mit gesenktem Kopf und den Händen in den Hosentaschen betrat ich den Laden. Die Glocke über der Tür kündigte mein Eintreten an.

Der Duft von Vanille und Rosen stieg mir in die Nase und ich sog ihn heimlich in mich auf. Er ließ mein Herz schneller schlagen und meine Handflächen schwitzen.

»Ich wollte dich nicht erschrecken«, entschuldigte ich mich und lächelte sie schüchtern an.

Sie klappte das Buch in der Hand zu und schob es zwischen die anderen Werke. Unbeholfen stand ich an der Tür. Meine verräterische Hündin lief schwanzwedelnd auf Louise zu.

»Bin ich zu spät?«, fragte ich und ging zum Tresen. Die Jacke hängte ich über die Lehne eines Hockers und setzte mich.

Sally ließ sich ausgiebig von ihr kraulen und rollte sich auf den Boden, damit ihre neu gewonnene Freundin den Bauch nicht vergaß. Der Eingang zur Küche schwang auf und Emma trat heraus.

»Oh, Nate! Schön, dass du hier bist. Wie geht es dir?« Lächelnd umrundete sie die Theke und kam zu mir. Sanft legte die Frau, die wie eine Grandma für mich war, ihre Hände auf meine und blickte mir in die Augen. Ihr würde ich nichts vormachen können. Sie kannte mich, seitdem ich ein Kleinkind war, hatte mich aufwachsen sehen.

»Du erinnerst dich immer noch nicht?«, hakte sie flüsternd nach. Mein Kopfschütteln war ihr Antwort genug.

»Louise, Schätzchen. Lass doch den Hund mal Hund sein und komm her. Nate ist es sicherlich eine Ehre, dass er dein erster Gast ist«, forderte sie mit einem Zwinkern und verschwand wieder durch die Schwingtür.

Lächelnd trat Louise hinter den Tresen. »Tut mir leid für meine Unhöflichkeit. Was möchtest du haben?«

»Hmm ... was kannst du empfehlen?« Ich stützte die Arme auf der Oberfläche ab und legte den Kopf in die Hände.

»Wie wäre es mit einem Latte Macchiato und dazu ein Zimt-Blaubeer-Cheesecake-Muffin?«, schlug sie vor.

Ihre Worte reichten aus, um mir das Wasser im Mund zusammenlaufen zu lassen. »Das nehme ich.« Mit den Fingern trommelte ich auf die Theke und wartete darauf, meine Bestellung entgegenzunehmen.

Die Kaffeemaschine zerkleinerte laut und das Aroma von frisch gemahlenen Bohnen hüllte mich ein. Sie platzierte eine dampfende Tasse vor mir und verschwand in der Küche.

Ich senkte den Kopf und sah, was sie mit der Milch angestellt hatte. Fasziniert beäugte ich den Inhalt des Keramikgefäßes. Der Schaum trug das Muster eines Blattes.

»Wie hast du das gemacht?« Mit dem Finger deutete ich auf den Becher, als Louise wieder in den vorderen Bereich kam und den Muffin vor mir abstellte. Abwartend blickte sie mich an.

»Was?«

»Probier schon!«, forderte sie mich auf und schob den Teller ein Stück näher an mich heran. Ein breites Grinsen legte sich auf ihre Lippen.

Ich konnte nicht anders, als zu lächeln, griff nach dem Gebäck und biss hinein. Der Geschmack war unbeschreiblich.

»Hmm«, murmelte ich und nahm einen weiteren Bissen.

»Wie findest du ihn?« Vor lauter Ungeduld ließ sie mir nicht die Möglichkeit zu schlucken und mein Frühstück zu genießen.

»Eff ifft hevorragäääähnd«, nuschelte ich hinter vorgehaltener Hand und hoffte, dass ich nicht alles voll krümelte. Schnell nahm ich einen Schluck von dem Latte Macchiato und spülte alles herunter. Der Muffin war unheimlich lecker.

»Das Rezept habe ich von Emma. Sie ist wirklich eine Bereicherung für mich.« Louise strahlte von innen heraus. Anders hätte ich es nicht beschreiben können. Auch ohne ihr Lächeln ließ der Anblick mein Herz höherschlagen.

Als die Türglocke bimmelte, wandte ich mich erwartungsvoll Richtung Eingang. Frank betrat das Café und setzte sich neben mich.

»Kannst du den empfehlen?«, fragte er schmunzelnd und deutete auf die Reste meines Muffins.

»Ja. Und den Kaffee ebenfalls«, entgegnete ich und hielt meine Tasse hoch.

»Ich hätte gerne das Gleiche«, orderte er seine Bestellung und schmunzelte, als sie aufgeregt hinter dem Tresen hin und her hüpfte.

»Nate hat mir beim Aussuchen der Bohnen geholfen. Also, wenn er nicht schmeckt, geben Sie ihm die Schuld«, trällerte sie, bevor die Maschine die Kaffeebohnen pulverisierte.

Er blickte mich fragend an, aber ich zuckte nur mit den Schultern und schüttelte grinsend den Kopf.

Louise hatte sich mit dem Schaumbild dieses Mal selbst übertroffen. Es sah aus, als hätte sie für den neuen Gast einen Sonnenuntergang aus aufgeschäumter Milch gezaubert.

Frank und ich unterhielten uns angeregt über die Veränderungen im Sport, als die Glocke abermals ertönte. Der Blick in ihr Gesicht reichte aus, um zu erkennen, wie sehr sie sich über die Neuankömmlinge freute. Emma kam aus der Küche und half beim Bedienen.

Nach und nach füllte sich das Café mit plappernden Gästen, die den Kaffee in den höchsten Tönen lobten und von dem süßen Gebäck schwärmten.

Frank war inzwischen gegangen und ich hatte meinen vierten Latte intus. Die Gespräche mit den Besuchern, die unbedingt wissen wollten, woher Louise die fabelhafte Thekenverkleidung hatte, konnte ich erfolgreich hinter mich bringen und sogar einige Visitenkarten verteilen. Es war Zeit für mich, zu gehen und mich auf den Weg in die Werkstatt zu machen. Der Tisch von Mrs. Hardman wartete darauf, geschliffen und lackiert zu werden. Wegen dem besonderen Auftrag für Louise hatte ich die gute Frau vertrösten müssen.

Als ich sicher war, dass die Besitzerin mich nicht beobachtete, zückte ich den Block mit den Klebenotizen und einen Stift. Ich hatte heute Morgen nicht schlafen können und war durch das Wohnzimmer getigert, als mir die Idee kam.

Ich klebte den gelben Zettel an die leere Tasse, legte ein paar Dollar daneben und schlich aus dem Café. Sally war von ihrem Sessel gehüpft, als ich mich erhob und begleitete mich. Wenn sie es las, zauberten die Worte ihr hoffentlich ein Lächeln auf die Lippen.

***

Meine Gedanken wurden von Louise beherrscht. Alles, wirklich alles, drehte sich um sie. Ich erinnerte mich an jede Nuance ihres Haares, den Duft, den es ausströmte, als sie mir in die Arme gefallen war. Ein Hauch von Vanille und Rosen. Ein Schmunzeln stahl sich auf mein Gesicht.

Nachdenklich streichelte ich Sallys goldenes Fell und kraulte sie hinter dem Ohr. Ihr Kopf war in meinem Schoß gebettet, sie atmete leise und schlief friedlich.

»Nate, erinnerst du dich daran?« Lilly stieß mir mit dem Ellenbogen in die Seite und deutete mit dem Finger auf ein Foto aus einem der unzähligen Alben, die wir mehrfach durchgeblättert hatten.

Ich betrachtete sie, dann das Bild. Selbst, wenn sie vorbeikam und wir uns unterhielten, konnte ich mich nicht auf das Gespräch konzentrieren. Auch wenn ich mir nichts lieber wünschte, als mich zu erinnern und uns eine Chance zu geben, schrie mein Herz so laut, dass ich seinen Ruf nicht länger ignorieren konnte. Ich wusste nicht, was die hübsche Café-Besitzerin an sich hatte, doch es hatte mich gefangen genommen. Ich war nicht in der Lage, mich dem zu widersetzen.

Grübelnd rieb ich mir das Kinn. Selbst wenn ich mich anstrengte und versuchte, in den Windungen meines Hirns nach den gewünschten Informationen zu graben, war da nichts.

»Tut mir leid, aber nein.« Ich schüttelte den Kopf und ließ mich seufzend in die Polster sinken. Sie klappte das Buch zu und blickte mich besorgt an. Ein Ausdruck in ihrem Gesicht, den ich seit meinem Unfall immer wieder bemerkte.

Sie senkte den Kopf und starrte auf ihre Finger. »Denkst du, dass das hier überhaupt noch Sinn macht? Diese täglichen Treffen, die Gespräche und die Zeit, die wir miteinander verbringen?« Lilly hob den Blick und sah mich an. Tränen rannen ihre Wangen hinab und ich wusste nicht, wie ich reagieren sollte. »Ich kann mich an alles erinnern, Nate. Verstehst du das? Es tut so weh, zu sehen, dass du dich jeden Tag ein Stück weiter von mir entfernst, dich zurückziehst und dich nicht mal von mir anfassen lässt.« Ihre Trauer war der Wut gewichen, die ich aus ihren Worten heraushören konnte. Die Tränen waren versiegt. Mit dem Ärmel trocknete sie sich das Gesicht.

Ihr Zorn drängte mich in die Ecke und ich fühlte mich unter Druck gesetzt. Nervös erhob ich mich und ging zum

Bücherregal. Mit den Fingern strich ich bedächtig über die alten Einbände und sog den Duft des Pergaments ein. Ich schloss die Augen und genoss die Stille für einen Moment.

»Was erwartest du von mir?«, fragte ich ruhig und blieb mit dem Rücken zu ihr stehen.

»Ich will, dass wir wieder zusammen sind und heiraten, gemeinsam eine Familie gründen. Nate, ich vermisse uns und unser Leben.« Sie stand hinter mir. Ich spürte ihren Atem, der meinen Nacken streifte und Gänsehaut verursachte. Lilly legte ihre Arme um meine Taille und schmiegte sich an mich. Sie so nah bei mir zu wissen, war nicht das, was ich wollte. Ich versteifte mich.

Ihr Körper wurde von Schluchzern durchgeschüttelt und sie begann bitterlich zu weinen. Auch wenn es in meinen Gedanken hart klang, doch ich musste durchhalten und ihr ein wenig Zeit geben, bis sie sich von mir lösen würde. Wie gerne hätte ich sanft über ihre Hand gestreichelt und ihr ins Ohr geflüstert, dass alles gut werden würde, aber es hätte nicht der Wahrheit entsprochen. Ich fühlte mich nicht mehr zu ihr hingezogen, so wie es vor einigen Jahren noch der Fall war. Die Gefühle waren nicht dieselben.

»Lilly, bitte«, flüsterte ich und wollte, dass sie von mir abließ. Ich krallte meine Finger in das Holz des Schranks und hoffte, dass sie das Zittern nicht bemerkte.

Sie zog die Hände zurück und entfernte sich von mir. Ich verharrte vor dem Regal, war nicht in der Lage, mich zu bewegen und sie anzusehen. Ihre Schritte wurden leiser und die Tür fiel ins Schloss. Erleichtert atmete ich aus, drehte mich langsam Richtung Couch und setzte mich wieder. Sally hob verschlafen den Kopf und blickte sich suchend um.

»Sie ist gegangen«, antwortete ich auf die stumme Frage.

Die Zeit schlich an mir vorbei und draußen wurde es bereits dunkel. Starr wie eine Salzsäule saß ich auf den Polstern und war außer Stande mich zu rühren oder nach oben zu gehen. Die kurze Auseinandersetzung mit Lilly war in meine Glieder gekrochen und hielt mich fest im Griff. Es war, als hätte jemand in dem Pool meiner Erinnerungen gefischt und sich spezifisch alles rausgesucht, was mit ihr zusammenhing.

Verwirrt blickte ich auf, als ich ein Klopfen vernahm. Ich brauchte einen Augenblick, um zu realisieren, dass es vom Eingang kam. Rasch erhob ich mich und ging in den Flur.

»Nate, mach auf! Lilly hat mir gesagt, dass du hier bist!« Es war Olli. Ich drehte den Knauf und die Tür schwang auf.

»Du hast wie ein Gorilla gegen das Holz gehämmert«, beschwerte ich mich und wusste im gleichen Atemzug, dass er die Betitelung als Kompliment verstand.

Lächelnd trat er ein. »Alles okay bei dir?«, fragte mein bester Freund und ließ sich auf die Couch fallen.

»Ja, ich denke schon. Wieso?« Schulterzuckend blieb ich im Türrahmen stehen und beobachtete, wie seine Hand in Sallys Fell verschwand. Sie brummte leise und rutschte näher an ihn heran. Erst jetzt bemerkte ich, dass sein Blick auf mir ruhte und er mich eindringlich anstarrte.

»Was?« Nervös knetete ich meine Finger.

»Denkst du, dass es richtig ist, dass du Lilly so wegstößt?«, fragte er ruhig und sah mich weiterhin an.

Zerknirscht raufte ich mir die Haare und tigerte durch den Raum.

»Nate, setz dich, du bringst mich ganz durcheinander«, meckerte mein Besucher und rutschte an die Kante des Polsters. Ich ließ mich in den Sessel neben ihm sinken.

»Ich habe keine Ahnung. Es bricht mir das Herz, zu sehen, wie sehr sie leidet, doch ich kann nichts gegen meine Gefühle machen ... habe keinen Einfluss darauf, ob ich sie liebe oder nicht. Wenn Lilly hier ist ... fühle ich mich beklommen. Auch wenn sie es nicht direkt sagt, setzt sie mich unter Druck und drängt mich in die Ecke.«

»Aber sie liebt dich und vermisst deine Nähe«, wandte er ein.

Hilfesuchend betrachtete ich ihn. *Wenn er mich nicht verstand und mich unterstützte, wen hatte ich dann noch?*

Ich atmete tief ein und erhob mich. Vor der Glasfront machte ich Halt und blickte hinaus in die Dunkelheit. Die Bäume im Garten wiegten sich im Wind und das Blätterdach raschelte, als würde es versuchen, die Geheimnisse der Stadt in die Ferne zu tragen.

Die nächsten Worte fielen mir nicht leicht, aber es war an der Zeit, dass ich sie aussprach »Wie kann ich etwas vermissen, woran ich mich nicht erinnere? Mir fehlt jeglicher Zusammenhang zwischen Lilly und mir. In meinem Kopf gibt es keine Verbindung zu ihr.« Langsam drehte ich mich um und blickte ihn an.

»Ich verstehe«, war alles, was er hervorbrachte.

»Ich wünschte, ich wüsste, wo die Erinnerungen in den Gefilden meiner Gehirnsynapsen verlorengegangen sind.«

Wild gestikulierend zeigte ich auf meinen Schädel, um ihm meine Verzweiflung deutlich zu machen.

Olli nickte verständnisvoll, doch auch er hatte keine Ahnung, weshalb ich mich nicht mehr an Lilly und unsere gemeinsame Zeit erinnerte.

Die Dämonen einer Vergangenheit, an die ich mich nicht entsinnen konnte, hatten mich fest im Griff, brachten mich zur Verzweiflung.

»Ich muss nach vorne schauen. Die Situation und ihre ständigen Besuche … das ertrage ich nicht länger.« Seufzend ließ ich mich in den Sessel sinken und legte den Kopf gegen das Polster. Mein bester Freund klopfte mir auf den Oberschenkel.

»Kannst du es ihr selbst sagen oder soll ich mit ihr reden?«, fragte er vorsichtig.

Ich öffnete die Lider und sah ihn an.

»Ich wäre dir dankbar, wenn du mit ihr sprichst oder wenigstens dabei bist, wenn ich es ihr sage. Alleine werde ich es nicht können«, gestand ich kleinlaut.

Kapitel 23

Louise

Ich war einem Nervenzusammenbruch nahe. Meine Ängste, dass niemand zur Eröffnung kommen würde und ich das Café nach wenigen Wochen schließen müsste, hatte selbst Emma mit ihren aufmunternden Worten nicht wegwischen können.

Aber als Nate, mein strahlender Ritter in Schreinermontur den Laden betrat, wusste ich, dass ich nicht an meinen eigenen Fähigkeiten und meinem Traum hätte zweifeln dürfen. Dass er hergekommen war, bedeutete mir unheimlich viel. Mir war klar, dass die Anderen nur seinetwegen nachgezogen hatten.

Emma strahlte bis über beide Ohren und half mir den ganzen Tag, die Neuankömmlinge mit unseren Muffins und Kuchen zu versorgen. Der Vollautomat mahlte unentwegt Bohnen und hüllte den Verkaufsraum in köstlichen Duft, gepaart mit dem Zimtgeruch des Gebäcks. Mein Kaffee kam bei den Gästen gut an und jeder bekam seine eigene Variation.

Gestern Abend hatte ich mir Onlinevideos angeschaut und die einzelnen Handgriffe verinnerlicht, damit ich heute damit punkten konnte.

Am späten Nachmittag wurde es ruhiger und nur kleine Gruppen saßen vereinzelt an den Tischen oder in der Leseecke. Die Geräuschkulisse ebbte ab und nur leises Gemurmel war zu hören. Endlich fand ich einige Minuten Zeit, um das benutzte Geschirr in die Spülmaschine zu räumen und durchzuatmen.

Emma hatte sich zu ein paar Gästen gesetzt und tuschelte mit ihnen. Sie erzählte von den Rezepten und dass wir stundenlang getestet hatten, um die leckersten für die Auswahl im Café zu verwenden.

Grinsend trug ich das große Tablett nach hinten und stellte es auf der Arbeitsplatte ab. Ich leerte die Reste der Tassen in das Becken und die Krümel in den Müll.

Als ich nach dem letzten Keramikgefäß griff, zuckte ich erschrocken zusammen. Es fühlte sich komisch an und ich inspizierte es ganz genau. Jemand hatte ein Post-it dran geklebt. Ich las die Worte, die mir so bekannt waren.

Du brauchst nur zu lieben und alles ist Freude.

Auch ohne, dass der Autor darunter verewigt war, wusste ich sofort, dass es ein Zitat von *Leo Nikolajewitsch Graf Tolstoi* war. Es war einer meiner liebsten Ausschnitte aus seinen

Werken. Schmunzelnd betrachtete ich den Zettel eingehender, konnte aber keinen Namen entdecken.

Neben der Tür hatte ich eine Korkwand, um Einkaufslisten und andere Notizen, die wichtig waren, aufzuhängen. Den Klebezettel mit der schönen Handschrift pinnte ich in die Mitte, um jedes Mal darauf blicken zu können, wenn ich in den Verkaufsraum ging. Lächelnd strich ich mit den Fingern über das gelbe Papier und fragte mich, wer sich in der Literatur so gut auskannte und wusste, dass es mir eine Freude bereiten würde, die Zeilen zu lesen. *Oder war es Zufall?*

Es spielte keine Rolle. Jemand hatte mir bewusst oder unbewusst eine liebevolle Geste zuteilwerden lassen.

Ich trat wieder in den Gästebereich und entdeckte Emma, die noch immer mit ihren Freunden an einem der Tische saß und sich unterhielt.

Hinter der Theke beseitigte ich die Krümel und wischte die Arbeitsfläche sauber. Zufrieden über den Verlauf der Eröffnung warf ich den Lappen beiseite und blickte mich schmunzelnd im Laden um.

Es war die perfekte Neueröffnung gewesen und ich war sicher, dass viele von den Gästen wiederkommen würden. Selbst meine letzten Zweifel waren verschwunden.

Emma trat neben mich und streichelte mir mit der Hand über den Unterarm. »Das war ein hervorragender Start.« Sie strahlte vor Freude. Beinahe hatte ich das Gefühl, dass die Trauer, die ihr Herz im Zaum hielt, den Rückzug angetreten hatte und dem Glücksgefühl wich. Ich war froh, dass ich helfen konnte, ihre Dämonen zu vertreiben.

»Ja, finde ich auch.« Ich legte meinen Arm um ihre Schulter und zog sie an mich. Nicht nur mein wunderschönes Zuhause hatte ich ihr zu verdanken.

***

Verschlafen kuschelte ich mich in die Kissen und ruhte mich noch einen Moment aus, bevor mich der Alltag gefangen nahm. Ich wandte mich dem Fenster zu und ließ meinen Blick über das Meer gleiten, genoss das Rauschen der Wellen.

In Southport war alles anderes. Ich musste nicht morgens funktionieren und die Topanwältin sein, immer auf Zack, alles im Griff. Hier konnte ich den Tag langsam beginnen, in aller Seelenruhe aufstehen, mich fertig machen und ins Café laufen. Ich war Herr meines Lebens und musste mich nicht von meinem Job oder der Notwendigkeit Geld zu verdienen und Menschen zu verteidigen, leiten lassen. Ich hatte davon geträumt, es jedoch nicht für möglich gehalten, jemals in der Lage zu sein, in ein verschlafenes Städtchen zu ziehen, und meine Existenz komplett umzukrempeln. In kurzer Zeit hatte sich alles verändert.

Lächelnd schlug ich die Decke zur Seite und schälte mich aus den Federn.

Nach einer ausgiebigen Dusche begab ich mich ins Erdgeschoss. Die Stufen knarzten unter meinem Gewicht. Das Geräusch würde ich nie ausblenden können, doch es machte mein Heim einmalig, liebenswert und ich mochte es.

Im Flur betrachtete ich die Bilderrahmen, die ich mit persönlichen Fotos bestückt hatte. Auf den Meisten waren Matilda und Matti zu sehen. Ich vermisste sie schmerzlich, strich mit dem Finger über Mathews Gesicht und überlegte, sie anzurufen. Ich hatte mich beruhigt und wollte heute einen Versuch wagen, mit meiner besten Freundin zu reden. Die Funkstille war erdrückend und ich ertrug sie nicht länger. Sie fehlte mir, war der Anker zu meinem alten Leben.

In der Küche schnappte ich mir meine Tasche und warf die Jacke über.

Als ich auf die Veranda trat, umspielte eine leichte Brise meine Nase und wehte durch mein Haar. Es dämmerte noch. Viel zu zeitig, um auf den Beinen zu sein, aber ich freute mich auf das im Café und die ersten Gäste, die benebelt und müde in den Laden schlurften, um sich bei mir einen Wachmacher und ein leckeres Frühstück zu gönnen.

Trotz der frühen Morgenstunden war ich sicher, dass meine beste Freundin wach war. Heute fühlte ich mich ausgeruht und stark genug, um mit ihr zu reden. Die kühle Luft half mir, meine Gedanken beisammen zu halten, mich nicht aus der Ruhe bringen zu lassen.

Ich zückte das Handy und wählte die Nummer. Nach dem zweiten Klingeln hob sie ab.

»Ja?« Ihre Stimme klang matt und wenig erfreut über meinen Anruf.

»Hey. Habe ich dich geweckt?«, fragte ich vorsichtig.

»Nein.« Ich passierte einige Wohnhäuser und erhaschte einen Blick in das Innere. Familien wurden wach, begannen gemeinsam den angebrochenen Tag.

»Können wir reden?«, hakte ich nach und hoffte, dass sie ihren Missmut beiseiteschob und sich wie eine Erwachsene mit mir unterhielt.

»Über was denn?« Matildas Tonfall klang genervt.

Ich atmete tief ein und nahm mir vor, mich nicht aufzuregen. »Müssen wir streiten? Ich wollte mich mit dir versöhnen und dich an allem teilhaben lassen, was geschehen ist, seitdem ich hier bin«, entgegnete ich und blieb vor dem Café stehen.

Dunkel lag es vor mir und ich malte mir aus, wie es aussah, wenn die Gäste durch den Laden wuselten, sich kleine Grüppchen bildeten und jemand lesend auf dem Sofa an der Wand saß. Ein Schmunzeln stahl sich auf meine Lippen.

»Was willst du mir denn erzählen?« Der bittere Unterton war nicht zu überhören. Auch wenn ich mir vorgenommen hatte, mich nicht aus dem Konzept bringen zu lassen, war ich kurz davor, ebenso ungehalten zu antworten, wie sie es tat.

Hastig erzählte ich ihr von dem Café und den Dingen, die sich für mich ergeben hatten. »Die Eröffnung liegt einige Tage hinter mir. Ich habe mich an meinen neuen Tagesrhythmus gewöhnt. Matilda, ich bin glücklich.«

»Was macht dich denn glücklich? Dass du anderen Leuten den Kram hinterherträgst, ihre Krümel aufwischst und sie für ein mickriges Trinkgeld bedienst?«

Ich schnaubte laut. Ihre Unterstellungen waren die Höhe und sie verletzten mich. *War sie, nachdem sie wusste, wo ich war, hergekommen? Hatte sie mir unter die Arme gegriffen*, als ich *ein neues Kapitel beginnen und mir ein Leben in Southport aufbauen wollte?* Nein. Stattdessen hatte sie nichts Besseres zu tun, als mir von Mike zu erzählen und das ihm alles schrecklich leidtat. *So eine Scheiße!*

»Musstest du etwa Kaffee nachschenken oder warum bist du so still?«

»Was ist nur los mit dir?«, keifte ich sie an und verlor endgültig die Fassung. Als ich die Ladentür aufschloss und mit Schwung öffnete, schrillte die Glocke über meinem Kopf und klingelte mir in den Ohren.

»Verdammt!«, fluchte ich und versuchte, die Tür zu schließen, ohne sie aus den Angeln zu reißen. Ich atmete tief ein und wagte einen neuen Versuch.

»Matilda, es tut mir leid, dass ich dich mit meiner abrupten Abreise verletzt habe. Verstehst du meine Beweggründe denn nicht?« Ich war traurig, dass das Gespräch in eine völlig andere Richtung verlief, wollte mich mit ihr versöhnen.

»Doch«, flüsterte sie. Ohne sie zu sehen, wusste ich, wie meine beste Freundin auf der Couch saß und die Knie an den Körper zog, während sie mit mir sprach.

»Aber?«, hakte ich sanft nach. Meine Wut hatte sich verflüchtigt. Ich war froh, dass wir normal miteinander reden konnten und unseren Disput hoffentlich beiseitelegten.

»Nichts aber. Ich bin enttäuscht, dass du dich mir nicht anvertraut hast. Was soll ich denn denken, wenn du dich ohne ein Wort aus dem Staub machst und ich tagelang nicht mal ein Lebenszeichen von dir erhalte?« Sie seufzte. »Ich habe mir Sorgen gemacht und hatte die Befürchtung, eine

Vermisstenanzeige aufgeben zu müssen, um in ein paar Monaten zu erfahren, dass man deine Leiche an einem Waldrand gefunden hat.«

Ihre Ausführung gruselte mich und die feinen Härchen in meinem Nacken stellten sich auf. Fröstelnd rieb ich die Hände aneinander. Wenn jemand eine blühende Phantasie hatte, dann Matilda. Nachdenklich trat ich vor das große Schaufenster und blickte auf die Straße. In der Ferne erhellten Autolichter den Beton und verschwanden ebenso schnell, wie sie gekommen waren.

»Mir geht es gut. Du brauchst dir keine Sorgen zu machen. Das Haus, das ich gekauft habe, ist traumhaft und Lou's Café läuft bombastisch«, schwärmte ich von meinem neunen Leben und strich mit den Fingern über die Glasscheibe.

»Schön«, brummte sie in den Hörer.

»Magst du mich besuchen kommen?«, bot ich vorsichtig an und kannte die Antwort bereits.

»Ich weiß nicht.«

Matilda ließ sich gerne bitten, wenn sie eingeschnappt war und wenn es notwendig war, würde ich ihr so lange Honig ums Maul schmieren, bis sie mir verzieh.

»Du musst herkommen. Bitte … bitte … bitte!«, bettelte ich.

»Wie weit ist es denn von hier nach Southport?«, hakte sie nach.

Dass sie nicht gleich Nein sagte, war ein gutes Zeichen. »Mit dem Zug bist du bestimmt schneller, als mit dem Auto und bequemer ist es auch. Also ... Kommst du?«, wiederholte ich meine Frage.

»Wenn es unbedingt sein muss«, stöhnte sie.

»Ich freu mich. Schreib mir eine Nachricht, wann du kommst und ob du Mathew und Brian mitbringst.«

»Im Internet finde ich bestimmt eine gute Verbindung. Sobald ich was habe, melde ich mich.« Freudig klatschte ich in die Hände. »Ach, und Lou?«, setzte sie nach.

»Ja?« Mit der Hand drückte ich die Schwingtür auf und legte meine Jacke auf dem Stuhl vor dem Stehtisch ab. Darauf waren unzählige Rezepte verteilt, aus denen ich mir eines aussuchen würde.

»Mir tut es auch leid, was geschehen ist.«

»Schon in Ordnung. Hauptsache, wir vertragen uns wieder.« Ich ließ mich auf den Hocker sinken und schob den Papierstapel von mir weg.

»Nein, es war falsch von mir, ihn zu erwähnen. Das, was er dir angetan hat ...«

Was sie sagen wollte, bedurfte keiner Worte und ich redete dazwischen. »Vergiss es.« Außerdem wollte ich es nicht hören. Dafür saß die Enttäuschung zu tief.

»Na schön ...«

»Meld dich, wenn du aus Boston losfährst. Ich muss mich an die Arbeit machen.«

»Du meinst backen?«, erkundigte sie sich.

»Ja, backen und Kaffee kochen.« Kichernd lief ich durch den Raum, auf der Suche nach den Schüsseln, um den Teig zu mischen.

»Dass du eine Kochschürze trägst, ist unvorstellbar!« Glockenklares Lachen drang an mein Ohr.

Laut ließ ich die Edelstahlschale auf die Arbeitsfläche klirren, damit sie hörte, dass ich es absolut ernst meinte. Aber ihr Gekicher ebbte nicht ab. Im Gegenteil. Es wurde schallender und animierte mich, mit einzustimmen.

»Mach's gut, Lou«, verabschiedete sie sich und beendete das Gespräch.

Das Handy legte ich auf dem Tisch ab und fischte mich durch den Rezepthaufen. Inzwischen hatte ich alles hingestellt und musste Gas geben, damit die ersten Backwaren fertig waren, wenn ich den Laden öffnete. Voller Tatendrang wählte ich die Blaubeer-Vanille-Cupcakes mit einem Hauch Lavendel. Perfekt.

Als ich das erste Blech Muffins aus dem Ofen holte, ertönte im selben Augenblick die Türglocke. Schnell stellte ich die heiße Backform ab und eilte in den vorderen Bereich. Nate stand vor mir, Sally an seiner Seite, die mich mit der Nase anstupste. Wie in Trance streckte ich meine Finger nach ihr aus und kraulte sie.

Ich hätte mir auch gleich denken können, dass er es war. Seit der Eröffnung war er jeden Tag der erste Gast.

»Guten Morgen«, grüßte er mich verlegen und setzte sich auf seinen Platz am Tresen.

»Guten Morgen«, antwortete ich schüchtern und bezog Stellung hinter der Arbeitsplatte. »Was darf es heute sein?«, fragte ich freundlich. In seiner Gegenwart fühlte ich mich rastlos, aufgewühlt und kribbelig. Sein Blick bohrte sich in meinen und wenn wir nicht hier in meinem Café gewesen wären, dann ... ja, was dann? Hätte ich mich in seinen Augen verloren und wäre nie wieder aufgetaucht. Ich schüttelte den Gedanken ab und widmete mich der Kaffeemaschine. Ich hatte sie noch nicht angeschaltet, das Telefonat mit Matilda hatte deutlich länger gedauert, als ich angenommen hatte. Mit dem Rücken zu ihm gewandt, nestelte ich daran herum. Hoffentlich bemerkte er meine Nervosität nicht. In seiner Nähe zu sein war ... berauschend.

Ich grinste. Keine Ahnung warum, aber seitdem ich realisiert hatte, dass die Notizzettel von ihm stammten, ließ er Aufregung in mir aufkeimen, die ich das letzte Mal verspürte, als ich Mike mit dem Kundentermin hinters Licht geführt und ihn für mich gewonnen hatte.

»Der Kaffee braucht noch einen Moment«, informierte ich Nate und ging ohne Umwege in die Küche. Ich war mir sicher, dass er mir nachschaute. Dieses Kribbeln kam in mir auf, wenn sich sein Blick unter meine Haut brannte.

Ein Schauer rann über meinen Rücken. Mit zittrigen Fingern holte ich einen der Muffins aus der Form und platzierte ihn auf dem Teller mit Deckchen. Bevor ich durch die Schwingtür schritt, atmete ich tief durch und betrachtete die Korkunterlage.

Alle Post-its hatte ich angepinnt. Ein Zitat schöner als das andere. Gedankenversunken strich ich über die handbeschriebenen Zettel. In den verschiedensten Farben leuchteten sie und ließen mich schmunzeln. Ich hatte keine Ahnung, woher er es wusste, aber einige der Worte stammten von meinen Lieblingsautoren.

Lieber ohne Logik sein als ohne Gefühle.
(Charlotte Bronte)

Der Himmel weiß, dass wir uns niemals unserer Tränen schämen müssen, denn sie sind der Regen auf den blind machenden Staub der Erde, der über unserem harten Herzen liegt.
(Charles Dickens)

Und das waren nur zwei davon. Die Pinnwand hatte nicht genügend Platz, um jedem von den kleinen Klebezetteln einen Ehrenplatz zu geben. Grinsend verließ ich die Küche.

Nate lächelte mich an, als ich den Teller vor ihm auf den Tresen schob. Die Maschine stieß Dampf aus, das Zeichen für mich, loslegen zu können. Laut mahlte sie die Bohnen und verströmte den wundervollen Duft von Kaffee.

Ich ließ nicht nur meinem Gast eine Tasse ein, sondern auch mir. Ihm zauberte ich eine Blume auf den Schaum. Seitdem ich im Café war, hatte ich kein Koffein zu mir genommen. Verrückter Tag. Wie eine Süchtige, die ihre Drogen brauchte, gierte ich nach dem Inhalt des Bechers und trank ihn, obwohl er brühendheiß war, leer.

»Schlecht geschlafen?« Nates Stimme riss mich aus meiner Trance. Fragend hob ich eine Augenbraue und er deutete auf das Keramikgefäß in meiner Hand.

Ich schmunzelte. »Nein, aber ich hatte heute noch keinen.«

»Bist du ein Koffein-Junkie?«

»Vielleicht ein wenig«, gestand ich und füllte meinen Kaffee auf. Ich liebte es, eine dampfende Tasse zu halten, mir die Finger daran zu wärmen und das einzigartige Aroma einzuatmen.

»Ich glaube, dass du nicht ohne kannst«, gab er zurück und grinste mich an.

Ich zuckte nur mit den Schultern und stellte mein Gefäß ab, als die Eieruhr klingelte. Es war an der Zeit, die zweite Fuhre Gebäck aus dem Ofen zu holen. Der Käsekuchen würde auch bald fertig sein.

»Ich bin gleich wieder da.« Rasch verschwand ich in die Küche. Während ich mich im hinteren Bereich aufhielt, ertönte mehrfach die Türglocke. Emma war noch nicht da und ich würde mich ranhalten müssen. In der Eile verbrannte ich mir die Finger am heißen Blech.

Mist!

Laut fluchend huschte ich zum Spülbecken. Das kalte Wasser spendete mir etwas Abkühlung und ließ den Schmerz abebben. Ich drapierte die Cupcakes auf den mit Deckchen verzierten Tellern und trug sie auf einem Tablett zum Tresen. Der Laden war inzwischen gut gefüllt. Den Kuchen legte ich in die Auslage und bat meine Gäste um einen Moment Geduld. Heute hatte ich nicht genügend Auswahl. Vor mich hin meckernd ging ich wieder nach hinten und holte das restliche Naschwerk.

Als ich nach vorne kam, erhaschte ich einen Blick auf Nates grinsendes Gesicht. Es war keine Zeit, mich den flatternden Schmetterlingen in meiner Bauchgegend hinzugeben. Das hier war meine Existenz und ich musste mich ablenken, um ihn nicht genauso anzustarren, wie er es mit mir tat.

Wir hatten bisher keine richtige Unterhaltung geführt, lediglich ein paar Worte miteinander gewechselt. *Wie war es möglich, dass ich mich zu ihm hingezogen fühlte?*

Ich schob den Gedanken an ihn beiseite und versuchte, seine Anwesenheit zu ignorieren. Nacheinander nahm ich die Bestellungen auf. Die Bewohner orderten Kaffee zum Mitnehmen oder setzten sich auf eines der gemütlichen Sofas. Ich war froh, als ich sah, dass Nate ging. Seine Gegenwart raubte mir den letzten Nerv und brachte mich durcheinander.

Schon von weitem sah ich den grünen Zettel an der Tasse. Grinsend schlich ich hinter den Tresen und räumte sein benutztes Geschirr weg. Das Post-it zog ich vorsichtig ab und las die Worte darauf.

Eine kleine Überlegung, ein kleiner Gedanke an andere, macht den ganzen Unterschied aus.

Ich kannte mich mit Literatur aus, hatte viele der großen Schriftsteller gelesen und konnte unzählige Passagen aus Shakespeares Werken aus dem Stegreif wiedergeben. Aber als ich das Zitat las, hatte ich keinen Anhaltspunkt, von wem es stammte. Verwirrt ging ich in die Küche und pinnte die Notiz in die Mitte. Einen Moment verweilte ich, starrte auf das grüne Papier und zermarterte mir das Hirn, aus wessen Feder diese Worte wohl waren. Es wollte mir partout nicht einfallen und Nate war nicht mehr da, also konnte ich ihn auch nicht fragen.

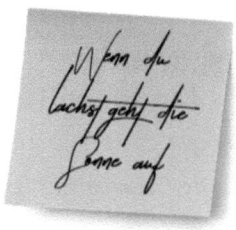

Kapitel 24

Nate

Als es klingelte, zuckte ich zusammen und knetete nervös meine Finger. Oliver hatte Lilly gebeten, bei ihm vorbeizukommen und ihr nicht gesagt, dass ich derjenige war, der mit ihr reden wollte. Es war ihr gegenüber nicht fair, dessen war ich mir bewusst, doch ich hatte die Befürchtung, dass sie nicht kam, wenn sie die Wahrheit kannte. Ich vernahm ihre Stimmen und das leise Getuschel, verstand aber nicht, worüber sie sprachen.

Als sie mich erblickte, blieb sie verwirrt im Türrahmen stehen. »Warum ist Nate hier?«

Olli tauchte neben ihr auf und sie blickte ihn mit hochgezogenen Augenbrauen an.

»Er möchte mit dir reden«, beantwortete mein bester Freund die Frage und setzte sich zu mir.

»Denkt ihr, dass ich blöd bin und nicht wüsste, was er mir sagen will?«, keifte sie, verschränkte die Arme vor der Brust und lief unruhig auf und ab. Wut schlich sich in ihre Züge.

»Lilly, bitte setz dich«, forderte ich sie auf, strich mir durchs Haar und ballte die Hände zu Fäusten. Ihre Anspannung machte mich noch nervöser und die Knöchel meiner Finger traten hervor.

»Wofür denn? Damit du mir erzählen kannst, dass du das mit uns nicht mehr willst? Dass du mir keine Chance gibst oder, wie sagst du immer … du kannst nicht! Das ist doch lächerlich! Nate, wir sind verdammt lange zusammen, niemand kennt dich so gut wie ich! Und du wirfst das alles wegen eines Unfalls weg!« Tränen rannen ihre Wangen hinab. Sie war stehen geblieben und sah mich an. Verzweiflung und Zorn kämpften in ihrem Blick miteinander.

»Lilly, bitte«, mischte Olli sich ein und klopfte neben sich auf das Polster. »Lass uns in Ruhe darüber sprechen.«

Schnaubend warf sie die Hände in die Luft, gab aber klein bei und setzte sich. Sie wischte sich das Gesicht trocken und wartete, bis ich anfing zu reden. »Jetzt rück endlich raus!«, fauchte sie und tippte ungeduldig mit den Fingern auf den Couchtisch.

Ich räusperte mich. Das hier war einfach nur scheiße. Mein bester Freund stieß mir den Ellbogen in die Seite und nickte mir aufmunternd zu.

»Lilly, ich weiß nicht, was ich machen soll.« Ich senkte den Blick und starrte auf meine Hände, die ich fest ineinander verwob, um meine innere Unruhe unter

Kontrolle zu halten. »Ich kann mich nicht erinnern. Jeden Tag gehe ich die Fotoalben durch, aber da ist nichts. Und … ich will mich nicht noch mehr in die Enge treiben lassen, verstehst du das?«

Lillys Augen funkelten enttäuscht und ich war mir sicher, dass ich ihr genau in diesem Moment das Herz brach. Als sie weinend den Kopf schüttelte, legte Oliver einen Arm um ihre Schulter. Ihr Körper wurde von Schluchzern geschüttelt, der Raum von Wimmern erfüllt.

Ich eilte ins Bad und holte eine Packung Taschentücher. Stumm reichte ich sie ihr und setzte mich wieder auf das Sofa, doch ihre Tränen versiegten nicht. Geduldig wartete ich, bis sie sich beruhigte. Sie nestelte an dem Tuch herum und atmete tief durch, bevor sie den Kopf hob und mich anblickte.

»Nate, bitte … mach das nicht«, flehte sie und griff nach meinen Händen. Ihre Berührung war zu viel. Schweiß trat mir auf die Stirn und ich bekam Panik. Der Druck auf meine Brust wurde größer und ich hatte das Gefühl, dass ich jeden Moment zerbarst. Erschrocken entzog ich mich ihrer Reichweite. Fassungslos sah sie mich an, öffnete mehrfach den Mund, aber brachte nicht mehr über die Lippen als ein Schnauben.

»Ich … werde morgen meine restlichen Sachen holen, möchte aber nicht, dass du da bist, wenn ich komme. Würdest du mir helfen, Olli?«

»Ja, natürlich.« Zustimmend nickte er und tätschelte ihr den Arm.

Lilly würdigte mich keines Blickes, erhob sich und eilte aus dem Raum. Seufzend stand mein bester Freund auf und folgte ihr. Sie tuschelten im Flur, bis die Tür ins Schloss fiel und ich erleichtert ausatmen konnte.

Schnaubend kam er zurück und verharrte am Türrahmen. »So habe ich mir das nicht vorgestellt«, presste er vorwurfsvoll hervor.

Mit jedem Wort sank ich tiefer in die Polster. Verzweifelt rieb ich mir mit den Händen durch das Gesicht. »Ich hatte gehofft, dass sie es verstehen würde.«

»Ich brauch einen Drink«, stöhnte er und öffnete den Wohnzimmerschrank. Zum Vorschein kam eine Flasche Wodka mit den passenden Gläsern dazu.

Das Sofa senkte sich an der Stelle, an der er Platz nahm. Klirrend stellte er die Utensilien vor mir auf den Couchtisch. Er schenkte uns ein und trank die erste Füllung in einem Zug leer. Ich tat es ihm gleich. Der Kartoffelschnaps brannte meine Kehle hinab und legte sich wärmend in meinen Magen. Es folgten zwei weitere Shots, die es in sich hatten. Der Alkohol breitete sich in meinem Blutkreislauf aus und beruhigte mich.

»Es tut mir so leid für euch«, durchbrach er die Stille und blickte mich mitleidig an.

»Mir auch, glaub mir. Ich kann mich noch erinnern, wie verliebt ich in sie war und das ich immer dachte, sie sei die Frau, die ich mal heirate. Komm, füll auf«, forderte ich ihn auf und hielt ihm mein Glas entgegen.

***

Jeden Tag besuchte ich Louise im Café. Wenn ich nicht bei ihr war, musste ich die ganze Zeit an sie und ihr strahlendes Lächeln denken. Es hatte sich auf meine Netzhaut gebrannt und ich würde es nie wieder loswerden.

Seit der Eröffnung hatte es nicht einen Morgen gegeben, an dem ich keinen Notizzettel an meiner Tasse hinterließ. Abends, wenn ich erschöpft von der Arbeit kam, suchte ich ein Zitat aus einem der unzähligen Werke im Wohnzimmer heraus. Früher dachte ich, die Bücher würden nur in den Regalen verstauben, aber nun … hatte ich eine Verwendung gefunden.

Ich war mir sicher, dass die hübsche Café-Besitzerin wusste, von wem die kleinen Aufmerksamkeiten waren. Auch heute zückte ich den Block mit den Klebezetteln, entschied mich für die Farbe blau.

»Guten Morgen, Nate«, begrüßte Emma mich, als ich den Laden betrat. Sally quetschte sich an mir vorbei und rannte auf die alte Dame zu. Winselnd bezog sie Stellung und würde erst Platz machen, wenn jemand sie hinter dem Ohr gekrault hatte.

Emma streckte die Hand nach ihr aus und streichelte ihr über das goldene Fell. Zufrieden wandte sie sich ab. Für meine Hündin gab es mittlerweile einen Futternapf und einen Wassertrog, den sie schlabbernd leerte. Manchmal blamierte sie mich bis auf die Knochen. Louise musste glauben, dass mein armer Hund zu Hause nichts zu Fressen bekam.

Kopfschüttelnd ging ich an den Tresen und setzte mich. Einige Tage hatten gereicht, um Lou's Café bekannt zu machen. Hinter vorgehaltener Hand munkelte man, dass es hier köstlicheres Gebäck gab, als es in der *Baked with Love* der Fall gewesen war. Harrys Laden war inzwischen geschlossen und die einzige Alternative war ein heruntergekommenes Bistro. Magda war ein Urgestein und ich kannte sie, seit ich denken kann, aber ihre Backwaren … ich erschauderte und wollte lieber nicht darüber nachdenken.

In Gedanken versunken drehte ich die Bestellkarte in meinen Fingern.

Als jemand seine Hand auf meine legte, zuckte ich erschrocken zusammen und sah auf. Louise stand vor mir und lächelte.

»Wie immer?«, fragte sie fröhlich und ich nickte. Sie platzierte einen Teller mit einem Muffin und eine Tasse heißen Kaffee vor mir. Heute hatte sie mir einen … ich blickte den Milchschaum an und wusste nicht, was es darstellen sollte.

»Was ist das?«

»Was genau?« Sie drehte sich mir zu, zog eine Augenbraue in die Höhe und sah mich abwartend an. Mit dem Finger deutete ich auf die Schaumkrone.

»Ach das … ich hab ein neues Motiv ausprobiert. Offenbar ist es mir nicht geglückt«, tat sie meine Frage rasch ab und wandte mir wieder den Rücken zu. Wenn ich richtig gesehen hatte, war sie rot angelaufen und schämte sich.

Von Neugier angetrieben, versuchte ich, zu analysieren, was es darstellen sollte, bis ich die Tasse drehte und es endlich erkannte. Es war ein Blumenstiel, mit Blättern in der Mitte und die Blüte war ein Herz.

Als sie sich mir widmete, drehte ich rasch das Gefäß so, wie es zuvor stand. Verschmitzt grinste sie mich an und beobachtete mich beim Essen. Eine Eigenschaft von Louise, die mich nervös machte. Zum Glück hatte sie diese schreckliche Angewohnheit nur bei mir und belästigte damit keinen der anderen Gäste. Die würden wahrscheinlich schreiend davonrennen. Ich verkniff mir ein Grinsen.

»Whaff?«, fragte ich zwischen zwei Bissen und hoffte, dass sie mir die Aufregung nicht anmerkte.

»Von wem war das Zitat gestern?« Ihre Augen funkelten neugierig.

Der Muffin fiel mir aus der Hand und landete vor mir auf dem Tresen. Verlegen blickte ich auf die Krümel, die sich um den Teller verteilt hatten.

»Ich wische das gleich weg. Sag schon!« Als sie mir mit dem Finger gegen den Unterarm stupste, schlug mir das Herz bis zum Hals.

So hatte ich mir das nicht vorgestellt. Rasch nahm ich einen Schluck von dem Kaffee und schluckte mein Unbehagen herunter. Louise war keinen Zentimeter von der Stelle gewichen. Ihr Blick bohrte sich mir unter die Haut.

Ich versuchte, mir in Erinnerung zu rufen, wie cool ich als junger Erwachsener gewesen war, bis mir einfiel, dass mir dieses Glück nie vergönnt war und ich immer zu den Außenseitern gehörte. Aber ich war schlagfertig.

»Das lässt dir keine Ruhe, oder?«, hakte ich nach und knabberte an den Resten meines Frühstücks.

»Spuck's schon aus.« Gezielt kniff sie mir in die Oberarminnenseite.

»Hey! Hör auf!«, lachte ich und rieb mir die schmerzende Stelle.

»Nate, du strapazierst meine Nerven«, jammerte Louise und zog die Mundwinkel nach unten.

»Du wirst bestimmt herausfinden, von wem es ist.« Rasch nippte ich an der Tasse und hoffte, dass sie endlich aufhören würde nachzubohren.

Nachdenklich sah sie mich an und tippte sich gegen das Kinn. Sie zuckte mit den Schultern und wandte sich ab. *War sie sauer?* Nein, das konnte ich mir nicht vorstellen. Sie sollte meine Aussage als Herausforderung ansehen, ihr hübsches Köpfchen anstrengen und den Verfasser herausbekommen.

***

Ich hatte mir fest vorgenommen, heute allen Mut zusammen zu nehmen und ein letztes Post-it zu schreiben. Es war an der Zeit, dass ich ihr sagte, wie sehr ich sie bewunderte, und die Chance nutzte, sie um ein Date zu bitten.

Meine Hände schwitzten und rutschten beim ersten Versuch, den Türgriff zu umfassen, ab. Ich wischte sie an meiner Jeans trocken und hoffte, dass ich mich im Griff hatte. Mein Verhalten war peinlich. Ich fühlte mich wie fünfzehn. Ein pubertierender Teenager, der während des Abschlussballs auf den ersten Kuss wartete.

Louise stand hinter dem Tresen. Auch heute schien ich der erste Gast zu sein. Lächelnd empfing sie mich, als ich auf sie zuhielt und meinen Sitzplatz vor der Theke bezog.

Sally schnupperte an dem Futter, hatte aber keinen Hunger und steuerte auf ihren Sessel zu. Als hätte sie nicht die ganze Nacht durchgeschlafen, fielen ihr die Augen zu, sobald ihr Körper das Polster berührte. Verständnislos schüttelte ich den Kopf und widmete mich der Café-Besitzerin.

»Bekomme ich einen Latte und den Muffin des Tages?«, bat ich und sah, wie sie bei meiner Frage erschrocken zusammenzuckte.

Ihre Aufmerksamkeit galt meiner Hündin und ein Lächeln glitt über ihre Lippen. Sie nickte und machte sich an die Zubereitung. Die Maschine mahlte laut und verströmte das Aroma von Kaffee im ganzen Raum.

Nervös strich ich mir durchs Haar und sah Louise an. Sie bewegte sich engelsgleich, schwebte förmlich über den Boden und reichte mir schmunzelnd die Tasse. Unsere Finger berührten sich kurz und unsere Blicke trafen aufeinander. Das Knistern war greifbar und hätte ich es nicht besser gewusst, wäre ich sicher gewesen, dass Funken aufblitzten, als wir uns streiften. Ihre Wangen erröteten und sie drehte sich von mir weg.

Wie aufs Stichwort schnaubte Sally, wollte unbedingt gestreichelt werden. Louise erkannte die Aufforderung und eilte zu ihr. Summend nahm sie auf dem Sessel neben ihr Platz und ließ ihre Hand in dem weichen Fell verschwinden. Fasziniert beobachtete ich die beiden.

Nun war meine Chance, das Post-it zu beschreiben und an die Tasse zu kleben. Pink war meine heutige Wahl. Unauffällig blickte ich zu ihnen herüber und vergewisserte mich, dass Louise mit meiner Hündin beschäftigt war. Rasch schrieb ich die Wörter nieder und brachte den Zettel so an, dass man ihn von ihrem Platz aus nicht sah.

Wenn du lachst, geht die Sonne auf.
Bitte geh mit mir aus.

Das Herz schlug mir bis zum Hals, weil ich nicht wusste, wie ihre Antwort ausfallen würde. Aus der Jacke fischte ich ein paar Scheine und legte sie neben den Teller. Den Muffin nahm ich in die Hand und biss hinein. Als Louise aufstand, begann mein Puls zu rasen.

»Sally komm«, forderte ich meinen Retriever auf. Ihre goldene Mähne schimmerte im Licht, als sie sich erhob und verschlafen auf mich zu trottete.

»Nate, warte doch«, rief sie mir hinterher. Die Hände steckte ich in die Hosentaschen und senkte den Kopf. Als ich auf der anderen Straßenseite war, blickte ich mich um. Verwirrt stand sie auf der Schwelle und sah mir nach. Ich winkte ihr verlegen zu und eilte davon.

Selbst, als Jemand mich grüßte, ging ich unbeirrt weiter. Der Weg zur Arbeit war kurz und nach wenigen Minuten schloss ich erleichtert die Tür zur Werkstatt auf. Sally beäugte mich und trabte ins Büro.

Schweißperlen rannen meinen Rücken hinab und ließen das Shirt an meiner Haut kleben. Ich war sonst nicht so schüchtern ... was war nur los mit mir?

Ich schüttelte den Kopf und folgte meiner Hündin, die schlafend in ihrem Körbchen lag. Grinsend setzte ich mich an den Schreibtisch und blätterte durch den Terminkalender.

Für diese Woche stand einiges an. Dank der Eröffnungsfeier hatte ich noch vier weitere Aufträge erhalten und musste Hausbesuche machen, um die Einzelheiten zu besprechen und Maß zu nehmen.

Ich freute mich auf die bevorstehenden Aufgaben, doch ich hatte das Gefühl, dass ich dem Druck nicht standhalten konnte, wenn ich nicht endlich meine Ängste überwand und auf den Ozean hinausfuhr. Viel Zeit blieb mir nicht, bis der Winter Einzug hielt und ich erst im Frühjahr wieder segeln konnte.

Verträumt blickte ich aus dem Fenster und stellte mir vor, wie sich die Brise auf meiner Haut anfühlte und das Salz des Meeres roch. Ich vermisste das Wasser so sehr, dass es beinahe schmerzte.

Kapitel 25

Louise

Nate hatte sich heute Morgen komisch benommen. Sein abruptes Aufbrechen … verständnislos schüttelte ich den Kopf und sah ihm nach. Er rannte förmlich. *Hatte ich etwas Falsches gesagt?* Ich überlege, über was wir uns unterhalten hatten, aber bis auf seine Bestellung hatte er Nichts geäußert. *Er war faszinierend und doch beängstigend*, dachte ich und sah mich nachdenklich in dem Café um. Sein Verhalten löste Gänsehaut bei mir aus. Fröstelnd rieb ich mir die Arme und bezog wieder Stellung hinter dem Tresen.

Ein weiterer Gast kam durch die Tür und die Glocke läutete. Es war eine junge Frau. Sie war blond, groß gewachsen und ihr Gesicht hatte ich hier noch nicht gesehen. Ihre Miene wirkte ernst, als sie auf mich zuhielt und vor der Theke stehenblieb.

»Kann ich Ihnen helfen?«, fragte ich irritiert, aber freundlich. Ihr Auftreten jagte mir Angst ein. Sie funkelte mich an, hatte bislang jedoch keinen Ton gesagt. Die Türglocke bimmelte abermals. Ich blickte an der Fremden vorbei und erkannte Emma, die im Vorbeigehen meinen Arm streichelte und in der Küche verschwand.

Ich widmete mich dem Gast. Sie verharrte noch vor dem Tresen, klammerte sich mit den Händen daran fest. Ihre Knöchel standen hell hervor und die Wut in ihren Augen war beinahe spürbar. Ich hatte keine Ahnung, auf wen sich ihr Zorn bezog und falls ich das Objekt ihres Grolls war, verstand ich nicht, warum. Ihr bohrender Blick machte mich nervös, aber ich blieb stehen und wartete darauf, dass sie endlich etwas sagte.

»Sie!«, presste sie hervor.

»Ich?« Erschrocken wich ich ein Stück zurück und stieß gegen die Arbeitsplatte, auf der die Kaffeemaschine stand.

»Kommen hier in die Stadt, eröffnen dieses schicke Café«, wild gestikulierend drehte sie sich einmal um die eigene Achse, »und nehmen mir meinen Mann weg!«

Verwirrt schüttelte ich den Kopf und wiederholte gedanklich ihre Worte. »Von was zum Teufel reden Sie?« Jetzt wurde auch ich wütend. Einfach hier hereinzuschneien, mich anzukeifen und zu erwarten, dass ich wusste, worüber sie sprach, obwohl wir uns noch nie zuvor gesehen haben. Das war eine bodenlose Frechheit.

»Tun Sie nicht so doof, Sie blöde Kuh! Von Nate natürlich!«, schrie sie in einer Lautstärke, die mich zusammenzucken ließ.

Ich verschluckte mich an meiner eigenen Spucke und klopfte mir auf die Brust. Emma trat aus der Schwingtür, blickte mahnend zwischen uns hin und her. Hilfesuchend sah ich sie an und hoffte, dass sie Licht ins Dunkel bringen konnte.

»Was ist hier los?«, fragte sie und kam zu uns.

»Sie hat mir Nate ausgespannt!«, brüllte die Fremde in meine Richtung und deutete mit dem Finger auf mich.

»Lilly, nun mal ganz langsam. Louise hat dir Nate nicht weggenommen. Er kommt doch nur hierher und trinkt Kaffee oder isst was zum Frühstück.«

Lilly ballte die Hände zu Fäusten und griff nach dem Becher, der noch auf seinem Platz stand.

»Und das?« Sie schob den Unterteller zu mir und die Flüssigkeit in dem Gefäß schwappte über. Erst in diesem Augenblick entdeckte ich den Post-it. »Das macht er täglich. Ich habe ihn beobachtet. Jeden verdammten Morgen klebt er so einen Scheiß Zettel an die Tasse, bevor er geht! Ach ihr könnt mich mal!« Schnaubend eilte sie aus dem Laden. Die Glocke klingelte und das Glas, in der Tür, schepperte, als sie ins Schloss fiel.

Mein Puls raste und ich hatte das Gefühl, dass mir mein Herz jede Sekunde aus der Brust sprang, um davon zu hüpfen.

»Alles in Ordnung?«, erkundigte Emma sich besorgt und legte mir beruhigend eine Hand auf den Arm. Ich nickte stumm. Noch schlug mein Herz rasend schnell, aber ich würde ihren Auftritt verkraften.

»Was wollte sie von mir?« Fragend blickte ich meine neugewonnene Freundin an und hoffte, dass sie mir eine Antwort geben konnte.

»Louise, vergiss es.« Sie wandte sich ab und wollte durch die Schwingtür nach hinten verschwinden.

»Emma, wenn ich angeschrien und beschimpft werde, würde ich gerne wissen, weshalb.« Ich stellte mich ihr in den Weg und sah sie eindringlich an.

Seufzend ging sie um den Tresen und hockte sich auf einen der Hocker. Mit der freien Hand klopfte sie auf den anderen. »Komm zu mir.« Verwirrt nahm ich neben ihr Platz. »Ich habe dir doch von dem Unfall erzählt«, setzte sie an und ich nickte. »Es ist so … Nate kann sich an alles erinnern, nur nicht an Lilly. Die beiden waren die letzten fünf Jahre zusammen, nachdem er sich jahrelang nach ihr verzehrt hat. Er hat Himmel und Hölle in Bewegung gesetzt, um sie zu beeindrucken. Und nun … weiß er nicht mal, dass sie verlobt sind, und hat sie verlassen. Falls man das so nennen kann, wenn die Liebe seines Lebens aus dem Gedächtnis ausradiert wurde.«

Ich konnte ihr so weit folgen, verstand jedoch nicht, was das mit mir zu tun hatte.

»Aber … was habe ich damit zu tun?«, hakte ich nach. Langsam verlor ich die Geduld.

»Hast du es nicht bemerkt? Er himmelt dich an.« Lächelnd tätschelte sie mir den Arm, verschwand in die Küche und ließ mich verwirrt zurück. *Hatte sie das wirklich gesagt?*

Mir fielen die vielen Notizen ein, die ich alle aufbewahrte. Wunderschöne Worte, die er für mich aufgeschrieben hatte und die mir jedes Mal ein Lächeln auf die Lippen zauberten.

War ich so naiv gewesen, dass ich seine Zuneigung nicht erkannt hatte?

Die Türglocke ertönte und Frank trat ein. Schmunzelnd kam er auf mich zu und setzte sich auf den Hocker neben mir. Völlig neben der Spur erhob ich mich und ging hinter den Tresen. Die Handgriffe beherrschte ich im Schlaf und ließ eine Tasse Kaffee für ihn einlaufen.

»Möchtest du auch etwas zum Essen?«, fragte ich beiläufig und war froh, dass ich nicht mit ihm reden musste. Mir war nicht nach Konversation und schon gar nicht nach belanglosem Smalltalk.

»Nein, bitte zum Mitnehmen.«

Nachdem die Maschine fertig war, füllte ich ihm die schwarze Brühe in einen To-Go Becher und schob diesen samt Deckel über den Tresen. Daneben legte ich einige Zuckerpäckchen und Kaffeesahne.

Eigentlich konnte ich mir merken, wie meine Gäste ihren Wachmacher tranken, aber bei ihm war es mir entfallen.

Er bedankte sich freundlich, reichte mir ein paar Dollarscheine und verschwand durch die klingelnde Tür. In Gedanken versunken räumte ich das auf der Theke stehende Geschirr von Nate weg. Als ich die Tasse in die Hand nahm, um den Inhalt wegzuschütten, ertastete ich das Post-it und stellte sie wieder hin. Mit zittrigen Fingern griff ich nach dem Zettel und zog ihn ab.

Mehrfach las ich die Worte, schmunzelte, nur um sie ein weiteres Mal zu lesen. Er wollte mit mir ausgehen. Das Kribbeln unter der Haut setzte ein und zuckte durch meinen

Körper. Die Schmetterlinge schlugen wie ein wilder Schwarm mit den Flügeln und flatterten in der Bauchgegend.

Bevor ich mich versah, hatte ich eine Entscheidung getroffen. Ich löste die Schleife meiner Schürze und warf sie achtlos auf den Tresen. »Emma, ich muss kurz weg«, rief ich und fegte zum Eingang hinaus.

Ich versuchte, mich daran zu erinnern, wo genau die Werkstatt lag. Das letzte Mal war es dunkel gewesen, als ich mich auf den Weg zum ortsansässigen Schreiner gemacht hatte.

Entgegen meiner Erwartung fand ich das Gebäude auf Anhieb. Mit schwitzigen Fingern griff ich nach dem Knauf. Als ich ihn drehte, bewegte sich das Tor keinen Millimeter. Mit der Faust hämmerte ich gegen das Holz, doch niemand rührte sich. Ich presste ein Ohr dagegen, wollte hören, ob sich jemand in der Halle befand, aber es war totenstill.

Wo zum Teufel konnte er sein? Wenn er einen Kundentermin hatte, würde ich Stunden warten müssen. Eine zweite Möglichkeit fiel mir ein. *Wie kam ich von hier aus zum Hafen?*

Ich eilte auf die Straße und blickte mich um. Wenn mein Café in diese Richtung lag, würde ich … hier entlang laufen müssen. Angetrieben von dem Drang, ihm meine Antwort mitzuteilen, rannte ich, so schnell meine Beine mich trugen.

Die Schiffe kamen in Sicht und die Meeresbrise hüllte mich ein. Ich mochte den Duft des salzigen Wassers, gepaart mit dem Ruf der Freiheit. Die Boote wiegten sich in den seichten Wellen, die gegen das Holz des Stegs schwappten.

Ich hatte keine Ahnung, wie sein Segelboot aussah. Zur Not würde ich jemanden fragen. Doch bevor ich mir Gedanken darüber machen konnte, erblickte ich ihn und Sally.

Kauernd saß Nate auf dem Beton, umschlang die an den Körper gezogenen Knie mit den Armen und wippte vor und zurück. Die Hündin lag daneben und blickte auf, als ich langsam auf sie zuschritt. Winselnd wedelte sie mit dem Schwanz, blieb jedoch eisern an seiner Seite.

»Hey Süße, was ist denn hier los?«, wandte ich mich an den Retriever und kraulte sie.

Nates Blick war starr nach vorne gerichtet, als würde er etwas fixieren. Ich hockte mich auf den Beton und streichelte ihm, mit der Hand über den Rücken. Er zuckte bei meiner Berührung zusammen, schreckte aber nicht zurück, weshalb ich weitermachte.

Ich hatte keine Ahnung, wie lange ich neben ihm kniete, doch ich würde erst gehen, wenn er bereit war, mit mir zu kommen. Den Laden ließ ich dabei außer Acht. Es ging nur um ihn.

Ich hatte eine vage Vermutung, weshalb er apathisch hin und her schaukelte, aber wenn er nicht mit mir sprach, konnte ich es nicht mit Gewissheit sagen.

»Nate«, flüsterte ich seinen Namen und ließ meine Hand in zarten Bewegungen über seinen Rücken gleiten. »Ich bin bei dir. Du musst keine Angst mehr haben«, versicherte ich sanft. Er drehte den Kopf und sah mir in die Augen.

»Louise?«, wisperte er und schaute mich verständnislos an.

»Alles wird gut. Ich bleibe hier, bis es dir besser geht«, versprach ich.

Seine Anspannung ließ nach und er lockerte den Griff um die Knie. Regungslos blieb er neben mir sitzen. Ich wusste nicht, was ich sagen sollte, legte meine Hand auf seine und versuchte, ihm das Gefühl zu geben, dass er nicht allein war.

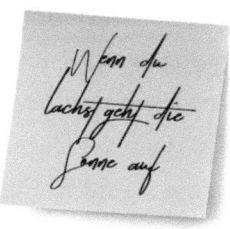

Kapitel 26

Nate

Nachdem Louise mich am Pier gefunden hatte, war mir die Begegnung unsagbar peinlich. Nun kannte sie mein Problem, die Angst vor dem Meer.

Keinesfalls hatte ich beabsichtigt, dass sie mich so sah. Ein Jammerlappen, der zu feige war, um den Steg zu betreten. Doch jetzt saßen wir hier und sie streichelte mir beruhigend über den Arm. Ihre Finger legten sich auf meine verkrampften Hände und umfassten sie. Ich wusste, dass sie zuvor etwas gesagt hatte, aber ihre Worte waren nicht bis zu meinen Gehirnwindungen durchgedrungen.

»Nate, ich würde gerne mit dir ausgehen«, flüsterte sie und malte kleine Kreise auf meiner Haut. Ich hob den Kopf und sah sie an. Aufmunternd lächelte sie, hielt jedoch in ihrer Berührung nicht inne. Stetig liebkoste ihr Daumen meinen Handrücken.

»Ich habe deinen Zettel bekommen. Und ja, ich würde sehr gerne mit dir ausgehen«, wiederholte sie. Ihr Grinsen war ansteckend und für einige Sekunden vergaß ich vollkommen, wo wir uns befanden und was ich hier wollte. Sie war der Grund dafür, dass die Dämonen ihre Klauen aus meinem Fleisch zurückzogen und in die Dunkelheit wichen. Ihre zarte Stimme rüttelte mich wach.

»Nate, bitte sag doch was.«

Ich lockerte mich aus meiner Starre und schloss sie in die Arme. Wie auch bei unserer ersten Umarmung nahm ich den Duft von Vanille und Rosen wahr. Verlegen betrachtete sie mich, als wir uns voneinander lösten.

»Ist wieder alles in Ordnung?« Die Besorgnis in ihrem Tonfall war nicht zu überhören.

Ich nickte stumm.

»Gut. Ich muss zurück ins Café. Kann ich dich alleine lassen?« Sanft legte sie ihre Finger auf meine.

»Ja, geh nur«, forderte ich sie auf und erhob mich. Ich reichte ihr eine Hand, um ihr aufzuhelfen. Schmunzelnd drückte sie mir einen Kuss auf die Wange und lief Richtung Hauptstraße. Fasziniert sah ich ihr hinterher. Leichtfüßig schwebte sie über den Asphalt. Nach einigen Metern blieb sie stehen und winkte mir lächelnd zu. Verlegen strich ich mir durchs Haar.

Mir fiel ein, dass ich vergessen hatte, sie das Wichtigste zu fragen. »Louise!«, rief ich und sie hielt inne. »Wann?« Als Antwort zuckte sie nur mit den Schultern und lief weiter. Ich blickte ihr nach, bis ihre Gestalt hinter der nächsten Ecke verschwand.

Dank ihr fühlte ich mich besser. Der Druck auf meine Brust hatte nachgelassen und ich war in der Lage, zurück in die Werkstatt zu laufen. Sally stupste mit der Schnauze gegen meine Hand und schaute mich mit ihren braunen Kulleraugen an.

»Komm, mein Mädchen. Wir gehen an die Arbeit. Was hältst du davon?« Schwanzwedelnd trottete sie voraus und sah sich nach mir um.

***

Es fiel mir schwer, mich zu konzentrieren. Louises Antwort beherrschte meine Gedanken.

Schmunzelnd schmirgelte ich den maßangefertigten Schrank für Mrs. Rogers, eine meiner Kundinnen seit der Stunde null, und dachte über die Begegnung mit ihr nach. Das unangenehme Gefühl, dass sie mich aufgelöst und apathisch gefunden hatte, ließ mir das Blut in den Adern gefrieren. Es musste einen Weg geben, meine Panik zu überwinden.

Sally streifte ziellos durch die Werkstatt und beschnupperte alles.

»Na, mein Mädchen. Hast du endlich ausgeschlafen?« Seit wir zurück waren, hatte sie friedlich in ihrem Korb gelegen und leise gewinselt. Ich warf einen Blick auf die Uhr. Die Zeit war an mir vorbeigeflogen und beinahe hätte ich meinen Kundentermin verpasst.

Steven hatte die Thekenverkleidung bei der Eröffnung des Cafés bewundert und mir einen Auftrag erteilt. Er wollte, dass ich für ihn ein Sideboard mit Beleuchtung fürs Wohnzimmer anfertigte.

Eine ungewöhnliche Anweisung für jemanden, der sein ganzes Leben hier verbracht hatte und sich sonst auf das Altbekannte verließ. Doch irgendwie schien Southport, seit Louise eingekehrt war, offener für die modernen Dinge der Welt zu werden. Ich legte das Schleifpapier auf die Werkbank und ging ins Büro. Meine Hündin trabte hinter mir her und ließ sich auf ihren Schlafplatz sinken.

»Du brauchst dich gar nicht hinzulegen.« Sie blickte mich an und drehte ihren Kopf von rechts nach links. »Wir müssen zu Steven und ein paar Abmessungen machen. Los!«, forderte ich sie auf. Gähnend erhob sie sich und streckte alle Viere von sich.

Ich wartete, bis sie ihr Ritual beendet hatte, und griff nach meiner Tasche. Rasch warf ich einen Blick hinein, vergewisserte mich, dass ich alles dabei hatte und hängte sie mir über die Schulter.

Ich überlegte kurz und entschied mich, die Werkstatt für heute zu schließen. Es war später Nachmittag und wenn ich bei meinem Kunden fertig war, würde es sich nicht mehr lohnen, wieder an die Arbeit zu gehen. Nachdem Sally vorgelaufen war, löschte ich alle Lichter und schloss die Tür ab.

Das Rauschen des Meeres drang an mein Ohr und der Wunsch, endlich rauszufahren, und die Weiten des Ozeans zu genießen, wurde beinahe übermächtig. Nachdenklich streichelte ich Sally durch das goldene Fell und schmunzelte, als sie sich gegen meine Hand schmiegte. »Meinst du, dass wir irgendwann zusammen raussegeln werden?« Winselnd lief sie neben mir her. Ich war sicher, dass sie das Wasser ebenso vermisste, wie ich. »Wir müssen einen Weg finden, damit ich meine Angst verliere«, flüsterte ich mehr zu mir selbst.

Stevens Haus kam in Sichtweite. Er stand auf der Veranda und beschnitt die Stängel in den Blumenkästen. Allmählich wurde es Zeit, alles für die kälteste aller Jahreszeiten vorzubereiten. Viele der Einwohner überwinterten hier oder besuchten ihre Familien, die im ganzen Land verteilt lebten.

Ich würde Weihnachten alleine verbringen. Keine Ahnung, wie es die letzten Jahre gewesen war, doch ich nahm an, dass Lillys Eltern uns eingeladen hatten. Es machte mich traurig, nicht zu wissen, wohin ich gehörte, aber die Feiertage waren noch weit entfernt. Erst musste der Herbst an uns vorbeirauschen und dann konnte ich mir Gedanken darüber machen.

Als ich lächelnd die Stufen emporstieg, blickte er auf. »Nate! Schön, dass du da bist«, rief er aus und kam auf mich zu.

»Hey Steven. Ich hoffe, dass ich nicht ungelegen komme?«, hakte ich vorsichtig nach. Die Mentalität in kleinen Hafenstädten wie Southport war manchmal gewöhnungsbedürftig. Selbst wenn man einen Termin vereinbarte, hieß das noch lange nicht, dass man jemanden antraf. Ich nahm es mir nicht mehr zu Herzen, wenn man mich versetzte.

»Kann ich dir einen Kaffee anbieten?«, fragte er freundlich und ging ins Haus.

»Nein, danke«, lehnte ich höflich ab. Auf dem Heimweg wollte ich an Lou's Café vorbeilaufen und unser Date dingfest machen. Ich konnte es kaum erwarten, endlich Gewissheit zu haben.

***

Gefühlte drei Stunden später verließ ich endlich Stevens Anwesen. Ihm waren während der Planung noch mehr Dinge eingefallen, die ich erledigen sollte und die Liste erschien mir endlos. Hier ein maßgefertigtes Regal für die Nische und einige Ausbesserungen in der alten Küche. Die Türen knarzten und mussten nachgezogen werden. Außerdem spielte er mit dem Gedanken, ihnen einen neuen Anstrich zu verpassen.

Es war nicht so, dass ich nicht froh über den Auftrag und das damit einhergehende Geld war … aber ich hatte nicht vorgesehen, so lang bei ihm zu bleiben. Rasch begab ich mich Richtung Hauptstraße, konnte jedoch von weitem feststellen, dass der Laden dunkel war. Ich schob meinen Ärmel hoch, schaute auf die Uhr und stöhnte genervt auf. Lou's Café war längst geschlossen. Nun würde ich mich bis morgen gedulden müssen.

Traurig trat ich den Rückweg nach Hause an. Sally tapste lustlos neben mir her. Stevens Enkel hatten sie auf Trab gehalten, was ihr nicht besonders gefallen hatte. Mein Retriever war von der ruhigen und entspannten Sorte. Zu viel Aufregung schlug ihr aufs Gemüt und sie konnte dann sogar zickig werden. Ich ließ meine Hand in ihrem Fell verschwinden und streichelte sie.

Als ich in meine Straße einbog, stellte ich verwirrt fest, dass die Verandabeleuchtung angeschaltet war. *Hatte ich versehentlich den Schalter betätigt?* Ich war mir nicht sicher, aber dann fiel mir ein, dass Lilly heute vorbeikommen und ihre Sachen holen wollte.

Als ich auf die Uhr geschaut hatte, war es recht spät gewesen und ich hoffte, dass sie inzwischen fertig war und ich ihr nicht über den Weg lief. Doch meine Hoffnung wurde im Keim erstickt, als ich sie weinend auf den Stufen erblickte.

Mir rutschte das Herz in die Hose. Wie ein Häufchen Elend hockte sie zusammengekauert auf den Holzdielen. Es schien mir, als sähe ich mein Spiegelbild. Die Haustür stand offen und Sally trabte nach drinnen.

»Lilly«, flüsterte ich und setzte mich neben sie.

Sie hob den Kopf. Ihre Wangen waren feucht und ihre Augen stark gerötet. Ich hätte sie gerne in die Arme genommen, ihr gesagt, dass alles gut werden würde und sie nicht weinen sollte, aber es hätte nicht der Wahrheit entsprochen. *Als ich sie betrachtete, hätte ich irgendetwas empfinden müssen, oder?* Doch da war nichts, außer Mitleid. Nicht mal Reue oder Schuldbewusstsein kamen auf.

Sie zog ein Taschentuch aus der Hosentasche und schnäuzte sich die Nase. Ich wandte mich von ihr ab und blickte starr geradeaus.

»Du hast dich in sie verliebt, oder?«, fragte sie leise.

Ich schwieg. Ohne, den Namen auszusprechen, wusste ich, dass sie Louise meinte. Eine Weile saßen wir stumm nebeneinander. »Woher weißt du es?«

»Ich habe gesehen, wie du sie ansiehst und auch, dass du jeden Morgen ein Post-it an deine Tasse klebst, bevor du gehst.«

»Du hast mir nachspioniert?«, hakte ich nach. Mit dem Schuh kickte ich einige Kieselsteine von den Stufen und beobachtete, wie sie in den Dreck fielen. Die Tatsache, dass sie mir hinterherschnüffelte, erstaunte mich keineswegs. Ich war sicher, dass ich es genauso gemacht hätte, wenn ich an ihrer Stelle gewesen wäre.

»Ich wusste mir nicht anders zu helfen«, schniefte sie und wischte sich die Tränen weg.

»Lilly«, ich drehte mich ihr zu. Sie hob den Kopf und sah mir in die Augen. »Ich wollte dir nie weh tun. Für mich ist das alles neu und ich weiß nicht, wie ich mit alledem umgehen soll. Es ist zu viel. Keine Ahnung, ob das mit Louise nur eine Schwärmerei ist oder irgendetwas anderes. Du kannst mir glauben, wenn ich dir sage, dass ich wünschte, mich erinnern zu können.« Meine Worte kamen aus tiefstem Herzen und ich meinte sie absolut ehrlich.

Ihr Blick ruhte auf mir. Ihre Mimik sagte nichts aus, wirkte kühl und taub. Stumm sah sie mich an und nickte. »Lebwohl, Nate«, wisperte sie und hauchte mir einen Kuss auf die Wange.

Reglos blieb ich sitzen und sah, wie die Dunkelheit sie mit jedem Meter den sie sich von mir entfernte, verschluckte. Mein Herz war schwer, doch ich wusste, dass dies der

Abschied war, den sie brauchte, um weiterzumachen und nach vorne schauen zu können. Es wäre nicht fair gewesen, ihr etwas vorzumachen, nur damit sie mich nicht verließ, in der Hoffnung, dass ich mich erinnern würde.

Kälte kroch mir in die Glieder, seufzend erhob ich mich und ging ins Haus. Sally ruhte auf der Couch und hatte sich unter die Decke gekuschelt. Kopfschüttelnd gesellte ich mich zu ihr. Vollkommen selbstverständlich hob sie den Kopf und bettete ihn in meinem Schoß.

Meine Hand glitt in das schimmernde Fell. Sie winselte leise und drehte sich, sodass ich an die Stelle hinter ihrem Ohr kam. »Was mache ich nur?«, fragte ich meine Hündin.

Aber mehr als ein Schnaufen bekam ich nicht als Antwort. Was Entscheidungen betraf, war sie keine große Hilfe. Nachdenklich strich ich mir über das Kinn, starrte an die Wand und überlegte hin und her. Wog die Möglichkeiten ab, bis ich mir sicher war, dass es nichts anderes gab, was ich tun wollte.

Kapitel 27

Louise

Ausgelaugt ließ ich mich mit einem Glas Wein auf das Sofa sinken, zog die blaue Decke heran und kuschelte meine Beine darin ein. Für ein Feuer war es noch nicht kalt genug, aber ich freute mich auf den Tag, wenn der Winter endlich Einzug hielt und ich das Knistern im Hintergrund hören und die Wärme in mich aufsaugen konnte. Essen war bestellt und ich konnte getrost die Beine hochlegen, bis es geliefert wurde.

Lächelnd lehnte ich mich gegen das Polster und nippte an dem alkoholhaltigen Traubensaft. Die Begegnung mit Nate schlich sich in meine Erinnerung. Immer wieder dachte ich an den Anblick, der sich mir am Pier geboten hatte. Wie er zusammengekauert auf dem Beton saß und sich nicht rührte. Der Gedanke daran ließ mir einen Schauer den Rücken hinab laufen.

Als es klopfte, zuckte ich erschrocken zusammen. *Hatte ich so viel Zeit mit Nachdenken vertrödelt?* Irritiert erhob ich mich und warf auf dem Weg zum Eingang einen Blick auf die Uhr. Es hämmerte erneut. Wenn das meine Essenslieferung war, wäre Jeremy heute mit dem chinesischen Futter verdammt schnell.

Hastig öffnete ich und wandte mich mit den Worten: »Moment, ich hole nur mein Geld«, ab.

In der Küche fand ich meine Handtasche auf der Anrichte. Ich kramte in den unergründlichen Gefilden, entdeckte schließlich mein Portemonnaie und zog es hervor. Der Lipgloss fiel herunter und rollte über den Boden, doch ich ignorierte ihn. Eilig ging ich zurück zum Hauseingang, an dem nicht der Lieferjunge auf mich wartete.

»Nate«, flüsterte ich und blieb abrupt stehen. Die Geldbörse legte ich auf das kleine Schränkchen neben dem Eingang.

»Kann ich rein kommen?«, fragte er vorsichtig und griff sich verlegen ins Haar.

»Wo sind nur meine Manieren? Ja, natürlich.« Ich öffnete die Tür komplett und ließ ihn eintreten. Er wirkte zerknirscht, sah aber deutlich besser aus als heute Mittag am Hafen.

»Kann ich dir irgendwas anbieten? Ein Glas Rotwein oder ein Wasser?« Total orientierungslos und verwirrt über sein plötzliches Auftauchen lief ich im Flur von rechts nach links.

»Oh … ähm … ich brauche nichts«, lehnte er mein Angebot ab.

»Setz dich doch.« Nervös knetete ich meine Finger und beobachtete, wie er das Haus betrat. Seine Anwesenheit ließ mein Herz höher schlagen. Ich hatte gedacht, dass ich bis zum nächsten Morgen Zeit hatte, mir zu überlegen, wie ich mich ihm gegenüber verhalten wollte. Dafür war es nun zu spät. Entschlossen nahm ich mir vor, die Ruhe zu bewahren und cool zu bleiben.

Wie bestellt und nicht abgeholt stand er in der Mitte des Raumes, den Blick starr auf meine Büchersammlung geheftet. Er räusperte sich leise und deutete auf die unzähligen Meisterwerke, die ich in den Regalen verteilt hatte. »Du liest wirklich gerne.«

»Was dachtest du denn, woher ich die ganzen Zitate habe? Aus dem Internet?« Grinsend stellte ich mich neben ihn, schüttelte ungläubig den Kopf und steckte die Hände in die Taschen meiner Jogginghose. Bedächtig näherte er sich den Einbänden und strich mit dem Finger darüber.

»Du hast jedes einzeln herausgesucht, habe ich Recht?«, seine sonore Stimme war zu einem Flüstern geworden, das mir eine Gänsehaut verursachte. Er wandte sich in meine Richtung und funkelte mich an. Ich versank in seinem Blick, wollte mich vollkommen in den blauen Strudeln verlieren.

Nate überbrückte den Abstand zwischen uns und legte seine Hand sanft an meine Wange. Ich schloss die Augen und genoss jede Sekunde seiner Berührung. Ihm so nah zu sein, seinen Duft nach Aftershave und Holz in mich aufzusaugen, ließ mich frösteln. Ich war mir jedem seiner Atemzüge mehr als bewusst.

Vorsichtig schlang er einen Arm um meine Taille und zog mich an sich. Federleicht liebkosten seine Finger meine Haut, strichen eine Haarsträhne hinter mein Ohr und als sie an meinem Hals hinab wanderten, schauderte ich.

»Louise«, flüsterte er. Sein Atem streifte über meine Wange. Die Hitze, die von ihm ausging, sandte tausend elektrisierende Impulse durch jede Faser meines Körpers. Warm und weich verschlossen seine Lippen meine. Seufzend gab ich mich dem Kuss hin, schmiegte mich an ihn und glitt mit den Fingerspitzen über das Hemd. Sein Puls beschleunigte sich, schlug hart gegen den Brustkorb. Es war, als rannten unsere Herzen um die Wette.

Mit einer Hand fasste er mir in den Nacken und zog mich enger an seine Brust. Mit der Zunge strich er über meine Unterlippe, forderte Einlass und ich wehrte mich nicht dagegen. Zögernd kreisten sie umeinander, bis sie in einem leidenschaftlichen Tanz miteinander verschmolzen. Meine Finger wanderten an seinem Kragen vorbei und vergruben sich in seinen Haaren.

Die Schmetterlinge in meinem Bauch flatterten wild durcheinander. Selbst wenn ich gewollt hätte, wäre ich nicht in der Lage gewesen, sie zu bändigen. Zu tief war die Sehnsucht danach, mich geborgen zu fühlen, ihm nah zu sein. Mich der Leidenschaft hinzugeben und mich darin zu verlieren.

Langsam löste er sich von mir. Hauchte mir einen letzten Kuss auf die Nasenspitze. Die Hitze, die er auf mich übertragen hatte, zog sich mit ihm zurück und ich fröstelte.

»Du musst atmen«, lachte er leise. Schwer sog ich den frischen Sauerstoff ein und öffnete die Lider. Nates blaue Augen ruhten auf mir. Ein Lächeln umspielte seine Lippen. Als die Türglocke ertönte, fuhren wir erschrocken auseinander.

Verwirrt sah ich von links nach rechts, versuchte, mich zu orientieren. Nate blickte mich belustigt an und ging schmunzelnd zur Tür.

»Hey Jeremy. Was bekommst du?«, hörte ich ihn fragen.

Wir hatten uns geküsst. Es war leidenschaftlich, verzehrend und doch wunderschön gewesen. In Gedanken versunken strich ich mir mit den Fingerspitzen über die Lippen. Ich konnte seine noch immer spüren, nahm den Geschmack von Kaffee wahr, den er darauf hinterlassen hatte.

Wie versteinert stand ich mitten im Raum, hatte mich keinen Millimeter bewegt. Er kam zu mir und ergriff meine Hand. Das elektrisierende Gefühl kam schlagartig zurück und kroch mir unter die Haut.

»Komm, du musst was essen«, forderte er mich mit sanfter Stimme auf.

Ich nickte und ließ mich von ihm mitziehen. Erst verfrachtete er mich auf das Sofa und reichte mir dann das Weinglas. Er ging in die Küche, öffnete Schranktüren und schlug sie fluchend wieder zu. Grinsend verweilte ich auf der Couch und nahm einen großen Schluck.

Mit zwei Tellern, Besteck und einem weiteren Glas kam er zurück und setzte sich neben mich. »Bestellst du immer solche Mengen?«, fragte er belustigt und deutete auf die vielen Kartons, die Jeremy geliefert hatte.

Schulterzuckend griff ich nach einem Behälter und warf einen Blick hinein. Knoblauch Huhn. Ich stellte es beiseite. Wenn er vorhatte, den Kuss zu wiederholen, konnte ich das nicht essen. »Manchmal. Von der Bestellung würde ich mehr als einmal satt werden. Chinesisch schmeckt erst so richtig gut, wenn es durchgezogen ist«, antwortete ich beiläufig und suchte eine der anderen Schachteln aus. Ahh ... Hähnchen Süß-Sauer.

»Möchtest du auch etwas davon?«, fragte ich und zeigte ihm den Inhalt.

Nate nickte und hielt mir den Teller entgegen. Ich häufte uns beiden ein wenig auf und teilte die restlichen Gerichte ebenfalls gerecht auf, während er die Gläser mit dem köstlichen Wein füllte.

Feierlich hob er das Weinglas in die Höhe. »Auf einen Neubeginn.«

Ich grinste. »Auf uns.«

Als ich realisierte, was ich gesagt hatte, kaute ich verlegen auf der Unterlippe. Doch Nate schien es nicht zu stören. Er beugte sich zu mir und hauchte mir einen Kuss auf den Mund.

»Auf uns«, sagte er schmunzelnd und ließ unsere Gläser klirrend gegeneinanderschlagen.

Schweigend saßen wir auf dem Sofa und aßen. Aus dem Augenwinkel betrachtete ich ihn unauffällig. Er war unheimlich attraktiv. Ich mochte seinen Dreitagebart, der ihn verrucht wirken ließ. Sein Lächeln war umwerfend und ich war ihm eindeutig verfallen. Grinsend nahm ich den nächsten Happen.

»Darf ich dich was fragen?«, durchbrach ich die Stille und sah ihn abwartend an. Als er nickte, fuhr ich fort. »Nate, wie geht es dir wirklich?«

Er verkrampfte und ich legte eine Hand beruhigend auf seine, wollte ihm deutlich machen, dass er nicht allein war. Ich wusste nicht, wie er sich fühlte oder was er empfand, aber ich wollte, dass er sich mir anvertraute. Wärme durchzuckte meinen Körper und hatte nur ein Ziel. Wie ein Pfeil rauschte sie durch meine Synapsen und traf mein Herz. Mir wurde gleichzeitig heiß und kalt. Mein Puls raste und ich hatte die Befürchtung, dass die Aufregung mir jeden Moment die Luft aus den Lungen presste.

Sein Blick ruhte auf mir. »Ich weiß nicht, wie ich es erklären soll. Es ist …«, setzte er an und verstummte. Nachdenklich rieb er sich über das Kinn. »Es ist, als würde ein Schneesturm durch meine Gedanken toben. Gähnende Leere, sobald der Name Lilly fällt.«

»Würdest du mir erzählen, was dich noch bedrückt?«, hakte ich nach.

»Du meinst, wegen unserer Begegnung am Pier?«, stellte er eine Gegenfrage und traf den Nagel auf den Kopf.

Ich nickte und stopfte mir etwas von der gebratenen Ente in den Mund, um nicht reden zu müssen. Keinesfalls wollte ich indiskret wirken, aber ich konnte nicht über sein Verhalten hinwegsehen, ohne wenigstens gefragt zu haben.

»Du weißt das mit meinem Unfall bestimmt. Ich meine, hier in Southport bleibt nichts lange verborgen.« Gebannt lauschte ich seiner Stimme. In Gedanken versunken blickte er starr geradeaus und sprach weiter. »Seit dem Sturm ergreift mich jedes Mal die blanke Panik, sobald ich einen Fuß auf den Steg setze. Ich kann es nicht beschreiben. Es ist auch für mich nicht greifbar. Ich liebe das Meer, genauso wie meine Mary Lou. Aber seitdem …« Nate schluckte schwer, atmete tief durch und ließ den Kopf hängen. »Ertrage ich den Anblick nicht mehr. Dabei vermisse ich es, rauszufahren, den Wind zu spüren, wenn er die Segel aufbläht und das Boot davon trägt.«

Auf seinem Unterarm breitete sich Gänsehaut aus. Der Klang seiner Worte ließ mir die kleinen Härchen ebenfalls zu Berge stehen. Fröstelnd rieb ich mir über die Haut.

»Louise, ich will endlich wieder aufs Meer, bevor der Herbst voranschreitet und ich nicht mehr raussegeln kann, weil es zu kalt ist.« Beim letzten Satz hatte er den Kopf gehoben und mich eindringlich angesehen.

Ich seufzte leise, wollte ihm helfen, doch mir fiel ad hoc keine Erklärung ein, die ihm die Angst nahm. Die Stimmung war beklemmend, beinahe unerträglich. Sein Kummer war greifbar, versetze mir einen Stich mitten ins Herz. Zu gerne hätte ich ihm gesagt, dass alles gut werden würde und wir eine Lösung fanden. Doch ich nickte nur und nahm noch einen Bissen, wusste nicht, was ich antworten sollte.

Nate pikste mit der Gabel in mein Essen. Erschrocken stellte ich fest, dass es etwas von dem Knoblauch-Huhn war. Ich öffnete den Mund, um meinen Einwand zu äußern, bis mir einfiel, dass es gut war, wenn er davon aß, falls er versuchen wollte, mich zu küssen. Deshalb hatte ich es nicht essen wollen, aber mein Appetit darauf war größer gewesen. Noch hatte ich es nicht angerührt. Grinsend beobachtete ich, wie er das Fleisch genüsslich kaute. Jetzt konnte ich ohne Bedenken ebenfalls davon kosten.

Als er sah, dass ich fertig war, nahm er mir den Teller ab und brachte ihn in die Küche. Ich hörte das Klirren des Geschirrs und grinste. Meine Gedanken wanderten zu dem Kuss zurück und wieder erhoben sich die Schmetterlinge in meinem Bauch, vollführten einen wilden Tanz. Die Erinnerung reichte aus, um meine Wangen rot zu färben.

»Ich mache mich besser auf den Weg.« Als seine Stimme ertönte, hob ich den Blick. Er lehnte gegen den Rahmen der Küchentür und betrachtete mich.

»Warum?«, war das Einzige, was über meine Lippen kam. Ich wollte nicht, dass er ging und die gemeinsame Zeit vorbei war.

Er wandte den Kopf von rechts nach links, grinste und strich sich durchs Haar.

»Bitte bleib«, flüsterte ich und konnte meinen Blick nicht von ihm abwenden. »Wir können einen Film zusammen schauen«, fügte ich hastig hinzu.

»Wenn du das möchtest?« Fragend hob er eine Augenbraue.

Ich nickte rasch, stand auf und eilte zum Regal. Mit dem Finger fuhr ich über die Titel und hielt bei einem von ihnen inne. *The Notebook*. Ich zog ihn aus dem Fach und legte die DVD ein.

»Was gucken wir?« Er stieß sich von dem Türrahmen ab und setzte sich auf die Couch. Den Arm positionierte er auf dem Polster und bedeutete mir, mich neben ihn zu setzen.

»Einen Liebesfilm«, antwortete ich grinsend und kuschelte mich an ihn. Seine Hand wanderte an mir hinab und seine Finger verwoben sich mit meinen, ließen die Stelle, an der er mich berührte, prickeln. Zufrieden lehnte ich meinen Kopf gegen seine Schulter.

Nachdem der Film einige Minuten lief, bemerkte ich meinen Fauxpas. Ich hatte einen Titel ausgesucht, der nicht unpassender hätte sein können. Seine Frau erinnerte sich nicht mehr an ihn, weil sie an Alzheimer erkrankt war. Er las ihr die Geschichte ihres gemeinsamen Lebens vor, doch sie wusste nur, wer er war, wenn sie für wenige Augenblicke mit klaren Gedanken gesegnet war. Erschrocken schlug ich mir die Hand vor den Mund.

»Ist alles in Ordnung?«, hakte er nach und streichelte mir übers Haar.

»Wir können den Film nicht gucken«, presste ich hervor. *Wie hatte mir das passieren können?*

Ich wollte aufstehen, aber der Griff um meine Finger verstärkte sich und Nate zog mich enger an sich.

»Was ist denn los?«, flüsterte er mir ins Ohr.

»Ich ... ähm ... habe nicht nachgedacht, als ich ihn ausgesucht habe ...«, stammelte ich. Er legte mir den Zeigefinger auf die Lippen und ließ mich verstummen.

»Ich kenne ihn bereits und schaue ihn sehr gerne. Du brauchst wegen deiner Wahl kein schlechtes Gewissen zu haben«, besänftigte er meine Befürchtungen.

»Aber … oh Gott«, verlegen hielt ich mir eine Hand vor die Augen und hoffte, dass der peinliche Moment schnell vorbei war. Er rückte näher und löste meine Finger von meinem Gesicht. Lächelnd blickte er mich an und umfasste meine Wangen mit seinen Fingern. Da war es wieder. Dieses Kribbeln, gefolgt von dem Tanz der Schmetterlinge.

In Zeitlupe beugte er sich zu mir und streifte zart meine Lippen mit den seinen. Ich hielt den Atem an, war nicht fähig, mich zu bewegen. Mein Herz setzte für ein oder zwei Schläge aus, nur um dann härter gegen den Brustkorb zu hämmern. Ein Lächeln umspielte seine Lippen.

»Louise, wenn du jedes Mal aufhörst zu atmen, kann ich dich nicht mehr küssen«, wisperte er an meinem Mund und schmunzelte.

»Was?«, fragte ich leise und sog gierig den Sauerstoff ein.

»Du kannst nicht immer die Luft anhalten, wenn ich versuche, dir näher zu kommen.« Sanft strich er mir eine Haarsträhne hinters Ohr und streichelte über meine Wange. Ich schloss die Augen, verinnerlichte seine liebkosende Berührung und wünschte, dass er nie damit aufhörte.

Als sich unsere Lippen erneut berührten, legte ich eine Hand auf seine Brust. Musste mich vergewissern, dass das alles kein Traum war, wir wirklich hier saßen und er mich schüchtern küsste. Das Blut rauschte mir in den Ohren. Ich nahm nur seinen Atem auf meiner Haut und das laute Hämmern meines Pulses wahr. Alles andere existierte in diesem Moment nicht. Sanft presste er meine Finger mit seinen gegen den Stoff.

Die wirren Emotionen, die Sehnsucht nach Geborgenheit und Sicherheit konnten nur von den Schmetterlingen in meiner Bauchgegend herrühren. In meiner Vorstellung leuchteten sie in den schillerndsten Farben. Eine andere Erklärung gab es für das Durcheinander nicht. Den Gefühlscocktail noch länger zu unterdrücken erschien mir unmöglich. Ich lockerte die Zügel und ließ alles auf mich einprasseln.

Fordernd glitt meine freie Hand in seinen Nacken und zog ihn enger an mich heran. Ich wollte nicht, dass uns irgendetwas trennte. Unsere Zungen tanzten leidenschaftlich miteinander. In diesem Moment existierten nur wir beide und unsere Herzen, die im Einklang schlugen.

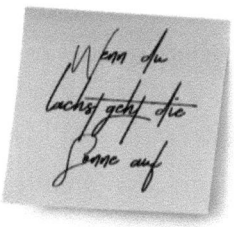

Kapitel 28

Nate

Die Schmerzen in meinen Schultern ließen mich hochschrecken, mein Rücken war verspannt. Ich versuchte, meine Muskeln aufzuwärmen, bewegte kreisend die Arme und drehte den Kopf. Müde öffnete ich die Augen, nur um mich zu fragen, wo ich war.

Zu meiner Rechten erblickte ich Louise. Sie murmelte und schlief zusammengekauert auf dem Sofa. Lächelnd beobachtete ich sie, strich ihr vorsichtig eine Haarsträhne aus dem Gesicht. Wenn Engel schnarchten, wusste ich nun, wie es sich anhörte.

»Wie spät ist es?«, ertönte ihre verschlafene Stimme neben mir. Als sie alle Viere von sich streckte, erinnerte sie mich an Sally. Der gestrige Abend rief sich mir ins Gedächtnis.

Ich war hergekommen, nachdem Lilly gegangen war. Das entspannte Abendessen, gefolgt von den sehnsüchtigen Berührungen. Stöhnend setzte Louise sich auf und rieb sich die Augen. Als sie meinen belustigten Blick bemerkte, glitten ihre Finger durch das zerzauste Nest auf ihrem Kopf.

Lächelnd beugte ich mich zu ihr und hauchte ihr einen zarten Kuss auf die Lippen. »Guten Morgen, Louise.«

Wie gern hätte ich mich mit ihr verkrochen. Eingeschlossen mit tonnenweise Süßigkeiten und ihren selbstgebackenen Muffins, nur um unsere gemeinsame Zeit in vollen Zügen auszukosten. Ich wollte mehr von ihr erfahren, sie kennenlernen und all ihre Geheimnisse ergründen.

»Ich hab dir doch gesagt, dass du mich Lou nennen darfst. Also noch mal ... wie viel Uhr haben wir?«, wiederholte sie ihre Frage.

»Ich weiß es nicht.«

Sie sah aus dem Fenster und erhob sich rasch. Fluchend rannte sie ziellos durch das Erdgeschoss.

»Was ist denn los?«, rief ich ihr zu und verfolgte amüsiert ihr chaotisches Verhalten.

»Ich komme zu spät. Der Laden müsste längst geöffnet sein. Sonst stehe ich vor Sonnenaufgang auf.« Im Türrahmen hielt sie inne, kratzte sich am Kopf, nur um wieder total gehetzt durch das Haus zu rennen. Im Doppelschritt erklomm sie die knarzenden Stufen.

Ich konnte mir ein Lachen nicht verkneifen, erhob mich von der Couch und ging zu der Treppe. »Die kann ich dir reparieren«, sagte ich laut und hoffte, dass sie meine Worte bei dem Lärm, den sie veranstaltete, auch hörte.

»Was?« Hastig rannte sie auf mich zu und hätte mich beinahe umgerannt. Ich konnte im letzten Moment noch ein paar Zentimeter ausweichen, bevor wir zusammengestoßen wären.

»Ich muss los«, rief sie mir über die Schulter hinweg zu und hetzte zur Tür hinaus. Mit viel Schwung fiel sie hinter ihr ins Schloss.

Kopfschüttelnd blieb ich zurück, suchte meine Sachen zusammen und eilte ihr hinterher.

»Ich helfe dir! Louise, warte.« Dafür, dass sie ein gutes Stück kleiner war, als ich, konnte sie verdammt schnell rennen.

»Kannst du backen?« Sie lief weiter Richtung Café und ich hatte Schwierigkeiten mit ihr Schritt zu halten. Schwer atmend holte ich sie ein und hielt sie am Arm fest.

»Nun warte doch«, bat ich und stützte mich, nach Luft japsend, auf den Knien ab.

Ihr Blick ruhte auf mir und sie war von jetzt auf gleich vollkommen ruhig. »Na schön …«

Als ich wieder gleichmäßig atmete und mein Puls sich beruhigt hatte, lächelte ich sie dankbar an und ergriff ihre Hand.

Gemeinsam erreichten wir Lou's Café, doch zu unserem Erstaunen war es bereits geöffnet. »Emma muss da sein«, sagte Louise und blieb vor der Verglasung stehen. Im Inneren herrschte reges Getümmel, es war brechend voll.

»Heute ist Sonntag«, warf ich ein.

Sie blickte mich verwirrt an. Ihr Gesichtsausdruck wurde ernst und sie schlug sich erschrocken die Hand vor den Mund.

»Shit!«, fluchte sie lauthals und erklomm im Eiltempo die Stufen.

Ich folgte ihr und musste erstaunt feststellen, dass nicht Emma hinter dem Tresen stand, sondern Steven. Lächelnd und mit freundlichen Worten bediente er die Gäste, die soeben ihr Frühstück orderten. Louise war in der Küche verschwunden.

So, wie sonst auch, bezog ich meinen Platz auf dem Hocker. Der alte Mann kam grinsend auf mich zu. »Na Junge, was darfs sein?«, fragte er fröhlich, als hätte er nie etwas anderes getan, als zu bedienen. Sorgfältig wischte er die Thekenoberfläche sauber und stellte eine leere Tasse hin, die er kurz darauf mit schwarzem Kaffee füllte.

Die beiden Frauen traten tuschelnd aus der Schwingtür. Verlegen blickte ich auf und griff mir mit der Hand in den Nacken.

»Wolltest du nicht helfen?«, hakte die alte Dame nach und reichte mir eine Schürze.

»Und ihr solltet eine Pause machen«, schlug Lou an Emma gewandt vor. Ich nickte stumm und band mir den Stofffetzen um. Als Louises Lachen erklang und ich sie hilfesuchend ansah, wusste ich genau, warum sie sich nicht halten konnte. Die Arbeitskleidung hörte knapp unterhalb meines Hinterns auf und wirkte wie ein zu kurz geratener Minirock bei Frauen. Mich erinnerte er stark an den Kittel aus dem Krankenhaus, den ich wie die Pest gehasst hatte. Glücklicherweise trug ich zur Abwechslung eine Jeans darunter und entblößte nicht meinen nackten Hintern.

»Ist es in Ordnung, wenn ich hinter dem Tresen bleibe?«, fragte ich die kichernde Café-Besitzerin. Wenigstens hatte sie aufgehört, mit dem Finger auf mich zu zeigen, während der Lachanfall ihren Körper schüttelte.

»Ja, das wäre das Beste«, antwortete sie schmunzelnd, kam auf mich zu und küsste mich vor all den Gästen.

***

Als ich mich völlig erschöpft auf die Couch fallen ließ, schmerzte mir jeder Muskel. Sally legte sich neben mich und reagierte besitzergreifend. Olli war mit ihr spazieren gegangen, was ihr gar nicht gepasst hatte. Eigentlich hatte ich damit gerechnet, dass sie mich ignorieren würde, doch sie tat das Gegenteil, forderte meine Aufmerksamkeit und winselte leise. Als ich nicht reagierte, setzte sie sich auf meinen Schoß und starrte mich an.

»Sei nicht böse mit mir. Ich musste Louise helfen.« Bei der Erwähnung des Namens, bellte sie und wedelte mit der Rute. »Du magst sie, oder?«, fragte ich und streichelte ihr durchs Fell. Sie jaulte wieder. »Wollen wir sie fragen, ob sie morgen Abend mit uns spazieren geht?«

Wenn es mir vorher noch nicht klar war, dann gab es nach dem dritten Bellen keinen Zweifel daran, dass mein Retriever die junge Frau mochte. In Gedanken versunken kraulte ich Sally an ihrer Lieblingsstelle, was sie mit einem zufriedenen Brummen quittierte. Wenigstens hatte sie aufgehört, mir mit ihren Lauten die Ohren klingeln zu lassen. Das Getümmel und die Gesprächslautstärke im Café waren für heute genug Lärm.

Grinsend ließ ich diesen verrückten Tag Revue passieren. Louise war die reinste Sklaventreiberin. Natürlich hatte ich nicht nur hinter der Theke Stellung halten dürfen. Ich musste in den Gästebereich und das dreckige Geschirr abräumen. Nachdem Emma Lou von meinen nicht vorhandenen Haushaltsfähigkeiten erzählte, wurde ich wenigstens vor der Küche verschont.

Sally war der Streicheleinheiten überdrüssig und kletterte von meinem Schoß. Stöhnend lehnte ich mich zurück. Selbst die Arbeit in der Schreinerei hatte mich nie so ausgelaugt.

Ein widerlicher Geruch stieg mir in die Nase. Ich beugte mich nach vorne, um an Sally zu schnuppern, doch der Gestank kam nicht von ihr. Oh je, wenn ich die ganze Zeit so gerochen hatte …

So schnell es mir möglich war, erhob ich meine müden Knochen von dem Sofa und schleppte mich Stufe um Stufe in das obere Stockwerk.

Bislang war es mir nicht aufgefallen, aber das Haus wirkte seit Lillys Auszug irgendwie unbewohnt. Einige der Bilderrahmen im Flur fehlten und hinterließen kahle Stellen. Mit den Fingern fuhr ich darüber und nahm die innere Leere deutlich wahr. Einsamkeit breitete sich bei jedem Schritt, den ich mich hoch schleppte, aus.

Gestern hatte ich dieses Gefühl nicht verspürt. Louise war bei mir gewesen und hatte die dunklen Dämonen vertrieben. Wenn sie in meiner Nähe war, strahlte ihr Licht so hell, dass es in meinem Herzen keinen Platz für die Schwärze gab, die mich oft umhüllte.

Kopfschüttelnd ging ich nach oben. So wollte ich nicht leben. Es war allerhöchste Zeit, meine Ängste in den Griff zu bekommen und mich nicht länger von ihnen beherrschen zu lassen. Nur ich war dazu in der Lage, die Kontrolle zurückzugewinnen.

Kapitel 29

Louise

»Du kannst ruhig gehen. Ich räume auf und werde mich dann auf den Nachhauseweg machen«, bot ich Nate an, der die Arbeitsfläche abwischte. Ohne seine Hilfe wäre ich heute untergegangen.

Emma war stur und wollte meine Einwände, dass sie wahrlich genug getan hatte, nicht hören. Wenigstens hatte sie sich bereit erklärt für einen Spaziergang mit Steven das Lokal zu verlassen.

»Wie du meinst. Sehen wir uns morgen?«, fragt er verlegen und steckte die Hände in die Hosentaschen.

»Gerne.« Grinsend überbrückte er den Abstand zwischen uns und zog mich in seine Arme. Ich schloss die Augen und spürte abermals die Schmetterlinge, die wild durcheinander flatterten. Schüchtern legte er seine Lippen auf meine. Als die Türglocke erklang, schraken wir auseinander. Irgendwie hatten einige Menschen das perfekte Timing zur falschen Zeit am falschen Ort zu sein.

Als Emma sich räusperte, starrte ich beschämt zu Boden.

»Ich bin dann weg«, murmelte er, zwinkerte mir zu und warf die Schürze auf die Theke. Im Vorbeigehen gab er Emma einen Kuss auf die Wange. Die Glocke bimmelte erneut und er war verschwunden.

»Also hatte Lilly doch Recht«, ertönte ihre Stimme. Ich sah auf und fürchtete, Entrüstung in ihren Augen aufblitzen zu sehen, stattdessen musterte sie mich belustigt und schmunzelte. »Mir ist es egal, mit wem Nate zusammen ist, so lange er glücklich ist«, fügte sie hinzu.

Sie trat neben mich und blickte mich an. »Versprich mir nur, dass du ihm nicht wehtust. Er hat seit dem Unfall genug erleiden müssen. Das reicht für zwei Leben.«

»Versprochen.« Hitze schoss mir in die Wangen. Sie war inzwischen zu einer Freundin geworden, doch es war komisch, mit ihr über ihn zu reden. Geschickt wechselte ich das Thema. »Danke, Emma. Ich weiß nicht, wie ich das ohne dich geschafft hätte.« Ich zog sie in meine Arme.

»Ach Kindchen, du hast dich die letzten Wochen so abgerackert und es dir verdient, auszuschlafen. Als du nicht da warst, habe ich kurzerhand Steven aus dem Bett geklingelt. Mürrisch, wie der alte Kauz manchmal ist, hat er erst gemeckert, sich aber breitschlagen lassen. Uns hat es Spaß gemacht, dir zu helfen.« Lächelnd streichelte sie mir über den Unterarm und sah sich im Laden um.

Ich wusste genau, was sie sagen wollte, doch Nate hatte das Meiste bereits weggeräumt und viel musste ich nicht mehr erledigen. Selbst die Küche war so gut wie fertig.

»Du musst mir nicht helfen, den Rest schaffe ich allein. Heute war ein verrückter Tag.« Erschöpft wischte ich mit dem Handrücken über die Stirn.

»Dann gehe ich nach Hause. Ich wollte mich nur versichern, dass du zurechtkommst.« Emma wandte sich ab und ging zur Tür, hielt jedoch inne. Ich wollte fragen, ob alles in Ordnung war, doch sie ergriff das Wort: »Ich hoffe, dass ihr euer Glück findet, egal ob miteinander oder getrennt. Ihr habt es gleichermaßen verdient. Ich weiß nicht, wovor du weggelaufen bist, aber ich wünsche mir für dich, dass du hier dein Zuhause gefunden hast.« Mit diesen Worten verschwand sie und ließ mich sprachlos zurück.

Völlig entkräftet öffnete ich die Tür zum Cottage. Mein Blick fiel auf das Sofa. Die Decken lagen zerwühlt darüber verteilt. Ich dachte an den vergangenen Abend und wie schön es gewesen war, einen Mann im Haus zu haben. Gemeinsam mit ihm auf der Couch zu kuscheln und einen Film zu schauen ... oh je, die Filmwahl ... rasch schob ich die Erinnerung beiseite.

Meine Bedenken, dass er sauer war, hatte ich getrost über Bord werfen können, als er souverän und selbstverständlich im Café ausgeholfen hatte.

Sobald sich mir die Möglichkeit bot, hatte ich ihn heimlich beobachtet. Durch die knappe Schürze konnte ich seinen knackigen Hintern in aller Ruhe betrachten und meiner

Fantasie freien Lauf lassen. Mehrfach hatte ich mich gefragt, wie das mit uns in einem solchen Eiltempo hatte geschehen können. Der ICE-Nate war unaufhaltsam auf mich zugerast und über mich hinweggerollt.

Grinsend stieg ich die Stufen nach oben, es war höchste Zeit zu duschen. Der Tag war anstrengender gewesen als alle vorherigen und ich freute mich auf ein entspanntes Bad. Hoffentlich löste es meine steifen Muskeln. Die Nacht auf der Couch war zwar schön gewesen, aber alles andere als gemütlich. Zum Schlafen eignete sie sich keinesfalls.

Im Badezimmer drehte ich den Hahn auf, ließ heißes Wasser in die Wanne laufen und gab einen Schwall des duftenden Zusatzes hinzu, der Entspannung versprach. Voller Vorfreude beobachtete ich, wie sich die Schaumwolke aufbauschte. Noch bevor genügend Flüssigkeit hineingelaufen war, zog ich mich aus, warf meine Klamotten auf den Boden und stieg hinein.

Als endlich genug Wasser eingelaufen war, stellte ich den Hahn ab und entspannte mich. Ich lehnte mich zurück, legte den Kopf auf dem Rand ab und schloss seufzend die Augen. Es war, als wäre Nate hier und ich würde seine Lippen auf den meinen spüren. Sanft, zaghaft … ein Versprechen. Verwirrt öffnete ich die Lider und blickte mich um. Hier war niemand. Nur ich, die Wärme, die mich umhüllte, und der knisternde Schaum. Mit den Fingern sammelte ich ihn auf und pustete ihn durch die Luft.

Meine Gedanken wanderten zu der Unterhaltung zurück, kreisten um seine Worte über das Meer und die Angst, die er vor den dunklen Tiefen hatte. Obwohl ich in dampfendem

Wasser saß, fröstelte es mich bei der Erinnerung. Grübelnd ließ ich mich wieder zurück in die heißen Fluten sinken und genoss die Entspannung.

Als ich aus der Wanne stieg, war die Haut an meinen Fingern bereits schrumpelig. Dafür war ich aufgewärmt und meine Schultern würden mich nicht mehr vor Schmerz zusammenzucken lassen, sobald ich mich bewegte.

Im Schlafzimmer suchte ich den Flanellpyjama und streifte ihn über. Müde schleppte ich mich nach unten in die Küche und öffnete den Kühlschrank. Nate hatte alle Schachteln vom Lieferservice hineingestellt. Grinsend griff ich nach einem der Kartons und fischte aus der Schublade daneben eine Gabel. Beladen mit dem Behälter ging ich ins Wohnzimmer und stellte alles auf dem Beistelltisch ab. Die Decke legte ich bereit und löste den Laptop aus der Steckdose, bevor ich mich auf dem Sofa niederließ. Gemütlich kuschelte ich mich in die Kissen, deckte meine Beine zu und platzierte den tragbaren Computer in meinem Schoß.

Wenn ich nicht wusste, wie ich ihm helfen konnte, würde ich im Netz nach einer Lösung suchen. Es musste etwas geben, um ihm seine Angst zu nehmen, ihm das zurückzugeben, was er liebte.

Während das Gerät hochfuhr, verputzte ich den kompletten Inhalt der Pappschachtel. Schmatzend legte ich die Gabel und das Behältnis beiseite. Ich öffnete eine Suchmaschine und tippte wahllos verschiedene Anfragen ein. Da ich keine Ahnung hatte, wie man seine Panikattacken nannte und ob es überhaupt eine Bezeichnung dafür gab, klickte ich mich durch diverse Ergebnisse.

Stundenlang las ich einen Bericht nach dem anderen und meldete mich sogar in einem Selbsthilfeforum an. Vielleicht konnte mir einer der Betroffenen Ratschläge geben, die ich an Nate weiterleiten konnte. Als ich in die rechte unter Ecke des Bildschirms blickte, erschrak ich. Es war nach zwei Uhr nachts. Widerwillig schloss ich den Laptop und legte ihn auf den Beistelltisch neben dem Sofa. Gähnend rieb ich mir über das Gesicht und schälte mich aus der wärmenden Decke.

Ich hatte einige Ansätze gefunden, die möglicherweise funktionieren konnten, aber dafür musste ich ihn bitten, mir zu vertrauen.

Energielos schleppte ich mich die Treppe hinauf und erinnerte mich an seine Worte. »Die kann ich dir reparieren«, hatte er mir nachgerufen.

Schmunzelnd betrat ich die einzelnen Stufen und wippte auf und ab, bis auch die ein Geräusch von sich gaben, die normalerweise stumm vor mir lagen. Grinsend machte ich weiter, bis ich am Treppenabsatz ankam.

Niemals würde ich zulassen, dass er an die charmanten Eigenheiten meines Heims Hand anlegte und somit dem Haus einen Teil seines Charmes stahl.

***

Das laute Sirren des Weckers ließ mich aufschrecken. Mit viel Glück kam ich auf insgesamt dreieinhalb Stunden Schlaf. Stöhnend setzte ich mich auf, mein Rücken schmerzte nicht mehr, aber die Müdigkeit würde mich begleiten. Matilda wollte heute kommen und ich freute mich auf ihren Besuch.

Verschlafen schleppte ich mich ins Bad und wich vor meinem Spiegelbild zurück. Meine Augen blickten mich aus geschwollenen Lidern und umrandet von dunklen Ringen erschöpft an. *Mist!* Um nicht wie ein Zombie auszusehen, würde ich eine Menge Concealer und Mascara benötigen.

Seufzend machte ich mich an die Arbeit, mein Erscheinungsbild angemessen herzurichten.

Zehn Minuten, und gefühlte zwei Zentner Make-up später war ich zufrieden. Lächelnd betrachtete ich mich und zwinkerte meinem Spiegelbild zu. Ich sah anders aus als noch vor einigen Wochen. Die Falten auf meiner Stirn wirkten nicht mehr so tief und der Stress, der mich begleitet hatte, war nicht mehr zu sehen. Nachdenklich strich ich mit dem Finger über meine Haut und grinste mein Gegenüber an. Es war ein schönes Gefühl, endlich wieder ich selbst zu sein und abschalten zu können.

Im Schlafzimmer suchte ich eine Jeans aus dem Wäscheberg und dazu ein Longsleeve. Als ich einen Blick auf die Uhr warf, stellte ich fest, dass es allerhöchste Zeit war, mich auf den Weg zu machen. Hastig lief ich ins Wohnzimmer, schlüpfte in meine Sneakers und holte meinen Mantel.

Als ich die Haustür öffnete, schlug mir frische Luft entgegen. Gierig sog ich den Duft von Herbst auf und hielt einen Augenblick inne. Bald würden die Temperaturen sinken, die Blätter sich verfärben und die Welt sich auf den Winter vorbereiten.

Die Dämmerung war nah, aber noch umgaben mich die letzten Minuten der Nacht. Vereinzelt war das Geräusch eines Autos zu hören, das sich mit dem Kreischen der Möwen mischte. Die Straßenbeleuchtung spendete fahles Licht und ich hüpfte fröhlich von einem Lichtkegel in den Nächsten. In meiner Erinnerung gab es keinen Zeitpunkt, an dem ich mit einer solchen Vorfreude zur Arbeit gegangen war.

Zu meinem Erstaunen wartete Nate vor der dunklen Glasfront des Ladens und lächelte mir entgegen.

»Was machst du denn hier?«, fragte ich neugierig und vergrub meine Finger in der Jackentasche.

»Ich konnte nicht mehr schlafen. Das Bett war so leer. Niemand der sich an mich kuschelt und leise schnarcht.«

Empört boxte ich ihm gegen den Arm. »Da kannst du wohl kaum von mir reden!«

Lachend zog er mich an sich. »Ich hab dich vermisst«, flüsterte er nah an meinem Mund. Sein Atem streifte meine Haut, ließ mich erschaudern. Seine ehrlichen Worte trieben mir die Hitze ins Gesicht.

Sanft küsste er mich. Warm lagen seine Lippen auf meinen. Die plötzlich aufkeimende Leidenschaft brachte meine Knie zum Zittern. Ich fühlte mich, als stünde ich auf Wackelpuddingstelzen. Als er sich schwer atmend von mir löste und seine Stirn an meine legte, genoss ich die Zweisamkeit mitten auf der Straße im Morgengrauen.

»Komm, wir gehen rein«, forderte er mich auf, ergriff meine Hand und zerrte mich hinter sich her. Mit zittrigen Fingern fischte ich den Schlüssel aus dem Anorak und öffnete die Tür.

Gemeinsam betraten wir den Laden. Es war mucksmäuschenstill, doch in wenigen Minuten würden die ersten Gäste vor der Theke warten und dem Café, das ich über alles liebte, Leben einhauchen. Nate folgte mir in die Küche. Zielstrebig holte ich alle Schüsseln aus den Regalen und legte die Zutaten bereit. Für heute hatte ich mir Vanille-Himbeer und Schokoladenmuffins-mit-Erdnusskern rausgesucht. Es war noch genügend Zeit, um alles zu backen und zwei Kuchen vorzubereiten.

Nate holte sich einen der Hocker vom Tresen und setzte sich. Neugierig verfolgte er jeden meiner Handgriffe.

»Du kannst gerne helfen«, bot ich an.

»Keinesfalls. Dann schmecken die Cupcakes am Ende nach Salz oder so. Ich bin eine Niete auf diesem Gebiet«, wehrte er lachend ab.

»Wenn du einen Kaffee willst, musst du die Maschine anmachen. Sie braucht einige Minuten, bis sie aufgewärmt ist.« Konzentriert fügte ich die ersten Zutaten in die Schüsseln und beobachtete aus dem Augenwinkel, wie Nate sich nachdenklich das Kinn rieb.

»Ist das eine indirekte Aufforderung, dir einen Latte Macchiato zu machen?«

»Vielleicht«, antwortete ich beiläufig und versuchte, ihn mein Grinsen nicht sehen zu lassen.

»Kommt sofort, Ma'am«, rief er aus und sprang von dem Hocker, der gefährlich schwankte. Kopfschüttelnd blickte ich ihn an. Er grinste frech, hielt den Stuhl davon ab, umzufallen, und lief Richtung Schwingtür. Seufzend widmete ich mich wieder dem Rezept. Mein Gehirn war noch nicht richtig wach und ich hoffte, dass das Koffein behilflich war, meinen Körper hochzufahren.

Hätte ich nicht das Schwingen der Tür hören müssen? Ich hob den Kopf und erblickte Nate, der mit dem Rücken zu mir gewandt vor der Pinnwand stand.

»Du hast sie aufgehoben?«, fragte er und drehte sich mir zu. Er hatte alle Zettel abgenommen und hielt sie in den Händen. Zögernd nickte ich, biss mir auf die Unterlippe und hatte keine Ahnung, was ich ihm sagen sollte. Das war bislang mein kleines Geheimnis. Nicht mal Emma hatte mich darauf angesprochen.

»Warum?«, hakte er nach und blickte zwischen mir und den Post-its hin und her.

»Sie gaben mir Hoffnung auf Liebe und ... die Möglichkeit mein Glück vielleicht doch noch zu finden«, gestand ich scheu. Es entsprach der Wahrheit. Sie hatten meinem Herzen etwas Licht zurückgegeben, als ich dachte, dass es aussichtslos war und ich mich in der Dunkelheit verlaufen hatte.

Stumm sahen wir uns an. Was ich gesagt hatte, kam aus tiefstem Herzen. Seit der Sache mit Mike hatte ich mich verschlossen, aber gegen Nates Brechstange kam ich nicht länger an. Die Schlösser waren scheppernd zu Boden gefallen und ich war bereit, mich ihm zu öffnen. Wenn er bei mir war, spielte alles andere keine Rolle mehr. Dann gab es nur uns beide und es war, als stünde die Zeit still.

Die Türglocke ertönte und ließ mich erschrocken zusammenzucken.

»Es ist viel zu früh für Gäste«, stellte Nate fest und legte die Zettel beiseite.

Verwirrt ging ich zur Tür und blickte hinaus. Sein unangekündigtes Auftauchen hatte den Besuch von Matilda in den Hintergrund rücken lassen und ich hatte vergessen, dass sie so früh vorbeikommen wollte. Kreischend lief ich durch die Schwingtür und warf mich meiner besten Freundin in die Arme.

»Gott, was habe ich dich vermisst!« Ich schob sie ein Stück von mir weg, um sie eingehend zu betrachten und wieder an mich zu ziehen. Die Angst, dass der Streit zwischen uns stand, war vollkommen unbegründet gewesen. Mir fiel ein Stein vom Herzen, das sie wirklich gekommen war.

Als Nate sich räusperte, lösten wir uns voneinander. Neugierig blickte sie an mir vorbei. »Der ist schnuckelig. Ist das dein Angestellter?«, flüsterte sie. Ich gab ihr einen Klaps auf den Arm und lachte.

»Nein, wir sind … ich weiß ehrlich gesagt nicht, was wir sind. Darüber haben wir noch nicht gesprochen«, antwortete ich leise. Sicher hatte er mich gehört, aber ignorierte unsere Unterhaltung gentlemanlike.

Als ich sie einander vorstellte, grinste Matilda und warf mir immer wieder bedeutende Blicke zu. »Bist du Lous Freund?«, fragte sie dreist.

Ich verdrehte die Augen und wünschte mir, dass sich der Boden auftat und mich verschlang. Kichernd ließ sie sich von mir in die Küche zerren. »Peinlicher geht es wohl kaum?«, meckerte ich.

»Was hast du denn? Er ist süß. Und sieht verdammt gut aus«, wandte sie ein.

»Das weiß ich auch ohne deine Hilfe«, maulte ich. Im Vorderraum vernahm ich das Geräusch der Kaffeemaschine.

»Also ... ihr seid zusammen?«, hakte sie nach und setzte sich auf den Hocker.

Ich widmete mich wieder dem Teig, der noch gerührt werden musste und schnellstmöglich in den Ofen gehörte.

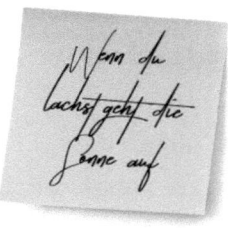

Kapitel 30

Nate

Selten hatte mich jemand so überrumpelt wie Lous Freundin. Die Frage, die sie gestellt hatte, schwirrte durch meine Gedanken, doch ich hatte keine Antwort darauf. *Wie auch?* Wir hatten selbst noch nicht darüber gesprochen. Die Gelegenheit, dieses Thema aufzugreifen, hatte sich bislang nicht ergeben. Zumal ich nicht sicher war, ob ein Gespräch nötig war, um eine Entscheidung zu treffen oder ob es nicht offensichtlich war, welche Gefühle ich für sie hegte. *Sollte das nicht ausreichen?*

Grinsend fummelte ich an dem Kaffeeautomaten herum und hoffte, dass er das gewünschte Ergebnis lieferte. Zwar wusste ich nicht, wie Louise ihre Schaumverzierungen zauberte, aber ich würde mein Bestes geben, ein ebenso ansehnliches Muster zu kreieren. Bevor ich das Mahlwerk einschaltete, versuchte ich, mit gespitzten Ohren der Unterhaltung in der Küche zu folgen. Einzelne Wortfetzen drangen bis zu mir durch, ergaben jedoch keinen Sinn. Zu gerne hätte ich Mäuschen gespielt und die beiden Frauen belauscht. Schmunzelnd schüttelte ich den Kopf und betätigte die Maschine.

Ich fürchtete zwar nicht, dass Louise mir ablehnend gegenüber stand, doch ich wusste auch nicht, wie sie über uns dachte. Mit viel Geschick gestaltete ich zwei Latte Macchiato, deren Schaumkronen nicht annähernd so hübsch aussahen, wie die der Café-Besitzerin. Bevor ich wieder in den hinteren Bereich ging, hielt ich einen Moment inne und atmete tief durch.

Die erste Begegnung mit Matilda war alles andere als optimal verlaufen. Ich schöpfte etwas Mut, schluckte die Verunsicherung runter und trat durch die Schwingtür. Mit beiden Tassen bewaffnet schritt ich in den Raum.

Ihre Freundin kam auf mich zu und nahm mir eines der dampfenden Keramikgefäße ab. Louise stand an der surrenden Knetmaschine und überprüfte den Teig. Als ich eintrat, sah sie auf und lächelte mich an.

Ich ging zu ihr, reichte ihr das koffeinhaltige Getränk und verkniff mir das Lachen. Die Haare standen wirr von ihrem Kopf, der Zopf hatte sich gelockert und einige Strähnen umrahmten ihr Gesicht. Zart strich ich ihr mit dem Finger über die Wange und entfernte die Mehlreste. Mit den hellen Flecken sah sie aus wie ein wandelnder Geist.

»Danke«, flüsterte sie und hauchte mir einen Kuss auf die Backe.

»Herrje, seid ihr süß«, jauchzte Matilda.

Erschrocken drehte ich mich um. Wie immer, wenn Louise in meiner Nähe war, vergaß ich alles andere um mich herum. Es war mir unangenehm, von ihrer besten Freundin beobachtet zu werden. Ich fühlte mich wie ein Teenager, der von seiner Mutter beim Knutschen ertappt wurde.

»Entschuldigt mich, aber ich muss in die Werkstatt. Die Arbeit wartet«, log ich. Natürlich würde ich die Aufträge bearbeiten müssen, doch dafür war es eigentlich viel zu früh. Höflich verabschiedete ich mich von Matilda und gab Lou einen Kuss.

»Ich rufe dich später an«, flüsterte sie nah an meinem Ohr. Gänsehaut bahnte sich seinen Weg über meine Arme und ich nickte nur stumm.

Rasch verließ ich die Küche. Im Ladenbereich füllte ich mir Kaffee in einen To-Go Becher und machte mich auf den Weg nach Hause.

***

Gegen Mittag klopfte jemand an die Werkstatttür. Ich blickte auf die Uhr, konnte mir allerdings nicht erklären, wer mich unangekündigt besuchte. Nur selten kam es vor, dass Kunden im Betrieb auftauchten, anstatt einen Termin mit mir vor Ort zu vereinbaren, damit ich die Maße für einen Auftrag nehmen konnte. Als ich öffnete, empfing mich eine freudig strahlende Louise.

Vom Glücksgefühl übermannt, zog ich sie an mich und küsste sie stürmisch. Verhalten kicherte sie und löste sich von mir. Nervös warf ich einen Blick über ihre Schulter und befürchtete, dass sie nicht allein war. Erleichtert, dass Matilda sie nicht begleitete, zog ich die Tür weiter auf und ließ sie herein.

»Keine Sorge. Sie hat mir versprochen, dich nicht noch mal zu überrumpeln«, entgegnete sie auf meine stumme Frage.

»Verrätst du mir, warum du hier bist?«, fragte ich und ergriff ihre Hand. Sie folgte mir ins Büro. Dort bemerkte ich den Korb, den sie auf dem Schreibtisch abstellte.

»Heute war nicht viel los, weshalb Emma mir angeboten hat, dir etwas zum Essen zu bringen, nachdem sie von deiner Begegnung mit meiner besten Freundin und dem abrupten Aufbruch erfahren hat«, schmunzelte sie und entblößte den Inhalt.

»Du hast ihr davon erzählt?«, stieß ich entsetzt aus.

»Nein, aber Matilda.«

Ich schlug mir die Hände vors Gesicht und stöhnte. Heute war wohl der Tag, an dem Olli sich für mich hätte fremdschämen können.

»Ich finde es süß, wenn du so verlegen bist«, wisperte Louise. Ich spürte ihren Atem auf meiner Haut und spreizte die Finger, um sie anzusehen. Sanft legte sie ihren Daumen auf meinen und zog meine Hand von mir weg.

»Du weißt, dass sie mit ihrer Frage Recht hatte, oder?«, griff sie das Thema auf und schaute mich eindringlich an.

»Ob wir ein Paar sind?« Ich konnte meinen Blick nicht von ihr abwenden. Wie sie vor mir stand, die Lippen leicht geöffnet und der Blick aus diesen wunderschönen smaragdgrünen Augen, der fragend auf mich gerichtet war.

Sally schnaubte laut und stupste mich mit der Nase an, bevor sie sich wieder hinlegte und ihren Missmut über meinen morgendlichen Besuch bei ihrer neuen Freundin kundtat.

»Ist mit ihr alles in Ordnung?« Louise löste sich von mir und kniete sich neben den Retriever. Den Morgen über hatte ich ein schlechtes Gewissen, weil ich sie zurückgelassen hatte, weshalb ich nach Hause ging und sie geholt habe. Seitdem wir hier waren, ignorierte sie mich gekonnt.

»Sie ist eifersüchtig«, antwortete ich und nahm mir einen der Muffins aus dem Korb. Der Geruch ließ mir das Wasser im Mund zusammenlaufen und mein Magen knurrte laut. Nach meinem raschen Aufbruch hatte ich nichts gegessen. Zu sehr beschäftigte mich die Frage, was wir waren.

»Meinetwegen?« Sanft streichelte sie meiner Hündin durch das Fell, doch Sally beachtete sie nicht und tat so, als schliefe sie.

»Nein. Sie ist sauer, weil ich heute Morgen alleine bei dir im Laden war und sie zu Hause warten musste, bis ich sie abgeholt habe.«

»Und das weiß sie woher?« Mit gerunzelter Stirn sah sie mich an und erhob sich. Frech schnappte sie nach dem Cupcake und biss hinein. Kopfschüttelnd nahm ich mir einen Neuen.

»Sie kennt deinen Geruch. Manchmal ist es gruselig, dass sie so ein gutes Gespür hat«, entgegnete ich und aß von dem köstlichen Gebäck.

»Du hast geschickt von meiner Frage abgelenkt«, mahnend hob sie den Finger. »Dachtest du, dass ich es nicht bemerke?«

Schulterzuckend knabberte ich an dem Muffin und verbarg mein Grinsen dahinter. »Unser Date steht noch aus«, stellte ich fest.

»Unser Date?« Sie griff nach dem Kaffeebecher im Korb.

»Ja. Erinnerst du dich an das letzte Post-it? Ich hatte gefragt, ob du mit mir ausgehst«, beantwortete ich ihre Frage, nahm die Flasche Wasser aus dem Behältnis und trank einen großen Schluck.

Sie legte den Kopf schief und legte die Stirn in Falten. »In Ordnung. Aber nur unter einer Bedingung.«

Mit hochgezogener Augenbraue sah ich sie an und wartete gespannt auf ihre Antwort.

»Ich entscheide, wohin wir gehen und was wir machen werden. Und du lässt dich von mir überraschen.«

Das Funkeln in ihren Augen war mir nicht geheuer. Ich wusste nicht, ob es Freude war, die ich aufblitzen sah oder ob ich mich fürchten musste. Mit aufeinandergepressten Lippen willigte ich ein.

»Ich hole dich gegen halb fünf ab. Passt dir das?«, rief sie mir noch zu, bevor sie am Türrahmen stand.

»Ja, das klappt«, antwortete ich überrumpelt und eilte ihr hinterher. Wenn sie schon die Fäden zog, sobald es um unser Date ging, würde ich in einem anderen Bereich die Zügel an mich nehmen.

Rasch überbrückte ich den Abstand zwischen uns und gab ihr keine Chance, mir zu entkommen. Ich presste sie gegen den Rahmen und verschloss ihren Mund mit meinem. Den aufkommenden Einwand ließ ich nicht durchgehen, glitt mit meiner Hand in ihren Nacken und zog sie enger an mich. Leise seufzte sie an meinen Lippen und ich löste mich von ihr. Sie stand blinzelnd vor mir, leckte sich mehrfach über die Unterlippe und blickte mich sprachlos an. Ich hauchte ihr einen Kuss auf die Nase und ging wieder hinter den Schreibtisch. Sichtlich verwirrt verharrte sie einen Moment und taumelte etwas benommen aus der Werkstatt.

***

Jedes Mal, wenn ich auf die Uhr sah, waren nur wenige Minuten vergangen, dabei versuchte ich, mich mit Arbeit abzulenken, und mich auf die anstehenden Aufträge zu konzentrieren.

Das Ticken der Zeiger war so langsam, dass es mir vorkam, als wolle die Zeit mich ärgern. Sie krochen dahin, als würden sie jeden Moment stehen bleiben.

Wenigstens hatte ich den Schrank für Mrs. Rogers fertigbekommen. Die Farbe trocknete und erfüllte die Werkstatt mit diesem einmalig beißenden Gestank. Selbst wenn ich eine Maske trug, war es nie möglich, ihm komplett aus dem Weg zu gehen. Sally hatte sich ins Büro zurückgezogen. Sie hasste es, wenn ich lackierte.

Zum Glück wuselte sie nicht um mich herum und forderte Aufmerksamkeit. So konnte ich meiner Arbeit nachgehen und das Ergebnis in Ruhe betrachten. Die Oberfläche glänzte in einem dunklen Schokobraun. Nicht unbedingt mein Geschmack, aber es passte zur Einrichtung meiner Kundin. Grinsend begutachtete ich das Stück, ging drum herum und inspizierte jede einzelne Stelle.

Als es klopfte, zuckte ich erschrocken zusammen. Ich grinste breit, bis ich die Uhrzeit erblickte. Es war erst vier. Das konnte unmöglich Louise sein. Gespannt, wer mein zweiter Überraschungsbesuch am heutigen Tag war, rief ich laut: »Herein!«

Die Tür öffnete sich und Olli steckte den Kopf durch den Spalt. »Störe ich?«, fragte er vorsichtig und blickte sich in der Halle um.

»Nein, komm rein«, forderte ich und ging einige Schritte auf meinen besten Freund zu.

Von dem Geruch angewidert, verzog er das Gesicht und wedelte mit einer Hand vor seiner Nase herum. »Können wir reden?« Seine Stimme hatte einen Unterton, den ich nicht deuten konnte.

»Klar«, antwortete ich. Neugier und Besorgnis stiegen in mir auf und beherrschten meine Gedanken. Als ich das Büro betrat, folgte er mir. Ich versuchte, mich innerlich für alles zu wappnen. Aus dem kleinen Kühlschrank holte ich zwei Bierflaschen und reichte ihm eine davon.

»Darfst du das überhaupt trinken?«, hakte er besorgt nach.

»Hast du den Wodka vergessen?«, wehrte ich seine Bedenken ab. Er nickte wissend. Ehrlich gesagt hatte ich keine Ahnung, ob ich zuvor gedurft hätte oder nicht, aber ich hatte am Vorabend bei Louise bereits Wein getrunken. Da ich keine Schmerzmittel zu mir nahm, konnten zumindest keine Nebenwirkungen auftreten.

Rasch öffnete er den Drehverschluss und trank gierig aus der Flasche.

»Was ist los?«, brachte ich hervor, wollte es endlich hinter mich bringen.

Als er sich verschluckte, eilte ich zu ihm und klopfte ihm fest auf den Rücken, bis er aufhörte zu husten. Wie versteinert blickte er mich an und schluckte schwer. Mein Bauchgefühl hatte mich nicht getäuscht. Irgendetwas stimmte nicht.

»Es ist nichts … wirklich … ich wollte nur nach dir sehen«, stotterte er unbeholfen. Lügen war noch nie eine seiner Stärken. Für mich war es ein Leichtes, ihn zu durchschauen.

»Jetzt sag schon.« Ich nippte an dem Bier und setzte mich abwartend auf die Tischkante.

Verlegen griff er sich in den Nacken und senkte den Blick. »Also es ist … Lilly war gestern bei mir und wir haben geredet. Und getrunken und dann wieder geredet … der Tequila war ein bisschen viel und … wir haben uns geküsst«, presste er hervor. Betreten sah er mich an und wartete auf meine Reaktion.

Hätte ich nicht irgendetwas spüren müssen? Eifersucht oder rasende Wut? Immerhin hatte mein bester Freund meine Ex-Verlobte geküsst. Stattdessen zuckte ich mit den Schultern, drückte mich vom Schreibtisch ab und setzte mich auf meinen Stuhl.

»Nate, bitte sag irgendwas. Ich kann verstehen, wenn du sauer bist, und kann mich nur bei dir entschuldigen. Es ist einfach so passiert. Der blöde Alkohol ist schuld.«

Die Flasche stellte ich auf die Holzoberfläche und lehnte mich zurück. Nachdenklich blickte ich meinen verzweifelten Freund an, der um meine Vergebung bat. »Warum machst du dir denn solche Sorgen? Es gibt nichts, wofür du dich rechtfertigen müsstest. Wir sind nicht zusammen. Sie kann tun und lassen, was sie will und wenn Lilly mit dir glücklich sein sollte, dann ist das so«, entgegnete ich ruhig. *Irgendetwas war falsch, oder?* Mit dem Finger überprüfte ich meinen Pulsschlag, aber er war normal. Da war nichts. Seine Worte hatten mich vollkommen kalt gelassen.

Erleichtert atmete er aus und ließ sich auf einen der Stühle sinken. »Du bist wirklich nicht sauer?«

Verneinend schüttelte ich den Kopf. »Wenn du derjenige bist, der ihr das geben kann, was sie sich wünscht, warum nicht?«

»Oh man Nate, ich hatte solche Angst, dass du es mir übelnehmen würdest.« Verwirrt strich er sich durchs Haar.

Ich horchte in mich hinein, lenkte meine Konzentration auf meine Gefühle. »Es bedeutet mir nichts«, flüsterte ich.

»Was meinst du?« Unruhig rückte er auf der Kante herum und runzelte die Stirn.

»Als du mir das mit dem Kuss eben erzählt hast, habe ich nichts gespürt. Nur innere Leere, keine Emotionen, nicht mal die kleinste Regung. Verstehst du?«

»Ehrlich gesagt, kann ich immer noch kaum glauben, dass deine Gefühle für Lilly verschwunden sind …«, gab er zu.

»Kann ich mir vorstellen. Aber es ist … als könnte ich neu anfangen. Ich habe eine zweite Chance bekommen, bin während des Sturms nicht gestorben. Dafür muss ich sie und unser gemeinsames Leben hinter mir lassen.« Woher die Worte kamen, wusste ich nicht. Natürlich hatte ich mir über das Warum zuvor schon Gedanken gemacht, aber ich hatte keine Antwort gefunden, kannte den Plan des Schicksals nicht. Nachdenklich rieb ich mir mit der Hand über das Gesicht und strich meine Haare zurück. Ich stellte ihm eine Frage, auf die ich selbst keine Antwort fand: »Vielleicht waren wir nicht dazu bestimmt, zusammen zu sein?«

»Keine Ahnung, Nate. Ich weiß nicht, was ich überhaupt noch denken soll.« Zerknirscht knetete er die Finger und blickte starr darauf. Er setzte zum Reden an und brach wieder ab. Ungeduldig beobachtete ich ihn und entschied, dass ich etwas sagen wollte.

»Mir geht es nicht anders. Das Einzige, was ich weiß: Louise lässt mein Herz höherschlagen. Wenn Lilly bei mir war, ist nix passiert. Aber bei ihr … bin ich ein anderer Mensch. Sie gibt mir das Gefühl von Freiheit zurück.« Verträumt ließ ich meinen Blick durch den Raum wandern und dachte an die wunderschöne Café-Besitzerin.

»Louise also?«, hakte er nach.

Lächelnd schaute ich ihn an, nickte und nippte an meinem Getränk. Alleine der Gedanke an sie ließ meinen Puls schneller werden. Ungeduldig tippte ich mit den Fingern auf die Lehne, konnte es kaum erwarten, sie endlich wieder bei mir zu haben.

»Kannst du mir einen Gefallen tun?«, fragte ich und stellte die Flasche auf dem Schreibtisch ab. Bis er zustimmend nickte, sah ich ihn abwartend an. »Kannst du Sally nach Hause bringen? Ich bin noch mit Louise verabredet und mich beschleicht das Gefühl, dass ihr der Schelm im Nacken sitzt. Keine Ahnung, was sie sich hat einfallen lassen.«

»Gerne. Dann muss ich aber los. Sally, komm!« Geschwind erhob er sich und wandte sich zum Gehen ab. Meine Hündin trottete widerwillig hinter ihm her. Im Türrahmen blieb er stehen und drehte sich mir zu. »Nate?«

»Ja?«

»Pass bitte auf dich auf. Ich möchte nicht, dass du verletzt wirst. In letzter Zeit hast du genug durchgemacht.«

Stumm nickte ich, wobei ich mir sicher sein konnte, dass es bereits zu spät war. Ich hatte ihr mein Herz geöffnet und Einblick in meine Gefühlswelt gegeben.

Die Lautstärke seiner Schritte wurde leiser. »Hey Louise«, war das Letzte, was ich von ihm hörte, bevor sie bis über beide Ohren strahlend im Türrahmen erschien.

Kapitel 31

Louise

Nachdem Nate die Küche fluchtartig verlassen hatte, bekam Matilda sich kaum noch ein und bemerkte nicht, dass sie ihn vergrault hatte. Es war deutlich, wie unangenehm ihm die Begegnung mit meiner Freundin war, was ich ihm nicht mal verübeln konnte. In meiner Vorstellung malte ich mir aus, wie ich reagiert hätte, wenn Oliver so forsch aufgetreten wäre. Die erste Fuhre Muffins schob ich in den Ofen und schmunzelte.

»Habe ich ihn verjagt?«, kicherte sie.

Lachend schüttelte ich den Kopf. »Komm her und pack mit an. Wir müssen noch ein paar Cupcakes backen und mindestens zwei Kuchen, sonst habe ich um die Mittagszeit kein Gebäck mehr«, instruierte ich sie und dirigierte sie zur Arbeitsplatte. Rasch platzierte ich zwei Schüsseln vor ihr und stellte die nötigen Zutaten daneben. Grinsend reichte ich ihr das Rezept. »Viel Glück«, trällerte ich, wohlwissend, dass sie nicht gerne backte.

»Ich kann das nicht und das weißt du genau!«, meckerte sie und schnippte gegen das runde Gefäß vor sich.

»Da du Nate vertrieben hast, musst du mit anpacken! Also los!«, log ich und gab ihr die Waage. Fragend blickte sie zwischen mir und dem Messgerät hin und her. »Du wirst ja wohl das Mehl und alles andere abwiegen können, oder? Das kippen wir in die Knetmaschine und die macht den Rest.«

Stöhnend wandte sie sich dem handbeschriebenen Papier zu und las die Anweisungen vor. Natürlich war ich nicht so naiv zu glauben, dass sie alles richtig machen würde, und hatte bewusst eine Variante gewählt, die selbst sie ohne Probleme zusammenmischen konnte.

Schweigend arbeiteten wir nebeneinander und ich blickte verstohlen zu ihr hinüber, beobachtete ihre Handgriffe, um sicher zu sein, dass ich ihr Endergebnis meinen Gästen mit guten Gewissen anbieten konnte.

»Dir scheint es wirklich gut zu gehen«, durchbrach sie die Stille.

»Dachtest du, dass ich am Telefon gelogen habe?«, brachte ich hervor und kippte den Inhalt meiner Schüssel in den Behälter der Maschine. Ich stellte sie an und wartete, bis der Knethaken sich in Bewegung setzte, bevor ich zurück zu ihr trat und mich dem Kuchen widmete.

»Ich war mir nicht sicher. Du bist einfach abgehauen, als wolltest du vor der Situation wegrennen. Louise, ich habe mir Sorgen gemacht. Und die Befürchtung gehegt, dass du mit deiner Entscheidung auf die Nase fallen wirst, aber wenn ich mich so umsehe, muss ich mir eingestehen, dass ich falsch lag. Und Nate ... er ist sympathisch und macht einen bodenständigen Eindruck.«

Ich wandte mich ihr zu und sah sie an. Matilda hatte Mehl im Gesicht und ein wenig Teig in den Haaren hängen. Bei dem Anblick konnte ich mir ein Grinsen nicht länger verkneifen.

»Du bist echt nicht für das Hausfrauendasein geboren«, lachte ich. Verwirrt blickte sie sich um. »Komm her!« Ich griff nach dem Handtuch und entfernte die Überreste aus ihrer Frisur und wischte auch die weißen Spuren auf ihrer Wange weg. »Ich habe das Gefühl, endlich ICH sein zu können. Hier engt mich niemand ein, es werden keine Anforderungen gestellt, die ich zwingend erfüllen muss, um erfolgreich zu sein. Der Laden hier ist alles, was ich jemals haben wollte, ohne gewusst zu haben, dass er mein Traum ist. Und Nate ...« Verträumt starrte ich an ihr vorbei.

»Du bist verliebt in ihn«, stellte sie fest und grinste.

»Ne. Spinnst du? Wir kennen uns doch kaum!«, wehrte ich ab und wandte mich wieder meinem Arbeitsplatz zu.

»Louise, wem machst du denn was vor?« Der Unterton in ihrer Stimme war mir nicht entgangen. Freundschaftlich legte sie mir die Hand auf den Unterarm und zwang mich, für einen Augenblick innezuhalten. »Ich kann mir vorstellen, dass du Angst hast verletzt zu werden, nach dem, was Mike dir angetan hat, aber ich habe bei deinem Nate ein gutes Gefühl. Er scheint anders zu sein.«

»Ich hoffe, dass dein Bauchgefühl dich nicht trügt.« Traurig hob ich den Kopf. So schön das mit uns war, doch ich hatte ihn noch immer nicht auf den unfreundlichen Besuch von Lilly angesprochen und wusste auch nicht, wie ich das Thema angehen sollte.

Besorgt blickte Matilda mich an. »Ist etwas passiert?«

Warum kannte sie mich nur so gut? »Na ja ... er hatte vor ein paar Wochen einen Unfall und hat dabei einen Teil seines Gedächtnisses verloren«, begann ich, aber das Piepen der Knetmaschine ließ mich aufblicken.

»Wie meinst du das? Ihm fehlt ein Teil seiner Erinnerungen?«

Ohne meine Erzählung zu unterbrechen, bereitete ich die Formen vor. »Alles, was seine Exverlobte betrifft, hat er vergessen.« Ich erzählte ihr auch von den Post-its, die er mir jeden Morgen zugesteckt hatte. »Da drüben habe ich sie alle aufgehängt.« Mit dem Finger deutete ich auf die Pinnwand.

Matilda drehte sich um und ihr klappte der Mund auf. Ich beschäftigte mich wieder mit dem Teig und füllte die Förmchen. »Jedenfalls ist sie hier aufgetaucht und hat mich angeschrien, weil sie ihm hinterherspioniert hat und das mit den Zetteln herausfand.«

»Und was sagt er dazu?«, fragte sie und nahm einen der Klebezettel an sich.

»Ich habe es ihm noch nicht gesagt«, gestand ich kleinlaut.

»Wow. Die Zitate ... sind allesamt aus deinen Lieblingsbüchern?« Sichtlich erstaunt, pinnte sie eine Notiz nach der anderen zurück an die Korkwand. »Du weißt nicht, wie du es ihm sagen sollst und hast Angst, dass sich alles wiederholt, oder?« Ich nickte.

***

Matilda und ich hatten immer dann miteinander getuschelt, wenn nur wenige Gäste im Café waren. Erst jetzt fiel mir auf, dass ich sie nicht gefragt hatte, wo Matti war. Ich schob den Gedanken beiseite und würde sie darauf ansprechen, wenn wir zu Hause waren.

Sie und Emma hatten mich überredet, Nate auf das unschöne Zusammentreffen mit Lilly anzusprechen. Meine beste Freundin hatte mir mit Nachdruck bewusst gemacht, nicht wieder alles totzuschweigen, um einer Wiederholung meiner Beziehung mit Mike vorzubeugen. Nachdem die beiden sich gegen mich verschworen hatten, schmissen sie mich hochkant aus dem Laden und drückten mir vorher noch einen Picknickkorb in die Hand.

So stand ich vor der Werkstatt und dachte darüber nach, was ich zu ihm sagen sollte. Als die Tür von innen geöffnet wurde, zuckte ich zusammen und starrte Olli an. Verlegen grüßte ich ihn und betrat die Halle.

Nate war blass um die Nase, als ich bei ihm ins Büro schneite. Ich lehnte im Türrahmen und betrachtete ihn eingehend. Er lächelte mich geknirscht an.

»Ist alles in Ordnung?«, fragte ich vorsichtig.

Er nickte und winkte mich zu sich. »Ja, mir geht's gut. Vielleicht habe ich zu viel von den Lackdämpfen eingeatmet«, scherzte er und erhob sich von seinem Stuhl.

Ich stellte den Picknickkorb auf dem Schreibtisch ab, legte die Decke darüber und gesellte mich zu ihm. Der besorgte Gesichtsausdruck verschwand und Nate war wieder der freudig strahlende Mann, den ich die letzten Tage näher hatte kennenlernen dürfen.

»Komm, wir gehen. Wir brauchen das Tageslicht«, forderte ich ihn mit einem Zwinkern auf.

»Was hast du denn mit mir vor?«, hakte er nach, doch als Antwort schüttelte ich den Kopf. Er durfte sich nicht vorher aufregen oder in Panik geraten. Ich hatte mir die Internetseite mehrfach durchgelesen und war sicher, dass wir es zumindest versuchen sollten. Aber dafür musste er ruhig bleiben.

»Das ist eine Überraschung. Nimm deine Jacke mit.« Ich schnappte sie mir und warf sie ihm zu. »Und den Korb!«, fügte ich rasch hinzu und war zur Tür raus. Als ich ihn nicht hinter mir erblickte, ging ich einige Schritte zurück und erwischte ihn dabei, wie er das Geflecht öffnen wollte, um zu sehen, was sich darin befand.

»Wage es bloß nicht!«, mahnte ich mit erhobenem Zeigefinger und grinste. »Jetzt komm endlich und trödel nicht so rum.«

Um mich zu vergewissern, dass er nicht wieder spionierte, schaute ich über die Schulter und genoss die Sorglosigkeit, die ich in seiner Gegenwart empfand. Es war etwas Besonderes, mich frei zu fühlen und das Leben genießen zu können. In Southport zu sein, war so ganz anders, als in Boston.

»Kannst du vielleicht mal wie ein normaler Mensch laufen?«, meckerte er, als er mich endlich einholte.

»Sei nicht so ein alter Griesgram«, kicherte ich und verwob meine Finger mit seinen. Das wohlige Gefühl setzte schlagartig ein und bahnte sich einen Weg unter meiner Haut, bis es auch die letzten Fasern meines Körpers erreichte.

»Und wo gehen wir hin?«

Abrupt blieb ich stehen und sah ihn an. Das Blau seiner Iriden hatte eine magische Wirkung auf mich. Ich musste aufpassen, nicht an Ort und Stelle darin einzutauchen und das Hier und jetzt zu vergessen.

»Vertraust du mir?«, flüsterte ich, fürchtete mich vor der Antwort.

Sanft umfasste er mein Gesicht mit seinen Fingern. Ich fragte mich, wie ein Mann, der eine solche Arbeit ausübte, so weiche Haut haben konnte. Als sein Mund sich meinem näherte, schloss ich die Augen. Das Herz schlug mir bis zum Hals, als er mich zart küsste.

»Ich weiß zwar nicht, was du mit mir vor hast, aber ich vertraue dir«, wisperte er an meinen Lippen. Sein Atem strich über meine Wange und ließ mich erschauern. So etwas wie das zwischen uns hatte ich in meinem ganzen Leben bei niemand anderem verspürt. Ich wusste nicht, ob es an der Magie des Ortes lag oder einfach an ihm selbst, doch er hatte mein Herz berührt, wie kein anderer zuvor.

Er fasste nach meinen Fingern und sah mich abwartend an. Als ich mich in Bewegung setzte, folgte er mir. Noch hatte er keinen blassen Schimmer, was ich mit ihm vorhatte und ich konnte nicht einschätzen, wie genau er darauf reagieren würde.

Als der Hafen in Sichtweite kam, bemerkte ich, dass der Griff um meine Hand fester wurde und Nate sich versteifte.

»Louise, du hast mich hier erlebt. Ich will nicht an den Pier.« Er blieb stehen und zwang mich dazu, ebenfalls anzuhalten. Eine solche Reaktion hatte ich befürchtet. Nervös kaute ich auf der Unterlippe und wog ab, wie ich vorgehen sollte.

In seinen Augen sah ich die blanke Panik aufblitzen. Gefährlich funkelte sie und drohte, auf mich über zuspringen. Sein Blick schweifte zwischen mir und der schwappenden Oberfläche hin und her. Ich umfasste seine Finger und drückte sie leicht.

»Wir setzen uns nur an den Steg und werden ihn nicht betreten. Ich werde dich zu nichts zwingen, was du nicht möchtest, doch ich glaube zu wissen, wie sehr du das Meer vermisst und würde dir gerne helfen, deine Ängste zu überwinden.« Ich wollte weitergehen, aber er hielt mich eisern davon ab.

»Und was hast du vor?«

»Komm«, antwortete ich ruhig und zog ihn hinter mir her. Widerwillig ging er mit, blieb jedoch einige Meter vor den Holzdielen des Piers stehen. Liebevoll streichelte ich Nate über dem Arm, wollte ihm vermitteln, das es in Ordnung war sich zu fürchten und er sich nicht schämen musste.

Sanft löste ich seine Hand, die sich um den Henkel des Korbs klammerte und nahm ihn an mich. Ich versuchte, zu sehen, was er sah, aber für mich war es nur Wasser. Das leise Plätschern, wenn die seichten Wellen gegen den Pier schwappten, machte mir nichts aus. Langsam lockerte ich unsere Finger voneinander, um ihm zu zeigen, dass es nichts gab, wovor er sich fürchten musste und dass ich ihm zur Seite stand.

Vor dem Steg breitete ich die Decke aus, die auf dem Korb lag. Wie angewurzelt verharrte er und beobachtete jede meiner Bewegungen mit Argusaugen. Ich kniete mich auf die Wolle, öffnete den Behälter und holte die Leckereien hervor, die ich für uns zusammengestellt hatte. Emma war mir bei der Auswahl zur Hand gegangen. So bestand der Inhalt nicht nur aus Muffins. Es fanden sich darin auch Gummitiere und selbstgemachte Antipasti.

Aus dem Augenwinkel blickte ich zu ihm auf. Die Panik, die er verspüren musste, war beinahe greifbar und ich schottete mein Inneres ab, um sie nicht auf mich übergreifen zu lassen.

Als ich mich ihm näherte, zuckte er erschrocken zusammen, wich aber nicht vor mir zurück. Ich stellte mich vor ihn, sodass er nur mich sehen konnte und den Hintergrund nicht länger wahrnahm, griff nach seiner Hand und hielt sie fest. Zitternd stand er vor mir, das Bild von einem Mann, total verschreckt und gebrochen.

»Nate, sieh mich an.« Seine Augen wirkten glasig und sein Blick abwesend. Die ersten Zweifel stiegen in mir hoch. Vielleicht hätte ich nicht auf mein Bauchgefühl hören sollen. Doch nun es gab kein Zurück mehr. Selbst wenn wir scheiterten, konnte ich wenigstens sagen, dass ich versucht hatte, ihm zu helfen.

Sanft streichelte ich mit meinen Fingern über seine Wange. »Schließ die Augen.«

Er atmete mehrfach tief ein und aus, bevor er die Lider schloss und er sich an meinen Pullover klammerte.

»Bitte lass mich nicht alleine«, flüsterte er mit zittriger Stimme.

»Ich bin bei dir. Wirst du dich mit mir auf die Decke setzen?«, fragte ich vorsichtig und ging in die Knie. Zitternd stand er vor mir, bewegte sich keinen Millimeter. Unsere Verbindung dehnte sich und sein Griff wurde fester, aber ich würde ihn nicht loslassen. »Auf keinen Fall werde ich von deiner Seite weichen. Das schwöre ich.« Ich erhob mich wieder und legte meine Hände auf seine Haut. Als sein Atem ruhiger wurde, lehnte er sich in die Berührung. »Nate, ich bin hier, du brauchst keine Angst zu haben.« Ich blendete alles um uns herum aus. Selbst die gereihten Schreie der Möwen hörte ich nicht länger. Es gab nur Nate und mich.

Mein Daumen wanderte seinen Hals hinab, über die Arme und bis zu den Händen. Zaghaft umfasste ich diese und drückte sie leicht. Sie waren eiskalt. So stellte ich mir den Tod vor. Kalt, wie die Antarktis. Das Beben seines Körpers war deutlich zu spüren, die Augen hielt er noch immer geschlossen. Als ich einen Schritt zurückging, ließ ich ihn nicht los, aber Nate bewegte sich keinen Zentimeter.

»Vertrau mir«, hauchte ich in der Hoffnung, dass er sich rührte. Er nickte und setzte langsam einen Fuß vor den anderen.

Wir brauchten einen Moment, bis wir an der Decke waren, doch das Zittern ebbte ab und auch seine Atmung wurde flacher.

»Du brauchst keine Angst zu haben, ich weiche nicht von deiner Seite«, wiederholte ich mein Versprechen. Er war bereit, sich mir zu öffnen und seine Furcht nicht zu verbergen. Rasch wischte ich mir eine Träne aus dem Augenwinkel. Er vertraute mir so sehr, dass er sich seinen inneren Dämonen stellte. Wir kannten uns kaum und doch brachte uns diese Situation näher, als jedes intime Gespräch es hätte schaffen können.

Ich lächelte. Wenn es etwas gab, was ich ihm im Gegenzug geben konnte, damit er sich genauso geachtet fühlte, würde ich es tun.

Gemächlich ging ich in die Hocke und wartete, bis er mir folgte. Er zitterte, aber bemühte sich, neben mir Platz zu nehmen. Wie ein Stein ließ er sich die letzten Zentimeter fallen.

»Scheiße, tut das weh!«, fluchte er und rieb sich über das Steißbein.

Kichernd hielt ich die Hand vor den Mund. »Was dachtest du? Dass Beton weich wie Daunen ist?«

»Ich hatte gehofft, dass die Decke den Aufprall dämpfen würde«, antwortete er ruhig. Das Beben in seiner Stimme hatte deutlich nachgelassen.

»Du kannst die Augen aufmachen, wenn du so weit bist.« Nate nickte und mein Lachen verstummte. Er sog einen Schwall Sauerstoff ein und presste ihn zwischen den Lippen hervor. Ich wartete, bis er bereit war.

Blinzelnd öffnete er die Lider. Der Griff um meine Hand wurde stärker, aber ich gab keinen Mucks von mir. Wenn es ihm half, seine Angst zu kompensieren, sollte er meine Finger quetschen, anstatt wieder zusammengekauert hier zu sitzen. Er blickte an mir vorbei und versteifte sich, als er die Mary Lou erkannte, die am Ende des Stegs anlegte und im Wasser von einer auf die andere Seite schaukelte.

»Du lässt mich nicht los?«, fragte er und sah mich flehend an.

»Nein, das werde ich nicht, versprochen.« Zur Verdeutlichung meiner Worte hob ich die Finger zum Indianerehrenwort.

Erleichtert atmete er aus. Hätte ich es nicht besser gewusst, hätte ich schwören können, gehört zu haben, wie die Last von seinen Schultern fiel. Mit einer Hand legte ich ihm etwas von den Naschereien auf einen Pappteller. Ich öffnete die Flasche und goss ein wenig Bier in einen Becher.

Emma hatte mir verraten, dass er ein kühles Blondes einem Rotwein vorzog. Das braune Gefäß ließ ich im Korb verschwinden. Dankbar nahm er das provisorische Glas entgegen und trank einen großen Schluck. Der Griff um meine Finger lockerte sich endlich, doch noch ließ er nicht los, hatte den Blick starr auf mich gerichtet. Nate versuchte, zwanghaft zu vermeiden, Richtung Wasser zu schauen.

»Geht es?«, fragte ich.

»Ja, ich denke schon. Ich muss aber nicht verstehen, warum du das gemacht hast, oder?« Er legte den Kopf schief und lächelte mich an. Es wirkte nicht mehr so gequält wie vor ein paar Minuten, was mich freute.

»Als du vom Meer gesprochen hast, habe ich die Sehnsucht in deiner Stimme gehört. Und ich wollte dir das zurückgeben«, antwortete ich. Mit jedem Wort, das ich sagte, wurde sein Grinsen breiter und das Glänzen in seinen Augen sichtbarer. Hitze ließ meine Wangen glühen. Wenn er mich so ansah, setzte mein Herzschlag für einen Moment aus und wummerte umso rasender in meiner Brust.

»Das habe ich verstanden. Ich frage mich nur, warum du das für mich tust. Wir kennen uns doch erst seit einigen Tagen und das hier …« Er sah sich um und sein Blick verweilte auf dem blauen Meer, bevor er mich wieder in seinen Bann zog. »Nicht mal Oliver hat sich die Mühe gemacht, mit mir herzukommen, und mir zu helfen, meine Angst zu überwinden. Weißt du, was ich meine?«

Ich nickte, brachte jedoch kein Wort über die Lippen. Stattdessen streckte ich die freie Hand nach ihm aus und strich ihm die Haare aus der Stirn. Er führte meine Finger an seinen Mund und hauchte ein Kuss darauf. Wir waren so vertraut miteinander, als würden wir uns unser halbes Leben kennen. Es war unbeschreiblich, aber wahr.

»Louise, du musst atmen. Das hatten wir doch zuvor.« Blinzelnd sah ich ihn an und fragte mich, was schon wieder mit mir los war. »Vielleicht sollte ich vorsichtshalber meinen Ersthelfer-Kurs auffrischen, damit ich dir zur Hilfe eilen kann.«

Grinsend boxte ich ihm auf den Oberarm und schüttelte den Kopf. »Du bist doof«, scherzte ich und biss in meinen Muffin. Dafür, dass wir dem Wasser so nah waren, war Nate erstaunlich gelassen, beinahe ausgeglichen und entspannt.

»Wie lange bleibt deine Freundin?«, erkundigte er sich neugierig.

»Wieso?« Ich funkelte ihn neugierig an und war gespannt auf seine Antwort.

»Wenn wir darüber gesprochen haben ... na ja ... was wir sind und ... ähm, je nachdem, wie wir uns entscheiden, würde ich ... einen zweiten Versuch wagen, sie kennenzulernen?«, stammelte er.

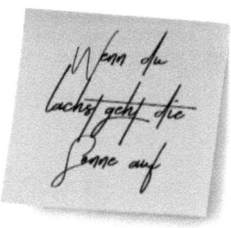

Kapitel 32

Nate

»Oh … du willst darüber reden?«, fragte Louise. Sie wirkte irritiert, was mich wiederum verunsicherte. Immerhin bot ich ihr nicht aus heiterem Himmel an, mich ein zweites Mal in die Höhle der Löwin zu begeben, um mich mit einer *Bezeichnung* vorstellen zu können.

Natürlichen war bislang zwischen uns nichts gewesen bis auf eine Handvoll Küsse, die wundervoller nicht hätten sein können. Doch ich wollte, dass mehr geschah. Ich wollte unsere Verbindung vertiefen. Die Gefühle, die diese Frau in mir auslöste, rührten tief aus meinem Inneren und ich war es uns beiden schuldig, herauszufinden, ob wir Seelenverwandte waren. Ob wir uns tatsächlich durch das Schicksal gefunden hatten, um gemeinsam den Weg des Lebens zu beschreiten. Es mochte vielleicht naiv klingen und auch übereilt, aber es gab niemanden, den ich lieber an meiner Seite haben wollte als Louise.

Ich räusperte mich und blickte ihr in die Augen. Ihre Unsicherheit war spürbar und ging auf mich über. »Es ist so«, setzte ich an, ohne zu wissen, was ich sagen wollte. Nervös knetete ich mir die Finger. »Also … herrje, ich komme mir vor wie ein Teenager.« Verlegen lächelte ich und atmete tief ein. »Du bist wunderschön und das ich mich zu dir hingezogen fühle, kann ich wohl kaum abstreiten. Das letzte Post-it war absolut ehrlich. Wenn du lachst, geht die Sonne auf …« Vor lauter Aufregung verkroch selbst die Angst sich in den Hintergrund. Hitze stieg in mir auf und Schweiß trat mir auf die Stirn. Ich war in solchen Dingen verdammt unerfahren und fühlte mich unbehaglich, wenn jemand nicht antwortete.

Ihr Blick ruhte auf mir und es fühlte sich an, als würde er sanft über meine Haut streicheln. Kalte Schauer rannen mir den Rücken hinab und steigerten meine Nervosität. Zu gerne hätte ich meine Hände in die Hosentasche gesteckt, aber dann hätte ich Louise loslassen müssen und dazu war ich noch nicht bereit. Ohne sie länger für mich behalten zu können, presste ich die Worte hervor. »Ich möchte alles von dir erfahren, jedes deiner Geheimnisse kennen und so viel Zeit mit dir verbringen, wie ich kann.«

Ihre Wangen färbten sich rosa und Louise wandte den Blick von mir ab. Sie zeichnete kleine Kreise auf die Decke.

Als sie nichts erwiderte, keimten Zweifel in mir auf, ob das hier das war, was ich dachte. *Vielleicht hatte ich ihre Bemühungen falsch interpretiert und sie wollte nur mit mir befreundet sein?* Ich schüttelte den Kopf. Ihr Körper hatte etwas anderes gesagt, hatte nach mir gerufen. Das konnte nicht sein. Ich griff nach ihren Fingern. Ihre kreisenden Bewegungen brachten mich durcheinander.

»Kannst du bitte irgendwas sagen?«, fragte ich mit zittriger Stimme.

»Du müsstest mir vorher etwas erklären.« Sie hob den Blick und sah mich an. Als ich nickte, fuhr sie fort. »Puh … wie formuliere ich es am besten …« Sie starrte an mir vorbei und fixierte einen Punkt, der irgendwo hinter mir lag. Dieses Schweigen war ungemütlich. Ich rutschte auf der Decke herum und wartete ungeduldig, dass sie endlich weitersprach. Sie kaute nervös auf der Unterlippe. »Lilly war bei mir im Café und hat mich angeschrien. Würdest du mir bitte erklären, was zwischen euch vorgefallen ist?« Jetzt ruhten ihre Augen auf mir und Entschlossenheit blitzte darin auf.

Erleichtert atmete ich aus. Ich erzählte ihr, woran ich mich erinnerte und vergaß nicht ein Geschehnis der letzten Wochen, was bei meinem momentanen Zustand an ein Wunder grenzte. Sie kräuselte während meiner Erzählung die Nase, presste die Lippen zusammen oder legte die Stirn in Falten, doch sie ließ nicht ein einziges Mal meine Hand los. Als ich meine Berichterstattung beendete, wischte sie sich eine Träne aus dem Augenwinkel.

»Nate, es tut mir so leid«, wisperte sie.

»Schon gut. Du kannst nichts dafür. Genauso wenig wie Lilly. Es ist ein herber Schicksalsschlag, aber was kann ich dagegen tun?« Schulterzuckend saß ich vor ihr. Das Wetter hatte angezogen, ein kühler Wind umspielte uns beide und ich fröstelte.

»Dann sollten wir über uns reden, oder?« Als sie mir diese Frage stellte, funkelte etwas in ihren Augen, das ich nicht benennen konnte.

»Selbst wenn es vielleicht kitschig klingt, aber ...« Ich hob den Finger, um ihr zu bedeuten, dass sie sich einen Moment gedulden sollte, zückte Klebeblock und einen Stift. Louise linste neugierig zu mir herüber, aber ich löste unsere Verbindung, um das Post-it mit einer Hand abzuschirmen. Wenn ich mich wie ein Teenager fühlte, konnte ich mich auch so benehmen:

Willst du mit mir gehen?
Ja / Nein

Die Option für ein *Vielleicht* stellte ich ihr nicht in Aussicht. Ich klebte mir den Zettel auf den Zeigefinger, richtete meinen Blick auf sie, bevor ich mich so drehte, dass sie ihn lesen konnte. Ihre Reaktion wollte ich keinesfalls verpassen.

Louises Pupillen weiteten sich, dann schüttelte sie ungläubig den Kopf. Kichernd hielt sie sich die Hand vor den Mund. Ich wackelte mit den Augenbrauen und hielt ihr den Zettel entgegen. »Also?«, fragte ich erwartungsvoll und lachte, um die Spannung abzubauen, die mich durchströmte.

»Das ist doch nicht dein Ernst, oder?« Spielerisch schlug sie mir auf den Arm.

»Ich fühle mich in deiner Gegenwart wie ein Fünfzehnjähriger. Warum sollte ich mich nicht so benehmen?« Verlegen griff ich mir in den Nacken.

Louise beugte sich zu mir vor. Mit ihrem Mund näherte sie sich meinem Ohr. »Ja«, wisperte sie. Als ihr Atem meine Haut streifte, schloss ich die Augen und genoss den Sinnesreiz, ihr so nah zu sein. Sanft legte sie ihre Finger auf meine Wange und hauchte mir einen Kuss darauf.

Als sie von mir abrücken wollte, zog ich sie in meine Arme und küsste sie stürmisch. Das Gefühl von Vollkommenheit hüllte mich ein, ließ den Gefühlstornado an Fahrt gewinnen und tobte in meinem Inneren. Wir knieten voreinander, knutschten wie zwei verliebte Teenager. Ungestüm forderte ich Einlass, den sie mir zu gern gewährte. Unsere Zungen waren wie zwei flatternde Schmetterlinge und tanzten miteinander.

Nach Luft japsend löste ich mich von ihr und betrachtete sie. Louise ließ die Augen geschlossen und atmete leise ein und aus. Ich liebkoste ihre Nase, wanderte zu ihrer Wange und endete an der Stirn. Sie sog den Sauerstoff scharf ein und hielt die Luft für einen Moment an. Es war süß, wenn sie das machte, aber ich hegte die Befürchtung, dass ich irgendwann Wiederbelebungsmaßnahmen ergreifen musste, wenn wir uns vortasteten und es nicht nur bei harmlosen Küssen blieb.

»Würdest du mir noch einen Gefallen tun?«, fragte ich und strich einer der Haarsträhnen hinter ihr Ohr. Sie nickte und öffnete die Lider.

»Wenn du an meiner Seite bist, würde ich mich trauen, den Steg zu betreten.«

Louise lächelte freudig, ergriff meine Hand und stand auf. Ich erhob mich und verharrte neben ihr. Als wir uns den

Holzlatten näherten, die den Pier trugen, breitete sich Panik in mir aus. Ihr Griff um meine Finger wurde fester und ich wusste, sie würde mich nicht davonkommen lassen, ohne es wenigstens versucht zu haben.

Als sie die Anlegebrücke betrat, zitterte mein Körper wie Espenlaub. Ich hatte es nicht unter Kontrolle, die Furcht wurde mit jedem Zentimeter, den ich mich dem knarrenden Holz näherte, stärker. Meine Wahrnehmung musste mir einen Streich spielen, der Steg konnte sich nicht bewegen. Das war nicht möglich. Zitternd blieb ich stehen, schloss die Augen und atmete mehrmals tief durch. Mein Magen zog sich schmerzhaft zusammen und ich fürchtete, jeden Moment zu ersticken. Louise löste sich nicht von mir, kam ein paar Schritte näher an mich heran und legte ihre Hand auf meine Brust.

»Shhh ... wir müssen das nicht machen. Du bist weiter herangegangen, als beim letzten Mal«, flüsterte sie und streichelte über den Stoff.

»Ich möchte es aber. Louise, ich will mich nicht länger von meiner Angst beherrschen lassen.« Ich öffnete die Lider und blickte sie an. Lächelnd stand sie vor mir, neigte den Kopf auf die rechte Seite. Ihre Iriden funkelten wie Smaragde, deren Licht von den Sonnenstrahlen gebrochen wurden.

»Dann sieh mich an, versuch, die Umgebung auszublenden.«

Ich nickte und richtete meinen Blick starr auf sie. Das Rauschen des Meeres drang an mein Ohr und der salzige Geruch des Wassers stieg mir in die Nase. Als ich in Lous

Augen schaute, zog sich die Panik allmählich zurück, auch wenn sie verharrte, um wieder angreifen zu können, sobald ich ihr die Möglichkeit gab. Ich atmete schwer und setzte langsam einen Fuß vor den Anderen.

Das Holz knarrte unter meinem Gewicht. Die unterschiedlichsten Befürchtungen keimten in mir auf, Ängste, die nie denkbar gewesen waren. Entschlossen schluckte ich sie herunter. Hart landeten sie in meinem Magen und ließen Übelkeit aufsteigen. Ich versuchte, mich zu kontrollieren, die Gallenflüssigkeit nicht meine Kehle hinaufkriechen zu lassen, um mich vor meiner Begleitung nicht zu blamieren. Sie war der Grund, warum ich es wagte, einen Schritt nach dem anderen zu gehen. Ihre Berührung gab mir Halt, spendete mir die nötige Ruhe, die von ihr ausging und mir unter der Haut kribbelte.

Es war, als würde sich der Pier bewegen und mit den Wellen schwingen. Die Panik lauerte im Hinterhalt, sprang mit einem Affenzahn auf mich zu, nur um mich aus den Socken zu hauen und in die Knie zu zwingen. Bevor ich mich versah, kauerte ich am Boden, hatte mich aus ihrem Griff befreit und wippte, wie so oft zuvor, vor und zurück.

Geduldig hockte sie sich vor mich, legte ihre Finger auf meine Wangen und zwang mich, sie anzusehen. Trotz ihrer sanften Berührung zitterte ich am ganzen Körper.

»Nate, atme!«, flüsterte Louise in beruhigendem Ton und pustete gleichmäßig die Luft aus. Sie wiederholte den Vorgang, bis ich anfing, es ihr gleich zu tun, und mein Herzschlag nicht mehr wild gegen meine Brust hämmerte. Es war, als würden wir eine halbe Ewigkeit verharren, obwohl nur wenige Minuten vergangen waren.

»Wollen wir zurückgehen?« Vorsichtig blickte ich an ihr vorbei, um festzustellen, dass mein Boot wenige Meter von mir entfernt verankert war. Ich schüttelte den Kopf. Die Sehnsucht, es zu berühren und endlich wieder der Mensch zu sein, der ich vor dem Sturm war, wurde übermächtig. Ich nutze den Antrieb, um mich aufzurappeln und die Distanz im Eilschritt zu überbrücken.

Gebannt blieb ich vor dem glänzenden Rumpf mit der weißen Schrift stehen. Sanft wiegte es sich mit den Wellen.

Kapitel 33

Louise

»Das ist Mary Lou. Ist sie nicht wunderschön?«, murmelte Nate ehrfürchtig und deutete auf das Segelboot vor uns. Seine Augen leuchteten mit den letzten Sonnenstrahlen um die Wette. Als er die Hand ausstreckte und auf das Holz legte, atmete er erleichtert aus. Beinahe bedächtig glitten seine Finger darüber.

»Nate, du wirst deine Angst überwinden. Davon bin ich überzeugt. Sieh mal, wie weit wir gekommen sind und das beim ersten richtigen Versuch«, durchbrach ich die unangenehme Stille. Nur meinetwegen war er bis hierhin gegangen und hatte sich dazu überwunden, bis zum Boot zu laufen. Stolz erfüllte mich.

»Du kannst dir nicht vorstellen, wie gut sich das anfühlt«, flüsterte er, griff nach meiner freien Hand und platzierte sie flach auf dem Bug. Seine Finger legte er darüber. Verwirrt blickte ich ihn an, horchte in mich hinein und versuchte, das Gleiche in der Berührung zu empfinden, wie er es tat.

Wärme durchzuckte mich. Rasend durchflutete sie meine Blutbahnen, nur um in den Fingerspitzen ihren Erdungspunkt zu finden und ins Holz des Bootes einzutauchen. Schmunzelnd sah ich zu Nate hinüber, der die Augen geschlossen hatte und den Duft des Meeres in sich einsog.

Bei seinem Anblick stieg Befriedigung in mir auf. Es war die richtige Entscheidung gewesen, ihm nicht zu sagen, welchen Plan ich verfolgte. Er hielt meine andere Hand fest umklammert, doch der Griff lockerte sich allmählich und er wurde ruhiger.

Nate so zu sehen war das wundervollste Geschenk, das man mir hätte machen können. Zu spüren, dass er mir blind vertraute, war unbeschreiblich. Ich beobachtete ihn, inspizierte jede noch so kleine Falte, die seine Augen umspielte, um sie mir auf die Netzhaut zu brennen und nie zu vergessen, wie gutaussehend und attraktiv er war. Mein Herz flatterte in der Brust und erfüllte mich mit Wärme. Er machte mich glücklich.

Wenn ich ehrlich zu mir selbst war, beneidete ich ihn um diese Leidenschaft. Etwas so zu lieben, dass es schmerzte, wenn man es nicht haben konnte, hatte ich mir immer gewünscht. Ich ließ meinen Blick über den Hafen und das schwappende Wasser gleiten. Dieser Ort war wunderschön und ich verstand, warum er das Meer und das Segeln so liebte.

Sanft zog ich mit dem Daumen kleine Kreise auf seiner Haut. »Fährst du mal mit mir raus?«

Er öffnete die Lider und sah mich an. »Wenn du möchtest, nehme ich dich gerne mit. Vielleicht wagen wir am Wochenende einen Versuch?«, schlug er vor. Das Grinsen um seine Lippen wurde breiter.

Nate war auf einem guten Weg. Auch wenn ich zum Thema Angstzustände nur das wusste, was ich im Internet gelesen hatte, war ich davon überzeugt, dass er seine Furcht überwinden würde und wieder ganz er selbst sein konnte.

Mit der Erkenntnis prasselte die Angst auf mich ein, was passieren würde, wenn er sich im gleichen Atemzug an Lilly erinnerte. Der Gedanke daran ließ mich frösteln. Ich würde keine weitere Enttäuschung in so kurzer Zeit ertragen, dessen war ich mir sicher. Aber ich konnte ihn nicht länger auf Abstand halten. Für einen Rückzieher war es zu spät. Er hatte mein Herz bereits erobert.

Die Begegnung mit Mike auf dem Parkplatz schlich sich in meine Erinnerung. Wie ein Film lief sie vor meinem inneren Auge ab und seine Stimme hallte in meinen Ohren. Es war, als würde er vor mir stehen und mit jedem einzelnen Wort mein Herz erneut in tausend kleine Fetzen reißen. Achtlos ließ er sie zu Boden fallen, um ein letztes Mal drauf zu treten. Er wollte sich versichern, dass sie nicht wieder zusammengesetzt werden konnten. Die Erkenntnis traf mich wie ein Hieb in die Magengegend. Ich hatte mich Nate gegenüber geöffnet, ihm Zutritt zu meinem Leben und meinen Gefühlen gewährt.

Panisch sah ich mich um, bis mein Blick seinen fand. Stumm betrachtete ich ihn und im gleichen Moment erkannte ich, dass er nicht Mike war. Ein völlig anderer Mann mit vollkommen anderen Ambitionen. Jemand, der mein Innerstes mit einer Wärme erfüllte, die ich bislang nicht für möglich gehalten hatte.

Ich konnte nicht anders, als ihn anzulächeln.

»Frierst du?« Nates Stimme drang leise an mein Ohr.

»Was?« Erst jetzt bemerkte ich, dass ich fröstelte und Gänsehaut meine Arme überzog. Es war ein angenehmer Schauer. Ich fühlte mich in seiner Gegenwart vollkommen geborgen. Als wäre er das fehlende Puzzleteil, das ich all die Jahre gesucht hatte.

»Nein, mir ist nicht kalt. Aber wollen wir vielleicht gehen? Die Sonne geht bald unter«, schlug ich vor.

Er starrte mich an, sagte kein Wort. Keine Ahnung, ob das ein gutes oder ein beunruhigendes Zeichen war. Ich erschauderte abermals, als seine Finger über meine Haut streichelten. Lediglich die kreischenden Möwen und das Schwappen der Wellen drangen an mein Ohr. Das Gefühl, dass es nur uns gab und nichts anderes eine Bedeutung hatte, überkam mich, hüllte mich ein.

Mit Nate am Hafen zu sein, ihn bei mir zu haben, war alles, was ich in diesem Moment wollte. *Warum hatte das Leben mich so lange auf jemanden warten lassen und traf mich jetzt wie ein ICE, der mich im Eiltempo überrollte? Fühlte sich so wahre Liebe an?*

Ich schob den Gedanken beiseite, es war zu früh, um an ein so mächtiges Wort zu denken. Immerhin kannten wir uns erst seit Kurzem und es gab so vieles, was ich noch über ihn wissen wollte.

Bevor ich reagieren konnte, packte er mich, schlang seine Arme um meine Taille und zog mich an sich. Als er murmelte: »Danke, dass du mich nicht alleine gelassen hast«, streifte sein Atem mein Gesicht. Ich schloss die Augen und sog jeden Fetzen Wärme in mich auf, den sein Körper ausstrahlte.

»Gern geschehen«, flüsterte ich.

Nate küsste mich zärtlich. Seine Lippen legten sich sanft auf meine und ließen mich vergessen, dass ich zum Überleben atmen musste. Vielleicht bildete ich es mir ein, doch es war, als würde er mit dieser Berührung ein Versprechen eingehen, das keiner Worte bedurfte. Es war das, was mein Herz heilen würde, mich neuen Mut schöpfen ließ. Er war jemand, der es wert war, für ihn zu kämpfen.

Er löste sich von mir, glitt mit den Fingerspitzen über meine Wange und schob eine Haarsträhne hinter mein Ohr. Als hätte es seine Panikattacke nie gegeben, ergriff er meine Hand und führte mich über den unter unseren Füßen knarrenden Pier.

Mit ein paar Handgriffen verstaute er unsere Sachen in dem Korb und hängte ihn sich über den Arm. Er verwob seine Finger mit meinen und gemeinsam schlenderten wir den Hafen entlang in Richtung meines Cottages.

Ruhig lag Southport vor uns. Die ersten Straßenlaternen flammten auf und erzeugten schummriges Licht. Vereinzelt vernahm ich das Geräusch von Motoren, die in der Entfernung über die Straße rauschten. Ansonsten herrschte

Stille. Es war ungewohnt, wenn man aus einer größeren Stadt kam und den permanent anhaltenden Lärm gewohnt war, aber es war beruhigend, dem Ganzen entkommen zu sein. Ich hatte mich längst an die Ruhe gewöhnt, genoss sie sogar. Sie ließ mich aufatmen, mein Leben aus einem anderen Blickwinkel betrachten und mich den Stress, der meinen Alltag beherrscht hatte, realisieren.

Je näher wir meinem Haus kamen, desto leerer fühlte ich mich. Die Sehnsucht, ihn bei mir zu haben und ihm auch beim Schlafen nah zu sein, keimte in mir auf. In meinen Erinnerungen kramte ich danach, wie es sich anfühlte, neben einem Mann, der einem etwas bedeutete, einzuschlafen und morgens gemeinsam aufzuwachen. Es erschien mir, als läge eine bewusste Begegnung dieser Art Jahre zurück.

Ich wollte ihn nicht gehen lassen, doch ich wusste, dass wir unsere Zeit bekommen würden. All die Dinge aufholen würden, die bei Paaren anders verliefen. Für uns war dieser Ablauf der Richtige und das machte unsere Verbindung besonders.

»Was du heute für mich getan hast, kann ich nicht beschreiben. Es ist …«, durchbrach er die Stille. Nachdenklich senkte der den Kopf und starrte zu Boden.

»Schon gut. Du brauchst dich weder zu bedanken, noch sonst irgendetwas zu sagen.« Der Griff um meine Finger wurde fester und er lächelte mich von der Seite an. Ich brauchte kein Dankeschön oder ein paar nette Worte. Oft sagte eine Geste oder ein Blick so viel mehr aus, als jeder Satz es in diesem Moment hätte tun können.

Mein Cottage kam in Sichtweite, erstrahlte wie ein Leuchtfeuer in der Dunkelheit. Meine beste Freundin hatte die Angewohnheit, alle Lichter einzuschalten. Jeder sollte sehen, dass es nicht lohnte, einzubrechen, so lange sich jemand im Haus befand.

Gemeinsam stiegen wir die Stufen nach oben und blieben vor der Eingangstür stehen. Nate hielt meine Hand, stellte den Korb auf die Fußmatte. Verlegen scharrte er mit einem Fuß auf den Holzdielen und sah nach unten.

Er wirkte, als würde er sich für sein Verhalten schämen, und wüsste nicht, was er dazu sagen sollte. Es war ihm offensichtlich unangenehm, dass ich ihn schwach und verängstigt gesehen hatte. Bevor wir noch länger wie zwei verunsicherte Teenager hier stehen würden, ergriff ich das Wort. Ich räusperte mich und er schaute mich an. Unsicherheit funkelte in seinem Blick mit.

»Nate, es gibt nichts, wofür du dich schämen musst. Wenn deine Ängste bei jemandem gut aufgehoben sind, dann bei mir.« Ich lächelte ihn aufmunternd an, drückte sanft seine Hand. Er atmete erleichtert aus und es war, als fiele ihm eine Last von den Schultern.

»Ich kann dir nicht genug dafür danken, auch wenn ich noch immer nicht ganz verstehe, warum du das für mich machst … Ich meine, wir kennen uns erst einige Tage«, fügte er hinzu und verwob seine Finger mit meinen.

»Nenn mich naiv, aber es ist ein Instinkt, dem ich folge und hoffe, dass er mich nicht wieder im Stich lassen wird.«

Mike war ein Thema, worüber wir bislang nicht gesprochen hatten. Als ich seinen fragenden Blick auf mir spürte, zog ich ihn zum Treppenabsatz, setzte mich auf die Stufen und klopfte auf das Holz neben mir. Abwartend sah er mich an, doch mich überrollte Unsicherheit. Mit dem Fuß trommelte ich auf die Stufen, bis er mir eine Hand auf das Knie legte und mich beruhigend anlächelte.

»Wir beide haben einiges aufzuholen. Es gibt etwas, wovon ich dir erzählen sollte«, begann ich und ließ ihn an meiner Vergangenheit teilhaben. Auch wenn es noch so schmerzhaft war, redete ich mir alles von der Seele. Selbst Mikes Worte gab ich eins zu eins wieder. Auch die Enttäuschung, die er mir damit zugefügt hatte und wie ich mich deshalb fühlte. Starr blickte ich in die Dunkelheit, die mit jeder Erinnerung näher gekommen war. Wenn er nicht hier gesessen und meine Hand gehalten hätte, wäre ich gegen den Drang, ihr nachzugeben, nicht angekommen.

Als er sich mir zuwandte, drehte ich den Kopf und sah ihm in die Augen. Wie so oft wurde ich von dem Strudel angezogen, gefangen genommen und festgehalten. Sein Blick machte mir deutlich, dass dieser Abschnitt meines Lebens in der Vergangenheit lag und er meine Zukunft sein würde. Alles war anders, alles war möglich.

»Es tut mir schrecklich leid, was er dir angetan hat. Auch wenn es nur ein paar Worte sind, die vom Wind davongetragen werden, kann ich dir versichern, dass ich dich niemals betrügen werde. Sollte ich dir unbewusst wehtun, werde ich alles dafür tun, um es wiedergutzumachen. Das kann ich dir versprechen.«

Sanft legte er seine Stirn gegen meine. Ich schloss die Augen und genoss seine Berührung. Erleichtert, dass er bei mir war und mir Mut spendete, atmete ich aus. Zart umfasste er mein Gesicht mit beiden Händen und küsste mich. Erst war die Berührung zaghaft, wurde immer leidenschaftlicher.

Mich durchströmte ein unbändiges Glücksgefühl. Jeden noch so kleinen Fetzen beanspruchte ich für mich, zog fest daran, um sie zu verinnerlichen und zu einem anderen Zeitpunkt davon zehren zu können.

»Ich würde gerne bei dir bleiben, aber Matilda ist bestimmt da, oder?«, durchbrach er die Stille.

Ich nickte nur, spürte das Bedauern durch meinen Körper kriechen.

»Dann holen wir auch das nach?«, fragte er und lächelte mich an.

»Das werden wir«, flüsterte ich und erhob mich. Wir erhoben uns und Nate wandte sich zum Gehen ab.

Aus der Dunkelheit schälte sich eine schemenhafte Gestalt. Ich blinzelte mehrfach, um zu erkennen, wer es war. Nate spähte in die gleiche Richtung und stellte sich beschützend ein Stück vor mich. Je näher die Person kam, desto mehr beschlich mich die Befürchtung zu wissen, wer es war.

Als die Verandabeleuchtung sein Gesicht erhellte, war ich mir sicher und schlug mir erschrocken die Hand vor den Mund. »Mike«, flüsterte ich. Nate blickte zwischen mir und dem Mann aus Boston hin und her.

»Louise!«, rief er und beschleunigte sein Schritttempo. Nate schob sich weiter vor mich. Angsterfüllt klammerte ich mich an seinen Arm. Verwirrt über den Anblick blieb Mike vor den Stufen stehen und starrte mich an.

Als sich unsere Blicke trafen, zielten tausend Nadelstiche auf mein Herz und ließen mich schmerzerfüllt zusammenzucken. Nate reagierte schnell und umfasste meine Hüfte, bevor mein Körper auf dem Boden aufprallen konnte.

»Ist alles in Ordnung?«, erkundigte er sich besorgt und stützte mich. Ich sah in seine blauen Augen und wusste, dass es mit ihm an meiner Seite nichts gab, was ich nicht hätte überstehen können. Der Schmerz verschwand genauso rasch, wie er gekommen war.

Wie versteinert verharrte Mike vor den Stufen. Ich richtete mich auf und er tat einen Schritt auf uns zu, aber Nate gab ihm ein Zeichen, sich nicht von der Stelle zu bewegen.

Ich stützte mich gegen die Verandabrüstung und richtete meine Worte an Mike, dessen Auftauchen ich nicht verstehen konnte. »Was willst du hier?«, fragte ich.

»Bitte lass uns reden!«, flehte er.

»Ich glaube nicht, dass sie mit dir reden will! Du solltest zurück in dein Loch kriechen!«, mischte Nate sich ein. Ich schaute ihn an und erkannte die rasende Wut in seinen Augen. Der sanftmütige Mann war verschwunden und vor mir baute sich der Kämpfer in ihm auf. Alle Muskeln an seinem Körper waren angespannt, bereit, jederzeit dazwischen zu gehen.

Vorsichtig legte ich ihm die Hand auf die Schulter. Das hier war nicht seine Auseinandersetzung. »Schon gut. Ich kläre das. Geh du ruhig.«

Fragend blickte er mich an. Aber ich nickte ihm zu. Es war an der Zeit, mich den Dämonen meiner Vergangenheit zu stellen und das musste ich alleine tun, um sie ein für alle Mal in die Versenkung zu schicken. »Nate, lass mich das regeln«, bat ich in ruhigem Ton.

Er haderte mit sich. Ich gab ihm einen Kuss auf die Wange und er beruhigte sich endlich. Schwer atmete er aus, lehnte seine Stirn an meine und seufzte.

»Matilda ist im Haus. Bitte hab keine Angst zu schreien, wenn er es übertreibt«, presste er leise hervor, sodass Mike ihn nicht hören könnte. Zum Abschied küsste er mich erneut und wandte sich zum Gehen ab. Bis über beide Ohren grinsend blickte ich ihm nach, bis die Dunkelheit ihn verschluckte und er eins mit der Finsternis wurde. Nate gab mir die nötige Kraft und den Mut, die Situation selbst zu klären. Ich drehte mich dem ungebetenen Besuch zu. »Ich wiederhole mich nur ungern. Was willst du?«

»Louise, bitte lass uns reden!«, bat er, aber ich schüttelte den Kopf.

»Willst du mir wieder beteuern, dass alles nicht so ist, wie es scheint? Hast du das nicht schon hundertmal getan und ich habe dir jedes Mal geglaubt?« Mit jedem Wort wurde meine Stimme lauter. Der unterdrückte Zorn bahnte sich endlich seinen Weg an die Oberfläche. Verzweifelt tigerte er vor der Treppe auf und ab. Ich war dankbar, dass wir Distanz zwischen uns hatten, sonst hätte ich nicht garantieren können, dass die Wut die Kontrolle übernahm. Ungestüm erklomm er die ersten Stufen. Abwehrend hob ich die Hände.

»Mach das nicht!«, warnte ich ihn. Mike raufte sich die Haare, blieb jedoch auf der dritten Sprosse stehen. Wenn ich ihn so ansah, zerknirscht und bettelnd wie er vor mir stand, gab es für mich keinen Zweifel mehr. »Du hast mich lange genug im Dunkeln tappen lassen! Du hast uns zerstört, mich von dir weggestoßen! Das habe ich nicht verdient. Am besten gehst du zurück zu Alice. Spielt heile Familie miteinander, aber verschwinde aus meinem Leben!« Jedes einzelne Wort presste ich mit Nachdruck hervor und hoffte, dass er endlich verstand, wie unerwünscht er in Southport war. Er bewegte sich auf mich zu, doch ich schüttelte warnend den Kopf, drehte mich von ihm weg und ging Richtung Tür. Ich blieb auf der Fußmatte stehen und lauschte den sich entfernenden Schritten.

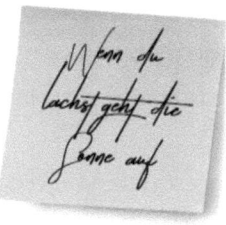

Kapitel 34

Nate

Ich hatte keine Ahnung, was ich von der Situation und der Tatsache, dass sie mich einfach so weggeschickt hatte, um mit ihm alleine zu reden, halten sollte. Dieser Dreckskerl hatte sie verletzt und trotzdem gab sie ihm die Möglichkeit, sich bei ihr mit Ausflüchten und Erklärungen einzuschleimen.

Southport lag friedlich vor mir. Beinahe, als wolle es die Arme ausbreiten und mich tröstend umschlingen. Vereinzelt wurde das Innere eines Hauses mit fahlem Licht beleuchtet, Schatten bewegten sich darin und wuselten durch die Räume. Fasziniert verharrte ich auf der gegenüberliegenden Straßenseite und beobachtete das rege Treiben. Schalen und Teller wurden auf einem Tisch abgestellt, leises Lachen drang an mein Ohr. Das war die Stadt, die ich seit meiner Geburt *Zuhause* nannte. Doch erst in diesem Moment war es, als hätte ich die Segel ein letztes Mal eingeholt, um in den

Zielhafen einzufahren und mein Boot vor Anker zu legen. Keine rastlosen Fahrten mehr, keine Suche nach etwas, von dem ich bislang nicht benennen konnte, was genau es war. Das Bild einer ganz bestimmten Person schlich sich in mein Bewusstsein. Louise.

Sie war der Grund, warum ich ankommen wollte.

Schmunzelnd schüttelte ich den Kopf, steckte die Hände in die Hosentaschen und ging weiter. Meine Gedanken kreisten um sie. Es gab nichts anderes, was mich mehr beschäftigte, als die Frau aus dem fernen Boston.

Sie hatte mich in ihren Bann gezogen und sich in mein Herz geschlichen, um es für sich zu vereinnahmen. Bevor ich mich versah, stand ich vor meinem Haus.

Sally bellte, als ich die Treppen emporstieg und sie sprang mich an, nachdem ich aufgeschlossen hatte. Ungeduldig presste meine Hündin sich an mir vorbei und lief suchend über die Veranda. Verwirrt betrachtete ich sie, bis ich verstand, nach wem sie Ausschau hielt.

»Louise ist nicht da. Aber wir gehen sie morgen gemeinsam besuchen, versprochen«, versicherte ich ihr. Bei dem Gedanken, wie wir auseinandergegangen waren, stieg Übelkeit in mir auf. Es gefiel mir nicht, dass sie mit ihm allein war. Wut erfüllte mich und ich schlug mit der Faust gegen den Holzpfosten vom Treppengeländer, bis Schmerz mein Handgelenk durchzuckte. Ich schluckte ihn herunter, so wie ich es mit den Geschehnissen der letzten Wochen ebenfalls getan hatte.

Winselnd hockte mein Retriever sich auf die Holzdielen und blickte mich mit ihren braunen Knopfaugen an. Sofort stellte sich mein schlechtes Gewissen ein, weil ich sie nicht mitgenommen hatte, obwohl ich wusste, dass sie die Café-Besitzerin genauso gerne mochte, wie ich es tat.

Ich streichelte ihr durch das Fell und zog die Tür von außen zu. Es war an der Zeit, dass wir noch eine Runde spazieren gingen, damit sie ein wenig Auslauf bekam und hoffentlich ihre Gram über die Tatsache, dass Olli sie hergebracht hatte, vergaß. Sally stundenlang alleine zu lassen, war nicht meine Art. Normalerweise begleitete sie mich überall hin, doch wenn ich sie mit zu Louise nahm, war es wie ein kleiner Machtkampf, den wir gegeneinander ausfochten.

Während wir durch die Straßen liefen, dachte ich über den Tag nach. Bei dem Aufeinandertreffen mit Matilda wäre ich am liebsten in Grund und Boden versunken. Wie ein Feigling war ich davon gerannt, weil ich keine Ahnung hatte, wie ich mit der Situation umgehen sollte. Wenn wir uns wiedersahen, würde ich mich anders verhalten und ihr keinen Anlass geben, mir zu misstrauen. Wegen Louise war es mir wichtig, dass sie mich mochte.

Aber vor der verwirrenden Begegnung … waren da die Post-it's. Bei dem Gedanken, dass sie jeden Einzelnen aufgehoben und angepinnt hatte, wurde mir warm ums Herz. Es war etwas Besonderes, dass sie ihr so viel bedeuteten.

Die Häuser um mich herum wurden größer und Bäume säumten die Auffahrten zu den Gebäuden. Wenn es nicht bereits Herbst gewesen wäre, würden die Blumen auf den Wiesen in den schillerndsten Farben leuchten.

Sally blieb vor mir stehen und bellte. Ich verstand nicht, was sie mir mitteilen wollte, blickte mich um und erkannte, dass wir vor dem Elternhaus von Lilly angehalten hatten. Die Fenster waren beleuchtet und durch die dünnen Gardinen wirkte es, als säßen sie beim Abendessen. Unwohlsein stieg in mir auf. Es war merkwürdig und auch nicht fair, dass sie wieder zu ihrer Familie hatte ziehen müssen, nur, weil ich mich nicht an sie erinnerte. Aber selbst in diesem Moment fiel mir nichts von unserer gemeinsamen Zeit ein.

Als die Tür aufging und jemand auf die Veranda kam, zuckte ich erschrocken zusammen. Meine Hündin rannte auf die Gestalt zu und ließ sich streicheln.

Ich ging einige Schritte Richtung Haus. »Sally, komm her!«, forderte ich sie auf, wollte nicht, dass sie sich daneben benahm.

Eine weitere Person trat aus dem Lichtkegel auf die Holzdielen und kam die Treppenstufen herunter.

»Nate, schön dich zu sehen.« Betty blieb vor mir stehen und zog mich in ihre Arme. Bevor ich darauf reagieren und ihre Umarmung erwidern konnte, ließ sie mich los. Im Halbdunkel versuchte ich, ihre Mimik zu deuten, aber das Licht war zu schwach.

»Wie geht es dir?« Sie legte mir eine Hand auf den Rücken und führte mich zu den Stufen. Es irritierte mich, dass ich mich wohl und geborgen in ihrer Nähe fühlte, doch ihre Geste war mir vertraut.

Ich ließ mich von ihr führen und stieg die Treppe nach oben. John kniete neben Sally, die alle Viere von sich streckte. Über ihre Unverfrorenheit schüttelte ich den Kopf und lächelte. Als ich einen Blick in den Flur warf, kam mir die Ausstattung bekannt vor. Auch die Rahmen an der Wand erinnerten mich an etwas, doch die Bilder vor meinem inneren Auge blieben aus.

»Möchtest du mit rein kommen?«, fragte er und erhob sich. Freundschaftlich hielt er mir die Hand entgegen, die ich ohne Zögern ergriff.

»Wahrscheinlich ist das keine gute Idee«, lehnte ich das Angebot ab. Der Gedanke, Lilly über den Weg zu laufen, trieb mir Gänsehaut über die Arme. Ich gab Sally ein Zeichen, sich nicht länger wie eine rollige Hündin zu verhalten. Widerwillig rekelte sie sich, stand auf und trottete neben mich.

»Wir gehen jetzt. Danke für die Einladung«, verabschiedete ich mich und verließ die Veranda, ohne mich noch einmal umzudrehen.

Zielstrebig lief ich die Straße entlang und steuerte auf das Apartmenthaus von Oliver zu. Seit einigen Tagen hatten wir uns nicht mehr gesehen und ich wollte mit ihm reden. Die Begegnung mit Lillys Eltern und all die besonderen Momente mit Louise … ich wollte jemanden, der mir zuhörte. Dinge selbst laut auszusprechen und sie jemandem zu erzählen, würde helfen, meine Gedanken zu ordnen und den aufkommenden Nebel zu vertreiben.

Ganz selbstverständlich griff ich nach dem Schlüssel in meiner Jackentasche. Ich hatte ihn meinem besten Freund nicht zurückgegeben, nachdem ich wieder in mein Haus gezogen war. Rasch entfernte ich mich von der Haustür, legte den Kopf in den Nacken und machte seine Fenster aus. Das Licht brannte. Wenn er noch im Arbeitszimmer saß, hatte er bestimmt die Musik aufgedreht und würde die Klingel nicht mal hören.

Eilig fischte ich den Bund hervor, suchte den passenden Schlüssel und öffnete die Tür. Sally stürmte an mir vorbei und lief die Treppen nach oben. Ich hatte Probleme mit ihr Schritt zu halten.

Außer Puste blieb ich auf dem Treppenabsatz stehen und stützte mich auf den Knien ab. Meine Hündin hockte mit raushängender Zunge vor dem Apartment und wartete ungeduldig darauf, dass mein Puls sich beruhigte. Strafend jaulte sie auf. Der Laut galt mir, dessen war ich mir sicher. Ich straffte die Schultern und kam in die Senkrechte.

»Musst du mich so hetzen?«, stöhnte ich auf und überbrückte die wenigen Schritte.

Den Schlüssel hielt ich in der Hand und verschaffte mir Zutritt zur Wohnung. Bevor ich einen Fuß über die Schwelle setzen konnte, drang statt der erwarteten ohrenbetäubenden Musik Gekicher an mein Ohr, gefolgt von einem Stöhnen.

Leise schlich ich durch den Flur und blieb vor der angelehnten Tür zum Schlafzimmer stehen. Je näher ich dem Raum kam, umso mehr kroch ein Verdacht meine Kehle hoch, der mir den Magen umdrehte. Als ich die Tür aufstieß und sich meine Vermutung bestätigte, war es, als würde man mir mit der Faust auf die Brust schlagen und mir die Luft aus den Lungen pressen.

Oliver und Lilly rekelten sich nackt im Bett. Beide blickten mich erschrocken an, als ich in das Zimmer trat und fassungslos zwischen ihnen hin und her sah. Lilly zog die Decke bis zum Hals und mein bester Freund setzte sich schützend vor sie. Eine Geste, die ich selbst wenige Stunden zuvor benutzt hatte.

»Ist das euer verdammter Ernst?«, fragte ich entsetzt und schüttelte verständnislos den Kopf. Ich tigerte auf und ab, versuchte nachzuvollziehen, was hier vor sich ging und warum es mir so viel ausmachte, dass sie glücklich miteinander waren.

Wenn ich in ihrer Nähe gewesen war, hatte sie meist geweint und sich von mir missverstanden gefühlt. Und jetzt … Ich hielt inne und starrte sie an. Unsere Blicke bohrten sich ineinander. Ihr Gesichtsausdruck hatte sich verändert. Auch wenn sie mich zerknirscht ansah und nervös auf der Unterlippe kaute, wirkten die Fältchen um ihre Augen nicht mehr traurig. Sally stupste mir mit der Nase gegen die Handinnenfläche, doch ich ignorierte ihre auffordernde Geste und trat einen Schritt auf meine ehemalige Verlobte zu.

»Wie lange geht das schon mit euch?«, warf ich in den Raum. Als meine Stimme ertönte, erschrak Lilly und wich zurück. Mein bester Freund hatte von einem einzigen Kuss gesprochen, aber nicht davon, dass sie auf eine andere Art zusammen waren.

Warum regte ich mich überhaupt so auf? Es war vollkommen in Ordnung, was hier geschah. Ich kam mir nur fehl am Platz vor, weil ich ohne Vorwarnung aufgetaucht war und sie gestört hatte. Mehrfach atmete ich tief durch und versuchte, mich zu beruhigen.

»Erst ... also ... seitdem ich ausgezogen bin ... wir haben zusammen getrunken und dann ... ist es passiert. Wir wussten vorher selbst nicht, dass Gefühle im Spiel sind«, rechtfertigte sie sich.

Mein Gehirn wiederholte ihre Worte und verarbeitete sie nach und nach. Verständnisvoll nickte ich, auch wenn mir die Begegnung unangenehm war. *Was zum Henker hatte ich mir dabei gedacht, ohne Bescheid zu geben, in seine Wohnung zu platzen?*

»Nate, bitte sei nicht sauer. Ich wollte dich nicht verletzen. Ganz sicher nicht. Es ist eben einfach passiert.« Lilly setzte sich auf, rutschte mit dem Laken um die Brust geschlungen an die Bettkante, aber ich wich instinktiv zurück. Ich war derjenige, der etwas falsch gemacht hatte und sonst niemand. Verlegen rieb ich mir mit der Hand übers Gesicht.

Mein bester Freund hatte sich noch nicht geäußert. Ich drehte meinen Kopf und musterte ihn. Wie versteinert verharrte er und starrte mich an.

»Kumpel ... es ist nicht so ... Wir haben doch bereits darüber gesprochen. Ich hatte dir ...«, setzte er an, aber ich hob abwehrend die Hand.

Wenn ich ehrlich zu mir selbst war, verwirrte mich die Tatsache, dass er und sie ... ich schüttelte den Kopf. *Warum regte ich mich überhaupt auf?* Es war mir egal, denn das zwischen ihr und mir war vorbei.

»Es gibt nichts, was du erklären müsstest. Ganz im Gegenteil«, warf ich ein und tippte mir mit den Fingern ans Kinn, bis ich die richtigen Worte fand. »Ich will, dass ihr glücklich seid. Das ist alles.« Mehr musste ich nicht sagen. Es stimmte und ich hatte es mit voller Überzeugung und aus tiefstem Herzen ausgesprochen.

Nun war ich derjenige, der sich für sein unangekündigtes Auftauchen schämte. Ich gab Sally ein Zeichen und sie trabte Richtung Tür.

»Tut mir leid«, stammelte ich und verließ den Raum. Eilig lief ich aus dem Apartment und nahm die Stufen im Doppelschritt.

Vor dem Gebäude atmete ich die frische Luft ein, füllte meine Lungen mit Sauerstoff. Ich versuchte, in mich hinein zu hören und das Emotionschaos zu sortieren. Es hatte keinen Grund gegeben, ihnen Vorwürfe oder dergleichen zu machen. Immerhin war ich derjenige, der sich nicht erinnerte. Lilly konnte nichts für den Unfall und musste trotzdem unter meinem Gedächtnisverlust leiden.

Sie hatte jedes Recht, ihr Glück zu finden. Und wenn mein bester Freund ihr das gab, wozu ich nicht fähig war, dann sollte ich froh sein, dass sie sich für ihn entschieden hatte. Er war ein toller Kerl und so viele Jahre alleine.

Mein Herzklopfen zwang mich, stehenzubleiben und mir Halt zu suchen. Sally hockte sich neben mich und starrte mich ungeduldig an, drängelte mich aber nicht zur Eile an. Ich war wie gelähmt, nicht dazu in der Lage, mich von der Stelle zu bewegen.

Was zum Teufel war mit mir los? Ich legte die Stirn gegen die Hauswand. Die Kälte der Backsteine half, meine Gedanken zu sortieren. Mein Herzschlag beruhigte sich allmählich und auch meine Hündin wurde ruhiger. Mit ihren knopfrunden Augen blickte sie mich eindringlich an.

Ich glitt an der Mauer hinab und blieb sitzen, bis der Angstzustand abgeebbt war und ich mich auf den Beinen halten konnte. Meine Hand verschwand in ihrem Fell. Sallys Wärme spendete mir Ruhe, ließ mich runterkommen und wieder gleichmäßig atmen.

Kapitel 35

Louise

Bevor ich hinein ging, musste ich mich sammeln. Die Stirn lehnte ich an das kühle Holz der Tür, atmete tief durch. *Warum musste er ausgerechnet jetzt hier auftauchen, wenn ich endlich weitermachen wollte?*

Ich blinzelte die Tränen weg, steckte den Schlüssel ins Schloss und öffnete den Zugang. Im Flur zog ich die Jacke aus, schlenderte in die Küche und warf sie über einen Stuhl. Vor mich hin summend betrat ich das Wohnzimmer und hielt abrupt inne, als ich Matilda sah. Sie saß zusammengekauert auf dem Sofa, wiegte sich vor und zurück. Die Aufregung über die heutigen Ereignisse verflog schlagartig.

Rasch eilte ich an ihre Seite und setzte mich neben sie. Ihre Augen waren rot unterlaufen und ihr Gesicht feucht von den vergossenen Tränen.

»Hey, was ist denn los?«, fragte ich leise und streichelte ihr mit der Hand über den Rücken. Es irritierte mich, die Fröhlichkeit in Person so zu sehen. Sie weinte selten und wenn nur vor Freude. Aber, dass sie so aufgelöst war … ich konnte mich an keine Situation erinnern, in der sie jemals so reagiert hatte. Die Begegnung mit Mike war vergessen.

»Brian und ich … wir haben uns getrennt«, stammelte sie.

»Aber … das kann ich mir nicht … was ist denn … komm her!« Ich legte meinen Arm um ihre Schulter und zog sie an mich. Schluchzend bebte ihr Körper an meiner Brust.

Meine Sorge, was zwischen ihnen vorgefallen war und warum sie sich für einen solchen Schritt entschieden hatten, wollte gestillt werden, aber jetzt zählte nur sie und ihr Kummer. Ich ließ ihr alle Zeit, die sie brauchte. Es hatte mich gewundert, warum sie zu einer so unchristlichen Uhrzeit im Café aufgetaucht und dann auch noch alleine gewesen war, aber weder ich hatte die Ruhe gefunden zu fragen, noch hatte sie den Eindruck erweckt, als sei etwas nicht in Ordnung. Wir verharrten in dieser Position, bis ihre Tränen versiegten und sie mich mit verweinten Augen ansah.

»Geht's wieder?«, fragte ich und wischte ihre Wangen trocken. Meine beste Freundin nickte. »Magst du mir erzählen, was passiert ist?«, hakte ich vorsichtig nach. Keinesfalls sollte sie sich bedrängt fühlen.

»Er ist nicht mehr glücklich. Mehr hat er nicht gesagt. Danach hat er seine Sachen gepackt, Mathew und mich einfach alleine zurückgelassen.« Stumm rannen abermals die Tränen über ihr Gesicht und ließen sie leise wimmern.

Neben der Couch hatte sich ein Haufen aus benutzten Taschentüchern angesammelt. *Wie lange saß sie schon hier?*

»Aber … ich verstehe nicht ganz. Er ist einfach so gegangen?« Laut schnäuzte sie sich die Nase. »Habt ihr euch denn gestritten oder ist irgendwas anderes vorgefallen?«

Wortlos stand sie auf und ging zum Fenster. Mit dem Rücken zu mir gewandt blickte sie stumm in die Dunkelheit und strich mit dem Finger über den weißen Rahmen, sagte aber nichts. Ich wollte sie nicht noch mehr drängen, als ich es eben mit meiner Frage getan hatte.

»Wir haben uns einfach auseinandergelebt. Das Miteinander …« Sie holte tief Luft. »Ist seit der Geburt von Mathew auf der Strecke geblieben. Brian hat sich immer mehr zurückgezogen. Anstatt etwas dagegen zu machen, habe ich es hingenommen und stillschweigend mit angesehen, wie unsere Ehe an der immer größer werdenden Distanz allmählich zerbrochen ist.« Kopfschüttelnd senkte sie den Blick und seufzte laut. Ich erhob mich, ging auf sie zu und schlang meine Arme von hinten um ihre Taille. Sie war meine beste Freundin, ich ertrug es nicht, sie am Boden zerstört zu sehen und nichts dagegen tun zu können.

Bis sich Matilda beruhigte, blieben wir regungslos stehen.

***

Ich konnte nicht einschlafen. Matilda hatte sich endlich ein wenig beruhigt und war eingedöst. Leise seufzend lag sie neben mir. Das Durcheinander, in das sich ihr Leben verwandelt hatte, und der Versuch das alles zu verstehen, hielten mein Gehirn auf Trab. Vorsichtig rutschte ich zur Bettkante und stand auf. Ein letztes Mal vergewisserte ich mich, dass sie schlief, bevor ich mich aus dem Raum schlich.

Die Treppen stieg ich so hinab, dass sie nicht knarzten. Es gab einige Stellen, die ich betreten konnte, ohne dass das ächzende Geräusch ertönte. Bevor ich wusste, was ich tat, hatte ich mir eine Jacke übergezogen und war in meine Schuhe geschlüpft. Um bei meiner Rückkehr etwas sehen zu können, schaltete ich die Verandabeleuchtung ein.

Die Tür fiel hinter mir ins Schloss und ich machte mich auf den Weg zu Nate. Bislang war ich nicht bei ihm gewesen, hatte aber Emmas Worten gelauscht und rief mir in Erinnerung, wo sein Haus lag. Rasch beschleunigte ich meine Schritte, um der Kälte keine Möglichkeit zu bieten, mir in die Glieder zu kriechen.

Das von ihr beschriebene Gebäude kam in Sichtweite. Die Straßenbeleuchtung war in dieser Gegend um einiges besser als bei meinem Cottage. Je näher ich kam, desto überzeugter war ich, dass ich richtig war.

Nervös stieg ich die Stufen empor und überlegte mir, was ich sagen sollte. In einem der Fenster brannte noch Licht. Hoffentlich weckte ich ihn nicht, wenn ich unangekündigt hier auftauchte und dass zu so später Stunde.

Ich hob die Hand, um zu klopfen, ließ sie aber unsicher wieder sinken. Der Mut hatte mich verlassen. Als hätte ich nicht mehr alle Tassen im Schrank, flüsterte ich mit mir selbst.

»Komm schon, Louise. Du bist hier, weil du ihn vermisst und bei ihm sein willst. Das ist Grund genug, um endlich anzuklopfen.« Verwirrt über mein Mantra, schüttelte ich den Kopf und grinste. Irgendwie kam ich mir total blöd vor, dabei war es verständlich, dass ich die Nacht mit meinem Freund verbringen wollte.

Matilda zurückzulassen, war mir nicht leicht gefallen, aber die Sehnsucht meines Herzens nach Nates Nähe, war größer. Vielleicht redete ich mir die Sehnsucht nur ein, um mich zu vergewissern, dass er alleine war und nicht eine gewisse Frau neben ihm im Bett lag. Wenn ich wollte, dass das hier funktionierte, musste ich meine Bedenken herunterschlucken und aufhören, Vermutungen anzustellen, weil ein anderer Mann mich verletzt und hintergangen hatte.

Ich rief mir in Erinnerung, dass Nate ein so viel besserer Mensch war als Mike … Aber so sehr ich es versuchte, die Angst, dass er sich erinnerte und zu Lilly zurückging, brodelte unter der Oberfläche.

Ich hob den Arm und klopfte schnell, bevor ich ein weiteres Mal den Schwanz einziehen konnte.

Aufgeregt trat ich von einem auf den anderen Fuß, bis ich Schritte im Inneren vernahm. Jemand betätigte den Türgriff, Licht schien mir ins Gesicht und blendete mich für den Bruchteil einer Sekunde.

»Louise«, wisperte er und bevor ich mich versah, hatte er mich an sich gezogen und seine Arme um meine Mitte gelegt.

Er führte mich ins Haus und schlug die Tür zu. Ich zuckte erschrocken zusammen, aber er ließ nicht von mir ab. Die Jacke hatte er mir im Stolperschritt von den Schultern geschoben und seine Finger bahnten sich einen Weg unter mein Shirt. Sanft berührte er meine Haut, packte mich und hob mich hoch.

Die Beine schlang ich um seine Hüften und ohne von meinen Lippen abzulassen, trug er mich Stufe für Stufe in das obere Stockwerk. Ich nestelte an seinem Pullover und ließ ihn achtlos auf die Treppe fallen. Meiner folgte und landete direkt daneben.

Wohin er lief, bekam ich nicht mit, bis er mich zaghaft auf der Matratze ablegte, sich zwischen meine Schenkel kniete und mich eingehend betrachtete.

Die Straßenlaternen hüllten das Zimmer in blasses Licht. Es war schwer, seine Gesichtszüge auszumachen, aber als er sich zu mir herab beugte, blitzte in seinen Augen Sehnsucht auf. Sie traf mich mitten ins Herz und ich hegte keinen Zweifel mehr, dass es richtig gewesen war herzukommen, um mit ihm zusammen zu sein.

Nate öffnete meine Jeans und zog sie mir vorsichtig aus. Während er seine Jogginghose nach unten gleiten ließ, verharrte er vor dem Bett und ich konnte seinen nackten Oberkörper eingehend betrachten. Ein leichter Haaransatz schlängelte sich von seinem Bauchnabel bis unter den Gummizug der Boxershort. Deutlich zeichneten sich die Muskelstränge unterhalb der Brust ab und ich sog die Luft scharf ein.

Ich stützte mich auf den Armen ab und streckte mich nach ihm aus. Er kam einen Schritt näher und ich konnte sanft mit den Fingerspitzen über seine Haut fahren. Als ich ihn berührte, hielt er den Atem an. Erschrocken zog ich die Hand zurück, aber er hielt sie fest und führte sie über seinen

Bauch. Dieses Mal fiel mir das Atmen schwer. Hart hämmerte sein Herz unter der Brust, trieb meinen Puls zur Schnelligkeit an.

Seine Hand suchte sich ihren Weg über meine Wange, an meinem Hals hinab und bis zur Schulter. Mit zwei Fingern schob er die Träger meines BHs herunter, beugte sich nach vorne und öffnete ihn. Achtlos warf er ihn auf den Boden. Hitze stieg in mir auf, ließ mich erschaudern und frösteln zur gleichen Zeit.

Als er mich auf die Matratze drückte, sank ich auf die Laken und wartete darauf, was er vorhatte. Fragend sah er mich an und ließ seinen Blick zwischen meinen Augen und meinem Höschen auf und abgleiten. Rasch nickte ich, konnte es kaum erwarten, ihm endlich nah zu sein, seine Wärme auf eine ganz andere Art zu spüren. Er griff unter den Rand meiner Unterwäsche und zog sie nach unten.

Vollkommen nackt lag ich vor ihm, traute mich nicht, mich auch nur einen Zentimeter von der Stelle zu bewegen. Emotionen keimten in mir auf und ergriffen Besitz von mir. Ich konnte sie nicht auseinanderhalten. Leidenschaft, Glücksgefühle, die Gier nach mehr mischten sich zusammen und brodelten unter der Haut. Alles war das reinste Durcheinander und ich versuchte, mich auf uns zu konzentrieren. Bevor er sich zu mir herabbeugen konnte, setzte ich mich auf, strich am Gummizug entlang und streifte die Shorts herunter. Schmunzelnd blickte er mich an.

»Du bist wunderschön«, wisperte er und schob eine Haarsträhne hinter mein Ohr.

Als ich meine Finger auf Erkundungstour schickte, legte er seufzend den Kopf in den Nacken und genoss meine Berührungen.

Sanft berührte ich mit einer Hand seine Oberschenkel, fuhr hinauf zu seiner Brust, nur um seitlich in Zeitlupe hinabzugleiten.

»Du raubst mir den letzten Nerv«, stöhnte er und sah mich an. Ein Grinsen umspielte seine Lippen. Ungeduldig beugte er sich zu mir und gab mir keine Chance, seinen Körper zu erforschen. »Weißt du, dass ich darauf gewartet habe, bis du mir signalisierst, dass du es auch willst?« Sein Atem streifte meinen Mund, ließ mich frösteln. Er kam mir näher und ich sank automatisch nach hinten, bis ich die Matratze unter mir spürte.

Ruppig packte er mich an der Hüfte und schob mich ein Stück weiter nach oben. Vor meinem Gesicht verharrte er in der Bewegung. Sein Anblick presste mir die Luft aus den Lungen.

»Louise, ich werde dich nicht verletzen, versprochen«, flüsterte er nah an meinem Ohr.

Stumm nickte ich, konnte es kaum erwarten, mich mit ihm zu vereinen. Jeder Muskel an mir zitterte, wartete gebannt darauf, dass er mir endlich näher kam.

Gierig rieb ich mein Becken an seinem Unterleib. Nates Körper bebte über mir, als er sich zu mir herab beugte. Sein Atem ging schwer und sein Blick hielt mich in Zaum.

In Zeitlupe schob er sich tiefer zwischen meine Beine. Seine Härte berührte mich und ließ mich aufstöhnen. Ungeduldig schob ich meine Hüfte in seine Richtung, bis er sanft in mich eindrang. Zwischen uns gab es keine Distanz mehr, näher würde er mir nie sein können, als in diesem Moment.

Erregung überwältigte mich, ließ mich vergessen zu atmen. Der Emotionscocktail brach über mir zusammen und füllte jeden Millimeter meines Inneren aus. Ich konnte mich nicht beherrschen, hielt mich hilfesuchend an ihm fest, hatte Angst, dass mich das aufschäumende Durcheinander fortspülte. Alles prasselte auf mich ein, aber das einmalige Gefühl, bei ihm zu sein, schwemmte alles andere in den Hintergrund. Jede einzelne Berührung war wie ein Hammerschlag, der mich unvorbereitet traf. Durchdringend und bahnbrechend.

Leicht legten sich seine Lippen auf meine, küsste meinen Hals hinab bis zum Schlüsselbein. Seine Hand glitt meinen Rippenbogen hinauf, bis zur Brust. Er umspielte sanft meine harten Brustwarzen mit den Fingerspitzen, zwirbelte sie, bis ich vor Lust aufstöhnte. Fordernd trieb er sich tiefer in mich, brachte mich an den Rand des Wahnsinns. Der Höhepunkt kündigte sich an, aber Nate erlöste mich nicht. Stattdessen beförderte er mich mehrfach quälend langsam zur Klippe, doch ließ er mich nicht in die Tiefen der Erlösung springen.

»Louise ... ich kann ... wow«, stammelte er. Ich verschloss seinen Mund mit meinem, krallte meine Finger in seinen Rücken und zog ihn enger an mich. Flehentlich hob ich ihm mein Becken entgegen, wollte jeden Millimeter auskosten.

Kreisend bewegte er seine Hüften, füllte jeden Zentimeter von mir aus. Ich stöhnte laut, bäumte mich auf. Tausend kleine Nadelstiche penetrierten mich an den Stellen, an denen sich unsere Haut berührte, peitschten durch jede Faser meines Körpers. Alles war so intensiv, vertraut und doch vollkommen anders, als ich es kannte. Wir waren Eins.

Die Leidenschaft, die ich für ihn empfand, gepaart mit den innigen Gefühlen, ließen mich alles vergessen. Wir verschmolzen miteinander, wurden zu einer Einheit mit gemeinsamem Rhythmus. Verlangend schlang ich meine Beine um seine Hüften, um ihn noch tiefer in mir aufzunehmen.

Unkontrolliert krallte ich meine Nägel ins Laken, als ich das aufkommende Hochgefühl nicht länger zurückhalten konnte und Nate mich nicht weiter quälte. Mein Körper bäumte sich auf, reckte sich ihm entgegen. Der Höhepunkt durchzuckte meinen Körper und suchte sich den Erdungspunkt in meinem Lustzentrum. Zusammen sprangen wir über den Abgrund, tauchten zeitgleich in die Fluten der Erlösung ein.

Keuchend lag ich unter ihm und ließ den Sauerstoff brennend meine Lungen füllen. Allmählich lichtete sich der Lustnebel in meinem Hirn und ich registrierte, was wir soeben getan hatten.

Ich war sprachlos. Niemals war der Sex mit einem Mann dermaßen intensiv und einnehmend gewesen, wie mit ihm.

Nate sank neben mir auf die Matratze, atmete ebenso schwer, wie ich. Mir fehlten die Worte. Keine Ahnung, wie ich dieses einmalige Erlebnis hätte beschreiben sollen. In all den Jahren hatte ich nichts Vergleichbares erlebt.

Ich legte meinen Kopf auf seine Brust, lauschte seinem gleichmäßigen Puls. Sein Herz schlug im Einklang mit meinem. Wie eine Einheit.

»Ist das echt?«, fragte er in die Stille hinein. Seine Finger zeichneten Kreise auf meiner Haut und hinterließen an jeder Stelle ein Kribbeln.

Ich zwickte ihm in den Oberarm.

»Au! Wofür war das denn?« Seufzend rieb er sich die Stelle.

»Du wolltest doch wissen, ob es real war«, kicherte ich und drehte mich vorsichtshalber von ihm weg. Er war schneller, packte mich und hielt mich an den Armen fest.

»Ach, zeigst du jetzt dein wahres Gesicht?«, hauchte er in mein Ohr. »Bist du etwa eine kleine Hexe?«, fügte er lachend hinzu und kitzelte mich am Bauch.

Ausgelassen feixten wir miteinander. Ich genoss es, mich in seiner Nähe gehen lassen zu können, mir keine Gedanken machen zu müssen, ob mein Verhalten angemessen war oder nicht.

»Das war Wahnsinn«, brachte ich hervor, nachdem wir uns beruhigt hatten und mein Kopf wieder auf seiner Brust ruhte.

»Ja, das war es tatsächlich.«

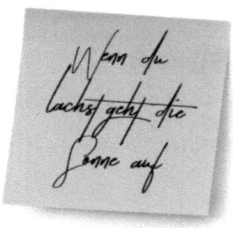

Kapitel 36

Nate

Das fahle Licht der Straßenbeleuchtung schien durchs Fenster, erhellte nur ihre Silhouette. Wenn ich sie schon nicht betrachten konnte, wollte ich ihren Geruch in mich aufsaugen. Louise roch nach den frisch blühenden Rosen im Frühling und einem Hauch von Vanille. Gedankenverloren wickelte ich eine Haarsträhne um meinen Finger und spielte damit.

»Lebst du schon immer hier?«, flüsterte sie.

»Ja, seitdem ich denken kann. Meine Eltern haben mich hier großgezogen«, antwortete ich und verspürte eine tiefe Verbundenheit mit Southport.

»Könntest du dir vorstellen, woanders zu wohnen?«, hakte sie nach.

Mit dem Daumen zeichnete ich feine Linien auf ihrer zarten Haut und dachte über die Antwort nach. Gleichmäßig hob und senkte sich ihr Brustkorb, während sie darauf wartete, dass ich etwas erwiderte. »Ehrlich gesagt habe ich mir bislang darüber nie Gedanken gemacht. Aber welcher Ort ist schöner als unser verschlafenes Städtchen?« Ich drehte mich auf die Seite und streichelte über ihre Wange.

Louise lehnte sich in meine Berührung, schloss die Augen und seufzte leise. Als ich sie küsste, legte sie ihre Hände auf meine Brust. Wärme durchflutete mein Inneres und traf mich mitten ins Herz.

Mein Puls raste, die Worte krochen nur langsam meine Kehle hinauf. Vielleicht wollten sie nicht ausgesprochen werden … aber meine Gefühle ließen nicht zu, dass ich sie länger für mich behielt.

»Louise?«, flüsterte ich zögernd.

»Hmm …«, murmelte sie.

Ich verkniff mir ein Grinsen. »Es gibt etwas, das ich dir sagen möchte.« Um den Kopf abzustützen, lehnte ich meinen Arm auf die Matratze und drückte mich ab. Fest umklammerte sie meine Hand, ihr Atem beschleunigte sich. »Du fragst mich doch nicht, weil du Southport wieder verlassen möchtest?«, setzte ich an, aber sie ließ mich nicht zu Wort kommen.

»Auf gar keinen Fall … endlich denke ich, meinen Platz im Leben gefunden zu haben …«, bevor ich den Mut verlor, legte ich ihr den Zeigefinger auf die Lippen und hoffte, dass sie verstummte.

»Bitte lass mich ausreden, bevor ich mich nicht mehr traue«, bat ich und wartete, bis sie nickte. »Du löst etwas in mir aus, das ich nie für möglich gehalten habe. Mein Leben lang hatte ich das Gefühl, mich auf den endlosen Weiten des

Meeres zu befinden, doch als du aufgetaucht bist, habe ich den Anker ausgeworfen und meine Reise endlich beendet. Ich bin angekommen. Und das mit dir. Also ... ich meine ... wenn du das auch willst«, stammelte ich. Zum Ende des Satzes hatte sich meine Entschlossenheit aus dem Staub gemacht.

Anstatt etwas zu antworten, hielt sie wiedermal den Atem an. Scharf sog sie den Sauerstoff ein, stieß ihn aber nicht wieder hervor. Jetzt konnte ich mir das Lachen nicht länger verkneifen. Gleich morgen würde ich im Netz einen Ersthelferkurs buchen.

»Louise. Hol Luft!« Schwer atmete sie aus und lachte. »Das ist nicht witzig! Du jagst mir jedes Mal einen Schrecken ein!«

Sie streichelte mit den Fingern über meine Haut, ließ mich bei jeder leichten Berührung erschaudern. Es war der reinste Wahnsinn, dass wir so vertraut miteinander waren, als seien wir seit Jahren zusammen. Lächelnd schüttelte ich den Kopf. *Warum hatte sie mir nicht früher begegnen können?*

»Matilda und ihr Mann haben sich getrennt. Ich kann es gar nicht fassen. Das wirkt alles so surreal«, sagte sie leise und durchbrach die Stille.

»Das tut mir leid.« Mir fiel keine andere Antwort ein. Immerhin kannte ich ihre beste Freundin kaum, aber wenn eine Ehe zerbrach, stellte ich mir das mehr als schwierig vor und wollte nicht in ihrer Haut stecken.

»Ich dachte immer, dass nichts ihre Verbindung zerstören könnte«, fügte sie hinzu. Als ich nichts erwiderte, wurde es wieder ruhig um uns. Lediglich ihr Atem war zu hören.

»Nate, ich habe Angst, dass es mir genauso ergeht.« Sie rückte ein Stück von mir ab, lehnte sich auf und sah mich an. »Ich weiß, dass es keine Garantie für eine Beziehung, die Liebe oder auch eine Ehe gibt. Aber sollten wir an einen solchen Punkt kommen, will ich nicht, dass wir kampflos aufgeben. Kannst du mir das versichern?« Ihr Körper bebte und eine Träne tropfte auf meine Schulter. Sanft zog ich sie an mich, bettete ihren Kopf auf meiner Brust und streichelte ihr beruhigend über das Haar.

»Natürlich verspreche ich dir das.« Ich drehte sie auf den Rücken und beugte mich über sie. »Wie könnte ich dich jemals gehenlassen?« Mit dem Daumen wischte ich ihre Wange trocken. Und bedeckte ihre zarte Haut mit hunderten Küssen, bis die Traurigkeit verschwand und sie kicherte.

»Dein Bart kitzelt mich! Hör auf!«, brachte sie lachend hervor und wälzte sich unter mir. Mit den Armen hielt ich sie fest umschlungen und rieb meine Backe an ihrer. Ich ließ mich wieder neben ihr auf die Matratze sinken, zog sie an mich und verharrte für einen Augenblick. Der Alltag und die damit einhergehenden Sorgen sollten fernbleiben. Es gab nur Louise und mich, eingeschlossen in unserer kleinen heilen Blase. Hier war weder Platz für Enttäuschungen, noch für Leid oder Schmerz.

»Und wie geht es mit uns weiter?« Ihre Stimme riss mich aus meiner Trance.

»Ich denke, dass wir schauen, was die Zukunft für uns bereithält. Momentan kann ich mir nichts Schöneres vorstellen, als meine Zeit mit dir zu verbringen. Einfach nur zusammen zu sein, sich austauschen und den anderen besser kennenlernen.« Natürlich hatte ich mir darüber auch Gedanken gemacht, doch ich wusste nicht, wie sie dazu stand, wie sie ihre Beziehungen führte oder was wir voneinander erwarteten.

»Das klingt nach einem guten Plan«, stellte sie fest und lächelte mich an.

»Kann ich dich etwas fragen?« Sanft streichelte ich ihr über den Rücken.

»Na klar.« Sie wollte sich abstützen, aber ich umschlang ihren schlanken Körper und drückte sie auf die Matratze.

Bevor ich meine Frage äußerte, atmete ich tief durch. So war das alles nicht gedacht gewesen, doch sie hatte mich unvorbereitet getroffen. »Ist er wieder weg?«, presste ich hervor. Alleine der Gedanke an ihn ließ den Zorn erneut in mir hochkochen. Ich ballte die Hand zur Faust. Schmerz durchzuckte meinen Arm.

»Du brauchst dir keine Sorgen zu machen. Ich habe Mike weggeschickt.«

Erleichtert stieß ich die Luft zwischen den Zähnen hindurch und die Wut über sein Auftauchen verflüchtigte sich. Dass sie bei mir war und nicht bei ihm, hätte mir Zeichen genug sein müssen.

»Ich sollte gehen. Matilda soll nicht merken, dass ich mich rausgeschlichen habe«, wisperte Louise nah an meinem Ohr. Ihr Atem streifte meine Haut und ließ mich frösteln. Ich griff nach ihr und zog sie auf mich.

»Und wenn ich nicht will, dass du mich alleine lässt?«, fragte ich spielerisch, hielt ihre Hände fest und kitzelte sie. Lachend kugelte sie sich, aber ich gab ihr nicht die

Möglichkeit, sich von mir zu lösen. Ich packte sie, legte sie auf die Matratze und kniete mich über sie. Ohne mein Zutun meldete sich die Lust und presste sich hart gegen ihr Becken.

Das Lachen wich von ihren Lippen und zurückblieb ein Ausdruck von Erstaunen. Es fiel mir schwer, sie gehen zu lassen, doch ich wollte nicht, dass sie Ärger mit ihrer besten Freundin bekam.

»Willst du wirklich los?«, raunte ich ihr ins Ohr und küsste ihren Hals. Gierig rieb sie ihren Unterleib an mir, forderte mich stumm auf, nicht aufzuhören. Ich konnte nicht anders, als mich ein weiteres Mal mit ihr zu vereinigen, die magische Verbindung aufleben zu lassen und mich vollkommen in ihr zu verlieren.

Mit Argusaugen beobachtete ich, wie sie sich bückte und ihre Kleidungsstücke zusammensuchte. Keinesfalls würde ich ihr helfen. Dafür genoss ich den Anblick zu sehr. Als sie nackt durch den Raum huschte, konnte ich mir ein Grinsen nicht verkneifen.

Sie beugte sich über mich, streifte mit ihrem Atem meine Lippen. Ich vergrub meine Finger in ihren Haaren, zog sie an mich und vertiefte unsere zärtliche Berührung. Tänzelnd spielten unsere Zungen miteinander. Widerwillig ließ ich von ihr ab, wusste, dass es Zeit war.

»Ich habe mich in dich verliebt«, flüsterte sie, gab mir einen flüchtigen Kuss und verließ fluchtartig das Schlafzimmer, bevor ich darauf reagieren konnte.

Grinsend verharrte ich auf dem Laken und hing meinen Gedanken nach. An Schlaf war nicht zu denken. Dafür war ich zu aufgewühlt. Mir schwirrte der Kopf. So viele Eindrücke, Geschehnisse und ein Chaos an Gefühlen. Und alles an einem Tag.

Ich blieb im Bett liegen, starrte in die Dunkelheit und dachte darüber nach, was alles geschehen war. Louise war in mein Leben gestürmt. Wie ein Tornado hatte sie mich mitgerissen und hielt mich seitdem in ihrem trichterförmigen Strudel gefangen. Bei der Erinnerung an sie und den heutigen Abend schmunzelte ich.

»Ich habe mich in dich verliebt«, hatte sie gesagt. Das Bild von ihrem Gesicht tauchte vor meinem inneren Auge auf, verschwamm und vermischte sich mit Lillys Anblick. Ich schüttelte die Vorstellung ab. Das konnte nicht sein. Ich versuchte, mich auf die neue Frau in meinem Leben zu konzentrieren, aber Lilly schlich sich wieder und wieder dazwischen.

Schließlich stand ich auf und hoffte, dass Bewegung meine vernebelten Sinne klärte. Mit jedem Schritt Richtung Badezimmer wurde der Schmerz in meinem Schädel schlimmer. Hart hämmerte er mir gegen die Stirn. Im Bad stützte ich mich auf dem Rand des Waschbeckens ab, betätigte mit viel Mühe den Wasserhahn und war dankbar, als das kühle Nass meine Handgelenke traf.

Ich hob den Kopf und blickte mein Spiegelbild an. Blass wie ein Geist mit tiefen Augenringen schaute ich mir entgegen. Erschrocken über meinen Anblick zuckte ich zusammen. Ohne etwas dagegen tun zu können, rauschten vor meinem inneren Auge Bilder vorbei, die ich nicht zuordnen konnte. Mein Bewusstsein musste mir einen

Streich spielen. Mit der feuchten Hand rieb ich mir über das Gesicht, doch es half nichts, der Andrang nahm nicht ab. Ganz im Gegenteil. Die Szenen wurden immer mehr und wirbelten durcheinander.

Mir schwirrte der Schädel. Ich schwankte zurück, wollte mich am Unterschrank festhalten, aber ich bekam den Rand nicht zu greifen und fiel nach hinten. Mit einem dumpfen Knall stieß ich gegen die Tür, die laut krachend an die Wand prallte.

Ich versuchte, die aufkommende Panikattacke weg zu atmen, scheiterte jedoch. Mein Herz schlug schnell und schwer in meiner Brust, mein Körper schmerzte, als würden tausende Nadeln gleichzeitig in meine Haut stechen.

Ich würde doch nicht an einem Herzinfarkt sterben? Das wäre ein bitterer Tod, einsam und alleine auf dem Boden meines Badezimmers. Meine Gedanken überschlugen sich. In mir herrschte das reinste Chaos. Wie ein undurchdringlicher Dschungel reihten sich Erinnerungen aneinander, die ich nicht zuordnen konnte. Ich, der Tarzan des Nichtwissens, bahnte mir einen Weg durch das enge Gestrüpp. Auf der einen Seite erblickte ich Lilly und mich spazierend am Strand, der Sternenhimmel über uns. Auf der anderen Olli und Frank, die gemeinsam mit mir und meiner Freundin auf einer Kirmes vor dem Riesenrad in der Schlange standen.

Ich hielt mir den Kopf und schrie laut auf, wollte, dass das endlich ein Ende hatte.

Schwer atmend sank ich auf die Fliesen, genoss ihre kühle Wirkung. Schweiß bedeckte meinen Rücken, ließ das Shirt eng an meiner Haut kleben. Ich legte mir die Hand auf die

Brust und atmete tief durch. Keinesfalls wollte ich jämmerlich auf dem Boden verrecken. Mein Herzschlag beruhigte sich allmählich und schlug nach einer gefühlten Ewigkeit, wieder gleichmäßig.

Kapitel 37

Louise

Schlummernd lag Southport vor mir. Ich schmiegte die Arme um meine Taille und vergrub das Gesicht im Kragen. Bedächtig ging ich durch die Straßen, beobachtete, wie die ersten Bewohner wach wurden und Licht in einigen Fenstern aufflammte.

Selbst wenn ich es gewollt hätte, würde ich nicht mehr schlafen können, denn die Arbeit im Café wartete auf mich. Ich zog mein Handy aus der Jackentasche und warf einen Blick auf die Uhr. Viel Zeit um mich frisch zu machen und loszulaufen, hatte ich nicht mehr.

Außerdem wollte ich mich beeilen. Je schneller ich im Laden war, umso früher würde ich Nate wiedersehen. Noch immer spürte ich den Nachhall seiner Berührungen auf meiner Haut. Das leichte Kribbeln war mir in Mark und Bein übergegangen. Alleine der Gedanke daran, wie magisch es gewesen war, trieb mir die Gänsehaut über den Körper.

Mein Cottage kam in Sicht und ich blieb an der Straße stehen, sah es mir ganz genau an. Das dämmrige Licht reichte aus, um es eingehend betrachten zu können.

Chaotischer hätte der gestrige Tag wohl kaum sein können. Bilder von der Begegnung mit Mike blitzten auf. Sein plötzliches Auftreten ließ mir das Blut in den Adern gefrieren. Fröstelnd rieb ich mir über die Arme und setzte mich wieder in Bewegung.

Dieses kleine Haus hatte mein Leben verändert. Wenn Emma es mir nicht verkauft hätte, wäre ich nicht sicher, ob ich in Southport geblieben wäre. Es war etwas Besonderes, nicht nur für mich. Die alte Dame verknüpfte Erinnerungen an ihre verstorbene Enkelin damit und ich würde nichts daran verändern, was nicht absolut notwendig war. Selbst die Einrichtung hatte ich übernommen, wie Maria sie zurückgelassen hatte.

Lächelnd verinnerlichte ich das Gefühl von Zuhause, verschloss es in meinem Herzen, um es nie wieder zu vergessen. Langsam näherte ich mich der knarrenden Treppe, stieg sie nach oben und öffnete die Tür. Ich hoffte, dass Matilda noch schlief, und tappte leise ins Haus. Im Flur verharrte ich und lauschte, aber bis auf das Knacken der Holzdielen war es still.

Ich schlich ins obere Stockwerk und hielt auf dem Treppenabsatz inne. Doch auch jetzt war alles ruhig.

Meine beste Freundin ruhte im Bett. Ich blieb im Türrahmen stehen und beobachtete sie. Das Haar lag wild verteilt auf dem Kopfkissen und die Stirn hatte sie in Falten gelegt. Noch immer konnte ich nicht verstehen, wie das

Leben dermaßen niederschmetternd hatte zuschlagen können. Sie war so ein toller Mensch. Eine besondere Persönlichkeit und doch hatte das Schicksal vor ihr keinen Halt gemacht.

Ich seufzte und ging ins Badezimmer. Die Dusche würde hoffentlich helfen, meine Sinne wachzurütteln und meinem ausgelaugten Körper etwas Leben einzuhauchen.

Vorsichtig stellte ich den Wasserhahn an und ließ meine Klamotten auf den Boden fallen. Das Wasser prasselte auf meine Haut, vertrieb die letzten Nachwehen der Nacht. Ich genoss den warmen Strahl und hielt meinen Kopf darunter, um meine Gedanken zu sortieren und das Gespräch vom Vorabend durchzugehen. Wir hatten mehrfach über die letzten Monate gesprochen, hatten alle Aspekte analysiert und ich hatte versucht, die Situation als Außenstehende zu beleuchten, aber es brachte nichts. Selbst ich, die auf ihrer Hochzeit Brautjungfer gewesen war, konnte nicht verstehen, was so gravierend hätte sein können, dass sie sich getrennt hatten. Ich stieg aus der Dusche, trocknete mich ab und legte Make-up im Eiltempo auf. Dezent musste heute ausreichen.

Im Vorbeigehen griff ich nach Unterwäsche und zog mir in der Ankleidekammer eine Jeans und ein Longsleeve an. Leise schlich ich zurück in den Flur, blickte ein letztes Mal zurück. Selbst im Schlaf weinte sie vor sich hin und seufzte. Es tat mir im Herzen weh, sie so zu sehen. Kopfschüttelnd entfernte ich mich und ließ Matilda weiterschlafen. Alles, was noch vor ihr stand, würde anstrengend genug werden und sie würde ihre gesamte Energie brauchen.

Vorsichtig huschte ich die Stufen herunter und, suchte in der Küche nach meiner Handtasche. Ich warf einen Blick hinein und überzeugte mich, dass ich nichts vergessen hatte. Als ich auf die Uhr an der Wand schaute, traf mich der Schlag.

»Verdammt!«, fluchte ich und huschte, wie von der Tarantel gestochen, aus der Tür. Lauter als gedacht, fiel sie hinter mir ins Schloss. »Ach scheiße!«, grummelte ich und nahm die Treppe im Doppelschritt. Wenn ich meine Gäste nicht warten lassen wollte, musste ich mich sputen.

***

Schweiß stand mir auf der Stirn und ich wischte ihn mit dem Ärmel ab. Der Ofen tat sein übriges, um mein Blut in Wallung zu versetzen. Mich überkam das Gefühl, dass die Küche zu meiner persönlichen Sauna mutiert war.

Matilda war im Verkaufsraum und bediente die ersten Kunden, bis ich so weit fertig war und das Gebäck nach vorne bringen konnte. Bislang hatten wir nicht reden können, jedoch wirkte sie zuversichtlicher und ausgeruht. Zumindest waren ihre Augenringe nicht so dunkel wie meine.

Doch jede Minute, die ich keine Ruhe gefunden hatte, war es wert gewesen. Merkwürdigerweise war Nate noch nicht aufgetaucht. Wenn ich an ihn dachte, überkam mich ein ungutes Bauchgefühl. Hoffentlich war er nur eingeschlafen und hatte den Wecker nicht gehört.

Müde rieb ich mir die Augen. Ein wenig Ruhe hätte mir auch gutgetan, aber daran war nicht zu denken. Vielleicht würde ich Emma und Matilda bitten können, sich um das Café zu kümmern, um wenigstens zwei oder drei Stunden Schlaf nachzuholen.

Die Eieruhr schrillte los. Mein Zeichen, die Cupcakes rauszuholen und zum Abkühlen zur Seite zu stellen. Das Frosting hatte ich vorbereitet und würde es auftragen, sobald der Teig kalt genug war, damit es nicht verlief.

Heute gab es eine Vanille-Himbeer-Kreation mit einem Buttercreme-Topping.

Ich liebte Emmas Rezepte. Obwohl sie seit Generationen im Familienbesitz waren, war die Zusammensetzung frisch und modern. Es gab so viele, die ich ausprobieren musste. Grinsend machte ich mich an die Arbeit, zog die Handschuhe über und holte das Blech aus dem Ofen. Gekonnt drapierte ich alles auf der Arbeitsfläche und nahm das Zweite raus, bevor ich den Backofen ausstellte. Für den Moment war dies die letzte Fuhre.

Glücklich über das Ergebnis ging ich in den Verkaufsbereich. Nur wenige Gäste belegten einzelne Tische. Zwei junge Erwachsene saßen tuschelnd auf der Couch und diskutierten über eines der Bücher.

Mein Job hätte mich nicht zufriedener stimmen können. Lächelnd trat ich neben Matilda, die die Tassen leerte und das Tablett mit dem dreckigen Geschirr bestückte.

»Kann ich fünf Minuten in die Küche gehen?«, fragte sie leise. Viel zu lang hatte ich sie hier vorne mit allem alleine gelassen und stimmte ihrer Bitte zu. Rasch schnappte sie sich das Servierbrett und brachte es nach hinten. Mit dem Lappen wischte ich die Theke ab, vereinzelt lagen Krümel herum, die ich entsorgte. So konnte sich der nächste Gast bedenkenlos an den Tresen setzen. Schmunzelnd ging ich meiner Arbeit nach, widmete mich den sauberen Tassen und stapelte sie neben der Kaffeemaschine. Ich vernahm das Gemurmel im Hintergrund und freute mich wieder einmal, dass mein Café bei den Einheimischen so beliebt war.

Die Glocke ertönte. Bevor ich mich umgedreht hatte, schlug mir das Herz bis zum Hals. Voller Vorfreude, dass der eingetroffene Besucher vielleicht Nate war, wandte ich mich Richtung Tür. Als ich Mike erblickte, zuckte ich erschrocken zusammen. *Hatte ich mich gestern undeutlich ausgedrückt?* Zornig umrundete ich die Theke und hielt auf ihn zu. Weniger Zentimeter vor ihm blieb ich stehen und funkelte ihn wütend an.

»Was zum Teufel machst du hier?«, zischte ich mit zittriger Stimme und geballten Fäusten. Das konnte doch alles nicht wahr sein. *Warum tauchte er hier auf? Ausgerechnet jetzt, wenn ich ein neues Leben mit einem anderen Mann an meiner Seite begann? Womit hatte ich verdient, ihm je wieder unter die Augen treten zu müssen?*

»Louise, bitte …«, setzte er an und machte einige Schritte auf mich zu. Drohend hob ich die Hand. Wie versteinert blieb er stehen.

Ich holte tief Luft und schluckte den aufkeimenden Schmerz herunter. Wie Säure kroch er meine Kehle hinab und drohte, jeden Millimeter meiner Speiseröhre zu verätzen. »Konntest du nicht wegbleiben?« Meine Stimme wurde mit jedem Wort lauter. Verlegen blickte ich mich um, aber meine Gäste waren zu sehr in ihre Gespräche vertieft. »Geh doch zurück zu Alice und lass mich in Frieden. Ich brauche dich nicht!«, pfefferte ich ihm entgegen.

Mike blieb völlig unbeeindruckt vor mir stehen. Sein Blick war starr auf mich gerichtet, kroch unter meine Haut und löste einen unangenehmen Schauer aus, der mich frösteln ließ.

»Mike, verschwinde einfach! Ich will dich nicht hier haben! Das ist mein neues Leben und du bist darin nicht erwünscht.«

»Louise, ich liebe …« Weiter sollte er nicht kommen. Mahnend hob ich die Hand und funkelte ihn zornig an.

Wut brodelte in meinem Inneren auf. Wie bei einem Vulkan, der kurz vor der Eruption stand. Matilda trat aus der Küche und blieb neben mir stehen. *Womit zum Henker hatte ich dieses Pech verdient?* Erst Lilly, die uns dazwischen funkte und jetzt er.

Der Grund seines Besuches interessierte mich nicht. Das mit uns war vorbei. Er hatte mich wie ein benutztes Tuch weggeworfen, mich ohne darüber nachzudenken entsorgt, um heile Familie mit seiner Ehefrau zu spielen. Es war zu spät, um mich wiederzubekommen. Er hatte etwas in mir zerbrochen, das nicht mal Nate reparieren konnte. Doch wir würden etwas Neues aufbauen, etwas das viel schöner, tiefer und bedeutsamer war. Meine Exliebschaft und ich lieferten uns ein Blickduell. Ich wusste, was er vorhatte, wollte, dass ich ein schlechtes Gewissen bekam, aber es gab nichts, wofür ich mich hätte schämen oder entschuldigen müssen. Ganz im Gegenteil.

Matilda blickte zwischen uns hin und her. Letztlich stellte sie sich vor mich und erhob die Stimme: »Mike, es ist mir egal, was du hier machst oder warum du hier bist. Louise hat jemanden kennengelernt und sie hat etwas Besseres verdient, als dich!«

»Louise, bitte ... Gib mir fünf Minuten«, flehte er.

Kopfschüttelnd wandte ich mich ab. Er verstand nicht, dass ich nicht mit ihm reden wollte. Ich ertrug seinen Anblick nicht länger und ging durch die Schwingtür nach hinten. Wütend lief ich in dem plötzlich so klein wirkenden Raum auf und ab, unterdrückte einen Aufschrei. Ich schob eine Schüssel über die Anrichte, scheppernd fiel sie runter.

Das Stimmengewirr im Café wurde immer lauter und schließlich schrie Matilda ihn an. Ich hielt mich von der Scheibe in der Tür fern, wollte nicht sehen, wie er ging. Er sollte endlich aus meinem Leben abhauen und mich in Ruhe lassen.

Schnaubend betrat meine beste Freundin die Küche. Fragend blickte ich sie an, aber sie schüttelte den Kopf und schlug mit der Faust auf die metallene Arbeitsfläche.

»Aua!«, fluchte sie und schüttelte die Hand. Ich konnte mir das Lachen nicht verkneifen und letztlich stimmte sie mit ein.

Kichernd verharrten wir in der Küche.

»Ist er gegangen?«, erkundigte ich mich und hoffte, sie würde mit Ja antworten.

Die Türglocke ertönte. Bevor sie mir meine Frage beantworten konnte, war ich schon durch die Schwingtür verschwunden.

Mitten im Raum stand Nate und sah völlig zerknirscht aus.

»Hey«, begrüßte er mich und schaute zu Boden. Eingehend betrachtete ich sein Erscheinungsbild. Dunkle Ringe zeichneten sich auf seinem Gesicht ab. Ich ging auf ihn zu. Als ich seine Wange berührte, kribbelte es in meinen Fingern. Das Prickeln bahnte sich seinen Weg in meine Bauchgegend und vermischte sich mit dem unguten Gefühl, dass etwas nicht stimmte.

»Nate, was ist los?«, hakte ich vorsichtig nach und trat einen Schritt von ihm zurück.

Aus leeren Augen blickte er mich an. Schlimme Befürchtungen stiegen in mir auf.

»Was will er hier?«, keifte er mir entgegen und wandte den Kopf Richtung Sitzecke. Erst jetzt bemerkte ich Mike, der uns seelenruhig beobachtete, als wäre es vollkommen normal, dass er auf einem der Sessel in meinem Laden saß.

»Hast du ihn gebeten, herzukommen, weil ich heute Morgen nicht als Erster hier war?«, blaffte er mich wie aus dem Nichts an. Verwirrt über den harschen Tonfall wich ich erschrocken zurück. Mike erhob sich und kam auf uns zu.

Beschützend stellte Nate sich vor mich und schob mich zur Seite.

Vor meinem inneren Auge taten sich Bilder auf, die ich nicht sehen wollte, Szenen die sich möglicherweise abspielen konnten, wenn ich nicht dazwischen ging.

»Natürlich habe ich ihn nicht hergebeten«, sagte ich an ihn gewandt, doch die Wut ließ ihn alles andere ausblenden. Durchdringend starrte er Mike an, der sich, wie eine Statue, vor ihm aufgebaut hatte.

»Was willst du Landei überhaupt? Louise gehört zu mir!«, keifte Mike drauf los.

Ich griff nach Nates Hand, hoffte, dass er sich unter Kontrolle hatte, aber er zitterte am ganzen Körper.

Shit!

Instinktiv stellte ich mich zwischen die beiden, konnte nicht abschätzen, wie mein neuer Freund in einer solchen Situation reagierte. Mike kannte ich lang genug und wusste, dass er nichts unversucht lassen würde, bis ich ihm Gehör schenkte. Er war ein verdammter Pitbull mit scharfen Reißzähnen.

»Louise, geh weg!«, fauchte Nate mich an. Sein Tonfall gefiel mir überhaupt nicht, aber es ging hier weder um seine Befindlichkeiten, noch um meine. Ich hatte nur meinen Laden im Sinn, der unbeschädigt aus der Sache hervorgehen sollte.

»Ihr hört auf!«, sagte ich eindringlich. Matilda kam aus der Küche und betrachtete die Situation mit Argusaugen. Inzwischen hatten wir auch die Aufmerksamkeit der Anwesenden auf uns gezogen. »Es geht hier nicht um euch! Das hier ist meine Existenz und meine Gäste fühlen sich nicht wohl, wenn ihr zwei Idioten euch vor ihnen ankeift! Damit ist sofort Schluss!«, presste ich mit Nachdruck zwischen zusammengebissenen Zähnen hervor. Die Entschlossenheit in meinem Blick ließ keinen Zweifel daran, dass ich beide vor die Tür setzen würde, wenn sie mir keine andere Wahl ließen.

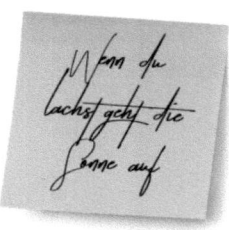

Kapitel 38

Nate

Zornig eilte ich aus dem Café und kannte nur ein Ziel. Auch wenn meine Beine sich weigerten, den Weg zu gehen, hielt ich nicht an und ließ meinen Körper nicht länger von meinen Ängsten kontrollieren.

Zielstrebig lief ich Richtung Pier. Von weitem erblickte ich Olli, der mit Lilly auf der anderen Straßenseite stand. Blind vor Wut lief ich an ihnen vorbei, ohne etwas zu sagen, und ignorierte die besorgten Rufe meines besten Freundes.

Der Wille, endlich wieder rauszufahren, trieb mich an. Der Steg kam in Sicht. Gierig sog ich den salzigen Geruch des Meeres auf und sofort beruhigte sich mein Puls. Das tiefe Blau hatte schon immer diese Wirkung auf mich, wofür ich in dem Moment mehr als dankbar war.

Je näher ich den Holzdielen kam, umso mühsamer war es, einen Fuß vor den anderen zu setzen. Die Panik drohte die

Wut zu übermannen und die Kontrolle über mich an sich zu reißen.

Ich atmete schwer, stützte mich auf den Knien ab. Schwindel suchte mich heim, hielt meinen Körper in Schach, aber ich gab nicht auf. Mit wenigen Schritten würde ich den Abstand zwischen mir und der Mary Lou überbrücken können.

Mein Puls beruhigte sich, auch wenn der Gedanke daran das ächzende Holz zu betreten mir die Kehle zuschnürte. Die Gleichgewichtsstörung hatte sich verflüchtigt und ich fühlte mich in der Lage, weiter zu gehen. Hinter mir vernahm ich Schritte, die lauter wurden, je näher sie kamen. Ein ungutes Gefühl tat sich in mir auf und ich wusste, wer gleich neben mir auftauchen würde.

Olli kam schwer atmend zum Stehen und legte mir seine Hand auf die Schulter. »Wo willst du denn hin? Und wann hast du gelernt, so schnell zu rennen?« Keuchend ging er in die Hocke und versuchte, sich zu beruhigen.

Ich ignorierte nicht nur seine Frage, sondern auch seine Anwesenheit und setzte mich in Bewegung, blickte nicht zurück und hoffte, dass er mich in Ruhe lassen und mir nicht folgen würde.

»Verdammt, Nate! Jetzt warte doch mal!«, rief er, aber ich lief weiter. Mit jedem Meter, den ich mich Mary Lou näherte, wurden meine Beine schwerer. Schweiß trat mir auf die Stirn und Hitze ließ mein Blut kochen.

Er packte mich von hinten an der Schulter und drehte mich ruckartig um. Ich hatte Probleme das Gleichgewicht zu halten, stolperte rückwärts. Als ich merkte, dass meine Knie nachgaben, ruderte ich hilfesuchend mit den Armen. Oliver bekam meine Hand zu fassen und hielt mich aufrecht.

»Was zum Teufel ist denn mit dir los?«, keifte er und funkelte mich wütend an.

»Lass mich!«, meckerte ich und befreite mich aus seinem Griff.

Wie auf Stelzen, wackelig und unberechenbar, lief ich über den Steg. Ich konnte nur daran denken, meinem Ziel näher zu kommen. Alles andere war unwichtig.

Es war mir egal, dass er mir folgte. Mary Lou befand sich wenige Meter von mir entfernt. Die Panik in meinem Inneren wurde immer größer. Sie ließ mich straucheln und mir wurde schwarz vor Augen. Unermüdlich presste ich die Zähne zusammen und ging weiter. Die Angst würde nicht länger die Kontrolle über meinen Körper haben.

Zielstrebig steuerte ich auf die Bootsbefestigung zu und machte mich hektisch an dem Seil zu schaffen, aber meine verschwitzten Finger rutschten mehrfach ab. Ich wischte die Handinnenflächen an der Jeans trocken und versuchte es erneut.

Wieder packte mich jemand von hinten an den Schultern und zwang mich, in meiner Bewegung innezuhalten.

»Verdammt noch mal, lass mich los!«, schrie ich aus voller Kehle, doch der Griff verstärkte sich nur.

»Du bleibst hier! Hast du die Sturmwarnung nicht gehört? Du darfst auf keinen Fall rausfahren!«, warnte Olli mich.

Ob die Wut oder die Panik mich am ganzen Körper beben ließ, konnte ich nicht auseinanderhalten. Aber ich löste mich aus der Umklammerung, wandte mich ihm zu.

»Was willst du überhaupt von mir? Du hast mit meiner Verlobten geschlafen und das ohne Rücksicht auf meine Gefühle!«, presste ich hervor. Obwohl ich wusste, dass es nicht der Wahrheit entsprach, waren die Worte schneller über meine Lippen gekommen, als es mir lieb war. Es war zu spät. Ich würde sie nicht mehr zurücknehmen können und in dem Moment wollte ich es auch nicht. Louise hatte Mike mir vorgezogen und mein bester Freund machte mit Lilly rum. Beinahe hätte ich ihm ins Gesicht geschlagen, um meinen Standpunkt zu verdeutlichen.

Erschrocken distanzierte er sich von mir. »Du erinnerst dich?« Seine Stimme war nicht mehr als ein Flüstern.

Mehr als ein Nicken brachte ich nicht hervor, ohne noch mehr verletzende Dinge von mir zu geben. Ich beachtete seine Anwesenheit nicht weiter und machte mich wieder an den Tauen zu schaffen. Endlich löste sich der Roringstek.

Ein letztes Mal blickte ich Oliver wütend an, warf die Leinen auf Deck und hievte mich nach oben. Mein Körper schmerzte, ohne dass ich sagen konnte, warum. Entschlossen ignorierte ich es und richtete meine Konzentration auf das Boot. Gekrümmt ging ich in die Kabine und drehte mehrfach den Schlüssel im Zündschloss, bis der Motor ansprang.

Mit viel Kraft zog ich mich an der Wandhalterung hoch und steuerte auf das Ruder zu. Ich lenkte das Boot vom Pier, blendete Olivers warnende Rufe aus und lotste Mary Lou geradewegs aus dem Hafenbecken.

Erst als ich aufblickte, bemerkte ich die Dunkelheit. Der Regen setzte ein, bevor ich auf das offene Meer segelte. Je weiter ich mich von Southport entfernte, umso ruhiger wurde ich, obwohl der Ozean um mich herum tobte. Dass es so leicht war, meine Angst zu überwinden, hätte ich nicht gedacht.

Die bedrohlichen Blitze zählten zu dem brodelnden Chaos, das über mir wütete. Die Erkenntnis traf mich erst, als die Wellen gegen den Bug schlugen und das Schiff schwanken ließen. Blind vor Wut war ich dem Sturm in den Rachen gefahren und würde ihm so schnell nicht entkommen können.

Der Wind peitschte mir um die Ohren, ließ die Regentropfen aus allen Richtungen auf mich niederprasseln. Es fiel mir schwer, irgendetwas zu erkennen. Als sich das Boot erst in die eine Richtung und dann in die andere neigte, griff ich nach dem Ruder, um meinen Sturz abzufangen. Wellen schwappten über dem Rumpf und überfluteten das Deck.

Die Situation war mir vertraut. Das letzte Unwetter lag wenige Wochen zurück, markierte den Abend, an dem das Unglück seinen Lauf genommen hatte. Hastig schüttelte ich die Erinnerungen ab und konzentrierte mich. Tonnenschwer hingen die nassen Klamotten an meinem Körper, erschwerten mir das Steuern. Meine Finger waren feucht und rutschten immer wieder von dem Holz ab.

»So will ich nicht sterben!«, schrie ich in die Finsternis. Der Orkan antwortete mit Blitzen und ohrenbetäubenden Donnerschlägen. Erschrocken zuckte ich zusammen. Das

Schicksal würde mir keine zweite Chance geben, das hier zu überleben. *Wie hätte jemand so viel Glück haben können, zweimal den gleichen Fehler zu machen und beide Male nur mit Blessuren davonzukommen?*

Heulend pfiff der Wind um mich herum, zerrte an mir.

Louise schlich sich in meine Gedanken. Ihr bezauberndes Lächeln. Mit jeder Faser meines Körpers spürte ich ihre Berührungen auf meiner Haut. Ich schloss die Augen und genoss die letzten Minuten, die mir noch blieben. Innerlich nahm ich den Plan des Schicksals an.

So würde ich enden. Meine Leidenschaft war gleichzeitig meine größte Schwäche und würde mich das Leben kosten.

Ich schickte ein Stoßgebet gen Himmel. »Lass Louise glücklich werden, sie hat es mehr verdient, als irgendjemand anderes«, flüsterte ich.

Ein Geräusch ertönte und ich blickte auf. Der Regen versperrte mir die Sicht. Auch als ich die Augen zusammenkniff, konnte ich nichts ausmachen. Aber da war es wieder. Es grenzte an ein Wunder, dass ich das Knacken des Funkgeräts hörte. Mit letzter Kraft schleppte ich mich zur Kabine, öffnete die Tür und kroch hinein. Rasch verschloss ich sie hinter mir und hoffte, dass das Boot unter Deck nicht volllaufen würde.

Ich griff nach der Sprechmuschel. »Hallo?« Fröstelnd rieb ich mir die Arme. Das Wasser tropfte von meinen Klamotten, bildete eine Pfütze unter mir.

»Nate!«

Das war Oliver!

Tausend Dinge schwirrten mir durch den Kopf und ich redete unkoordiniert drauf los. »Oh mein Gott, Olli! Du musst Louise etwas von mir ausrichten! Sag ihr ... dass ich sie liebe! Hörst du! Und dass sie glücklich werden soll! Versprichst du mir das?« Ich schloss die Lider und rief mir in Erinnerung, wie es sich anfühlte, sie berühren zu können. Vor meinem inneren Auge sah ich sie in einem kurzen Kleid durch ein Blumenfeld hüpfen. Bis über beide Ohren strahlend, winkte sie mir zu. Der Duft von Vanille und Rosen stieg mir in die Nase und es war, als würde die Frühlingssonne scheinen, meine nasse Kleidung trocken und mich von innen heraus wärmen. Tränen rannen meine Wangen hinab.

»Nate! Warum sagst du so was? Die Küstenwache ist auf dem Weg zu dir. Alles wird gut werden«, hörte ich seine Stimme knisternd zu mir dringen. Ich schüttelte den Kopf und lehnte mich gegen die Wand.

»Versprich mir, dass du ihr das ausrichtest!«, wiederholte ich meine Bitte.

»Ja, das mache ich! Doch das wirst du ihr auch selbst sagen können, wenn sie dich gefunden haben.«

Das Mikro hielt ich an den Mund, wollte zum Ausdruck bringen, wie leid mir unser Streit tat, aber alles, was ich vernahm, war ein lautes Rauschen. Die Leitung war tot.

Ich stellte mich meinem Schicksal entgegen, öffnete die Luke und ging auf Deck. An ein doppeltes Wunder glaubte ich nicht, denn das Leben hatte mich mit zwei besonderen Menschen gesegnet, die ich lieben durfte. Und das war mehr, als ich hätte erwarten können.

***

Ich hatte jegliches Zeitgefühl verloren, ahnte nicht, wie lange ich mich auf dem Meer befand. Der lärmende Wind nahm schlagartig ab und der peitschende Regen versiegte. Verwirrt blickte ich nach oben. Der Himmel war noch immer dunkel. Die tiefschwarzen Wolken kauerten über mir wie ein Tier, welches sich jeden Augenblick auf seine Beute stürzen würde. *War das nicht der Moment in Actionfilmen, in denen sich die Familien voneinander verabschiedeten, weil sie im Inneren des Strudels waren?*

Ich lächelte über meine absurden Gedanken und versuchte auszumachen, wohin die Gewitterwolken zogen. Vielleicht hatte ich doch Glück und würde heil aus dem Ganzen herauskommen.

Mein Körper zitterte, die Klamotten waren schwer wie Blei, zerrten an meinen Kräften. Mir schwirrte der Kopf und ich wusste nicht, was ich tun sollte. *Wäre es schlau, den Motor anzuschmeißen und zu versuchen, zurück in den Hafen zu gelangen?* Es gab zwei Ausgangsmöglichkeiten. Entweder entkam ich dem Unwetter oder fuhr mitten ins Herz des Sturms.

Im Sekundenbruchteil entschied ich mich dafür, es zu wagen. Ich musste Louise wiedersehen, konnte sie nicht einfach so gehen lassen, ohne ihr zu sagen, was ich für sie empfand.

Vom Mut angetrieben, eilte ich unter Deck und drehte mehrfach den Schlüssel. Der Motor stotterte einige Male, doch mehr war nicht zu hören. Fluchend schlug ich auf das Armaturenbrett. *Das konnte nicht wahr sein!*

»Komm schon«, betete ich, atmete tief durch und startete einen erneuten Versuch. Das Triebwerk heulte auf, stockte und sprang endlich an. Jubelnd ging ich wieder nach oben.

Der Regen fiel nieselnd auf mich herab und das Pfeifen des Windes hatte abgenommen, was Hoffnung in mir aufkeimen ließ.

Alles würde gut werden …

Kapitel 39

Louise

Mike bezog noch immer Stellung auf dem Sessel. Ich konnte davon ausgehen, dass er erst verschwand, wenn ich ihm Gehör schenkte.

Seufzend ging ich hinter den Tresen und machte mir einen extrastarken Espresso. Wenn ich mich dem Gespräch stellen musste, dann nur mit reichlich Koffein in meiner Blutbahn. Als sich das Mahlwerk in Gang setzte und die Bohnen lautstark zerkleinerte, tippte ich mit den Fingern auf die Arbeitsfläche. Der Duft von geröstetem Kaffee stieg mir in die Nase und ich dachte darüber nach, wie ich auf ihn zugehen sollte. Nervös kaute ich auf der Unterlippe, strich mir durchs Haar. Es wäre wohl am einfachsten, das Pflaster abzuziehen, auch wenn es die schmerzhafteste Variante war.

Ich füllte die schwarze Flüssigkeit in eine der Tassen, gab etwas Zucker hinzu und rührte ihn um. Nachdenklich starrte ich nach vorne und hoffte, dass Nate nicht böse auf mich war. Wenn ich die Unterhaltung mit Mike hinter mir hatte, würde ich mich sofort auf den Weg machen und mit ihm reden.

Rasch kippte ich den Espresso herunter, schüttelte mich angewidert und wandte mich entschlossen dem ungebetenen Gast zu. Lächelnd saß er auf der Sitzgelegenheit und rutschte an den Rand, als ich näher kam.

»Hör auf, so blöd zu grinsen!«, presste ich hervor und schlagartig verschwand das dümmliche Schmunzeln aus seinem Gesicht.

Ich verdrehte die Augen und ließ mich auf dem Sessel neben ihm nieder.

»Was hast du zu sagen?«, fragte ich harsch und blickte zu Boden.

»Louise, es ist …« Als er nach meinen Händen griff, entzog ich mich seiner Berührung.

»Mach das nicht!« Abwehrend hob ich die Arme und hoffte, dass er keinen weiteren Versuch wagte, mich zu berühren. Ich schloss die Lider, atmete tief durch und setzte noch mal an. »Also?« Ungeduldig sah ich ihn an.

Nervös rutschte er auf der Kante herum und knetete seine Finger. Abwartend lehnte ich mich gegen das Polster, genoss die einsetzende Wirkung des Koffeins. Das Blut kribbelte mir unter der Haut und erinnerte mich an das Gefühl, wenn Nate mich berührte. Ich schob den Gedanken beiseite, kaute auf der Unterlippe herum. Wenn ich hier fertig war, gäbe es niemand anderen mehr, dem ich meine Zeit widmen würde, außer dem neuen Mann in meinem Leben. Bei der Vorstellung umspielte ein Lächeln meine Lippen.

Als Mike sich räusperte, setzte ich mich auf. Sein Gesichtsausdruck war ernst. »Alice hat das Baby verloren«, presste er hervor und griff sich mit der Hand in das zerzauste Haar.

Es brach mir das Herz, das zu erfahren ... aber wenn ich tief in mich hinein hörte, war es mir egal. Seitdem ich Boston verlassen hatte, kümmerte mich sein Seelenheil nicht länger. Mir tat es leid für sie und ich wollte mir nicht ausmalen, was seine Frau im Moment durchmachte, mehr aber auch nicht.

»Solltest du dann nicht bei ihr sein?«, brachte ich hervor und warf ihm einen bedeutungsvollen Blick zu.

»Sie ist wieder in der Klinik.« Abrupt sprang er auf und tigerte herum. »Louise, ich brauche dich. Bitte gib uns noch eine Chance.«

Das konnte er doch nicht Ernst meinen! Kopfschüttelnd saß ich auf der Sitzgelegenheit und blickte ihn an. Ich entschied mich, meine Wut und die Enttäuschung über ihn herunterzuschlucken. Es war nicht wichtig und ich wollte mein Leben nicht länger von der Vergangenheit beeinflussen lassen. Während ich darüber nachdachte, was ich ihm sagen sollte, tippte ich mir mit den Fingern an die Lippen.

Ein Blitz erhellte den Himmel, gefolgt von einem durchdringenden Donnergrollen, das mich zusammenschrecken ließ. Schlagartig setzte der Regen ein und trommelte prasselnd gegen die Fensterscheiben. Ich schnaubte, erhob mich und straffte die Schultern. Von meiner Entscheidung überzeugt, stellte ich mich ihm entgegen.

»Weißt du Mike, ich erwarte nicht mal, dass du mich verstehst oder das meine Worte den gewünschten Bereich in deinem Hirn erreichen, doch du solltest gehen und aufhören, an der Vergangenheit festzuhalten. Nimm mich als Beispiel. Sieh dir an, was ich geschafft habe, seitdem ich Boston verlassen habe. Das wäre nicht möglich gewesen, wenn das Schicksal nicht seinen Lauf genommen hätte. Du solltest zu deiner Frau zurückgehen und ihr beistehen. Aber hör auf, mir nachzulaufen. Nate macht mich auf eine Art und Weise glücklich …« Bei diesen Worten musste ich unwillkürlich lächeln. »Dazu wärst du nie in der Lage gewesen«, fügte ich hinzu und ging an ihm vorbei. Ohne seine Antwort abzuwarten, ließ ich ihn hinter mir, so wie er mich zurückgelassen hatte, als wir auf dem Parkplatz gestanden hatten.

Die Glocke schrillte und die Tür knallte klirrend gegen die Wand. Ich sah zur Seite und erblickte Oliver. Vom Regen durchtränkt, tropften seine Sachen und auf dem Boden bildete sich eine Lache. Bevor ich mich darüber beschweren konnte, sah er mich durchdringend an.

»Nate ist rausgesegelt!«, keuchte er.

Ich schüttelte den Kopf und hob fragend eine Augenbraue. Seine Worte hatte ich vernommen, doch die Bedeutung stellte sich nicht ein. Er kam einige Schritte auf mich zu und packte mich an den Schultern. »Verstehst du nicht! Er ist rausgefahren! Bei dem Sturm«, schrie er mich an.

Mike ging zwischen uns, aber ich gab ihm stumm ein Zeichen, wegzubleiben. Erst in diesem Augenblick realisierte ich, was Nates bester Freund mir sagen wollte. Mein Körper reagierte sofort. Mit Schwung riss ich die Tür auf und eilte die Stufen hinab. Der Boden war feucht und ich rutschte aus. In letzter Sekunde fing ich mich und rannte, als würde es um mein Leben gehen. Wie in Trance bewegte ich mich. Meine Beine steuerten von alleine den Hafen an.

Blitze erhellten den Himmel, leuchteten mir den Weg zum Pier. Als der Donner einsetzte, hielt ich mir die Ohren zu.

Der Regen prasselte unaufhaltsam auf mich herab, meine Klamotten sogen sich voll und hingen schwer wie Betonklötze an mir. Jeder Schritt kostete mich Unmengen Energie, doch ich würde nicht aufgeben, bevor ich es nicht mit eigenen Augen sah.

Noch bevor ich den Steg betrat, erblickte ich den leeren Anlegeplatz am Ende. Erschöpft blieb ich stehen, schaute mich um, aber Nate war nirgends zu sehen. Meine schlimmste Befürchtung wurde wahr …

Wie versteinert verharrte ich und starrte in die Ferne. Die hellen Blitze nahm ich nicht mehr wahr und das Donnergrollen wurde vom Rauschen meines Blutes übertönt. Mein Herz hämmerte hart in der Brust und ich sank auf den Boden, schluchzte auf. Wir hatten uns erst gefunden …

Ich wusste nicht, wie lange ich so dasaß, doch als jemand meine Taille umfasste und mich auf die Beine zog, zitterte ich am ganzen Körper. Der Tränenfluss war versiegt und hatte alles mit sich genommen. Ich war leer.

Am Ende des Stegs hatte sich nichts verändert. Die Mary Lou blieb verschwunden.

»Louise, du wirst krank, komm.« Verwirrt drehte ich den Kopf. Mike hielt mich fest und Matilda stand neben ihm. Sie warf mir eine Decke über die Schultern und breitete den Regenschirm aus.

»Aber er ... ich kann nicht«, stammelte ich. Hilfesuchend sah ich sie an. Meine beste Freundin legte mir den Arm um die Hüfte und schob mich vor sich her. Auf beiden Seiten flankierten sie mich wie eine Eskorte.

Ich überließ ihnen die Führung, war außer Stande einen klaren Gedanken zu fassen. In der Nähe des Hafens war das Büro des Verwalters. Als sie mich in das Gebäude führten, schlug mir stickige Luft entgegen und ließ mich aufkeuchen.

Als ich aufsah, erblickte ich Oliver, der den Kopf schüttelte und zu Boden blickte. Der Ausdruck in seinen Augen war alles, was ich sehen musste.

Schluchzend ließ ich mich an der Wand herabsinken. Matilda kniete sich vor mich hin, nahm mich tröstend in den Arm und wartete, bis ich alle Tränen vergossen hatte, die ich noch in mir trug.

»Sshhh ... die Küstenwache wird ihn finden. Bitte Louise, beruhig dich«, flüsterte sie mir ins Ohr, aber ihre Worte verfehlten ihre Wirkung.

***

Starr blickte ich an die Wand. Meine Gedanken waren leer, meine Seele taub. Der Schmerz überwog jedes aufkommende Gefühl und erstickte es im Keim. Stunden waren vergangen, seitdem wir hier eingekehrt waren. Matilda hatte mich gezwungen, die nasse Kleidung auszuziehen und mir trockene Klamotten gegeben.

Die Anwesenden wuselten um mich herum, aber ich schenkte ihnen keine Beachtung. Meine Beine hatte ich an den Körper gezogen, umschlang sie mit den Armen und wippte auf und ab. Ich hatte jegliches Zeitgefühl verloren und das Tosen des Windes hüllte mich ein. Wenn mich der Eindruck nicht trog, hatte der Sturm an Kraft zugenommen, anstatt endlich abzuklingen. Die Küstenwache hatte die Suche abgebrochen. Es war zu gefährlich, ein Schiff mit mehreren Männern auf das tobende Meer hinauszuschicken, nur um ein Leben zu retten.

Oliver ging vor mir in die Hocke und reichte mir eine dampfende Tasse. Selbst die Hitze des Gefäßes ließ mich kalt.

»Louise«, sagte er sanft.

Benommen sah ich auf und blickte ihn an.

»Ich habe Nate über das Funkgerät erreicht … er wollte …«, anstatt mich von meinen Qualen zu erlösen, und weiter zu sprechen, machte er eine theatralische Pause. Als wäre die Situation nicht ohnehin schlimm genug.

»Was ist mit ihm? Bitte sag mir, dass er wiederkommen wird«, flehte ich ihn an, stellte den Tee auf dem Boden ab und klammerte mich, wie eine Ertrinkende, an seinen Arm.

Verzweifelt rieb er sich mit der Hand über das Gesicht. »Ich kann dir nicht versprechen, dass er wiederkommt. Er wollte, dass ich dir etwas ausrichte.«

Ich schüttelte den Kopf. Auf gar keinen Fall wollte ich irgendwelche Floskeln hören, die den Schmerz nicht annähernd dämpfen konnten.

»Ich will es nicht wissen!«, presste ich hervor.

»Louise, bitte. Er wollte, dass …«

Mike ging neben mir in die Knie und legte seinen Arm beschützend um meine Schulter. »Sie hat gesagt, dass sie es nicht hören will«, sagte er ruhig, aber bestimmend. Oliver nickte und erhob sich.

***

In den frühen Morgenstunden nahm die Intensität des Sturms endlich ab und die Küstenwache begab sich erneut auf die Suche nach Nate. Ich stand am Fenster und blickte dem sich entfernenden Schiff nach. Der letzte Funke Hoffnung keimte in mir auf und wurde im gleichen Atemzug von der Angst beherrscht, dass es mir nicht vergönnt war, einen Lichtkegel am Ende des Tunnels zu sehen … dass ich es nicht verdiente, glücklich zu werden. Eingeengt von Angst traute der Samen sich nicht, zu wachsen und sich dem Sonnenlicht emporzustrecken.

Nervös kaute ich auf der Unterlippe und tippte mit dem Finger gegen die Glasscheibe. Jemand stellte sich hinter mich, schlang wärmend seine Arme um meine Taille. Dankbar für den Halt ließ ich mich an Mikes Brust sinken.

»Er wird wiederkommen«, flüsterte er.

Es war einerseits merkwürdig, dass er hier war und das mit mir durchstand. Aber auf der anderen Seite war ich froh, dass mich Menschen umgaben, die mich kannten.

Matilda trat neben mich und blickte gemeinsam mit mir aus dem Fenster. Ich vernahm ihren gleichmäßigen Atem, der mich beruhigte. Sanft griff sie nach meiner Hand und streichelte über meine Haut.

»Louise, du solltest mit Oliver reden. Er war der Letzte, der etwas von Nate gehört hat.« Der Druck auf meine Finger wurde fester.

»Ich kann das nicht«, wisperte ich. Selbst wenn ich gewollt hätte, wären keine Tränen mehr hervorgekommen. Ich wandte mich ihr zu und sah sie an.

»Du wirst es bereuen, wenn du dir nicht erzählen lässt, was er gesagt hat.« Liebevoll lächelte sie mich an und strich mir das Haar aus der Stirn. Widerwillig nickte ich und schluckte. Dass was kommen würde, war unerträglicher, als die Erkenntnis, dass es möglich war, ihn nie mehr wieder zu sehen. Matilda gab seinem besten Freund ein Zeichen und Olli kam zu uns.

»Jetzt mach schon«, forderte sie ihn auf und machte Platz, damit er sich zu mir stellen konnte. Mike stand noch immer bei mir und hielt mich fest.

»Louise … er hat …«, stammelte er. Ich ertrug es nicht, weiterhin auf die Folter gespannt zu werden. Lieber sollte er das Pflaster abreißen und endlich rausrücken, was er zu sagen hatte.

Ich schloss die Augen und atmete tief durch. »Olli, jetzt rück mit der Sprache raus!«

»Er hat gesagt, dass er dich liebt, und dass er will, dass du glücklich bist«, erwiderte er auf meine Aufforderung.

Ich öffnete die Lider und blickte ihn entsetzt an. Mit seinen Worten kam das Bewusstsein. Der Samen der Hoffnung verkümmerte jämmerlich. Ich verlor jegliches Gefühl für Raum und Zeit. Taumelnd krallte ich mich an Mike fest. Die Knie sackten unter mir zusammen und er fing mich auf. Sanft streichelte Matilda mir über den Arm und flüsterte mir liebevoll ins Ohr.

Jemand hob mich hoch und trug mich davon. Als eine Tür ins Schloss fiel, hörte ich das Gezwitscher von Vögeln, doch alles andere verschwamm um mich herum. Es war egal, alles hatte durch ein paar Worte an Bedeutung verloren. Ich hatte nichts mehr, woran ich festhalten konnte, gab mich der Dunkelheit hin, die ihre Krallen nach mir ausstreckte und nichts lieber tat, als mich mit sich in die Tiefen zu ziehen.

***

Mit einer Hand tastete ich neben mich. Jemand lag dort. Warm schmiegte sich Stoff gegen meine Handinnenfläche. *Wo war ich?* Verschlafen rieb ich mir die Augen und blinzelte gegen das grelle Licht an.

Hatte ich zu viel getrunken? Hastig setzte ich mich auf, nur um daran erinnert zu werden, dass mein Körper schmerzte und mein Kreislauf nicht auf der Höhe war.

»Louise, ganz ruhig«, drang eine männliche Stimme an mein Ohr. Ohne mich ihm zuzuwenden, wusste ich, dass es Mike war, der neben mir lag.

Die Erinnerungen kehrten zurück. Mein Zusammenbruch. Tränen kündigten sich an, aber ich schluckte sie herunter. Ich drehte mich auf die Seite, zog die Decke bis zum Kinn und sah aus dem Fenster. Hellblau schimmerte der Himmel. Vereinzelt flogen Wolken an mir vorbei. »Wie lange habe ich geschlafen?«, brachte ich hervor. Andere Dinge wollte ich nicht in Erfahrung bringen. Ich hatte Angst davor, die Antwort nicht zu verkraften.

»Einen ganzen Tag«, antwortete er leise und griff nach meiner Hand. Sanft strich er mit den Fingern darüber und ließ mich erschaudern. Ich wollte sie zurückziehen, aber mir fehlte die Kraft. Stille umgab mich, betäubte den dumpfen Schmerz in meiner Brust. Ich ließ seine Berührung über mich ergehen, war dankbar, nicht alleine zu sein.

Unzählige Wolken zogen an mir vorbei, Vögel zwitscherten. Von dem Sturm, der mein Leben auf den Kopf gestellt hatte, war nichts mehr zu sehen. Das Meer lag ruhig vor mir. Die Wellen brachen sich in unregelmäßigen Abständen am Strand. Keine Ahnung, wie lange wir so verharrten. Vielleicht waren es Stunden, vielleicht auch nur Minuten.

»Sie haben ihn gefunden.« Es war Matildas Stimme, die den Raum erfüllte. Hektisch setzte ich mich auf, entriss Mike meine Finger. Mit aufgerissenen Augen sah ich sie an und hoffte, dass sie die heilenden Worte wiederholte.

»Sie haben sein Boot entdeckt und haben ihn ins Krankenhaus gebracht.« Ein Lächeln huschte über ihre Lippen.

Den pochenden Schmerz hinter der Stirn ignorierte ich, schälte mich aus den Laken und verheddderte mich mit einem Fuß darin. Mit einem dumpfen Schlag fiel ich auf den Boden.

»Scheiße!«, fluchte ich und versuchte, mich aus den lianenartigen Gebinden zu befreien. Mike griff über die Bettseite und half mir auf. Ich setzte mich auf die Bettkante, atmete tief durch. »Danke.«

Er nickte nur und verließ den Raum. Matilda stand noch immer im Türrahmen und starrte mich an. Verdammt, mein Körper musste funktionieren. Ich musste zu ihm ins Krankenhaus, mich vergewissern, dass es ihm gut ging. Schluchzend blieb ich sitzen. Der Stress war zu viel.

»Jetzt mach langsam.« Meine beste Freundin ließ sich neben mir nieder und streichelte mir beruhigend über den Rücken. »Du gehst erstmal ins Bad. Das hier …« Sie deutete auf mein Gesicht. »Solltest du abschminken und eine Dusche würde dir auch guttun.« Aufmunternd lächelte sie mich an.

Ich blickte an mir herab. Meine Finger waren dreckig und ich trug die wahllos zusammengewürfelten Klamotten, die sie mir im Verwaltungsgebäude gegeben hatte.

»Ja … in Ordnung.« Sie führte mich ins Bad, half mir beim Ausziehen und stellte den Wasserhahn für mich an. Der heiße Strahl prasselte auf mich herab, vertrieb die letzten Überreste des Sturms. Der Gedanke, dass Nate verletzt sein könnte und ich nicht wusste, was ihm zugestoßen war, ließ mich trotz des aufsteigenden Dampfes frösteln. Weinend blieb ich stehen, bis nur noch kaltes Wasser hervorkam und ich zitternd aus der Wanne stieg. Die Ungewissheit lähmte meinen Körper, weshalb Matilda mich abtrocknete. Wie ein Häufchen Elend stand ich vor ihr, wollte zusammenbrechen und mich der Trauer hingeben.

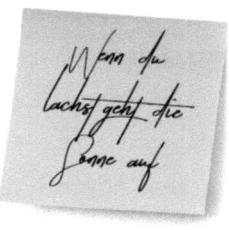

Kapitel 40

Nate

Mir dröhnte der Schädel. Ich wollte die Lider nicht öffnen, die Trostlosigkeit um mich herum gar nicht erst erblicken. Das laute Piepen war Anzeichen genug und auch, ohne es zu sehen, wusste ich, wo ich war.

Ich hob die Hand, um die Augen vor dem grellen Licht abzuschirmen, aber die Kanüle in der Haut hielt mich davon ab.

»Scheiße!«, fluchte ich leise. Die Geschehnisse prasselten auf mich ein. Wie ein Lauffeuer hatte die Vergangenheit mich eingeholt und mein gefundenes Glück zum Einstürzen gebracht. *Warum hatten meine Erinnerungen nicht wegbleiben können?*

Als ich den Kopf schüttelte, zuckte ich vor Schmerz zusammen. Alles an meinem Körper tat weh, jeder Muskel war zum Zerreißen angespannt und ließ mich zittern. Jemand drückte sachte meine andere Hand. *Wiederholten sich die Ereignisse? Wenn ich hinsah, saß dann Lilly vor mir, die bitterlich weinte, weil mir der gleiche Fehler zweimal unterlaufen war und sie erneut um mein Leben gebangt hatte?* Ich wollte das alles nicht wahrhaben. *Wie hatte ich so blind vor Wut sein können, trotz Sturmwarnung aufs offene Meer zu segeln?*

»Nate?«, durchdrang eine Stimme den stetigen Laut der Geräte.

Ich kniff die Augen zusammen und öffnete langsam die Lider. Das Bild vor mir war verschwommen, aber das braune Haar hätte ich jederzeit erkannt. Je klarer die Sicht wurde, desto deutlicher sah ich die tiefen Augenringe in ihrem Gesicht.

»Louise«, krächzte ich. Wie auch Lilly es getan hatte, füllte sie einen Becher mit Wasser und ließ mich davon trinken. Kalt rann das frische Getränk meine Kehle hinab und benetzte meine Stimmbänder. Ich räusperte mich und nahm noch ein paar Schlucke.

Sanft strich sie mir über den Kopf, gab mir einen Kuss auf die Stirn. Ihr warmer Atem streifte meine Haut und ich fröstelte.

»Frierst du?« Liebevoll blickte sie mich an, fuhr mit den Fingern meine Wange entlang. Ich schloss für eine Sekunde die Augen und genoss ihre Nähe.

»Nein«, antwortete ich ruhig und öffnete die Lider. Sie atmete erleichtert aus und lächelte mich, sichtlich beruhigt, an.

»Wie geht es dir?«

»Bis auf die höllischen Schmerzen ganz gut, denke ich.« Vorsichtig versuchte ich, mich aufzusetzen, nur um im nächsten Moment zurück in die Kissen zu sinken.

»Mach langsam.« Mit besorgter Miene saß sie vor mir und starrte mich an. »Ich bin so froh, dass sie dich rechtzeitig gefunden haben.« Tränen rannen ihre Wangen hinab. Ich streckte meine Hand nach ihr aus, ignorierte das Stechen und wischte mit dem Daumen ihr Gesicht trocken.

»Nicht weinen. Ich bin doch hier.« Ich rutschte ein Stück auf die Seite und zog sie zu mir. Behutsam legte sie sich neben mich auf die Matratze und bettete ihren Kopf auf meiner Brust.

So weit mich die Schläuche ließen, streichelte ich ihr über das Haar, bedeckte ihre Stirn mit Küssen.

»Ich hatte solche Angst, dich nicht wiederzusehen und als Olli …« Ihre Stimme brach und als sie schluchzte, bebte ihr ganzer Körper. Mein Kittel sog sich mit ihren Tränen voll. Mir war klar, was sie mir sagen wollte. Die Worte hallten in meinen Ohren wieder. Ich hatte mir gewünscht, sie ihr selbst offenbaren zu können.

Aber jetzt … sie war hier und die ersten Bedenken trieben durch meine Gedanken. Ich hatte noch keine Zeit gefunden, ihr zu erklären, dass mein Gedächtnis zurückgekehrt war. Und war nicht sicher, wie ich es über die Lippen bringen sollte. Stattdessen hielt ich sie fest umschlungen, ließ ihre Wärme meine steifen Glieder auftauen.

»Olli hat mir gesagt, dass du dich erinnerst.« Sie stützte sich mit dem Arm ab und sah mich an. Ihre Unterlippe bebte. Sie so zu sehen, brach mir das Herz und ich konnte nicht mehr tun, als stumm zu nicken.

Bevor ich mich versah, waren Worte aus meinem Mund gesprudelt, die ich nicht mehr zurücknehmen konnte: »Ich brauche etwas Zeit zum Nachdenken«, presste ich hervor.

Erschrocken weiteten sich ihre Pupillen und sie brachte Distanz zwischen uns. »Du liebst sie noch, oder?« Bevor ich meine Hand nach ihr ausstrecken konnte, um sie zurückzuhalten, war sie vom Bett gesprungen. Meine Einwände ignorierte sie, wischte sich mit dem Ärmel die Tränen von der Wange und sah mich ein letztes Mal an.

»Bitte. Geh nicht! Ich will mit dir reden!«, flehte ich, doch als Antwort bekam ich nur ein enttäuschtes Kopfschütteln. Bevor ich mich versah, kramte sie ihre Sachen zusammen und eilte zur Tür hinaus.

Seufzend sank ich nach hinten. *Warum hatte ich meinen Mund nicht gehalten und abgewartet?* Wütend boxte ich gegen die Matratze, aber der gewünschte Effekt stellte sich nicht ein. Der Schmerz in meinem Inneren wurde nicht von dem körperlichen übertüncht. Was zurückblieb, war eisige Kälte, die mein Herz vereinnahmte und es gefrieren ließ. Nachdenklich blickte ich an die Decke, verlor jegliches Gefühl für Raum und Zeit. Eine Pflegerin wuselte um mich herum, begutachtete die Kanüle und unterhielt sich mit mir, aber ich hätte nicht sagen können, über was wir gesprochen hatten. Es war alles egal. Ich hatte sie nicht wegstoßen wollen und doch hatte ich es getan.

Die Tür ging auf und Olli steckte den Kopf herein.

»Hey Kumpel. Die Schwester hat gesagt, dass du wach bist.« Ausdruckslos sah ich ihn an. Er betrat das Zimmer und kam auf mich zu. Neben dem Bett stand ein Stuhl und mein bester Freund nahm darauf Platz. Ich wartete ab, ob und was er sagen wollte. Aufgeregt knetete er die Finger und wippte mit dem Knie auf und ab. Ihn anzusehen, machte mich nervös.

»Was ist los?«, fragte ich und wappnete mich innerlich für alles Mögliche. Ich hatte keine Ahnung, was mich erwartete, wenn er endlich meine Frage beantwortete.

Er erhob sich und lief, wie ein rastloser Tiger im Käfig, durch den Raum. Je länger er schwieg, umso größer wurde meine Unruhe. Meine Nerven waren zum Zerreißen gespannt und wenn er nicht bald sagte, was er auf dem Herzen hatte …

»Du möchtest mit Lilly zusammen sein, oder? Ich meine, du erinnerst dich an eure Zeit und die Verlobung … Da wäre der logische Umkehrschluss, dass du sie zurückhaben willst.« Mit dem Rücken zu mir gewandt blieb er vor dem Fenster stehen und starrte in die Dunkelheit. Der Mond leuchtete hoch oben am Himmel, warf sein fahles Licht auf die Erde und erhellte das Zimmer.

»Ich weiß es nicht. Oliver, ich habe keine Ahnung, was ich will oder was nicht. Diesen zweiten Sturm habe ich nur überlebt, weil ich mehr Glück als Verstand hatte. Ich habe keinen blassen Schimmer, was das zu bedeuten hat oder was das Leben mir mitteilt.«

Nachdenklich tippte er sich mit dem Finger gegen das Kinn, bevor er sich zu mir umdrehte.

»In Ordnung. Ich werde mich zurückziehen, bis du dir sicher bist«, gab er völlig emotionslos von sich und verließ mich. Alleine blieb ich zurück. Nur das Piepen der Geräte war zu hören.

Kapitel 41

Louise

So hatte ich mir das Gespräch nicht vorgestellt. Dankbar, dass er überhaupt aufgewacht war und sich an mich erinnerte, hatte mein Herz sich überschlagen. Ich dachte, dass alles gut werden würde und wir zusammen sein konnten, ohne dass uns jemand einen Strich durch die Rechnung machte. Doch ich hatte mich mal wieder getäuscht.

Wie in Trance wandelte ich den Flur entlang, wollte nur den Aufzug erreichen. Die Schwester sagte etwas zu mir, aber ich nahm nur ihre Lippenbewegung wahr. Kein Ton drang an mein Ohr. Der Geruch von alten Menschen, Desinfektionsmittel und Jod stieg mir in die Nase, vernebelte meine Sinne. Angewidert kämpfte ich gegen den aufsteigenden Würgereflex an.

Gleichgültig blickte ich in ihre Richtung. Die Sicht verschwamm und zurückblieb eine wabernde Substanz, der ich ihre ursprünglichen Gestalten nicht zuordnen konnte. Nach Halt suchend lehnte ich mich an die Wand und umklammerte mit den Fingern die Führungsstange.

Jemand ging neben mir in die Hocke und legte mir besänftigend die Hand auf die Schulter.

»Louise, komm, ich bringe dich nach Hause.« Es war Matilda. Ich sah sie an, konnte aber nur Umrisse wahrnehmen.

Sie brachte mich in die Senkrechte. Auf der anderen Seite stützte mich eine weitere Person, doch ich war zu benommen, um zu realisieren, wer es war.

***

Ich wollte die Augen nicht öffnen. Mein Körper war selbst für diese kleine Bewegung zu schwach. Seufzend drehte ich mich auf die andere Seite. Jemand legte behutsam seine Finger auf meine. Wärme durchzuckte mein Inneres, prallte an dem von einer dicken Eisschicht umgebenen Herz ab. Wie eine Wand lief sie dagegen, um sich resigniert zurückzuziehen.

»Erzählst du mir, was vorgefallen ist?«, fragte Matilda. Ich öffnete die Lider und sah sie an. Sie saß auf der freien Bettseite und hielt meine Hand.

»Er braucht Zeit … Seine Erinnerung ist zurück und er weiß, wer Lilly ist. Meine größte Befürchtung ist wahr geworden.« Ich wollte weinen, aber mein Körper war ausgetrocknet. Bis auf ein Schluchzen kam nichts aus mir heraus.

»Das wird schon wieder. Ich weiß, dass er dich liebt. Alles wird sich fügen, du wirst schon sehen.« Ihre Worte waren Balsam für meine Seele und doch prallten sie wie die Wärme an dem Schloss aus Eis in meinem Inneren ab.

Ich rutschte näher an sie heran, vergrub mein Gesicht im Kissen und ließ mir von ihr sanft über das Haar streicheln.

»Musst du nicht zurück nach Boston?«, fragte ich und hatte im gleichen Augenblick ein schlechtes Gewissen. Zu wissen, dass sie genug eigene Sorgen hatte und dennoch bei mir geblieben war, erschien mir nicht fair. Ich hätte ihr eine bessere Freundin sein müssen.

»Mathew ist hier. Mike ist unten und spielt mit ihm. Brian hat ihn hergebracht und wir haben geredet. Wir werden uns eine Auszeit gönnen und mit ein wenig Abstand an die Sache rangehen. Er und ich sind uns einig, dass wir unsere Ehe mit Zeit und Geduld retten können.« Als eine Träne auf meine Hand tropfte, setzte ich mich auf und umarmte sie.

***

Drei Tage Schonfrist hatte man mir eingeräumt. Emma und Matilda hatten sich gegen mich verbündet und mir zugeredet, endlich wieder in meinen Laden zu gehen, um mich abzulenken. Widerwillig hatte ich zugestimmt.

Mike war noch hier, hatte den Damen mit Mathew unter die Arme gegriffen, damit sie den Laden öffnen und dem Andrang standhalten konnten.

»Hey«, begrüßte ich sie, als ich die Tür zum Café öffnete. Alle Augen waren auf mich gerichtet. Wie gebannt verharrte ich im Türrahmen.

»Komm rein, Kindchen. Es ist viel zu kalt draußen!«, forderte Emma mich auf.

Der Duft von frisch gebackenen Muffins und gebrühtem Kaffee stieg mir in die Nase. Auch wenn ich mich wie gerädert fühlte und lieber im Bett verkrochen hätte, löste der Geruch ein Gefühl von Zuhause in mir aus.

Müde schleppte ich mich hinter die Theke. »Was kann ich tun?« Ich zwang mir ein Lächeln ins Gesicht und spürte, wie allmähliche die Trägheit aus meinen Gliedern verschwand. Mike saß auf einem der Sessel und spielte mit Matti, der strahlend in die Hände klatschte. Ihn so zu sehen war irritierend. Immerhin war Familienplanung bei uns nie Thema gewesen. Verträumt schaute ich den beiden zu, malte mir im gleichen Moment aus, dass der kleine Mann unser Kind wäre ... und hielt abrupt inne. Rasch schüttelte ich den Kopf. Das mit uns war nicht länger aktuell.

»Kannst du einen deiner Latte Art machen?« Matildas Stimme riss mich aus meinen Gedanken.

»Hmm?« Ich sah sie fragend an.

»Hier.« Sie stellte einen Behälter mit aufgeschäumter Milch vor mir ab und daneben einen Pott mit Kaffee. Auch ohne dass sie ihre Frage wiederholte, wusste ich, was zu tun war.

Als hätte ich in meinem Leben nie einen anderen Job ausgeübt, zauberte ich eine Milchschaumkrone mit Verzierung nach der anderen und bediente meine Gäste.

Dankbar, dass meine Freundinnen mich gezwungen hatten, wieder herzukommen, stürzte ich mich in die Arbeit.

***

Vollkommen erschöpft räumte ich die letzten Tische leer. Mike saß noch immer auf dem Sessel und las in einem der Bücher, wobei ich mir sicher war, dass er mich anstarrte, anstatt sich auf die Zeilen zu konzentrieren. Dabei war Moby Dick eine Lektüre, die ich nicht zur Seite legen konnte, wenn ich einmal anfing, darin zu lesen und das, obwohl ich sie gefühlte hundert Mal durch hatte. Kopfschüttelnd stellte ich die Teller und Tassen in das Plastikbehältnis.

Bevor ich in die Küche ging und die Überreste in die Spülmaschine räumte, trocknete ich mir die Finger an meiner Schürze ab. Es war Zeit, das Schild an der Tür umzudrehen und abzuschließen.

Ich schlenderte zur Fensterfront und ignorierte seinen starrenden Blick, der sich mir wie ein Messer in den Rücken bohrte. Vor der Glasscheibe blieb ich stehen und war dabei das Schild zu wenden, als mir ein Pärchen auf der anderen Straßenseite ins Auge fiel. Erschrocken hielt ich den Atem an und beobachtete die beiden.

Wie hätte ich sie auch übersehen können? Die blonde Schönheit mit den langen Beinen stolzierte kichernd über den Bordstein. Neben ihr der Mann, dem mein Herz gehörte.

Tausend kleine Nadelstiche zielten nur auf den pumpenden Muskel, der den Lebenssaft durch meine Adern pumpte. Ich legte mir die Hand auf die Brust, konnte den

Schmerz nicht aufhalten. Keuchend zwang er mich in die Knie.

Mike trat schnell hinter mich und fing mich auf.

»Ich bin bei dir und werde dich nicht wieder verlassen«, wisperte er mir ins Ohr. Ich ertrug den Anblick nicht länger, schloss die Augen und ließ die Tränen fließen.

Er flüsterte mir Worte zu, die das Bluten meiner Wunden für den Moment stoppten. Keines davon würde sie dauerhaft heilen können. Aber ich nahm das, was ich bekam ... das Versprechen, dass er nicht von meiner Seite wich.

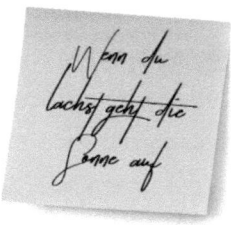

Kapitel 42

Nate

Mein bester Freund hatte mich täglich besucht und mit jedem Tag, der verging, war die Stimmung zwischen uns bedrückter geworden. Ich hatte keine Ahnung, wie ich ihm sagen sollte, dass ich das mit Lilly und ihm keinesfalls zerstören würde, wenn sie sich wirklich liebten.

Als die Tür zum Krankenzimmer aufging und sie im Rahmen erschien, wusste ich, dass Oliver mit ihr geredet hatte.

»Nate«, flüsterte sie und kam strahlend auf mich zu. Sie setzte sich auf die Matratze und gab mir, als wäre es selbstverständlich, einen Kuss. Es war, als hätten die letzten Wochen nicht existiert. Die Vertrautheit zwischen uns war schlagartig zurückgekehrt.

Eingehend sah ich sie an. Die Gefühle waren wieder da. Als hätten sie nur ein Schläfchen gehalten, und wären vor wenigen Minuten erwacht. Sie saß vor mir und hielt meine

Hand. Ihre Berührungen waren federleichte Liebkosungen und als sie lächelte, entflammte mein Herz. Es war anders und doch ... irgendetwas war nicht richtig.

»Ich werde heute entlassen«, informierte ich sie. »Wollen wir heute Nachmittag was zusammen machen?«

Das Lächeln auf ihren Lippen wurde breiter. »Das wäre toll.« Sie schmiegte sich an mich, legte ihren Kopf auf meine Brust.

Ich genoss die Zweisamkeit mit ihr, aber das Gefühl, dass etwas fehlte, herrschte vor. Ich wusste nur nicht, was es war.

***

Ich wollte hier raus. Ein zweites Mal einen Kittel tragen zu müssen, der meinen Hintern entblößte, war zu viel des Guten. Oliver hatte angeboten, mich abzuholen, doch ich hatte dankend abgelehnt, ihm aber gesagt, dass er gerne vor dem Gebäude auf mich warten konnte. Es reichte, dass sich einige Dinge wiederholten. Die Begegnung zwischen ihm und den Pflegerinnen musste ich kein weiteres Mal miterleben.

Ich packte meine Sachen zusammen und hängte mir die Tasche über die Schulter. Wenigstens hatte Olli mir eine anständige Jeans mitgebracht, wobei selbst die Jogginghose besser als der Stofffetzen gewesen wäre, den die Schwestern mir gegeben hatten.

Ich warf einen letzten Blick in das Zimmer, vergewisserte mich, dass ich alles hatte, und schloss die Tür hinter mir. Der Weg zum Aufzug war mir nicht neu. Ich atmete den brennenden Geruch von Desinfektionsmitteln und alten Menschen ein. Angewidert rümpfte ich die Nase, war froh, es gleich hinter mir zu haben.

Am Empfang blieb ich stehen und wartete auf meine Papiere. Suchend sah die Pflegerin sich um, bevor sie mir den Umschlag reichte. *Nach wem sie wohl Ausschau hielt?* Kopfschüttelnd grinste ich in mich hinein, nahm den Entlassungsbrief entgegen und ging zum Lift.

Ungeduldig tippte ich mit dem Fuß auf den Boden, bis sich die Türen vor mir öffneten und ich eintreten konnte.

Sally erwartete mich. Bellend sprang sie an mir hoch. Eine der Situationen, die sich ein zweites Mal wiederholten. Ich kniete mich auf die Fußmatte und kraulte sie, bis es ihr reichte und sie mich auf der Veranda zurückließ. Lächelnd folgte ich ihr.

Das Haus … es war anders. Leer. Einsamkeit erfüllte mich. Hier zu sein war nicht mehr das Gleiche. Niemals zuvor hatte ich das Bedürfnis, schnell hier raus zu kommen und wegzulaufen. Beklemmung machte sich in mir breit, quetschte mein Herz. Meine Hündin trat an meine Seite und stupste mit der feuchten Nase gegen meine Hand.

»Komm, wir warten draußen auf Lilly«, forderte ich sie auf und öffnete die Tür. Auf der Veranda setzte ich mich auf die Bank, zog die Jacke enger um meinen Körper und blickte Richtung Straße. Viel Zeit war nicht verstrichen, als sie den Wagen auf den Carport lenkte und ausstieg.

Ich betrachtete sie eingehend. *Hätte nicht spätestens in diesem Augenblick Freude über ihren Besuch und die Aussicht auf die gemeinsame Zeit aufkommen müssen?* Ich erhob mich und ging auf sie zu. Vor der Treppe blieb sie stehen und wartete, dass ich zu ihr kam.

»Wollen wir spazieren gehen?«, fragte ich und stieg die Stufen hinunter.

»Klingt gut.« Sie griff nach meiner Hand und verwob ihre Finger mit meinen. Ich spürte das Metall an ihrer Haut und drehte sie so, dass ich darauf schauen konnte. An ihrem rechten Ringfinger funkelte der Verlobungsring, den ich ihr am Strand gegeben hatte. Als sie mein Erstaunen bemerkte, grinste sie schüchtern und sah zu Boden. Schnell wandte ich den Blick ab, spürte das ungute Bauchgefühl, das sich ausbreitete. *War es richtig gewesen, Louise wegzuschicken und mit Lilly da weiter zu machen, wo wir vor dem ersten Unfall aufgehört hatten?*

Ich wusste es nicht, konnte die Stimme meines Herzens nicht hören, weil alles andere viel zu laut um mich herum tobte. Ich lenkte meine Aufmerksamkeit zurück in die Realität, konnte mich mit der inneren Zerrissenheit nicht auseinandersetzen.

Sally war nicht erfreut, saß abwartend neben der Bank und schielte zu uns herüber.

»Komm, altes Mädchen!«, forderte ich sie auf und klopfte mir auf den Oberschenkel. Schnaubend erhob sie sich und trottete gemächlich auf uns zu. Wenn das so weiter ging, würden wir eine halbe Ewigkeit brauchen, bis wir fertig waren.

In der Hoffnung, dass es ihre Stimmung milderte, kraulte ich sie hinter dem Ohr. Sie vermisste Louise ebenso wie ich.

Zu dritt schlenderten wir durch Southport. Während die Frau an meiner Seite meine Hand hielt, wusste ich, was mir fehlte. Das Kribbeln, wenn sie mich berührte, blieb aus. Es waren nur unbedeutende Liebkosungen, mehr nicht. Ich hatte keine Schmetterlinge im Bauch, keine Glücksgefühle.

Schweigend liefen wir nebeneinander her. Lou's Café kam in Sichtweite und ich wäre am Liebsten umgedreht, doch Lilly ging unbeirrt weiter. Aus dem Augenwinkel vernahm ich eine Bewegung und erblickte Louise, die uns anstarrte. Ich wollte zu ihr gehen, mich entschuldigen und ihr sagen, wie viel sie mir bedeutete, aber … Mike trat hinter sie. Er schlang seine Arme um ihre Taille und zog sie an sich. Der Anblick presste mir die Luft aus den Lungen. *Waren die beiden wieder zusammen? Hatte sie mir etwas vorgemacht?*

Rasch eilten wir an dem Laden vorbei. Am Pier atmete ich das erste Mal tief durch. Lilly stellte sich vor mich, löste ihre Hand aus meiner und sah mich traurig an. Ich kannte diesen Blick und wusste, dass es zu Ende war, bevor wir von vorne angefangen hatten.

»Nate, wir werden uns nicht glücklich machen, wenn wir die Augen vor der Wahrheit verschließen und so tun, als wäre das alles nicht geschehen«, sagte sie ruhig.

Wie gebannt starrte ich sie an, wusste, dass sie Recht hatte. Es war dumm und naiv zu glauben, dass wir die letzten Wochen vergessen und da weitermachen konnten, wo wir aufgehört hatten.

»Es tut mir leid Lilly, ich wollte dich niemals verletzen.«

»Ich weiß«, entgegnete sie bedrückt. »Sieh zu, dass du dein Glück findest. In Ordnung?«

»Du und Olli ... ihr habt meinen Segen. Ich habe gesehen, wie du ihn angeschaut hast. Er lässt dein Herz höher schlagen, nicht wahr?«

Stumm nickte sie. Um ihre Entscheidung zu verdeutlichen, streifte sie das Familienerbstück von ihrem Finger und reichte es mir.

»Gib ihn der Frau, die du an deiner Seite sehen willst«, flüsterte sie.

Eine Träne rann ihre Wange hinab. Ich wischte sie mit dem Daumen weg und gab ihr einen letzten Kuss. Sanft legten sich unsere Lippen aufeinander. Dieses Mal war es ein endgültiger Abschied.

Als sie Sally und mich zurückließ, blickte ich ihr nach, beobachtete, dass sie mit jedem Schritt, den sie sich von uns distanzierte, aufrechter ging und die Schultern straffte. Die Entscheidung war richtig gewesen. Nun lag es an mir, die Beziehung mit Louise wieder ins Lot zu bringen. Ich hatte nur eine Chance.

Kapitel 43

Louise

Ich hatte längst aufgehört zu weinen. Das mit Nate und mir hatte nicht sollen sein und ich musste mich damit abfinden. Das Mike noch immer hier war und nicht von meiner Seite wich, gab mir Mut und Hoffnung, dass ich mein Glück vielleicht an anderer Stelle finden konnte.

Vielleicht heilten unsere Wunden mit etwas Zeit. Alice hatte ihm gesagt, dass er nicht mehr zurückkommen brauchte und so war er bei mir geblieben. Wir redeten darüber, wie eine gemeinsame Zukunft aussehen könnte und was wir uns vorstellten. Wenn er mich an seiner Seite haben wollte, würde er hierbleiben müssen. Egal, was mit Nate geschehen war, Southport war mein Zuhause geworden und ich würde nicht wieder weggehen.

Ich warf einen letzten Blick in den Spiegel. Freude sah anders aus, dessen war ich mir bewusst, aber mehr hatte ich nicht zu geben. Wenn Mike mich wollte, musste er die zerbrochene Vase nehmen und die Scherben wieder zusammenkleben.

Für unser Date hatte ich mir ein knielanges, schwarzes Kleid ausgesucht, ein paar hohe Schuhe und auch ein Mantel lag bereit. Nach dem Sturm war der Herbst eingezogen und draußen war es, selbst wenn die Sonne schien, deutlich kühler.

»Alles wird gut werden«, sagte ich zu meinem Spiegelbild und zwang mich zu einem Lächeln. Der Schmerz in meiner Brust war abgeebbt und zurück blieb ein leises Pochen. Ich schob den Kummer beiseite, zog meinen Lipgloss nach und begab mich nach unten.

Lächelnd wartete er im Flur auf mich. Wir wollten essen gehen, etwas Zeit für uns haben, um alte Gefühle aufleben zu lassen. Matilda und Matti waren im Wohnzimmer. Der kleine Mann war auf der Couch eingeschlafen. Die beiden hatten das Gästezimmer im Erdgeschoss bezogen. Emma zuliebe hatte ich nichts an der Einrichtung im Haus ändern wollen, doch sie war mit meiner besten Freundin Möbel kaufen gegangen, und hatte ihr geholfen, alles hübsch herzurichten. Ich ging zu ihnen und gab ihr einen Kuss auf die Stirn. Sie war mein Fels in der Brandung, meine Säule, wenn ich Halt brauchte.

»Du sollst endlich dein Glück finden«, flüsterte sie nah an meinem Ohr.

»Das würde ich mir auch wünschen, aber das Leben spielt nicht immer mit«, entgegnete ich trocken.

»Du weißt, dass er dir nicht das geben kann, was du willst, oder?« Widerwillig nickte ich. Die Erkenntnis hätte offensichtlicher nicht sein können, doch ich war zu schwach, um sie mir einzugestehen.

Die Kerzen waren inzwischen bis zur Hälfte heruntergebrannt und die Flammen spiegelten sich in seinen Augen. Tänzelnd bewegten sie sich von rechts nach links. Ich fühlte mich kugelrund, hatte mir alle Leckereien von der Speisekarte bestellen dürfen und mir den Bauch mit reichlich Schokokuchen und Vanilleeis vollgeschlagen.

Mike machte mir Komplimente und verwöhnte mich, doch war er nicht der Mann, mit dem ich hier sitzen wollte. Er war nicht derjenige, mit dem ich den Rest meines Lebens verbringen wollte. Ich wusste es und doch tat ich nichts dagegen.

Unerwartet erhob er sich und ging neben mir in die Knie. Mit den Fingern umfasste er ein Schächtelchen. Mein Herz setzte für einige Schläge aus, nur um rasend schnell in meiner Brust zu hämmern. Verwirrt blickte ich zwischen ihm und dem Ring hin und her.

Er räusperte sich und seine Hände hielten zitternd das mit Samt überzogene Kästchen. »Louise … unser Weg war nicht einfach, aber wenn mir eines klar geworden ist, dann, dass du die Frau an meiner Seite sein sollst …« Ich ließ ihn nicht ausreden, legte ihm den Zeigefinger auf die Lippen. Das hier war nicht richtig.

»Bitte, frag mich nicht. Ich will nicht nein sagen müssen«, bat ich. Er starrte mich stumm an und nickte. Schließlich erhob er sich und nahm wieder Platz.

»Du liebst ihn, oder?« Wehmütig sah er mich an. Mehr als ein Nicken brachte ich nicht hervor.

***

Mike war gegangen. Endgültig. Mir war ein Stein vom Herzen gefallen, als die Tür hinter ihm ins Schloss fiel. Wir waren nicht füreinander bestimmt. Etwas Aufleben zu lassen, was längst verdorrt war, hätte unmöglicher nicht sein können. Außerdem brauchte Alice ihn und das war uns beiden bewusst.

Nachdenklich wischte ich über die Theke. Seit meiner letzten Begegnung mit Nate waren einige Tage vergangen und ich hatte ihn nicht mehr zu Gesicht bekommen. Traurig über die Geschehnisse und die unausgesprochenen Worte ging ich meiner Arbeit nach und hoffte, dass der Schmerz über den Verlust abklingen würde.

Seufzend stapelte ich das benutzte Geschirr auf einem Tablett, als mir ein pinkfarbener Zettel ins Auge fiel. Ohne zu wissen, was darauf stand, kündigten sich Tränen an. Zitternd griff ich nach der Tasse und löste das Post-it.

Verwirrt und voller Vorfreude sah ich mich um, aber ich erblickte ihn nirgends. Erst danach las ich die Worte, die in der vertrauten Handschrift notiert waren.

Zweifle an der Sonne Klarheit,
Zweifle an der Sterne Licht,
Zweifl', ob lügen kann die Wahrheit,
Nur an meiner Liebe nicht.
(Shakespeare, Hamlet)

Stumm blickte ich auf die Notiz in meiner Hand. Vereinzelte Tränen tropften auf die Arbeitsfläche. Ich wusste, dass er von ihm sein musste. Niemand anderes würde wissen, dass dieses Zitat mir etwas bedeutete.

Doch wo zum Teufel war er? Wann hatte er den Zettel angebracht?

Ich schüttelte den Kopf und lachte hysterisch. *War es nicht egal, wann er ihn angeklebt hatte?* Was zählte, waren die mit Sorgfalt ausgesuchten Zeilen, die mehr sagten, als jede Geste es hätte tun können.

Hektisch versuchte ich, die Schleife meiner Schürze zu lösen. Fluchend wandte ich mich um, konnte aber nicht sehen, wo sie sich verhakt hatte und warum sie sich nicht aufmachen ließ.

»Was ist denn los?«, fragte Matilda, als sie aus der Küche kam und neben mich trat.

»Ich muss sofort weg«, presste ich hervor und fummelte unbeholfen an den zwei Bändchen herum.

»Du hast geweint. Ist Mike wieder aufgetaucht?«, erkundigte sie sich besorgt und stellte das Gebäck auf der Arbeitsfläche ab.

»Nein, ist er nicht. Hilfst du mir endlich!«, keifte ich sie an und erkannte erschrocken, in welchem Tonfall ich mit ihr geredet hatte. Verlegen schlug ich mir die Hand vor den Mund. »Tut mir leid. Das war nicht so …«

Meine beste Freundin ließ mich nicht ausreden. Stattdessen baute sie sich, mit vor der Brust verschränkten Armen, vor mir auf.

»Wenn du mir sagst, was passiert ist, helfe ich dir auch!«

Resigniert sanken meine Hände herab. »Guck hin! Das hat er mir hinterlassen.« Ich wedelte mit dem Zettel vor ihrer Nase. »Hilfst du mir jetzt?« Ungeduldig trat ich von einem Bein auf das andere. Sie las die Zeilen, blickte zwischen mir und dem Papier hin und her. Das Grinsen in ihrem Gesicht wurde immer breiter.

»Ich wusste es! Komm schon … dreh dich um!«, forderte sie mich auf und gestikulierte wild mit den Händen. Endlich konnte ich das Scheißding ausziehen. Als ich hektisch durch den Laden lief, folgte sie mir, packte mich an den Schultern und hielt mich fest.

»Konzentrier dich! Was brauchst du?«

»Eine Jacke und …« Ich löste mich aus ihrer Umklammerung und lief durch die Schwingtür nach hinten. In der Küche riss ich alle Post-its von der Korkwand und suchte nach einem ganz Bestimmten. Matilda stand stumm neben mir und schüttelte den Kopf, bevor sie nach vorne ging. Die Zeilen auf dem Papier würden mehr sagen, als ich es mit Worten jemals ausdrücken könnte. Ich steckte ihn in die Tasche.

Sie betrat den Raum und reichte mir den Mantel. »Hol ihn dir!« Als sie mir einen Kuss auf die Wange gab, atmete ich tief durch. »Jetzt geh schon!«, scheuchte sie mich und wischte sich eine Träne aus dem Augenwinkel.

Ich nickte und eilte zur Tür heraus. Das laute Klingeln der Glocke ignorierte ich und hoffte, dass die Scheibe nicht in tausend Scherben zersplittert war, als sie gegen die Wand donnerte.

So schnell mich meine Beine trugen, eilte ich zum Pier. Es gab keinen anderen Ort, an dem er sein konnte. Nicht mal der aufkommende kühle Wind hätte mich davon abhalten können, den Weg fortzuführen. Eisig schlug er mir entgegen, aber mein Antrieb war stärker. Ich passierte Wohnhäuser, bog in eine Seitengasse und rannte in jemanden hinein. Erschrocken blickte ich auf. Es war Lilly.

»Tut mir … leid«, stammelte ich.

»Du willst zu Nate, oder?« Ihre Augen wirkten traurig.

»Ja«, antwortete ich vorsichtig und strich mir unbeholfen über die Jeans. Auf diese Begegnung hätte ich gut und gerne verzichten können.

»Ich wünsche euch alles Glück der Welt.« Sie lächelte mich an und ging, ohne ein weiteres Wort, an mir vorbei. Verwirrt sah ich ihr nach, konnte nicht fassen, dass sie ihn freigab. Nachdem ich mich von der Begegnung erholt hatte, setzte ich mich wieder in Bewegung.

Die Masten der Schiffe kamen in Sicht. Ich trieb meinen Körper zur Eile an, wollte nicht mehr von Nate getrennt sein. Ich würde es keine Minute länger ohne ihn aushalten.

Der Steg knarzte unter meinen Schritten. Das Geräusch klang gefährlich und doch wusste ich, dass nichts geschehen konnte. Ich erblickte sein Boot, hielt abrupt an und schlug mir erstaunt die Hand vor den Mund. Der komplette Rumpf war mit unzähligen bunten Zetteln beklebt. Von hier sah es aus, als sei jeder Einzelne von ihnen beschrieben worden. Rasch setzte ich einen Fuß vor den anderen, näherte mich der Mary Lou. Meine Ahnung bestätigte sich.

Wie viele Post-its waren das? Hunderte?

Mit dem Finger strich ich über die farbenfrohen Notizen. Ein Zitat schöner als das vorherige. Ich konnte meine Freude nicht länger verbergen und weinte. Schluchzend ging ich von der einen auf die andere Seite, konnte nicht alle lesen. Es waren zu viele. Er musste mehrere Stunden damit verbracht haben, sie zu beschreiben. Aber ein Zitat fiel mir ins Auge:

Eine kleine Überlegung, ein kleiner Gedanke an andere, macht den ganzen Unterschied aus.
Winnie Pooh

Lachend hielt ich das Papier in der Hand. Er hatte wirklich eine Kinderserie zitiert und ich hatte nicht gewusst, woher es war. Mein Herz sprudelte über vor Liebe. Suchend blickte ich mich nach ihm um und zuckte zusammen, als er hinter mir erschien.

»Es tut mir alles so unendlich leid«, setzte er an, aber ich ließ ihn nicht ausreden. Zu groß war die Sehnsucht ihn zu spüren, unsere Herzen im Einklang schlagen zu lassen. Ich überbrückte die Distanz, stellte mich auf die Zehenspitzen und bedeckte seinen Mund mit meinem. Drängend lehnte ich mich gegen ihn, vergrub meine Finger in seinen Haaren und wollte ihn nie wieder loslassen.

Nach Luft japsend löste er sich von mir, streichelte über meine Wange und strich eine Haarsträhne hinter mein Ohr. »Louise, ich liebe dich. Lass uns gemeinsam einen neuen Pfad beschreiten.«

Konnte es, nach allem, was passiert ist, wirklich so leicht sein?
Die Antwort war simpel. Ja.

Als ich sein Gesicht mit den Händen umfasste, schmiegte er sich in meine Berührung und schloss die Augen. Zuerst kribbelten meine Fingerspitzen, dann breitete sich das Gefühl aus, schlängelte sich durch meinen Arm und traf mich mitten ins Herz. Mit zittrigen Fingern holte ich das Post-it aus der Hosentasche, legte ihn in seine Handinnenfläche und wartete. Langsam öffnete er die Lider und sah mich an.

»Liebe bedeutet, dass man niemals "es tut mir leid" sagen muss«,
(Erich Segal)

las er laut vor, hob den Kopf und blickte mir tief in die Augen. Das Lächeln auf seinen Lippen hätte nicht atemberaubender sein können. Zaghaft umfasste er meine Mitte und zog mich an sich. Ich schloss die Lider und genoss jede zarte Berührung. Er war derjenige, der mein Herz höherschlagen und ein Kribbeln durch meine Blutbahnen pulsieren ließ, so dass mir die Knie weich wurden. Wie auf Stelzen stand ich vor ihm. Zerbrechlicher als jemals zuvor.

»Verlass mich nie mehr«, flüsterte ich.

»Ich verspreche dir, dass ich mich von niemandem mehr davon abhalten lasse, an deiner Seite zu sein.«

Er stellte sich hinter mich, schlang seine Arme um meine Hüfte und presste mich gegen seine Brust. Gemeinsam blickten wir auf die bunte Pracht.

»Wie lange hast du dafür gebraucht?«, fragte ich neugierig.

»Das ist egal. Ich weiß nur, dass es die Zeit wert war«, flüsterte er mir ins Ohr und bedeckte meinen Hals mit Küssen.

In diesem Moment hätte ich nicht glücklicher sein können.

Danksagung

Ich find es schwer, immer die richtigen Worte für die lieben Menschen zu finden, die mich unterstützen. Dieses Mal geht mein Dank an Cornelia und Jenny, die mich ermutigen, nicht aufzugeben, wenn meine persönliche See um mich tobt und droht, mich mit in den Strudel zu reißen.

Des Weiteren möchte ich meinen herzlichen Dank an meine lieben Leser richten, die der Grund sind, WARUM ich weitermache, mir die Zeit nehme und diese Zeilen verfasse. Würde es euch nicht geben, gäbe es keines meiner Bücher <3

Vinya Moore erblickte im Juli 1986 im schönen und beschaulichen Hessen das Licht der Welt. Seit ihrer Kindheit liebt sie Bücher, hat Hunderte verschlungen.

Ihre ehemalige Studienkollegin und inzwischen gute Freundin (Carina Müller - selbst Autorin), ermutigte sie im Jahr 2015 die Feder in die Hand zu nehmen und ihr Leben niederzuschreiben. So entstand Vinyas erster Roman, eine Autobiographie, die sie unter einem anderen Pseudonym veröffentlichte.

Sie selbst sagt: »Wäre Carina nicht gewesen und hätte sie mich nicht ermutigt, hätte ich vermutlich nie die Liebe zum Schreiben entdeckt.«

Vinya publiziert im Genre:

Romantasy / Erotik und Liebesromane

Weitere Titel der Autorin:

Lost in Texas – Auf der Suche nach Dir

2 Menschen. 2 Schicksale.

Dave nimmt sich in Texas eine Auszeit von seinem Leben in Chicago. Auf der Suche nach sich selbst stattet er Freunden aus Jugendtagen einen Besuch ab und merkt ziemlich schnell, dass der Alltag auf einer Ranch kein Kinderspiel ist - er muss richtig mit anpacken. Dann lernt er Josephine kennen, die ihn durch ihre wilde Art völlig aus der Bahn wirft.

Doch das Leben hat es auch mit Josy nicht gut gemeint. Das Letzte, was sie nun gebrauchen kann, ist ein Möchtegern-Cowboy, wie Dave einer zu sein scheint. Die Ereignisse überschlagen sich und die beiden sind mit einem Mal mehr voneinander abhängig, als sie es für möglich gehalten hätten.

Werden sie von der Vergangenheit eingeholt, oder finden sie einen Weg zum gemeinsamen Glück?

Leseprobe:

KAPITEL 1
Dave

»Marybeth! Hör auf, vor mir wegzulaufen.« Wie so oft in letzter Zeit versuchte sie, mir die Schlafzimmertür vor der Nase zuzuschlagen. Um das zu verhindern, hielt ich sie an den Schultern fest.

Seufzend drehte sie sich in meine Richtung. »Kannst du mich bitte einfach in Ruhe lassen?« So abgemagert, wie sie inzwischen war, konnte sie sich nicht einmal gegen meinen Griff wehren. Ihre grünen Augen hatten jeglichen Glanz verloren und nur die feinen Fältchen in ihrem Gesicht ließen erahnen, wie oft Marybeth gelacht hatte.

»Hast du mal in den Spiegel geschaut? Seit Wochen bist du nur noch ein Schatten der Frau, in die ich mich verliebt habe. Wir müssen endlich nach vorne schauen! Ich ertrage das alles so nicht länger!«, schrie ich aus voller Kehle. Ich schüttelte sie leicht und hoffte, sie würde endlich aus ihrer Starre erwachen.

Aber nichts geschah. Als ich bemerkte, was ich tat, ließ ich Marybeth sofort los und lief stattdessen kopfschüttelnd auf und ab. Mit den Fingern fuhr ich mir durch das zerzauste Haar, was meine Wut nicht mindern konnte. Verzweifelt wandte ich mich ihr zu. Sie stand schweigend an der gleichen Stelle und hatte sich keinen Millimeter bewegt.

Dass sie nicht einmal antwortete und mich nur stumm anstarrte, machte mich nur noch zorniger. Tränen rannen ihre Wangen hinab und trotzdem zeigte ihre Mimik keinerlei Gefühlsregung. *Emotional abgestumpft* hätte sie wohl am besten beschrieben.

Wie gerne hätte ich sie in den Arm genommen. Ihr sanft über das strähnige Haar gestreichelt und immer wieder geflüstert, dass alles gut werden würde, wenn wir endlich wieder an einem Strang zogen. Aber Marybeth ließ mich nicht an sich heran. Schon seit Monaten bekam ich sie kaum zu Gesicht. Die Schlaftabletten knockten sie aus und sie schlief fast den ganzen Tag.

Abgemagert bis auf die Knochen stand sie vor mir und weinte. Eine innerlich zerbrochene Frau. Ihre Miene regte sich nicht einmal, als ich sie anschrie.

Meine Hände auf ihrem Körper zu ertragen, kostete sie vermutlich alle Überwindung, die noch in ihrem schwachen Wesen schlummerte.

Wochenlang hatte ich sie nicht in den Arm genommen. Sobald ich versuchte, sie zu berühren oder ihr einen Kuss zu geben, hatte sie mich mit ihren dünnen Ärmchen weggedrängt. Ich vermisste sie und ich vermisste uns. Auch wenn es egoistisch klang, aber ich brauchte Marybeth genauso, wie sie mich.

Seit Tagen hatte meine Frau sich die Haare nicht gekämmt und die zuvor so glänzende Mähne, hing nun strähnig und ohne Form herab. Ihr Gesicht zeigte deutlich die Spuren der unzähligen Tränen, die sie in den vergangenen Monaten vergossen hatte. Geplatzte Äderchen färbten ihre Augen rot und tiefe Ringe zeichneten sich darunter ab. Sie hatte Ähnlichkeit mit einer Drogensüchtigen. Ich wusste, um ihren schlechten Zustand, sah aber keine Möglichkeit ihr zu helfen. Bei ihrem Anblick kam ich mir vor, wie ein Scheusal und bereute meine Worte beinahe. *Was habe ich nur angerichtet?*

Aber ich konnte meine Wut, meine Trauer und meine Verletzlichkeit nicht länger zurückhalten. Ich konnte nicht nur für sie da sein und ihr Fels in der Brandung sein. Ich brauchte ebenfalls ein Ventil. Doch Marybeth sah es nicht. Sie verstand meinen Zwiespalt nicht. Mit geballten Fäusten stürmte ich aus der Wohnung.

Die Nacht war bereits angebrochen und Dunkelheit umhüllte mich. Kälte kroch mir in die Glieder und kühlte mein erhitztes Gemüt allmählich ab. Ein Wohnhaus stand dicht gedrängt an das nächste. Sie türmten sich bis in den Himmel und säumten die Straße. Es wirkte erdrückend.

Ziellos lief ich durch die Straßen von Chicago, der Wind frischte auf und peitschte laut über die Dächer der Stadt. Heute machte sie ihrem Spitznamen »Windy City« alle Ehre. Bei dem Gedanken zwang sich mir ein Lächeln auf die Lippen, auch wenn mir nicht danach zumute war. Doch die Bezeichnung passte perfekt zu der Stadt, die ich in den vergangenen Jahren lieben gelernt hatte.

Ich war nach Chicago gezogen, weil Marybeth hier arbeitete, ihre Familie und ihre Freunde hier lebten. Nach jahrelangem Pendeln wollten wir nicht mehr getrennt voneinander leben. Für sie hatte ich meinen gut bezahlten Job zurückgelassen und gab mich mit einer ähnlichen Aufgabenstellung zufrieden. Nur bekam ich weniger Einkommen und musste längere Arbeitszeiten in Kauf nehmen. Ich vermisste meine großzügige Wohnung, mit den bodentiefen Fenstern und der phänomenalen Aussicht. Sie war nicht vergleichbar mit den vier Wänden, in denen wir jetzt wohnten.

Selbst meine Freunde hatte ich für sie verlassen. Ich hielt nur noch telefonisch Kontakt zu ihnen. Aber selbst das hatte ich für unsere Beziehung auf mich genommen.

Sie war die Richtige!

Zumindest hatte ich das die letzten acht Jahre angenommen. *Aber jetzt?* Ich wusste nicht, ob ich noch davon überzeugt war. Inzwischen hinterfragte ich alle meine Entscheidungen und dachte sogar darüber nach, zurück nach Miami zu gehen.

Ich vermisste die Sonne schmerzlich. Der Sommer in Chicago war nicht mit dem in Florida vergleichbar. Er war nicht heiß genug. Ohne die Sonnenstrahlen, die meine Haut kitzelten und sie gleichmäßig bräunten, fühlte ich mich wie eine Kalkwand kurz vor dem Abriss.

Ich stellte den Kragen der Jacke auf, um mich vor der aufkommenden Brise zu schützen. Der Winter stand bevor.

Zwar nicht meine Lieblingsjahreszeit, aber ich mochte den Schnee. Als Kind waren meine Eltern und ich jedes Jahr zu Weihnachten zum Skifahren in den Norden gefahren. Sofort überkamen mich Erinnerungen an unzählige Schneeengel, die mein Dad und ich vor dem Haus gemacht hatten. Sie riefen ein Gefühl von Beständigkeit in mir hervor, das mir ein wenig Halt spendete.

Ziellos streifte ich durch die Straßen und Einsamkeit machte sich in mir breit. Ich hatte mich noch an keinem Punkt in meinem Leben so verloren gefühlt. Hier hatte ich zwar Freunde, doch das waren Verbindungen, die durch meine Frau entstanden waren. Sie waren nicht mit der Freundschaft zu vergleichen, die ich mit Brad und Tom hatte. Ich wusste nicht, was ich ohne sie gemacht hätte. Auch wenn sie mir eine Stütze waren, hätte ich sie gerne hier gehabt, um mit jemandem persönlich reden zu können. Bisher hatte ich es noch nicht geschafft, sie auf ihrer Ranch zu besuchen. Die beiden waren nach Chicago gekommen, als Marybeth und ich geheiratet hatten. Seitdem hatte ich sie nicht mehr gesehen.

Die Zwillinge hatten ein aufregendes Leben, eine Arbeit, die sie erfüllte. Mit dem Kauf der Ranch hatten sie sich einen Traum erfüllt.

Für mich hatte sich seit dem Studium nichts geändert. Meine Eltern hatten gewollt, dass ich Jura studierte. Sie wünschten sich für mich einen Beruf, der mir ein regelmäßiges Einkommen sicherte, egal wie schlecht die

Wirtschaftslage auch war. Gegen ihren Wunsch fiel meine Wahl auf Betriebswirtschaftslehre. Extrem eintöniger Studiengang, aber es war das, was ich wollte.

Zum momentanen Zeitpunkt konnten wir es uns nicht leisten, mein Einkommen auch noch zu verlieren. Marybeth stand nicht mal auf. Sie lag den ganzen Tag völlig apathisch im Bett und ließ sich von der Dunkelheit, die sie umgab, vollkommen vereinnahmen.

Bevor ich ging, warf ich einen kurzen Blick ins Schlafzimmer, und wenn ich nach Hause kam ebenfalls. Für sie schien die Zeit stehen geblieben zu sein. Für mich hingegen gab es diese Option nicht. Ich musste funktionieren. Irgendeinen Anreiz finden, weiterzumachen und nicht alles hinzuschmeißen.

Nun musste ich mir eingestehen, dass die treibende Kraft in meinem Inneren verschwunden war. Jeglicher Grund, jeden Tag auf die Arbeit zu gehen, mich zusammenzureißen, und nach vorne zu blicken, war mir aus den Händen geglitten. Er war scheppernd zu Boden gefallen und in tausend kleine Teile zersplittert.

Das wilde Hupen der Autos, die versuchten sich durch die eng befahrenen Straßen zu schlängeln, blendete ich aus. Eine Angewohnheit, die ich mir in Miami angeeignet hatte. Selbst die Menschen, die mich auf meinem Weg anrempelten und dann wütend über meine Dreistigkeit schimpften, waren mir egal.

Das Wetter hatte angezogen und ein Gewitter kündigte

sich an. In der Ferne vernahm ich das erste Donnergrollen und Sekunden später erhellte ein Blitz den Himmel und riss mich aus meinen Gedanken. Als ich mich umsah, stellte ich fest, dass ich den ganzen Weg zur *Ace Bar*, meiner Lieblingsbar, zurückgelegt hatte. Die Straßenlaternen beleuchteten den Beton in kreisrunden Abschnitten und die grelle Reklame über dem Eingang ließ mich für einen kurzen Moment die Augen schließen. Ein Drink wäre jetzt keine schlechte Idee. Den Kopf gesenkt, betrat ich das Lokal.

Eine Wand aus dichtem Zigarettenqualm schlug mir entgegen und nahm mir die Sicht. Noch dazu der Gestank von Schweiß und abgestandenem Bier. Angewidert rümpfte ich die Nase und brauchte einen Moment, bis mich der Mief einhüllte. Ich wusste nicht weshalb, doch irgendwie beruhigte er mich und ich fühlte mich willkommen. Nur wenige Holztische waren noch frei. Die perfekte Uhrzeit, um nach der Arbeit ein Feierabendbier zu genießen oder sich einfach mit seinen Kumpels zu besaufen.

Auf meinem Weg Richtung Bar, betrachtete ich meine Umgebung zum allerersten Mal mit anderen Augen. Die Wände wurden von dunkelbraunen Holzlatten verdeckt, die dem heruntergekommenen und erdrückenden Ambiente die richtige Stimmung verliehen. Der Kamin gegenüber des Tresens wirkte unpassend, fast schon deplatziert. Trotz allem gehörte er irgendwie dazu. An der Theke, griff ich nach dem letzten freien Hocker und bestellte ein Bier.

Donny war zu einer Art Seelenklempner für seine

Stammkunden geworden. Er fragte nie, hörte aber bereitwillig zu. An meinem Tiefpunkt hatte er mich nach oben in seine Wohnung, zwei Stockwerke darüber, tragen müssen. Nachdem ich den Rausch auf seiner Couch ausgeschlafen hatte, reichte er mir mit den Worten: »Ich will die Geschichte dazu hören«, eine Tasse Kaffee.

Ich war dankbar für sein offenes Ohr. Er hatte mich nicht verurteilt, hatte nach meiner Erzählung keine unangenehmen Fragen gestellt. Donny war einfach da gewesen, als ich jemanden brauchte.

Marybeth hingegen ... sie hatte nicht ein einziges Mal gefragt, wie es mir ging oder wie ich mit all dem zurechtkam. Ihre Trauer machte sie blind. Sie hatte eine Mauer um sich errichtet, die langsam mit ihr selbst verschmolz. Sie bemerkte nicht, wie sehr mich ihr Verhalten verletzte.

Während ich an meinem Bier nippte, ließ ich die letzten Wochen Revue passieren. Meine Frau brauchte mich, dessen war ich mir bewusst, aber ich brauchte auch jemanden. Sie war nicht in der Lage, mir die Stütze zu sein, nach der ich mich sehnte. Die mich den Blick auf das Wesentliche nicht verlieren ließ. So lange sie mich von sich stieß, konnten wir beide nicht das sein, was der jeweils andere brauchte.

Resigniert senkte ich den Kopf.

»Harter Tag?«, fragte Donny, der mit einem alten Lappen über die Theke wischte um Krümel und Getränkepfützen zu beseitigen, die andere Gäste hinterlassen hatten.

»Ist seitdem nicht jeder Tag ein harter Tag?«, entgegnete ich und fummelte an dem Etikett der Flasche herum.

»Marybeth schläft immer noch die ganze Zeit?«, fragte er und stützte sich mit den Händen auf der Anrichte ab. Abwartend blickte er mich an.

Ich nickte und er wusste, dass jedes weitere Wort zu viel wäre. Es blieb nicht bei einem Bier. Ich hatte, nach dem Vierten, aufgehört zu zählen. Der Alkohol wärmte mich von innen. Er betäubte den Schmerz in meiner Brust und ließ mich wenigstens für ein paar Stunden vergessen.

Irgendwann hatte Donny mir ein Taxi gerufen, wofür ich ihm dankbar war. Noch einmal wollte ich nicht, von ihm die Treppen hochgehievt werden.

Mehrmals verfehlte ich das Schlüsselloch. Als der Schlüssel über das Schloss schabte, erklang ein kratzendes Geräusch. Ich stütze mich mit einem Arm gegen die Tür, um nicht umzufallen. Fluchend lehnte ich für einen Moment den Kopf an den kühlen Rahmen. Mit zusammengekniffenen Augen erreichte ich mein Ziel. Das Schloss klickte.

Ich stolperte in die Wohnung und als ich das Licht einschaltete, fiel die Tür scheppernd ins Schloss. Es war mir in diesem Moment egal, ob ich Marybeth weckte oder nicht. Vermutlich hörte sie sowieso nichts. Die Schlaftabletten in Kombination mit den Antidepressiva, die der Arzt ihr verschrieben hatte, setzten sie völlig außer Gefecht. Selbst wenn ich mich neben sie legen würde, bekäme sie es nicht mit.

Stöhnend setzte ich mich auf die Couch, schnappte mir die Decke und schaltete den Fernseher ein. Ich ließ mich berieseln, bis ich müde die Augen schloss und in einen unruhigen Schlaf fiel.

KAPITEL 2

Josephine

Lautes Geklingel riss mich aus meinem wohlverdienten Schlaf und dröhnte in meinen Ohren. Die letzte Nacht hatte ich wieder einmal über all den Rechnungen und Briefen gebrütet, die sich seit Monaten auf der Anrichte stapelten. Allmählich wuchs mir alles über den Kopf. Das Geld, die Ranch und vor allem die fehlenden Kunden, um alles am Laufen zu halten. Gestern war es weit nach Mitternacht, als ich ins Bett ging und in einen tiefen, traumlosen Schlaf fiel.

Mit einer Hand tastete ich nach der Ursache des Lärms und spürte die glatte Oberfläche des Nachttischs unter meinen Fingern. Blind wie ein Maulwurf, streckte ich meinen Arm weiter aus, bis ich das kühle Metall meines Weckers auf der Haut fühlen konnte. Nur noch wenige Zentimeter, dann würde wieder Ruhe einkehren und ich hatte noch ein paar Minuten, um in den Kissen zu versinken. Ich versuchte, den

Ausschaltknopf zu drücken, doch meine Finger rutschten ab. Scheppernd fiel das Teil zu Boden und hüllte sich augenblicklich in Schweigen. *Endlich.* Mein Arm sank zurück auf die Matratze, als ich auch schon Schritte näherkommen hörte.

»Mum, hast du nun den Nächsten kaputt gemacht?«, erklang die Stimme meines Sohnes vor der Tür.

Ich seufzte hörbar auf. »Nein Nash! Er ist bestimmt noch in Ordnung.«

»Hoffentlich. Sonst müssen wir eine Weckerfarm aufmachen.« Nash kicherte leise vor sich hin und ich wunderte mich mal wieder, wo Siebenjährige nur diese seltsamen Ideen fanden. Schlecht war sein Einfall nicht. Zumindest würde das unseren wöchentlichen Einkauf billiger machen.

Dieser kleine Klugscheißer.

Das Holz der alten Treppe, die in den Wohnbereich hinunter führte, knirschte bei jedem seiner Schritte. Er war auf dem Weg in die Küche.

Müde schlug ich die Decke zur Seite und angelte mit den Füßen nach meinen Hausschuhen. Im Pyjama schleppte ich mich träge in die Küche und als ich die Treppe hinunterkam, wandte er sich mir zu.

»Ach Mama!«, erklang es beinahe vorwurfsvoll aus seinem Mund.

»Was heißt hier, ach Mama?«, fragte ich und strich ihm über die Haare, die denselben kastanienbraunen Farbton hatten wie meine.

Nash verdrehte die Augen und duckte sich unter meiner Hand hinweg, um meinen Liebkosungen zu entkommen. Manchmal wünschte ich mir, er wäre wieder der kleine Junge, der jeden Morgen zu mir ins Bett kroch und sich in meine Arme kuschelte.

Er schnappte sich den türkisen Hocker, der unter der Theke stand, und schob ihn vor die Kochinsel. Geschickt angelte er nach einer Pfanne, die darüber baumelte. Nash stellte sie auf die Herdplatte, nahm die zwei Eier entgegen, die ich ihm reichte und schlug sie hinein.

Nachdenklich lehnte ich an der Kühlschranktür und betrachtete meinen Sohn, der unser Frühstück zubereitete. Es war noch nicht lange her, da standen wir jeden Morgen zu dritt in der Küche und bereiteten unsere Mahlzeiten gemeinsam zu. Jeder dieser Tage war erfüllt von Fröhlichkeit und Glück. Wir hatten unser gemeinsames Leben genossen.

Das Scheppern der Teller, die Nash aus dem Schrank nahm, riss mich aus meinen Gedanken. Langsam löste ich mich aus meiner Starre und half ihm das Essen auf der Theke zu arrangieren. Ich ließ mich neben ihm auf einem der Barhocker nieder und schob ihm den Brotkorb zu. Ein unwiderstehlicher Duft breitete sich in der Küche aus und entlockte meinem Magen ein deutliches Knurren.

Irgendwann würden wir unsere Mahlzeiten wieder an unserem Esstisch einnehmen, doch seit den Geschehnissen blieb er unbenutzt. Irgendwann bestimmt. Zumindest hoffte ich, dass Nash eines Tages so weit sein würde.

»Lass es dir schmecken, mein Schatz.«

***

Die Tür fiel hinter Nash ins Schloss, als er sich auf den Weg zur Schule machte und ich seufzte auf. Er versuchte so sehr, stark zu sein. Wir versuchten es beide. Er war doch erst sieben Jahre alt. Dies war kein Leben für einen kleinen Jungen. Es war meine Aufgabe, mich um ihn zu kümmern und nicht umgekehrt.

Von Tag zu Tag zweifelte ich mehr an mir selbst und an meinem Versprechen, die Ranch weiter zu führen. Ich wusste schon lange nicht mehr, wie mir das gelingen sollte. Unruhig trommelte ich mit den Fingerspitzen gegen mein Glas, während ich an der anderen Hand an den Fingernägeln knabberte. Eine Angewohnheit aus meiner Jugend, die ich mir vor langer Zeit abgewöhnt hatte. In stressigen Situationen kam sie wieder zum Vorschein.

Ich warf einen Blick auf den Stapel unbezahlter Rechnungen, der sich auf der anderen Seite der Theke auftürmte. Nervös biss ich mir auf die Unterlippe, als mir eine der unzähligen Mahnungen ins Auge fiel. *Wie sollte ich das alles bezahlen? Unser Geld reichte nur für die nötigsten Dinge.* Ich gab mein Bestes, um genug aufzubringen, doch jeden Tag entglitt mir dieses geliebte Leben mehr. Es rann mir durch die Finger, wie Sand in einer Sanduhr.

Seufzend erhob ich mich von dem Hocker, näherte mich den Briefen wie ein Raubtier seiner Beute. Nur war in diesem Fall ich die Gejagte.

Ich ordnete den Stapel nach Dringlichkeit und packte die beiden Obersten in meine Tasche. Die Uhr zeigte bereits halb acht und ich eilte nach oben ins Schlafzimmer, um mich anzuziehen. Als ich eintrat, blendete mich das grelle Sonnenlicht und schmerzte in meinen Augen. Schützend schirmte ich sie ab und wandte mich dem Kleiderschrank zu. Flink durchstöberte ich meine Shirts, entschied mich schließlich für ein pinkfarbenes Top mit Spitze am Dekolleté und schlüpfte in meine Lieblingsjeans.

Wieder in der Küche nahm ich die Tasche von der Stuhllehne und eilte zur Tür hinaus. Als ich einen stechenden Schmerz in meiner Fußsohle spürte, schrie ich auf. Fluchend stützte ich mich am Türrahmen ab und blickte an mir hinab. Wie so oft, an diesen warmen Tagen, war ich barfuß nach draußen gegangen. Langsam ließ ich mich zu Boden sinken und zog den Fuß näher, um einen besseren Blick darauf zu werfen. Ein langer Holzsplitter hatte sich in das empfindliche Gewebe gebohrt. Zum Glück stand noch ein Stück daraus hervor, somit würde ich keine Pinzette benötigen. Vorsichtig zog ich ihn heraus und betrachtete das kleine Loch, in dem sich bereits Blutstropfen sammelten. So wie es aussah, hatte ich nur diesen einen abbekommen. Humpelnd ging ich wieder nach drinnen und zog meine schwarzen Boots an. Das Leder war mit Blüten bestickt, die farblich perfekt zum Oberteil passten. Der Schmerz war nicht mehr so stark und würde bald ganz nachlassen.

Darauf bedacht nicht zu fest aufzutreten, machte ich mich auf dem Weg zum Wagen.

Schon von weitem sah ich die Beule in der Stoßstange, die unzählige Erinnerungen in mir weckte. Es war fast zehn Jahre her, dass ich nach Texas gezogen war. Eigentlich sollte es nur ein kurzer Aufenthalt werden, doch ich blieb für die Liebe.

Als ich das erste Mal in Chappell Hill eintraf, war ich mir sicher, vor Einsamkeit zugrunde zu gehen. Am meisten hatte ich Angst davor keine Freunde zu finden und diesen Umzug irgendwann zu bereuen. Doch genau das Gegenteil war der Fall. Es war unglaublich lebhaft, trotz der Einöde und vor allem war es vielfältig. Und ich entdeckte meine neue Leidenschaft. Die Liebe zu Cowboystiefeln. Ich musste sie einfach alle besitzen, ein Traum für jede Prinzessin auf dem Land. Denn genau so fühlte ich mich hier. Es gab keinen besseren Ort auf der Welt, als diese Ranch.

Mit der Handtasche über der Schulter band ich im Laufschritt meine Haare zu einem Pferdeschwanz und eilte auf das Auto zu. Ich ließ mich auf den Sitz meines roten Pick-ups fallen, der unter meinem Gewicht ächzte, drehte den Schlüssel, bis der Motor ansprang und das Auto unter mir erzitterte. Liebevoll tätschelte ich das Armaturenbrett und flüsterte: »Alles gut, mein Großer.« Als hätte er mich gehört, wurde das Geräusch gleichmäßiger und ich fuhr aus der Einfahrt.

***

Als ich auf dem Markt eintraf, hatte dieser bereits begonnen und ich war froh, dass ich gestern Abend noch die Kisten mit den Äpfeln der Späternte auf die Ladefläche gepackt hatte. Wäre ich später angekommen, hätten die meisten Kunden ihre Einkäufe erledigt und ich wäre auf meinem Obst sitzen geblieben. Den Pick-up parkte ich etwas abseits des Trubels und sprang aus dem Wagen.

Mit Schwung trat ich gegen den Sicherungsstift der Ladeklappe, um ihn zu lockern und besser aus der Verankerung lösen zu können. Mein Blick schweifte über den Markt.

Menschen drängten sich auf dem Platz, um ihre Wocheneinkäufe zu tätigen. Gedankenverloren löste ich den letzten Stift und vergaß die schwere Klappe festzuhalten. Mit lautem Getöse knallte sie nach unten. Erschrocken sprang ich zurück und wurde Sekunden später hochgehoben und herumgewirbelt. Mein bester Freund hatte beide Arme um mich geschlungen und lachte albern.

»Ethan, wenn ich einen Herzinfarkt kriege, bist du schuld.« Um meinen Schrecken noch zu verdeutlichen, fasste ich mir ans Herz, das ziemlich raste.

»Auch schön dich zu sehen, Josephine.« Er zog einen Schmollmund und trat an den Wagen.

»Lachen Ethan. Sei nicht immer so ein alter Griesgram.«

Seit fast einem Jahr war er stets zur Stelle, wenn ich seine Hilfe benötigte. Ich war ihm unendlich dankbar für die Zeit, die er für mich und Nash aufbrachte und dabei meist sein eigenes Leben hinten anstellte. In seiner Nähe konnte ich meine Sorgen vergessen. Wenigstens für einen kurzen Moment.

Ich boxte ihn in die Seite und kletterte geschwind auf die Ladefläche, um mich hinter den Kisten zu verkriechen. Zu langsam. Er erwischte meinen Arm und zog mich mit Schwung zurück. Ein erschrockenes Quietschen drang aus meinem Mund. Ich taumelte, verlor das Gleichgewicht und stürzte. Ethan fing mich auf und setzte mich auf der Ladefläche ab. Lachend hockte ich dort und er grinste mich nur kopfschüttelnd an.

»Los an die Arbeit, Prinzessin. Danach gibt es einen leckeren Kakao.«

So etwas ließ ich mir nicht zweimal sagen. Voller Tatendrang schwang ich mich herunter und folgte ihm. Die nächsten Stunden verbrachten wir auf dem Marktplatz, um Geld in die Kasse zu bekommen. Immerhin warteten noch einige Rechnungen darauf, beglichen zu werden.

KAPITEL 3

Dave

Ich wurde von dem Hämmern in meinem Schädel geweckt und stöhnte leise auf. Vorsichtig blinzelte ich und sah mich um. Mein Rücken war die Couch nicht gewöhnt. Ich war zu alt für etwas dermaßen Unbequemes. Zu dem Schmerz hinter der Stirn gesellten sich Verspannungen im Nacken. *Der Tag fing ja super an.*

Als ich aufstand, protestierte mein Kopf sofort. Meine Schläfen pochten und Übelkeit stieg in mir auf. *So viel hatte ich doch gar nicht getrunken, oder doch?* Ich konnte mich nicht mehr daran erinnern und wusste nur, dass Donny mir ein Taxi gerufen hatte. Eine Dusche würde sicherlich helfen.

Vorsichtig öffnete ich die Tür und schlich ins Schlafzimmer. Die Nachttischlampe spendete schummriges Licht und spiegelte sich in den Spiegeltüren des Kleiderschranks.

Marybeth lag im Bett, die Augen offen und bewegte sich keinen Millimeter, als ich den Raum betrat. Bei ihrem Anblick zog sich mein Herz schmerzhaft zusammen. Zu gerne hätte ich ihr geholfen, ihr die Last von den Schultern genommen, von der sie dachte, dass sie sie alleine tragen musste. Aber ich kam nicht an sie heran. Sie ließ es nicht zu.

Das heiße Wasser prasselte auf mich herunter. Es entspannte meine Muskeln, klärte meinen Verstand und vertrieb die Nachwehen, des letzten Abends.

Leise ging ich zurück ins Schlafzimmer und zog mich an. Aus dem Kleiderschrank fischte ich mir ein Hemd und eine Jeans. Die Boxershorts und Socken holte ich aus der Kommode.

Ich blickte erneut zu meiner Frau, die sich noch immer nicht bewegt hatte. Auf der Bettkante nahm ich Platz und beobachtete sie. Jeglicher Glanz, jede Freude und selbst ihr Lebenswille waren gewichen und gaben den Blick auf eine Frau frei, die einer Fremden glich. Eine Fremde, die ich noch nie zuvor zu Gesicht bekommen hatte.

»Marybeth, würdest du bitte endlich etwas sagen?«, bat ich. Meine Stimme war nicht mehr, als ein Flüstern.

Sie drehte ihren Kopf in meine Richtung. Ihr leerer Blick nahm mir auch den letzten Hoffnungsschimmer. »Was möchtest du von mir hören, Dave? Ich bin nicht bereit, nach vorne zu schauen. Ich bin nicht bereit so zu tun, als sei das alles nicht passiert. Wie kannst du einfach so weitermachen?«

»Ich muss. Einer von uns beiden muss für *uns* kämpfen. Ich leide genauso, wie du. Aber du bist zu blind und zu sehr in deiner eigenen Trauer gefangen, um es zu sehen!«, brach es aus mir heraus und ich raufte mir die Haare.

»Du bist nie für mich da! Du lässt mich den ganzen Tag alleine! Du machst einfach weiter. Hat dir das alles denn gar nichts bedeutet?« Wie so oft versuchte sie ihre Wut zu unterdrücken und krallte die Finger in das Bettlaken, bis die Knöchel ihrer Hand weiß hervorstanden.

Der Satz hatte mich getroffen, wie ein Faustschlag auf die Zwölf. *Wie konnte sie so etwas nur von mir denken?* Ich war kein gefühlskaltes Arschloch, war es niemals gewesen. Zornig ballte ich die Hände zu Fäusten und Trauer überwältigte mich.

»Wie kannst du das nur von mir denken? Habe ich dir jemals das Gefühl vermittelt, dass ich dich nicht liebe? Dass ich zu offenen und ehrlichen Emotionen nicht in der Lage wäre? Hättest du nicht nur deine eigene Trauer im Kopf, würdest du vielleicht sehen, wie kaputt mich das alles macht«, presste ich wütend hervor. Ich konnte sie nicht länger anschauen und wandte meinen Blick auf das Laken, in das sie ihre Finger krallte. »Du willst mich dir doch gar nicht helfen lassen! Du bist so gefangen, dass du um dich herum nichts mehr wahrnimmst!«

So viele Dinge hatten sich in mir angesammelt, die sich ihren Weg nach draußen bahnten. Mich verletzten die Worte, obwohl ich derjenige war, der sie sagte. Manchmal schmerzte die Wahrheit mehr, als die größte Lüge.

»Du bist sowieso nie da. Es würde also keinen Unterschied machen, wenn du ganz gehst«, sagte sie ruhig. Der Klang ihrer Stimme war kühl und der Blick ernst. Mir gefror das Blut in den Adern.

Sprachlos starrte ich sie an und wusste nicht, was ich sagen sollte. Ich musste hier weg. Schnell. Ruckartig sprang ich auf und verließ das Schlafzimmer.

…